U0627181

三聯學術

# 海妖与圣人

## 古希腊和古典中国的知识与智慧

〔美〕尚冠文 〔美〕杜润德 著

吴鸿兆 刘嘉 等译 金方廷 校

Classics & Civilization

生活·讀書·新知 三联书店

**图书在版编目（CIP）数据**

海妖与圣人：古希腊和古典中国的知识与智慧／（美）尚冠文，
（美）杜润德著；吴鸿兆、刘嘉等译；金方廷校. —北京：生活·读
书·新知三联书店，2020.9　（2025.2 重印）
　（古典与文明）
ISBN 978 - 7 - 108 - 06756 - 2

Ⅰ.①海…　Ⅱ.①尚…②杜…③吴…　Ⅲ.①古典文学研究 –
对比研究 – 古希腊、中国　Ⅳ.① I545.062 ② I206.2

中国版本图书馆 CIP 数据核字（2020）第 029953 号

本书由中山大学博雅学院古典学丛书出版计划资助，特此致谢。

特邀编辑　宋林鞠
责任编辑　王晨晨
装帧设计　薛　宇
责任校对　安进平
责任印制　李思佳
出版发行　**生活·讀書·新知** 三联书店
　　　　　（北京市东城区美术馆东街 22 号　100010）
网　　址　www.sdxjpc.com
图　　字　01-2017-8541
经　　销　新华书店
印　　刷　北京建宏印刷有限公司
版　　次　2020 年 9 月北京第 1 版
　　　　　2025 年 2 月北京第 2 次印刷
开　　本　880 毫米 × 1092 毫米　1/32　印张 12.5
字　　数　238 千字
印　　数　5,001 – 5,600 册
定　　价　56.00 元
（印装查询：01064002715；邮购查询：01084010542）

# "古典与文明"丛书
## 总 序

甘阳　吴飞

　　古典学不是古董学。古典学的生命力植根于历史文明的生长中。进入 21 世纪以来，中国学界对古典教育与古典研究的兴趣日增并非偶然，而是中国学人走向文明自觉的表现。

　　西方古典学的学科建设，是在 19 世纪的德国才得到实现的。但任何一本写西方古典学历史的书，都不会从那个时候才开始写，而是至少从文艺复兴时候开始，甚至一直追溯到希腊化时代乃至古典希腊本身。正如维拉莫威兹所说，西方古典学的本质和意义，在于面对希腊罗马文明，为西方文明注入新的活力。中世纪后期和文艺复兴对西方古典文明的重新发现，是西方文明复兴的前奏。维吉尔之于但丁，罗马共和之于马基雅维利，亚里士多德之于博丹，修昔底德之于霍布斯，希腊科学之于近代科学，都提供了最根本的思考之源。对古代哲学、文学、历史、艺术、科学的大规模而深入的研究，为现代西方文明的思想先驱提供了丰富的资源，使他们获得了思考的动力。可以说，那个时期的古典学术，就是现代西方文明的土壤。数百年古典学术的积累，是现代西方文明的命脉所系。19世纪的古典学科建制，只不过是这一过程的结果。随着现代研究性大学和学科规范的确立，一门规则严谨的古典学学科应运而生。但我们必须看到，西方大学古典学学科的真正基础，乃在于古典教育在中学的普及，特别是拉丁语和古希腊语曾长期为欧洲中学必修，才可能为大学古典学的高深研究源源不断地提供人才。

19世纪古典学的发展不仅在德国而且在整个欧洲都带动了新的一轮文明思考。例如，梅因的《古代法》、巴霍芬的《母权论》、古朗士的《古代城邦》等，都是从古典文明研究出发，在哲学、文献、法学、政治学、历史学、社会学、人类学等领域带来了革命性的影响。尼采的思考也正是这一潮流的产物。20世纪以来弗洛伊德、海德格尔、施特劳斯、福柯等人的思想，无不与他们对古典文明的再思考有关。而20世纪末西方的道德思考重新返回亚里士多德与古典美德伦理学，更显示古典文明始终是现代西方人思考其自身处境的源头。可以说，现代西方文明的每一次自我修正，都离不开对其古典文明的深入发掘。正是在这个意义上，古典学绝不仅仅只是象牙塔中的诸多学科之一而已。

由此，中国学界发展古典学的目的，也绝非仅仅只是为学科而学科，更不是以顶礼膜拜的幼稚心态去简单复制一个英美式的古典学科。晚近十余年来"古典学热"的深刻意义在于，中国学者正在克服以往仅从单线发展的现代性来理解西方文明的偏颇，而能日益走向考察西方文明的源头来重新思考古今中西的复杂问题，更重要的是，中国学界现在已经超越了"五四"以来全面反传统的心态惯习，正在以最大的敬意重新认识中国文明的古典源头。对中外古典的重视意味着现代中国思想界的逐渐成熟和从容，意味着中国学者已经能够从更纵深的视野思考世界文明。正因为如此，我们在高度重视西方古典学丰厚成果的同时，也要看到西方古典学的局限性和多元性。所谓局限性是指，英美大学的古典学系传统上大多只研究古希腊罗马，而其他古典文明研究例如亚述学、埃及学、波斯学、印度学、汉学，以及犹太学等，则都被排除在古典学系以外而被看作所谓东方学等等。这样的学科划分绝非天经地义，因为法国和意大利等的现代古典学就与英美有所不同。例如，著名的西方古典学重镇，韦尔南创立的法国"古代社会比较研究中心"，不仅是古希腊研究的重镇，而且广泛包括埃及学、亚述学、汉学乃至非洲学等各方面专家，在空间上大大突破古希腊罗马的范围。而意大利的古典学研究，则由于意大利历史的特殊性，往往在时间上不完全限于古希腊罗马的时段，而与中世纪及文艺复兴研究多有关联（即使在英美，由于晚近以来所谓"接受研究"成为古典学的显学，也使得古典学的研究边界越来越超出传统的古希腊罗马时期）。

从长远看，中国古典学的未来发展在空间意识上更应参考法国古典学，不仅要研究古希腊罗马，同样也应包括其他的古典文明传统，如此方能参详比较，对全人类的古典文明有更深刻的认识。而在时间意识上，由于中国自身古典学传统的源远流长，更不宜局限于某个历史时期，而应从中国古典学的固有传统出发确定其内在核心。我们应该看到，古典中国的命运与古典西方的命运截然不同。与古希腊文字和典籍在欧洲被遗忘上千年的文明中断相比较，秦火对古代典籍的摧残并未造成中国古典文明的长期中断。汉代对古代典籍的挖掘与整理，对古代文字与制度的考证和辨识，为新兴的政治社会制度灌注了古典的文明精神，堪称"中国古典学的奠基时代"。以今古文经书以及贾逵、马融、卢植、郑玄、服虔、何休、王肃等人的经注为主干，包括司马迁对古史的整理、刘向父子编辑整理的大量子学和其他文献，奠定了一个有着丰富内涵的中国古典学体系。而今古文之间的争论，不同诠释传统之间的较量，乃至学术与政治之间错综复杂的关系，都是古典学术传统的丰富性和内在张力的体现。没有这样一个古典学传统，我们就无法理解自秦汉至隋唐的辉煌文明。

从晚唐到两宋，无论政治图景、社会结构，还是文化格局，都发生了重大变化，旧有的文化和社会模式已然式微，中国社会面临新的文明危机，于是开启了新的一轮古典学重建。首先以古文运动开端，然后是大量新的经解，随后又有士大夫群体仿照古典的模式建立义田、乡约、祠堂，出现了以《周礼》为蓝本的轰轰烈烈的变法；更有众多大师努力诠释新的义理体系和修身模式，理学一脉逐渐展现出其强大的生命力，最终胜出，成为其后数百年新的文明模式。称之为"中国的第二次古典学时代"，或不为过。这次古典重建与汉代那次虽有诸多不同，但同样离不开对三代经典的重新诠释和整理，其结果是一方面确定了十三经体系，另一方面将"四书"立为新的经典。朱子除了为"四书"做章句之外，还对《周易》《诗经》《仪礼》《楚辞》等先秦文献都做出了新的诠释，开创了一个新的解释传统，并按照这种诠释编辑《家礼》，使这种新的文明理解落实到了社会生活当中。可以看到，宋明之间的文明架构，仍然是建立在对古典思想的重新诠释上。

在明末清初的大变局之后，清代开始了新的古典学重建，或可称为"中国的第三次古典学时代"：无论清初诸遗老，还是乾嘉盛时的各位大师，虽然学问做法未必相同，但都以重新理解三代为目标，以汉宋两大古典学传统的异同为入手点。在辨别真伪、考索音训、追溯典章等各方面，清代都取得了巨大的成就，不仅成为几千年传统学术的一大总结，而且可以说确立了中国古典学研究的基本规范。前代习以为常的望文生义之说，经过清人的梳理之后，已经很难再成为严肃的学术话题；对于清人判为伪书的典籍，诚然有争论的空间，但若提不出强有力的理由，就很难再被随意使用。在这些方面，清代古典学与西方 19 世纪德国古典学的工作性质有惊人的相似之处。清人对《尚书》《周易》《诗经》《三礼》《春秋》等经籍的研究，对《庄子》《墨子》《荀子》《韩非子》《春秋繁露》等书的整理，在文字学、音韵学、版本目录学等方面的成就，都是后人无法绕开的，更何况《四库全书总目提要》成为古代学术的总纲。而民国以后的古典研究，基本是清人工作的延续和发展。

我们不妨说，汉、宋两大古典学传统为中国的古典学研究提供了范例，清人的古典学成就则确立了中国古典学的基本规范。中国今日及今后的古典学研究，自当首先以自觉继承中国"三次古典学时代"的传统和成就为己任，同时汲取现代学术的成果，并与西方古典学等参照比较，以期推陈出新。这里有必要强调，任何把古典学封闭化甚至神秘化的倾向都无助于古典学的发展。古典学固然以"语文学"（philology）的训练为基础，但古典学研究的问题意识、研究路径以及研究方法等，往往并非来自古典学内部而是来自外部，晚近数十年来西方古典学早已被女性主义等各种外部来的学术思想和方法所渗透占领，仅仅是最新的例证而已。历史地看，无论中国还是西方，所谓考据与义理的张力其实是古典学的常态甚至是其内在动力。古典学研究一方面必须以扎实的语文学训练为基础，但另一方面，古典学的发展和新问题的提出总是与时代的大问题相关，总是指向更大的义理问题，指向对古典文明提出新的解释和开展。

中国今日正在走向重建古典学的第四个历史新阶段，中国的文明复兴需要对中国和世界的古典文明做出新的理解和解释。客观地说，这一轮古典学的兴起首先是由引进西方古典学带动的，刘小枫和甘阳教授主编的"经典与解释"丛书在短短十五年间（2000—2015年）出版了三百五十余种重要译著，为中国学界了解西方古典学奠定了基础，同时也为发掘中国自身的古典学传统提供了参照。但我们必须看到，自清末民初以来虽然古典学的研究仍有延续，但古典教育则因为全盘反传统的笼罩而几乎全面中断，以致今日中国的古典学基础以及整体人文学术基础都仍然相当薄弱。在西方古典学和其他古典文明研究方面，国内的积累更是薄弱，一切都只是刚刚起步而已。因此，今日推动古典学发展的当务之急，首在大力推动古典教育的发展，只有当整个社会特别是中国大学都自觉地把古典教育作为人格培养和文明复兴的基础，中国的古典学高深研究方能植根于中国文明的土壤之中生生不息茁壮成长。这套"古典与文明"丛书愿与中国的古典教育和古典研究同步成长！

2017 年 6 月 1 日于北京

# 目　录

# 致　谢

　　我们要向美国国家人文基金会（NEH）致以最诚挚的谢意，基金会将 1996—1997 年度合作项目奖金授予我们，使我们得以从教学任务中稍作解脱，拥有了写作本书草稿的闲暇。来自 NEH 的这份及时而又慷慨的资助让我们铭感不已。

　　我们的工作机构俄勒冈大学为我们提供了旅行和研究的经费，极大地促进了写作和研究的进程。我们尤其要感谢 Steadman Upham 的慷慨援助，他曾是俄勒冈大学的协理学务副校长，现在则是克莱蒙特研究生大学（Claremont Graduate University）的校长。俄勒冈大学人文中心的工作人员在这段时间帮助影印和邮寄了不少与研究有关的材料。

　　我们还要特别感激俄勒冈大学的 Maude I. Kerns 东方艺术教授 Esther Jacobson。正是 Esther 在 1991 年夏季为俄勒冈大学组建了 NEH 机构，其目标是为了将亚洲的材料融合进课程里面。在这个令人振奋的研讨班课程中，本书的两位作者得以结识，并且本书最初的一些观点，也正是脱胎于我们在那个愉快的夏季所进行的一系列充满趣味的讨论。

　　俄勒冈大学曾资助了 1998 年春季举办的题为"通过比

较而思：古代希腊和中国"的学术会议，这个会议由俄勒冈人文中心筹办，对此我们也要致以谢忱。这个会议使得我们能够邀请中希古典比较研究的专家和领军人物来到尤金市，一同分享和评鉴我们的观点。

我们尤为感谢 David Stern 和 Nancy Guitteau，他们对高等教育事业的那种慷慨的、富有卓识的、无私的关怀，让我们能够在 1994—1995 年为俄勒冈大学人文中心增添 Coleman-Guitteau 荣誉教授岗位。这一教授岗位使我们可以以团队形式讲授"古希腊和古代中国的知识与智慧"的课程，而这门课的内容构成了本书的基础。感谢 Jim Rippey 和 Shirley Rippey。Rippey 创新教学奖让我们中的一人（Steven Shankman）有机会去中国，在那里培养了一些人能够自主教授这门课程所需的技能。我们要感谢莱顿大学的 Mineke Schipper 教授，是他敦促我们将书稿送往 Cassell 出版社；还有 Janet Joyce 和 Sandra Margolies，她们在本书出版前爽快而有效率地浏览全书；以及 Stephanie Rowe，以毫不含糊的态度周到地为本书准备了目录。

我们的友人和同事友善地阅读了本书书稿的部分章节，有些甚至阅读了整本书，他们在给予鼓励的同时给出了许多有益的建议。特别要感谢的是 Claudia Baracchi, Ian Duncan, James W. Earl, Louis Orsini, Henry Rosemont, William H. Race, Lisa Raphals 和 Haun Saussy。不用说，这些智慧的指导者与本书不可避免存在着的不足之处没有任何关系。

我们还要感谢王公懿允许我们使用她的版画作品作为本书的封面，也要感谢 Lin Hue-ping 促成了这一美事。

纪念 Marshall 和 Emily Wells

# 孝　敬

## 一

诚然，奥德修斯爱他的父亲
相距二十年的重逢，他可曾
拥抱并献上应许的孝敬，
同情那无尽悲伤的老人，
为他垂泪、为他开解——
只因儿子那长久的离别？

## 二

他是那样柔情满怀，却最终
选择隐藏自己，冷酷地疏离，
他窥探着拉尔特斯的悲痛，
人之子的同情扭曲成了行旅者的勇气。
同样古怪的奥德修斯，将他的勇士
推向独眼巨人的穴洞，趁此危难之际。

## 三

奥德修斯之子渴求探索
舒适西陲以外的远方，
那又是为何，我已准备好前去中国？

我的拉尔特斯将注定不安彷徨。

孔子曰："父母在，不远游。"

父母在旁，岂敢远走？


四

我的拉尔特斯身陷病苦折磨，

勉强的我选择停留。异域风情

在撩拨，振奋之音已不再回响。太多

的遗憾：包头、呼和浩特、北京，

商都和忽必烈可汗的行宫花苑，

西安，太鲁阁，花莲，银川。


五

奥德修斯越过大洋，纵然我感受

想要聆听塞壬之歌的传奇之欲，

而当他的父亲受困，我却遵守

圣人孔子的教诲：为人子须

在家依家，人欲成就高尚，

则必查，必知孝敬。


尚冠文

# 导　言

## 绪　论

　　身处今日的地球村中，我们一直都知晓世界最偏僻的角落里发生的事情，即便我们也会沮丧于无力解决在电视上看到的那些危机，哪怕我们还不能实时地通过电话和计算机屏幕同远在千里之外的人们沟通。这当然不是诸文明历史上的常态。例如，在古代曾存在过令人印象深刻的文明，这些文明孕育了伟大的艺术家和思想家，可他们并不知道，同一时刻在千里之外，也有另一些大艺术家和大思想家在创作同样伟大的诗歌与哲学著作。古中国和古希腊文明的关系就是这样。

　　古中国和古希腊文化在似乎不知晓彼此存在的情况下，各自充当了世界文明进程中两股主要的影响力量。古典时代中国的诸多文本和文化价值遍及整个东亚，成为韩国、日本和越南这些国家的文教基础。哪怕在今天，有些学者仍在谈论"儒家东亚"，认为环太平洋经济体令人吃惊的崛起归功于儒家模式（Chinese style）[1]。类似地，希腊文明也被认为创造了西方的许多思想范式。许多人认为，现代哲学、科学和技术的发展轨迹，早在古代雅典已经被奠定了。这两大文化都是雅斯贝尔斯所谓"轴心时代"的产物[2]，"轴心时代"指的是约公元前 800 至前 200 年间的一段时期，在这一段时期内，创造性的思想家似乎"纷纷从小邦相争的多样性和不稳定性中涌现"[3]。

*2*　　我们对能证明古中国和古希腊间可能确实知晓彼此存在的证据很感兴趣，即便这种知晓很可能并不直接，而且须经由中亚游牧民族作为中介。举个例子，最近在一座公元前 5 世纪的雅典墓葬中发现了中国丝绸，这个惊人的发现表明，西方世界和远东早在已知的丝绸之路建立前几个世纪就存在来往[4]。当然，操印欧语系的民族最早在公元前第二个

[1]　如参 G. Rozman, "The Confucian Faces of Capitalism," 载 *Pacific Century*, ed. M. Borthwick（Boulder, CO：Westview, 1992）, pp. 310–18, 又参 *The East Asian Region: Confucian Heritage and Its Modern Adaptation*, ed. Gilbert Rozman（Princeton, NJ：Princeton University Press, 1991）和 *Confucian Traditions in East Asian Modernity: Moral Education and Economic Culture in Japan and the Four Mini-dragons*, ed. Tu Wei-ming（Cambridge, MA：Harvard University Press, 1996）两部文集中的文章。

[2]　*The Origin and Goal of History*（New Haven：Yale University Press, 1953）.

[3]　A. C. Graham, *Disputers of the Tao: Philosophical Argument in Ancient China*（La Salle, IL：Open Court, 1989）, p. 1.

[4]　Andrew Stewart, *Greek Sculpture: An Exploration*, 2 Vols（New Haven：Yale University Press, 1990）, Vol. 1, p. 166. 斯图尔特认为这些丝绸可能属于阿尔喀比亚德（Alcibiades）家族，"他的铺张奢靡是出了名的"（*ibid.*），参本书第二、三部分对阿尔喀比亚德的讨论。

千年就和中国有密切联系，有可能充当了中西间的桥梁[5]。但如果关于古代中国和希腊文学的比较著作只限于展现这类历史交流的实例的话，那么比较文学家们早就可以收工了。或许"比较文学"的真义之一就在于亚里士多德（Aristotle）的这样一个观察：善于使用隐喻还是有天赋的一个标志，因为若想编出好的隐喻，就必先看出事物间可资借喻的相似之处（陈中梅译）（*Poetics*, 1459a），哪怕这些事物有可能看起来风马牛不相及。对于"为什么要去比较希腊和中国"这个问题，我们的回答是："怎么可能**不**去比较它们？"在日益文化多元的世界中，如果想避免孤立主义，不想把人文学科巴尔干化为彼此分离的文化实体，我们就不得不都成为比较文学家。

古中国和古希腊的研究领域为此提供了一片大有可为甚至是代表性的领地。在何意义上它是"有代表性的"？我们不妨稍微考虑一下与语言和书写文本有关的问题。汉语是汉藏语系中已知最早的书写语言，也是如今全世界使用人数最多的口头语言。古希腊语则是印欧语系中最早的书写语言之一，而印欧语系是母语人口最多的一个语系。事实上，讲汉藏语和印欧语的人口加起来超过世界总人口的四分之三。

古希腊语和古汉语的运作机制非常不同。作为约公元前 500—前 100 年间中国的书面语言，古典汉语主要是单音

[5] 关于这点，参 Victor H. Mair, "Mummies of the Tarim Basin," *Archaeology*（April/May, 1995）: 28–35.

节的（monosyllabic）[6]；语词常常对应单个音节，相应地用单个的汉字来书写。因为古典汉语像大多数现代汉语形式一样，是一种没有屈折变化的语言，通常没法从语词的形式本身判断出我们通常称为"词类"（parts of speech）的那种东西。相反，汉语语法功能的实现依赖于语词的顺序或者合适的语助词。对比之下，古希腊语是一门高度屈折的语言，通过繁复的词形变化将词语安排到复杂的关联形式中。语言学上的这种差异——在此只能过分简略地呈现出来——伴随着一系列可以在文学（希腊史诗和中国抒情诗）、历史（作为统一叙事的希腊历史和作为"片段"展示的中国历史）和哲学（希腊对系统化的倾向和中国对情境反应的强调）中找到的差异。[7]

　　两门语言的文字形式同样对比鲜明。古希腊语用一套来自早期腓尼基楔形文字的字母表来进行书写，最晚可能在公元前10世纪前出现。有人甚至认为，"赢获个体性的决定性一步不是文字本身，而是字母文字……［亦即］在语言中

────────────

[6]　至今仍然让我们不得不接受这个说法的一篇关于早期汉语的"单音节"性质的经典文章是 George A. Kennedy, "The Monosyllabic Myth," in *The Selected Works of George A. Kennedy*, ed. Tien-yi Li (New Haven: Far Eastern Publications, 1964), pp. 104–18. 关于早期中国语言和文本，同时也涉及单音节问题和所谓最早的中国文字形象化形式（zodiographic form）的问题，最新近的、论述也极其清晰的一篇文章是 William G. Boltz, "Language and Writing," in Michael Loewe and Edward L. Shaughnessy (eds), *The Cambridge History of Ancient China, from the Origins of Civilization to 221 BC* (Cambridge University Press, 1999), pp. 74–123。

[7]　相关问题的参考文献，参 Stephen Durrant, *The Cloudy Mirror: Tension and Conflict in the Writings of Sima Qian* (Albany: State University of New York Press, 1995), p. 124, p. 179 n.8。

［用字母来］代表个别声音的相关原则"。[8]众所周知，汉字也许是最具冲击性同时当然也是世界历史上最顽强而有生命力的非字母文字。关于汉字的起源聚讼纷纭，但公元前13世纪的甲骨文清楚地表明，汉字在当时已经形成了一套成熟的体系。汉字很可能起源于象形文字，但到甲骨文阶段，许多字已经由多种方式得以程序化，从而遮蔽了它们象形或表意的源头。语音原则随着文字的发展被广泛采用，并且是一套成熟完备的书写系统得以进一步发展的基础。

至于阅读汉语是否牵涉与阅读希腊文或其他字母文字完全不同的心理学的问题，我们无意在此卷入此类论争。对我们来说重要的是，中国人自己从传统上就认为，他们的文字和文字所代表的自然世界存在某种关联，而这种关联通常是参与性的。许慎（30？—124？年）是第一部中国汉字字源学字典的作者，他认为迈向文字的第一步肇始于传说中的君王庖牺（＝伏羲，约公元前2800年），他"仰则观象于天，俯则观法于地，观鸟兽之文与地之宜"。稍后，许慎又说，黄帝的贤臣仓颉（约公元前2500年）在"见鸟兽蹄迒之迹，知分理之可相别异也"的时候初造书契。[9]

这种关于汉语自然起源的观念无论最终是对是错，它在中国都通过书法艺术而愈加深入人心，文字的书写笔画同书法家用毛笔描绘的竹林、群花、山峦以及自然世界中的其

---

［8］ 参 Florian Coulmas, *The Writing Systems of the World*（Oxford：Blackwell，1989），pp. 159–62 关于这一争议的讨论。

［9］ 《说文解字注》（台北：世界书局，1962 年），页 15A.1。

他事物就此发生了关联。毫无疑问，在汉语这样的文字体系

中，打破书写文字和它所表现出来的世界之间的联系——有些人会认为这种联系是任意的——比在希腊文中要难多了，后者除了表达声音之外什么也表达不了。无论如何，在汉语中至少存在一种持久的**幻觉**，即文字能够直接地、自然地参与它们试图描绘的事物和理念的世界。

## 过往的古希腊和中国比较研究

现在学界已经有一个规模可观的群体在进行古希腊和古代中国的比较研究。即便时不时仍有针对比较研究大方向或者比较研究中据称过分简单化的研究方法的攻讦，比较研究的数量依然在日渐增长并且取得了宝贵的成果。有人也许认为，西方汉学著作由于主要采用了深受希腊人词汇和范畴影响的语言，因此内在地就是比较性的，并且不时地会在一股内生自希腊文学和哲学的焦虑驱动下进行研究。当然，许多最有影响力的汉学研究著作都经常提及古典希腊，将之视为所有有教养的西方读者必要的甚或最重要的参照点。李约瑟（Joseph Needham）的多卷本巨著《中国的科学与文明》（*Science and Civilisation in China*）绝对是 20 世纪最有价值的汉学著作之一，而此书的第二卷正可作为一例。[10] 李约瑟

---

〔10〕 Cambridge：Cambridge University Press, 1956. 第二卷的标题为 *History of Scientific Thought*。

海妖与圣人

在此卷中数百处征引了希腊思想，其中仅亚里士多德就超过四十次。史华慈（Benjamin Schwartz）关于传统中国哲学的权威研究《古代中国的思想世界》（*The World of Thought in Ancient China*）是更为晚近的例子。[11]古希腊哲学在他的书中被提到超过三十次，即便史华慈的主题一如标题所说是古代中国。

许多中国本土的学者，在西方接受过研究生教育后，经常会援引古希腊哲学来检验自己的传统，甚至可以说他们研究的动机也是由希腊模式引起的那种焦虑。胡适的《古代中国逻辑方法的发展》（*The Development of the Logical Method in Ancient China*）是最引人瞩目的例子。[12]此书原本是1917年提交给哥伦比亚大学的一篇博士论文，其中充溢着一种辩护精神，这种精神在同时期的中国知识分子中并不少见。胡适希望唤醒他认为在古代中国本就存在的"逻辑方法"，只不过这种"逻辑方法"长期被道德主义的儒家传统所束缚。他的意图是"让我的同胞们知道，这些西方的方法对中国的智慧来说并不是完全陌生的"（p. 9）。逻辑占有支配地位对他来说是西方最值得赞赏的特点。他相信，正如自己的著作所昭示的那样，比较研究应该试着去揭示中国传统中有潜力引导中国发展出西式科学技术的种种因素。即便是萧公权（Kung-chuan Hsiao）这样不怎么喜欢征引希腊做对比、很少

*5*

---

[11] Cambridge, MA：Harvard University Press, 1985.

[12] 1922; rpt., New York：Paragon, 1963.（[译按] 该书中译题为《先秦名学史》，中国逻辑史研究会集体译，李匡武校订 [上海：学林出版社，1983年]。）

提倡仿效西方观念的学者，也忍不住要在极具价值的一卷的结论部分猜想，假设不是佛教而是希腊哲学或罗马法在公元前3世纪左右被引入中国的话，那么"人们至少可以放心得出结论，（中国的）政治思想和制度会呈现出更加积极的内容，还有更迅速的变革或进步"。[13]

研究西方哲学和古典希腊的专家通常并不关注中国。但有两个值得注意的例外：诺斯罗普（F. S. C. Northrop）和劳埃德（G. E. R. Lloyd）。诺斯罗普是位哲学家，在1946年出版了题为《中西之会：关于世界理解的研究》（*The Meeting of East and West: An Inquiry into World Understanding*）的著作。[14]在这本书里，作者构建了东方知识和西方知识的全面对比：西方知识被表达为"逻辑地写成的科学、哲学论述"，而掌握东方知识的人则集中"关注当下领会到的，他与之打成一片的感性绵延"（p. 318）。在另一处他解释说，前一种知识源于"公设概念"（concepts by postulation），而后一种知识源于"直觉概念"（concepts by intuition）。[15]

诺斯罗普展示的这种全面对比已经非常接近于著名希腊科学史家劳埃德试图"揭秘"的那些"思维"（mentalities）了。劳埃德的研究著作《思维解谜》（*Demystifying Mentalities*）

〔13〕 *History of Chinese Political Thought*, Vol. 1: *From the Beginnings to the Sixth Century A. D.*, trans. F. W. Mote（Princeton, NJ: Princeton University Press, 1979）, p. 667.

〔14〕 New York: Macmillan, 1946.

〔15〕 *The Logic of the Sciences and the Humanities*（New York: Meridian Books, 1947）, pp. 77–101.

条理出众且颇具论战意味[16]，他意在驳斥差异分明的文化心态理论，例如列维－布鲁尔（Lévy-Bruhl）坚信的"原始思维"，或弗雷泽（James Frazier）提出的作为一个名副其实的文明所必经的三个演进阶段：巫术、宗教和科学思维。劳埃德对"思维"观念的攻击颇有说服力。他比较了古希腊和古代中国思想中某些特定的方面，而这些方面或许恰好可以从本质上代表这两种截然不同的思维。他对比了"希腊式的对根本性问题的执着以及对极端或根本性解决方案的偏好"和中国"发达的实用主义倾向，连同一种关于什么是管用的以及如何才能付诸使用的对实用性的关注"（p. 124）。但接下来劳埃德并未通过推论存在一种本质上希腊式的和一种本质上中国式的思维来解释这种对比。他认为这种对比反而来自两个文化在社会政治语境中的具体差异。他指出，战国时代的中国并不存在任何能等同于希腊城邦政体和政治组织多样性的东西以推动思想争鸣。并且，在中国哲学论证似乎总是为了劝谕皇帝、君主或诸侯，劳埃德相信这种状况抑制了某些类型的争论。劳埃德关于希腊和中国思想及相关政治语境中的区别的观点是极为有益的。

*6*

在较新近的一部著作《异见与权威：探究古希腊与中国的科学》（*Adversaries and Authorities: Investigations into Ancient Greek and Chinese Science*，1996）中，劳埃德继续批评学界

---

[16] Cambridge：Cambridge University Press，1990.

区分出明确的希腊和中国式思维的风潮，并表明他反对这一研究进路主要是因为"它甚至根本没有给出解释的起点，而充其量是在罗列有待解释的东西"。[17]他认为比较文学家们要做的是去找出对比的两边各自试图回答的**问题**是什么。他试图在这本书中表明，这类考察往往会揭示出希腊人和中国人是在应对完全不同的问题，一些显著的对等经过这般考察往往会被证明只是假象。

过去几年在中希比较研究领域还出现了好几部重要著作。这些新著主要来自汉学阵营，倾向于关注中国文化中所谓的独特之处，而这些作者往往把中国文化视为西方文化的"他者"。我们从其中的不少研究中获益颇丰，也频繁地在注释中加以征引。篇幅所限，我们无法在此逐一讨论这些著作。但有三项最近的比较研究与《海妖与圣人》这本书特别有关，在此愿聊表肯认。

目前影响最广泛的比较研究之一和此书一样属于合作计划。汉学家安乐哲（Roger T. Ames）和哲学家郝大维（David L. Hall）合著了三本论战性的著作。其中第一本《通过孔子而思》（*Thinking Through Confucius*）是从当代西方哲学中的一些具体问题出发重新思考孔子（郝大维和安乐哲也许会说成是"不去思考"孔子［unthinking Confucius］）的一次尝试。在影响更广的第二本书《期待中国：中西哲学文化比较》（*Anticipating China: Thinking*

---

〔17〕 Cambridge：Cambridge University Press，1996，p. 3.

*Through the Narratives of Chinese and Western Culture*）中，两人尝试在他们所谓的"第二问题框架"（second problematic thinking）和"第一问题框架"之间进行某种对比，所谓"第二问题框架"或称"因果思维"（causal thinking），而"第一问题框架"则与"类推或关联思维"有关。在古典西方一直强调的超越、秩序、永恒同中国偏重的实用主义、模糊性和变易之间，这本书建构出非常强烈的对比。在比较的每个阶段，两人都承认每个文明内部都存在对立的哲学思潮，因此，批评他们太过强调双方对立性的观点就被削弱了。他们的第三本书《汉哲学思维的文化探源：中西文化中的自我、真理和超越》（*Thinking from the Han: Self, Truth, and Transcendence in Chinese and Western Culture*）[18]，关注三个中心论题：自我、真理和超越。他们认为，这三个论题"最能凸显出中西对话者间存在的壁垒"[19]。有赖于郝大为和安乐哲的研究，我们不免会得出某些和他们相近的结论，但彼此的关注点并不一样。此书的目标是探究对应的比喻或象征手法（figurations or symbolisms），而不是抛

7

---

[18] *Thinking Through Confucius*（Albany：State University of New York，1987）；*Anticipating China: Thinking Through the Narratives of Chinese and Western Culture*（Albany：State University of New York，1995）；*Thinking from the Han: Self, Truth, and Transcendence in Chinese and the Western Culture*（Albany：State University of New York Press，1998）.（[译按]此处提到的第三本书，中译题为《汉哲学思维的文化探源》，施忠连译[南京：江苏人民出版社，1999年]。）

[19] Ibid., p. xviii.

出一套大而化之的东西方对比。[20] 我们将会对筛选出的一批文本进行细致考察，并将主要从文学的角度处理这些文本，基于此总结出一些异同规律。

瑞丽（Lisa Raphals）的著作《了解语词：中国和希腊古典传统中的智慧和狡计》（*Knowing Words: Wisdom and Cunning in the Classical Traditions of China and Greece*）书名就极具暗示性。这部著作和本书一样，比郝大维和安乐哲的研究更接近严格的文学领域。但她的关注面比《海妖与圣人》更窄，也更技术性。瑞丽的主题是古典时期希腊和中国"狡智（metic intelligence）的起源"[21]，它来自法国古典学家德蒂安（Marcel Detienne）和维尔南（Jean-Pierre Vernant）的著名研究[22]，而瑞丽将这种狡智的命运下溯至后古典时代的中国小说，例如《三国演义》（约 1500 年）和《西游记》（约 1600 年）。和瑞丽教授不同，我们的研究自限在两个文化的古典时期：希腊一边止于亚里士多德（公元前 384—前 322 年），中国一边止于司马迁（公元前 145—前 86 年）。虽然主题和重点不同，我们还是认同瑞丽教授的一个信念，即比较研究如果要开展，

---

[20] 我们倾向于用"形象塑造"而不是"象征手法"这个术语，因为"象征"（symbol）在西方思想传统中被认为指向一个超越的领域，我们不能预设这在中国也存在。当本书用到"象征"这个术语时，我们的意思和马拉美（Mallarmé）的象征主义诗歌中的意思差不多，指那种暗示性的、指示性的东西，指那种超出自身的意义（而不一定要指涉"超越性的"意义层次）。

[21] *Ithaca*, NY: Cornell University Press, 1992, p. xiii.

[22] *Cunning Intelligence in Greek Culture and Society*, trans. Janet Lloyd (Chicago: University of Chicago Press, 1991).

就必须首先尝试用每一个思想传统自身的话语去理解它。[23]

于连（François Jullien）在最近几本书中恰恰都在尝试做这件事。[24]鉴于他拒斥"天真的，似乎能把任何东西直接从一个文化转移到另一个文化中的化约做法"[25]，于连在我们看来是在努力辨认出中国传统文化中一些独特的语词或思想倾向，恰恰因为它们如此彻底而自然地内生在中国人的话语中，因此极少被单独讨论。这些特点，例如优先使用间接表达（indirect expression），或者强调事物的"安排"（deployment）和"处境"（situation）而非其内在性质（inherent quality），在于连眼中成了解释（西方与）中国"差异"的思想资源，同时也是建立（中国）与西方文化富有成效的比较的基础。无疑，他的比较主要受到中国因素的驱动，他认为等式的这一边能够提供一个视角从"外部审视我们的想法"（*pour envisager notre pensée au dehors*）[26]。这一度招来批评，认为于连建构了一个"他者"（如中国），却并未首先清楚地定义和澄清他首要的参照点（如希腊和西

8

［23］ *Cunning Intelligence in Greek Culture and Society*, trans. Janet Lloyd（Chicago: University of Chicago Press, 1991）, pp. 7-8. 也参见史华慈对瑞丽这本书的精彩评论，载于 *Harvard Journal of Asiatic Studies*, 56（2）（December 1996）: 229-30。

［24］ 尤其参见 *The Propensity of Things: Toward a History of Efficacy in China*, trans. Janet Lloyd（1992; New York: Zone Books, 1995）和 *Le détour et l'accès: stratègies du sens en Chine, en Grèce*（Paris: Bernard Grasset, 1995）。

［25］ *The Propensity of Things*, p. 20.

［26］ *Le détour et l'accès*, p. 9.

方）[27]。尽管于连在论证模糊性或间接性在中国思想中占主导地位时才华横溢、令人信服——相对于西方话语中占主导的直接性，但他并没有视而不见西方哲学传统中对间接性的强调——正如他在对柏拉图第七封信的评论中表明的那样。[28] 不过在我们看来，此处的对比并不像于连希望我们相信的那样浅显易见。进而，我们将论证柏拉图的文本远比传统理解所允许的或于连所表明的——即便从他对柏拉图更加细致入微的解读去看——要更加隐晦和具有暗示意味。

本书所呈现的希腊–中国比较两端是否得到适当的平衡仍然有待评判。当然我们会同意，两个传统中的任何一个都无比丰富且复杂。在我们看来，任何的比较研究几乎都不可避免要铲平或过分简化这两大传统的其中一个（或两个！）。但也许我们不应过分介怀于此。进行这项艰难的比较工作最好能够调动多样的研究进路和学科训练。对于古希腊和古中国这两个包罗万象的文明来说，没有哪一部学术著作胆敢奢望道尽在文学作品比较之中所有可称道的东西。

# 圣人

圣人（Sage）一词在古代中国典籍中无处不在，用来

---

〔27〕 雷丁（Jean–Paul Reding）——他本人就是一位著名的比较文学家——在发表于 China Review International, 3（1）（Spring, 1996）: 160–8 的一篇于连著作评论中提出了此批评。

〔28〕 *Le détour et l'accès*, pp. 287–8.

指拥有完美智慧和理解力的人。约公元 100 年左右写成的中国第一部字典，将"圣"（sageness）同"洞见"（"通"，to penetrate）、"理解"（"叡"，to comprehend）的能力联系起来。[29]最早出现"圣"的中国典籍之一《书经》（约公元前 300 年）这样解释道："圣就是理解一切事物。"（"睿作圣"，sageness is to understand all things。）这种观念把圣人视为知识的拥有者，而这种知识的意思是无所不包的理解力。我们可以在孔子那里找到这层意思（如《论语》，7.34），他以标志性的谦虚明智地否认自己达到了这种崇高的地位："若圣与仁，则吾岂敢？"在《道德经》中，老子将圣的理想从无所不包的理解力变成了让人参与到**道**的整一性（oneness）中的那种智慧："圣人抱一为天下式。（By embracing oneness, the sage acts on behalf of all under heaven. ）"（22.7–8）[30]

我们希望将本书副标题中的"知识"和那种对无所不包的理解力的理想等同起来。那么我们所说的圣人的"智慧"究竟是什么意思呢？我们不妨仔细阅读《道德经》第一章：

> 道可道，非常道。名可名，非常名。无名天地之始。有名万物之母。故常无欲以观其妙；常有欲以观其徼。此两者同出而异名。同谓之玄。玄之又玄，众

---

[29]《说文解字注》，12A.7。

[30] "圣"字在《道德经》中出现了 23 次，而在篇幅更长的《论语》中只出现了 8 次。

妙之门。[31]*

---

[31]　此处及以下的翻译，除非另行说明，皆为我们自译。《道德经》曾数百
　　　次被译成英文，每年都有新译本面世。我们尤其推荐刘殿爵（D. C. Lau）
　　　相对传统的译本：D. C. Lau, *Lao Tzu, Tao Te Ching*（Harmondsworth：
　　　Penguin, 1963），该本后来根据近年出土的马王堆帛书本修订，并由人
　　　人文库（Everyman's Library）出版（New York：Albert Knopf, 1994），
　　　另外我们推荐韩禄伯（Robert G. Henricks）的学术性译本：Robert G.
　　　Henricks, *Lao-Tzu, Tao-te ching*（New York：Ballantine Books, 1989），该
　　　本同样仔细参照了马王堆帛书本。
　　　　由于此第一章有如此众多的翻译，我们自己的译文有两部分需要
　　　稍作说明。首先，一般的翻译"能被说出来的道路……"（The Way that
　　　can be spoken ...）存在一处语法上的误解。关于这点，参 Chad Hansen, *A
　　　Daoist Theory of Chinese Thought: A Philosophical Interpretation*（New York：
　　　Oxford University Press, 1992），p. 215。其次，一般倾向于随大流在行 5 和
　　　6 的"无"字和"有"字之后断句，使句子变成"没有"和"有"的对比
　　　而不是"没有意向"和"有意向"的对比。如此一来我们可能会译成：
　　　因此，
　　　　常常没有，人会意图观察其种种奇妙；
　　　　常常有，人会意图观察其种种表现。
　　　　陈汉生（[Chad] Hansen）是这种读法的支持者之一（*ibid.,* p.
　　　221）。但 1973 年出土的现存最早的《道德经》文本马王堆帛书本让这
　　　样一种读法变得不甚可行。关于这点，参 A. C. Graham, *Disputers of the
　　　Tao: Philosophical Argument in Ancient China*（La Salle, IL：Open Court,
　　　1989），p. 219。又参陈荣捷（Wing-tsit Chan）的评论：Wing-tsit Chan,
　　　*The Way of Lao Tzu*（New York：Macmillan, 1963），p. 100。
*　　　根据书中的英译，对应的现代汉语直译作：如果道路（a way）可以被
　　　说出来（或者追随），它就不是常道（the constant way）。如果名字（a
　　　name）可以被命名，它就不是常名（the constant name）。无名是天地
　　　的起始。被命名 / 有名（named）是万物的母亲。因此，常常没有意向
　　　（not having an intention）来观察其种种奇妙；常常有意向性来观察其种
　　　种表现（manifestations）；这两者一起出现但命名不同。一起出现他们
　　　被称为玄秘。玄秘加上玄秘，是许多奇妙的大门。（凡此类符号标注的
　　　均为译者或校者注，全书同。——编者）

这一段在西方被翻译、阅读和评论的次数超过古代中国文学作品中的任何一个文段。

《道德经》有时被译作"关于道及力的经书"(the Classic of the Way and Its Power），是一部篇幅短小的著作，传统上托名为老子（约公元前 6 世纪）这位高深莫测的人物所作，或称其为"年长的大师"(the Old Master），但这部著作肯定是在老子据称生活的时代之后的几个世纪才写成的。由于老子讨论了语言的不充分性和必要性，上引的第一章在全书中起到了纲领作用。名称将思想和事物的世界切割为个别单元，并且要服从持续的变化，它永远不足以表达人对统一体或起源的体验。我们认为，至少在任何严格指涉性的或纯粹散漫的方式中，这种关于统一体和起源的经验是不可能被传达的。"无名是天地的起始"，为什么起始是无名的？有没有可能它无名的部分原因在于万物的起始无法被概念化，因此无法被命名？在天地的起始**之前**有什么？[32]无？然而无不也仍是有吗？[33]看起来在命名时我们会用一种指涉的方式去命

---

[32] 在一段印度吠陀经文中，无法认识开端的问题是以一种不同的方式提出来的。这段经文在时间上可能离《道德经》不远：

> 谁确切知道它；谁能宣称它在此；特别是，它从什么那里生出来，这创生又来自何处？诸神后来才出现——在创世之后。那么，谁知道它从什么演变而来？
>
> 这创生来自何处，他是否创造了它或者他是否并没有——他是居于最高天中的此世主宰——只有他知道，还是说，也许，连他也不知道。

*Sources of Indian Tradition*, Vol. 1 (New York: Columbia University Press, 1958), p. 16.

[33] 如参《庄子》2.4。

名事物。我们生活在"万物"的世界中，命名将万物带入概念性存在，允许我们将一物从其他事物中分殊出来，允许我们去沟通、操纵现实，如果我们想要生存下去就必须如此，在此意义上，命名是这些物的"母亲"。但命名虽然必要，却也会将我们从命名活动——譬如命名万物起源，抑或是命名时伴随着道的那种整一性体验——试图描述并由此命名的那些体验中切割出去。《道德经》的作者就活在"无名"和"有名"的张力之中。

这位作者还生活在"无欲"和"有欲"之经验的张力之中。欲（intention）对于《道德经》首章的作者而言，似乎特别指代了想要概念化并操控现实的欲望。正是这种对于有意的意向主义的抑制，描绘出了参与"道"之整体进程的美妙体验——就我们所能使用的语言来描绘的话。"此两者同出而异名。同谓之玄。"是哪两者？"两者"最为直接地指代了"无欲"和"有欲"，它们平行于此前提到的另一组概念"无名"和"有名"。

作者暗示，"无欲"和"有欲"之间既无区别又有区别。"无名和有名"之间既无区别又有区别。这是个似非而是的真理——也可以说是个谜（"玄"，mystery）——因为区分"常无欲"和"常有欲"或"无名"和"有名"的必要语言活动，让这些对子的每一个成分都**显得**确实像一个不同的实体。但并非如此。单纯从逻辑的角度看，我们可以命名有名者但显然无法命名无名者，否则无名者就不是无名者了。而这位思想家既想要命名无名者，又暗示无名者无法被命名。也许因为语言在传统上被用来描述事物和概念，其自身无法充分表达参与到道之中的体验——因为这种体验，在整全无损的情况下，必然会消解一个人的个体性、独立性和对语言的这种区分活动的需要。对于《道德经》首章的作者来说，语言现在似乎**既**指涉外部现实和万物世界，**又**能唤醒一个人参与道的原始神秘体验。

借用沃格林（Eric Voegelin）的术语，语言既反映着意识的佯谬，又参与其中。意识必须同时从其**意向性**（intentionalist）和**参与性**（participatory）这两种模式去理解[34]。意识指示对象，在这种运用意向性的能力中，现实就由通过意识的这个方面所指示的"事物"构成，意识的此一方面亦即沃格林称作"物-现实"（thing-reality，老子称作"万物"）的方面。但如果思想家将物-现实

---

[34] 参 *In Search of Order*，即 *Order and History*（Baton Rouge：Louisiana State University Press，1956–87）一书的第五卷（作者身后出版）。关于老子和沃格林问题的相似之处，参 Seon-Hee Suh Kwon，"Eric Voegelin and Lao Tzu：The Search for Order，" Ph. D. dissertation，Texas Tech University，1991。"意向性"和"参与性"这两个术语在西方哲学中源远流长。沃格林从胡塞尔（Husserl）那里继承了"意向性"这个术语。胡塞尔意义上的"意识的意向性"，列维纳斯（Emmanuel Levinas）写道，又是"胡塞尔从布伦塔诺（Brentano）那里借来的主题……而这个主题是布伦塔诺从经院哲学那里拿来的"（*The Theory of Intuition in Husserl's Phenomenology*，second edition，trans. Andre Orianne［Evanston，IL：Northwestern University Press，1995］，p. 42）。关于"参与性"（在柏拉图和亚里士多德那里被称作 *methexis* 或 *metalepsis*）这个术语在西方哲学和神学思想中的历史，参 M. Annice，"Historical Sketch of the Theory of Participation，" *The New Scholasticism*，26（1952）：47–79。

*11* 视作全部，他／她就会陷入一种"充满想象力的遗忘"
（imaginative oblivion）活动中。因为意识还有参与性的维
度。意识不只意味着指示着客体的主体，它也是沃格林所
谓的"物－现实"（It-reality，老子之道的一个重要方面）
的参与者。[35] 意向性行为总是在现实的某种理解结构中
现身。[36]

　　本书副标题中的"知识"和"智慧"区别何在？两者
的区别与意识的佯谬又有何关系？我们都欲求知识，但这种
求知以及掌控现实的欲望，其剧烈程度有可能会造成人类灵
魂（psyche）的严重失衡。我们可能会忘记，求知欲产生于
对现实的理解结构（道）中，人的意识本身只是这个无法彻

[35] "It-reality"这个短语中的"It"也就是在日常语言中譬如"下雨了"（"it
rains"）这个短句里出现的这个神秘的"it"（*In Search of Order*, p. 16）。
（［译按］从语法的角度来说，"it rains"这个短句中的 it 充当无实义的
助词，无法被单独译为中文，故不译为代词"它"，勉强译为"那"。
译者认为不应译为"此"或"这"。［校按］查考前人的翻译，亦有译
者将 it-reality 翻作"它－实在"。）
[36] 在寻觅西方哲学语言中与老子的语言类似的词汇时，我们意识到存在着
模糊两个传统中某些重要差异的风险。例如安乐哲和罗思文（Henry
Rosemont）就在他们的《论语》译本（*The Analects of Confucius: A
Philosophical Translation*［New York：Ballantine Books, 1998］）引论
中令人信服地提出，古代汉语必须被更多地视为一门事件语言（event
language）而非"事物"语言（"thing" language）；因此像沃格林的
"物－现实"这种术语并不十分贴近古代中国思想的精神。但沃格林的
分析——虽然的确是用西方哲学语言写成的——要旨恰恰在于制止那
种经常被归咎于西方思想的习惯性的事实化（reification）——例如存
在着客观在场的、能被表现的"事物"：按照沃格林的分析，摆出这个
制止手势的动机乃是想更加确信地描述意识参与到现实之中的确切体
验（广义上的）过程。

底掌控的结构的一部分。在求知欲中，我们可能会失去圣人的智慧。知识和智慧将彼此龃龉。

以上关于语言和意识的分析是我们自己"命名"本书问题意识和研究进路的方式。《道德经》第一章暗示了一种关于意识结构和语言与现实间关系的理论，这套理论在比较古中国和古希腊文学的过程中极富启发性。我们在柏拉图《会饮》（*Symposium*）中第俄提玛（Diotima）对苏格拉底（Socrates）的评论里（203b–204a）也能找到同样的形象，其中先知讲述了一个神话，把哲学追问（追求爱智）过程中的那种爱欲经验描述为意向性寻求（intentionalist seeking，*poros*）和有所欠缺的接受性（needy receptivity，*penia*）的结合。中国的圣人和西方的哲人都表明了那种智慧的本性——在更早的作家（例如诗人）那里已经表达过这种智慧，但终究缺乏分析上的精确与简练——这种智慧让他们能活在无名和有名、整一性的参与体验和自身无法摆脱的个体感的张力之中。本书选取了从《诗经》（*Classic of Poetry*，约公元前1000—前500年）和荷马（Homer，约公元前900—前700年）创作之时开始，到司马迁（公元前145—前86年）创作之时为止中国和希腊作家的部分著作，对这种张力进行比较性的探索。

在第一部分，我们将比较中国和希腊文学史上最早的且几乎是同期创作的两部作品，《奥德赛》（*Odyssey*）和《诗经》。第二部分将对观两位史家修昔底德（Thucydides，约公元前460—前398年）和司马迁的史著。第三部分将比较中国（孔子、老子和庄子）和希腊（柏拉图）哲学中的几个中心人物。我们将看到，希腊的作家们常常强调意向性，而中国的思想家们也许对参与性的维度更敏感。但这并不意味着我们在中国找不到强烈的意向性类型或者在希腊找不到参与性传统。事实上，正如我们在第三部分将讨论到的，正是惠子等人的意向主义学说引发庄子站在参与性立场提出批评。无独有偶，正是柏拉图创造了"参与"（*methexis*）这个哲学术语。

*12*

需要注意的是，本书呈现的柏拉图不像传统所理解的那样是个毫不妥协的形而上学绝对主义者，而更像一个心态开放、不断尝试的追问者，同老子、庄子颇多共通之处。道家的圣人乍看之下会与退避政治的思想更合拍——而非柏拉图，这正是希腊怀疑主义创始人伊利斯的皮浪（Pyrrho of Elis，约公元前365—前275年）、伊壁鸠鲁主义者或斯多亚主义者的标志性思想。但在柏拉图和老、庄思想间有许多值得注意的呼应。并且，对西方思想影响最大的不是皮浪，也不是伊壁鸠鲁主义者或者斯多亚主义者，而是柏拉图。正如怀特海（Whitehead）在他那句迄今仍广为人知的评论中所说的那样："对欧洲哲学传统最保险的概括是，它只是一系列柏拉图思想的注脚。"[37]

［37］ Alfred North Whitehead, *Process and Reality: An Essay in Cosmology* (New York: Macmillan, 1929), p. 63.

## 海妖

我们已经指出，道家的圣人试图在无名与有名、整一性的参与体验与自身无法摆脱的个体感之间的张力中活着。因此，我们将论证以柏拉图为代表的希腊哲学家也是如此。关于本书标题中的"圣人"说的已经差不多了。但"海妖"说的又是什么？在自特洛伊（Troy）返乡的艰辛路途上，奥德修斯（Odysseus）必须经受无数的考验与诱惑。其中之一就是遭遇海妖塞壬——这是他逃离美丽的女妖基尔克（Kirkê）的魔爪之后的第一个遭遇。[38]荷马并没有描述这两个塞壬长什么样。视觉艺术家会将她们描绘成女人头鸟身的怪物。虽然塞壬对古希腊人来说代表着什么我们并不完全清楚，但

[38] 关于塞壬对着被缚在桅杆上的奥德修斯歌唱的生动画面再现，可参那个著名的绘有红色图案的酒罐（stamnos），断代在约公元前 475 年，托名"塞壬绘工"（the Siren Painter）所作，为大英博物馆 E 440 号瓶罐藏品（［译按］酒罐的创作者姓名不存，大约活跃于公元前 480—前 470 年间，其一系列作品呈现出较鲜明的个人特征，作为其代表作之一，后人用这个酒罐的图案题材将他命名为"塞壬绘工"。见大英博物馆网站的介绍：http://www.britishmuseum.org/research/collection_online/collection_object_details.aspx?objectId=399666&partId=1。）其他古代艺术品中关于塞壬的画面及其与《奥德赛》文本关系的讨论，参 Diana Buitron, Beth Cohen, Norman Austin *et ai*, *The Odyssey and Ancient Art*（Annandale-on-Hudson, NY: Edith C. Blum Art Institute, 1992）, pp. 108–11. 从更严格的文学进路讨论塞壬在荷马诗歌中的意义的研究著作，参 Lillian Eileen Doherty, *Siren Songs: Gender, Audiences, and Narrators in the Odyssey*（Ann Arbor: University of Michigan Press, 1995）, 又参 Pietro Pucci, *Odysseus Polytropos: Intertextual Readings in the Odyssey and Iliad*（Ithaca, NY: Cornell University Press, 1987）, pp. 209–13。

是按照最近的牛津版《奥德赛》评注主编胡贝克（Alfred Heubeck）和霍克斯特拉（Arie Hoekstra）的说法，可以"确定"的是，"人兽杂合体的观念和图像描绘……都受到东方模型的影响"，[39] 它们很可能来自古代近东地区。

当奥德修斯的船驶近塞壬的小岛时，风突然停住了。他谨慎地听从基尔克的指示（12.47-54），命令船员用蜡封住耳朵。他让他们把他绑在桅杆上，留着耳朵不堵住，以便聆听塞壬的歌唱。他警告船员们，即使他苦苦哀求，也不能给他松绑。如果他要求松绑，那么反而要把他绑得更紧。这支塞壬之歌到底是什么？为何能有如此魔力，让所有听见它美妙音符的人都丢掉性命？

> 光辉的奥德修斯，阿开奥斯人的殊荣，
>
> 快过来，把船停住，倾听我们的歌唱。
>
> 须知没有人驾驶乌黑的船只经过这里时
>
> 会不听一听我们唱出的美妙歌声，
>
> 体验过我们歌声迸发的人，比他来之前所知更多。
>
> 我们知道在辽阔的特洛亚阿耳戈斯人

---

〔39〕 *A Commentary on Homer's Odyssey*, 3 vols（Oxford: Clarendon Press, 1988–92），Vol.2, p. 119. 又参胡贝克和霍克斯特拉征引的 M. P. Nilsson, *Geschichte der griechischen Religion*（Munich, 1967），Vol. 1 , pp. 228–9。这类杂合怪物并非不见于早期中国，最近对此的讨论可参 Michael Loewe, "Man and Beast: The Hybrid in Early Chinese Art and Literature," in *Divination, Mythology and Monarchy in Han China*, University of Cambridge Oriental Publications 48（Cambridge: Cambridge University Press, 1994），pp. 38–54。

和特洛亚人按神明的意愿忍受的种种苦难，

我们知悉丰饶的大地上的一切事端。（12.184–191）

　　塞壬提供给奥德修斯易于理解的、绝对的知识，这种知识使人不需再追问，因为她们知道一切（*idmen gar toi panth'*，189）。这正是孔子（《论语》7.34）明智地否认他可能拥有的那种理解力。塞壬许诺消除写下《道德经》第一章的圣人所道出的那种艰难但必要的张力。她们帮助把意向性知识拔高到全知的地步，正如黑格尔（Hegel）在《精神现象学》（*The Phenomenology of Mind*）序言中所许诺的，他的著作将会"让哲学接近科学的形式——一俟达到目标，它就能放下**爱**知识之名，变成实在的**知识**"，因为"只有以科学这种形式系统地发展的真理才是真理存在的真正形态"。[40]换句话说，塞壬提供的正是会让圣人的**智慧**变得不必要的那**种知识**。那些经不住诱惑中断行程的人变成了塞壬脚边那一大堆（*polus this*，12.45）被风干的人皮盖住的累累白骨。

　　荷马为我们展示了一个冲击力十足的奥德修斯形象：紧缚在船桅杆上，被耳朵堵蜡的同伴们包围着，探听塞壬的歌声。这个场景生动地描摹出了那种张力：一方面是去体验（归根结底虚幻的）彻底沉浸于"存在"（希腊哲学家们后来会表达这种感受）的欲望，另一方面则是去维持受束缚的个

---

[40] *The Phenomenology of Mind*, trans. J. B. Baillie（New York: Harper Torchbooks, 1967）, p. 170.

体感觉的意志。奥德修斯——所有人中只有他——二者兼得，但张力本身是无法忍受的。因此这个场景同时具有两种含义：它既表现了奥德修斯臣服于绝对知识的幻象的欲望，又刻画了这位希腊英雄如何奋力维持对以下真相的必要觉知：在探求智慧的无尽旅程中，意向性的求知者永远不过是个被肉身所缚的参与者。《诗经》中的古代中国诗人们是否也表达了相似的欲望和洞见？让我们通过比较分析大致同时期的《奥德赛》和《诗经》来处理这个问题。

## 第一部分

# 意向性的萌芽

## 《诗经》与《奥德赛》

希腊与中国的文学、诗学传统始于荷马和《诗经》。这 *19*

些作品的创作时间几乎相同，但结构和风格迥异。《奥德赛》是一部主题统一的鸿篇叙事，展现了一位英雄只身追求智慧、回返故乡的故事。中国的《诗经》则是 305 篇异彩纷呈的短诗合集。

虽然甲骨卜辞、青铜铭文或许还有《尚书》（*Classic of Historical Documents*）和《易经》（*Classic of Changes*）中的部分内容早出于《诗经》，但《诗经》在中国文学舞台上的出现及其带来的冲击力却令人始料未及。几乎可以肯定，这部合集中的诗歌是对一个漫长而繁荣的口头歌谣传统的书面编定。四音节的诗行在这些诗歌中占主体，虽然大多数篇目都共享这一形式特征，每一篇的内容和主旨却大相径庭。其中最久远的诗，尤其是"颂"这部分中的诗作，由于带有宗教性，几乎可以肯定是在祖先神龛前的仪式上演出的诗歌。其他诗歌，尤其是"大雅"部分，都篇幅较长，用以颂扬诸如周邦创建者文王、武王等王室先祖，而且可能是宫廷礼仪的一部分。还有另外的诗，特别是"风"这部分，主要表达如恋爱、婚姻、离弃、战争和农事等一系列宽泛的主题。如 *20*

前所述，诗歌的创作时间跨度很大，有的可能来自周代早期（约公元前1045—前221年），另一些则可能迟至公元前6世纪末。[1]按照史家司马迁在其著作中首先证实的传统说法，孔子是这部合集的编定者，他从一批数量远为庞大的诗歌中，筛选出了传世文本中的这300余首诗歌。虽然这一说法值得怀疑，但孔子很可能熟悉这个合集，而且可能用它作为教授弟子的主要文本。[2]

中国的《诗经》中有一些叙事诗，尤其是颂扬王室先祖的诗，但主要还是抒情（lyrical）诗。"诗"这个词最早的定义非常接近抒情的路子：在周代早期文本的表述中，"诗"能"言志"（articulates what is on the mind intently）；[3]后来的定义发展了这个模式："诗者，志之所之也。"[4]我们应该注

---

〔1〕 根据白一平（William H. Baxter Ⅲ）的音韵学研究，一些诗歌可能在这个时期之后经过了加工。参见 William H. Baxter, "Zhou and Han Phonology in the *Shijing*", in William G. Boltz and Micheal Shapiro（eds），*Studies in the Historical Phonology of Asian Languages*（Amsterdam：John Benjamin, 1991），pp. 1–34。

〔2〕 即便是这一频繁出现于论及中国的二手学术著作的观点，现在也必须有保留地赞同它。E. Bruce Brooks and A. Taeko Brooks, *The Original Analects: Sayings of Confucius and His Successors*（New York：Columbia University Press, 1998），p. 255.

〔3〕 出自《书经》"舜典"部分，译文据 Stephen Owen, *Readings in Chinese Literary Thought*（Cambridge, MA：Harvard University Press, 1992），p. 26。

〔4〕 出自《毛诗》"大序"（the *Great Preface*），此序必定在公元前2或前1世纪就已成如今之形。可参 Stephen Owen, *Readings in Chinese Literary Thought*, p. 40 中提供的文本和另一种翻译。对"诗"这个早期定义及其与中国诗学关系的进一步研究，可参 Steven Van Zoeren, *Poetry and Personality: Reading, Exegesis, and Hermeneutics in Traditional China*（Stanford, CA：Stanford University Press, 1991），pp. 52–79.

意，古代汉语并不区分"志"（mind）和"心"（heart）——因此"诗"同时表达了我们现代西方人会区分开来的"思想"（thought）和"感受"（feeling）这两者。《诗经》的艺术感染力在很大程度上来自诗人如何将其内心体验用文词真实、完满地表达出来。刘勰（约465—522年）或许是中国最杰出的文学批评家，他赞赏《诗经》的原因就是其"什篇"中的情感真实性，他说："昔诗人什篇，为情而造文。"[5]因此，"诗"这种文学类型要有所成就，就要始终将心中早就蕴含着的东西雅致地、真诚地外化出来。

强烈的情感激荡也是荷马《奥德赛》中的关键意向。荷马的六音步扬抑格（dactylic hexameter）是一种相对较长并且严肃而雄壮的诗行，能充分表达其英雄主义的内容。但我们很可能不会将荷马的诗描述为"心中蕴含之物的真诚外化"。荷马强调行动或情节，以及角色特征在行动中被揭示的方式。亚里士多德在《诗学》（*Poetics*）中的系统阐述很大程度上来自对荷马诗歌的阅读，他就认为诗是行动的模仿（*mimesis*）。[6]诗（*poiêsis*）这个词来自动词*poiein*，意思是"制造"，诗是一种编造，一件被造物。真诚通常并非要义，因为诗并不定然讲述字面上或史学意义上的真理。奥德修斯有许多美德，但"真诚"肯定不是我们最先想到的。在

---

〔5〕 另一种翻译及全文，参 Owen, *Readings in Chinese Literary Thought*, p. 243。

〔6〕 关于亚里士多德与荷马的关系，参 Steven Shankman, *In Search of the Classic: The Greco-Roman Tradition, Homer to Valéry and Beyond* (University Park: Pennsylvania State University Press, 1994), pp. 63–76。

21　《伊利亚特》(*Iliad*) 第 9 卷，当奥德修斯来到阿基琉斯
（Achilles）的营帐前试图劝说这位满腹不悦的勇士回到希
腊联军阵营中加入战斗时，阿基琉斯说过一段著名的话：
"我厌恶那心里想着一事却说着另一事的人，如同厌恶哈
德斯（Hades）的大门。"（312–13）[7]在《伊利亚特》最著
名的场景中被荷马笔下最伟大的英雄严重质疑其真诚与否
的奥德修斯，在《奥德赛》的很多部分却成为诗人，就像
他在费埃克斯人（Phaiakians）的王宫中讲述自己的旅程
时那样。这个油滑虚伪还"捏造了许多谎言，说事说得如
同真相"（19. 203）的奥德修斯，在很多方面是希腊诗人
的原型。[8]

---

[7]　在准备实施伪装之前，奥德修斯自己在《奥德赛》第 14 卷 156 行重复
了《伊利亚特》这些诗行的第一句。

[8]　荷马的用词（*iske pseudea polla legôn etumoisin homoia*）很接近赫西俄
德（《神谱》, 1.27），缪斯向他晓示说"我们知道如何把谎言说得
同真实"（*idmen pseudea polla legein etumoisin homoia*）。苏源熙（Haun
Saussy） 在 "Writing in the *Odyssey*: Eurikleia, Parry, Jousse, and the
Opening of a Letter from Homer", *Arethusa*, 29（1996）: 299–338 中写到伪
装成乞丐的奥德修斯被人认成了某种吟诵诗人（p. 331）。又参 Saussy
所引的 Bernard Fenik, *Studies in the Odyssey*, Hermes Einzelschriften 30
（Wiesbaden: F. Steiner, 1974）, pp. 167–71; Mina Skafte Jensen, *The
Homeric Question and the Oral-Formulaic Theory*, Opuscula Gracolatina
20（Copenhagen: Museum Tusculanum Press, 1980）, pp. 51–3; Sheila
Murnaghan, *Disguise and Recognition in the Odyssey*（Princeton, NJ:
Princeton University Press, 1987）, pp. 148–75; Gregory Nagy, *Pindar's
Homer: The Lyric Possession of an Epic Poet*（Baltimore: Johns Hopkins
University Press, 1990）; 以 及 Pietro Pucci, *Odysseus Polytropos:
Intertextual Readings in the Odyssey and the Iliad*（Ithaca, NY: Cornell
University Press, 1987）, pp. 157–95, 228–35。

《奥德赛》与《诗经》的差别很明显，但也应注意它们的相似之处。例如，两部作品都是对各自时代政治动乱的回应。《诗经》创作于周王朝（于公元前1045年克商）头四或五个世纪内。就像另两部经典《尚书》和《易经》一样，它赞颂周代的统治，将克商之前的早年岁月追溯为周代创建者拥有初受"天命"（Heaven's Charge）之超凡魅力（charismatic virtue）的时期：

> 维天之命，
>
> 於穆不已。
>
> 於乎丕显，
>
> 文王之德之纯。[9]
>
> （《毛诗》267,《大雅·清庙之什·维天之命》）*

执竞武王，无竞维烈。

---

[9] 我们给所引的《诗经》篇目加上了《毛诗引得》（*Mao Shi Yinde*, Harvard-Yenching Sinological Index Series, Supplement no. 9, Beijing: Harvard-Yenching Institute, 1934）所用的编号。除非另行注出，所有翻译皆为我们所译。如需对比通行的韦利（Arthur Waley）译本，可参 *The Book of Songs: The Ancient Chinese Classic of Poetry*, trans. Arthur Waley（New York: Grove Press, 1960）, pp. 350–5, 或参由阿伦（Joseph Allen）修订的新版，修订者恢复了《毛诗》原本的顺序（New York: Grove Press, 1996）。

* 原作者只列出了序号，篇章名由译者所加，后文同。原书作者所据为《毛诗引得》版本。诗经中文引文据朱熹《诗集传》（台北：艺文印书馆，1974年）。英文编号为《毛诗》通行编号，但作者引述中编号和篇目顺序有前后不一致。篇目顺序按通行编号修正。

丕显成康，上帝是皇！

（《毛诗》274,《大雅·清庙之什·执竞》）

周代统治者和尊奉他们的人们，通过表明他们的征服是在重复夏、商王朝的模式从而形塑了某种未完成（inchoate）的过去。周代创建者认为前两个朝代也是受天命而获得政权，但当德性败坏、天命旁落，它们也随之土崩瓦解。《诗经》的目的之一就是要创造这个版本的过去：

文王曰咨，

咨女殷商。

人亦有言：

颠沛之揭，

枝叶未有害，

本实先拨。

殷鉴不远，

在夏后之世。

（《毛诗》250,《大雅·荡之什·荡》）

这首诗说，如果殷（商代后半段的别称）想了解他们为何被取代，只需要看看自己在数百年前取代的前朝夏。在其他地方我们还看到：

商之孙子，

其丽不亿?

上帝既命,

侯于周服!

侯服于周,

天命靡常。

(《毛诗》235,《大雅·文王之什·文王》)

《诗经》的字里行间生动表达出来的这种政治理论暗示着周的权力同样会衰落。公元前 771 年,一群华夏(Chinese)叛乱者和蛮夷(non-Chinese)同盟一起攻陷了周的首都(在今西安附近),并将王室驱逐到了东方,后者最终定都在今洛阳附近。自此,周王室就只是个名存实亡的政府,在缺乏强大的中央权力的情况下,周代早期君主统治下建立起来的封国逐渐独立,它们相互争斗以提升自己的政治地位,争取生存空间。《诗经》就结集于这一分崩离析的时期,许多诗歌都反映了这一天命移易、礼(ritual)崩乐坏的时势,尤其是按诗歌发源地归类的"(国)风"部分(《毛诗》1–160)。孔子、老子和其他伟大的古代中国哲学家都出自这个时代。现在有些学者回顾这段漫长的分裂时期,将之称作"百家"争鸣和中国文学诞生的"黄金时代"。但对于当时的中国人来说,那个时代危机四伏而又令人绝望。几乎所有刺激中国哲学兴起的问题都很棘手:"正道(the proper dao)在何方?""社会如何才能重归稳定?""在纷争不息的年代一个人如何才能平静、安全地生活?""帝国如何才能回归一统?"

## 23

《诗经》是记录下这历时几个世纪的转变的主要文本，包含了从周初统治者（文王、武王、成王、康王）的丰功伟绩到随后纷杂困扰的争论。我们对这个时代及其前代（尤其是商代）政治形态的认识，在很大程度上来自对《诗经》的阅读。在此意义上，它创造了一种对围绕"天命"观念塑造出的过去的意识，并且对圣人般的君王在"巨大的荣耀"（"丕显"）之下统治国家的时代表达了一种怀旧之情。

同样，荷马的诗歌也创造了一种对光荣过往的意识，并由此塑造了一种断裂的文化身份观念。史诗原本歌颂的是曾经一度牢牢立足于希腊本土的希腊社会，但如今这个群体四散开来且活跃中心移至小亚细亚沿海地区。诗歌中叙述的事件涉及的是这个显赫一时、势力中心位于希腊本土迈锡尼地区的文化。《伊利亚特》和《奥德赛》都是公元前8世纪或前7世纪末希腊社会中某一位或多位诗人做出的尝试，意在再造迈锡尼时代（约前1550—前1100）的光辉历史，并试图理解迈锡尼文明衰落的原因。荷马将衰落部分归罪于其英雄的所作所为，譬如阿基琉斯和阿伽门农（Agamemnon）在关键时刻被自己的激情而非理性所引导。在《奥德赛》中，通过着重讲述伊塔卡（Ithaka）这个典范案例，荷马描述了城邦领袖为了希腊而被迫出征参加特洛伊战争，这给城邦造成了灾难性后果。

荷马史诗和《诗经》的诞生过程，以及中国和希腊文明的建立过程都体现出某种显著的平行性。《奥德赛》作者的希腊文明观念也许能追溯到克里特（Crete）的米诺斯王（King Minos），其后继者是辉煌但不无缺陷的迈锡尼时代。这位希腊诗人自命为这一远去的迈锡尼时期的继承人和批评者。与之相类似，《诗经》第 235 篇和 255 篇的作者认为他们回溯的是中国文明的起源，它始自夏朝，继于商周。荷马中兴（约前 900—前 700）之前有米诺斯（前 2600—前 1400）[10] 和迈锡尼（约前 1400—前 1120）先行。周代之前同样有先行的夏代（约前 2000—前 1500）和商代（约前 1500—前 1045）。

我们已经讨论到，古代中国的统治者必须博取"天命"。夏将权力让位于商。但根据《诗经》第 255 篇，商代同样存在许多荷马在求婚者身上看到的令人恼恨的缺陷，这些求婚者象征着伴随特洛伊战争而来的迈锡尼文明的衰落：许多希腊城邦的统治者不远万里、风尘仆仆地回到家乡，但家中往往已陷入彻底的混乱。文王在某种意义上是和奥德修斯相对应的人物，尤其当我们认识到"文"这个汉字作为王的谥号，本义是"文明开化"。奥德修斯同样是最开化的人。文王对商人之鄙薄的描述，听起来像极了奥德修斯对求婚者的看法：他们有着"傲慢的精神"（"滔德"，见《毛诗》第

*24*

---

〔10〕 奥德修斯编造了诸多假故事，让自己显得是个克里特人（如 17.523；13.256ff.；14.192–359；17.415–44；19.172ff.），荷马也许想借此把奥德修斯塑造成米诺斯文明的继承人、如今已经奄奄一息的迈锡尼文明的模范。奥德修斯对佩涅洛佩扯谎说，（伪装成乞丐的）他来自克里特，那里有克诺索斯城（the city Knossos），"米诺斯在那里 / 作为伟大的宙斯的好友，统治了九年 / 他是我父亲的父亲"（19.178–80）。"奥德修斯"，这个"懂得如何把许多谎话说的如同真话"的人（19.203），在这里让自己变成了希腊的建立者米诺斯王的孙子。同样将米诺斯的克里特视为希腊文明神圣起源的柏拉图在他的晚期作品《法义》（*Laws*）中也提到奥德修斯这段话（624）。

255篇），他们"鼓吹暴力"（女兴是力）*；他们"不持守得体适宜的东西"（不义从式）**；从文王将商人描述为做事说话"如蜩如螗，如沸如羹"中可以看出他们缺乏鲜明的个性。商失天命是因为没有"遵从旧道"（殷不用旧）。按文王的说法，商不过是在重复历史，效法同样失去了天命的夏朝统治者，我们在前引《诗经》第235篇中也读到过这个主题。

因此，中国诗人对商代衰落时期社会失序之原因的分析，在很多方面对应着荷马对求婚者身上所体现出来的迈锡尼希腊的批评。作为一个宽宏坚毅的统治者，奥德修斯树立的人的尊严却被求婚者们公然加以嘲弄，在这个意义上，这些求婚者们用《诗经》的话说也是"不遵守旧道"的。

## 1. 诗歌与参与体验

中国和希腊的文学与文化传统都始于诗歌。两个传统的另一个共同点是哲学都紧接着诗歌传统并受其滋养。[11]两个文化传统都始于诗歌，这个事实的意义何在？如果两个或其中一个传统始于论说散文，情况会否有所不同？确实会

---

〔11〕 我们注意到，"哲学"（philosophy）是个古希腊创造的词。但既然"philosophy"的意思是"对智慧的爱"，那么它也就同样适用于中国圣人和古希腊哲人的著作。我们在第三部分会进一步讨论术语的问题。

* 此处可能指《大雅·荡之什·荡》"天降慆德／女兴是力"中的"慆德""兴是力"。《荡》编号当为255，但前引文误作250，参本书第33页译按说明。

** 此处对应原文不确。

有不同，因为最早的诗歌希望表达一种置身宇宙的参与体验，在古希腊，通过荷马这一宇宙被体验为众神齐聚；在中国，通过《诗经》这一宇宙呈现为自然与家庭紧密结合的世界——在这里，通过极为普遍的祖先崇拜机制可以超越死亡的界限。意向性脱离了原初的浑一（oneness）体验，由诗歌这种浑然一体（compact）的形式进行表达，并逐渐越发显著地分化开来——尤其在哲学中。[12]

这个分化过程有积极和消极的方面。在积极的方面，伴随着逐渐增强的个体意识，意向性意识（intentional consciousness）中产生了一种个人伦理的责任感，例如孔子的《论语》（the Analects）就对此有所表达。在消极的方面，意向性意识的分化和发现这种分化所带来的百家争鸣可能会造成这样一种幻觉，意向性意识事实上并没有在现实的理解性框架中出现，尽管意向性意识本身过去是、现在也一直是现实的一部分。换句话说，危险就在于：对**知识**

25

────────────────

[12] "浑然一体"和"分化"这两个术语来自沃格林，他在著作中一直使用它们。对沃格林来说，人类对现实的体验从"浑然一体"转变成"分化"，正是我们对这种转变的觉知组成了历史。参 Order and History, 5 vols（Baton Rouge：Louisiana State University Press，1956—87）。但这种转变永远不会完成。对沃格林来说，我们对现实的体验既是浑然一体的也是分化的。韦布（Eugene Webb）从沃格林的思想中梳理出十分有用的术语表，他将"分化的"（differentiated）定义为"沃格林用来指代这一种意识的术语：在这种意识中，先前浑然一体的经验领域中可辨别的特征被清楚分明地注意到"（Eric Voegelin: Philospher of History [Seattle：University of Washington Press，1981]，p. 279）。韦布给"浑然一体"的解释则是"沃格林用来指代这样一种经验的术语：这种经验中已经具有可辨别的特征但尚未被清楚分明地注意到"（同上）。

（knowledge）过于旺盛的欲求会战胜对**智慧**（wisdom）的耐心追索。虽然在表达形式上最早的诗歌更浑然而哲学更加分化，但这并不意味着在诗和哲学中，就完全没有表达出不同程度的一体性和分化性。虽然分化通常同更具分析性、更精准的哲学表达联系在一起，但它们在诗歌中也有所体现。在本章中，我们将考察意向性的戏剧表达——我们将从中国和希腊早期诗歌中参与体验的角度来考察老子的"有欲"（"有意向"）。

## 2. 在家庭与社会中的参与

**中国**

　　最早的中国诗歌叙述了一个天命依旧牢牢被周朝宗室掌握的时代，以及之后的一个中央权力衰弱的时代，最初由周王设立的封地变成独立的邦国（state），彼此间为经济福祉和政治威望相互倾轧。就在那个中央衰弱而诸侯相争的年代里，魏国是一个面积较小且易受攻击的国家，来自这个北方国家的一位无名诗人创作并吟咏出了以下诗句：

> 陟彼岵兮，
> 瞻望父兮。
> 父曰：嗟！予子行役，
> 夙夜无已。
> 上慎旃哉，
> 犹来！无止！

陟彼屺兮，

瞻望母兮。

母曰：嗟！予季行役，

夙夜无寐。

上慎旃哉，

犹来！无弃！


陟彼冈兮，

瞻望兄兮。

兄曰：嗟！予弟行役，

夙夜必偕。

上慎旃哉，

犹来！无死！

*26*

（《毛诗》110，《国风·魏风·陟彼》）


　　这首诗的主题是种普遍的思乡之情，这种感情在中国早期诗歌中一次又一次地得以表达。在这首诗歌中，一位年轻男子离家去为朝廷服役。而我们可以从这首诗弥漫的危险气氛中推测，这名男子是一系列军事远征中的一员，这些军事远征在一个以一种不稳定方式延存下来的国家中并不罕见——事实上，魏国在公元前 660 年就被消灭了。叙事者以一种奇怪的间接风格表达着他的思乡之情。他并没有简单说自己思念他的父亲、母亲和哥哥，也没有说希望能早日从孤独的征程中回家。相反，他想着的是他的家人正传达着对他的关心。通过想象他人的恳求之语，他在诗中构建起了自我的形象与情感。有人或许会认为，对思乡之情的直白表述会被看成是懦弱的表现，尤其在古代中国，一个"真男人"几乎不会承认思乡之情这样一种懦弱柔情。但就像我们看到的，在中国早期诗歌当中的某处，相当公开地论及对家人与家庭的思念并非那么勉强。叙事者以这种间接叙述的风格歌咏诗句，并非主要出于他面对一种非常强烈的孤独时还要维护自身尊严的个人主义式愿望，而是因为他首先把自己看作家庭的一部分，以及要在这一集体中扮演好他的身份。他关心父母兄弟的感受，因为他们的被想象出来的感受就是叙述者本身的。他特有的身份反映出他对家人、对他和兄弟所保障的家庭的延绵的关心。[13]这种关心是"孝"的一面，这种中国传统的价值观英文通常翻译作"filial piety"（孝顺），听起来是如此古雅又陌生。

我们在理解这样的诗歌情感时，不能不参考数百年后两条儒家的语录，它们塑造了后来亚洲读者对于中国早期文学中孝顺的理解与解读方式。第一条来自《论语》，它被认为出于孔子（前551—前479）之口："父母在，不远游。游必有方。"（4.19）第二条出现在稍晚的《孝经》中："身体发肤，受之父

---

〔13〕 赫大维与安乐哲在一个比我们更为概括却也更切合此处主题的讨论中指出，在早期中国，一个人是"自觉的，不是说他能把他的本质自我分离出来并加以对象化，而是说他意识到自己是别人注意的焦点"（*Thinking from the Han*, p. 26）。

母，不敢毁伤。"<sup>〔14〕</sup>因此，留在家中以及保护好作为父母身体之延展的自己的身体，是孝子的一项基本职责。毫无疑问，没有其他旅程比军队远征还要更危险和不可预测。而且，此类旅程注定要远走他乡，连侍亲奉养这一最基本义务都不可能完成。

## 27

在和上面这首诗同时期的另一首诗歌中，一名在军队服役的叙述者抱怨道：

> 祈父，亶不聪。
>
> 胡转予于恤？
>
> 有母之尸饔。
>
> （《毛诗》185，《小雅·鸿雁之什·祈父》）

这一主题在整部《诗经》中反复出现。因其"远"游，政府的差使有时候会迫使孝子变得"不孝"。在这样的情形下，他担心自己承担的农业劳动会被荒废，而可能没有其他可以依靠的人来帮助他的父母：

> 肃肃鸨羽，
>
> 集于苞栩。
>
> 王事靡盬，
>
> 不能蓺稷黍。
>
> 父母何怙？

---

〔14〕《孝经》，《十三经注疏》，8：1.3a。

悠悠苍天，

曷其有所？

（《毛诗》121，《国风·唐风·鸨羽》）

再看一下《诗经》中另一首诗歌的最后三节诗句：

翩翩者鵻，

载飞载下，

集于苞栩。

王事靡盬，

不遑将父。

翩翩者鵻，

载飞载止，

集于苞杞。

王事靡盬，

不遑将母。

驾彼四骆，

载骤骎骎。

岂不怀归？

是用作歌，

将母来谂。

（《毛诗》162，《小雅·鹿鸣之什·四牡》）

## 28

这首诗看起来是要表明，人类就像鸽子一样是自然秩序的一部分，然而当战争与公职妨碍了人们履行尽孝这一赡养父母的义务时，自然秩序就被打破了。特别有趣的是，在最后这首诗中，诗人表达了两次对母亲的关切，对父亲却只有一次。

奉养父母的焦虑贯穿于大部分早期中国文学作品中，这种焦虑倾向于以某人的母亲为中心。这一主题最著名的例子或许是《左传》中最经常被阅读的一则故事，《左传》可能是在公元前4世纪的最后数十年间写成的史书，后来被奉为儒家的经典。在这个故事中，孝子颍考叔通过藏起食物留给母亲这样的举动，激发了另一个不甚孝顺的儿子郑伯的悔改：

> 颍考叔为颍谷封人，闻之，有献于公，公赐之食，食舍肉。公问之，对曰："小人有母，皆尝小人之食矣，未尝君之羹，请以遗之。"（《左传·隐公元年》）[15]

后世关于孝顺的典故对"孝"这个主题的表达非常极端，孝顺的子女们甚至切下自己身上的肉去喂生病或饥饿的父母。担忧母亲"缺少食物"的极端表达是这样一种观念的扩展：个人的身体是家人身体的延伸。就像母亲奉献自己身体的一部分——她的乳汁，去确保家庭的延续一样，孝子在必要时

---

[15]《春秋左传注》，杨伯峻编著，第四卷（修订版，北京：中华书局，1990年），第14–15页。

甚至要奉献自己的肉去确保父母安康。

《诗经》中的孝子关心的不仅是赡养在世的家人，还包括满足已故祖先的需求。祖先崇拜是历史最为悠久且持续时间最长的中国宗教实践。古代中国最早的书写文本甲骨卜辞证实了这一点，而且祖先崇拜还充斥在《诗经》的篇章中：

> 嗟嗟烈祖！
>
> 有秩斯祜。
>
> 申锡无疆，
>
> 及尔斯所。
>
> 既载清酤，
>
> 赉我思成。
>
> 亦有和羹，
>
> 既戒既平。

（《毛诗》302，《商颂·烈祖》）

29　祖先崇拜实践得以建立的信仰基础是相信家庭能够跨越死亡的界限，已故的祖先（至少最近的几代先人）有能力保佑或者诅咒活着的后代。此外，人们相信已故的祖先要依赖他们的后代来获取食物，因为死者没法养活自己。[16]一个人必须崇拜的

---

〔16〕 吉德炜（David Keightley）指出了中国式死亡与希腊式死亡之间的这种不同。见 "Death and the Birth of Civilizations: Ancestors, Arts, and Culture in Early China and Early Greece", unpublished paper, p. 11（论文可从吉德炜本人处获得，联系 David Keightley, Department of History, University of California, Berkeley）。

祖先属于这个人自己的家庭世系。孔子把这些限制表达得很清楚："非其鬼而祭之，谄也。"（《论语》2.24）这一祖先崇拜制度对中国文明影响深远。例如，史华慈就认为祖先崇拜导致了以下现象："'高等文化的'（high cultural）中国宗教里神话相对缺失"，中国宗教里世俗世界和神圣世界之间可高度渗透，中国思想中他称之为"生物隐喻"（biological metaphor）的主导地位以及其他一系列中国文化的关键特征。[17]

一个孝子要确保家庭有充足的食物不仅用以供养活着的成员，而且要足够供奉先父先母们，以确保能从他们那里得到佑护。家庭作为一个具有时间与空间延展性的单位规定着社会与宗教职责的范围。疏远家庭实际上就意味着迷失自我。

然而，中国的国与家经常关系紧张，国家必须发展出一套削弱家庭声望的策略，进而加强国家的政治权力。家国之间的紧张关系在《诗经》中无处不在，尤其是在有关军事服役的诗歌中：

> 曰归曰归，
>
> 岁亦阳止。
>
> 王事靡盬，
>
> 不遑启处。
>
> （《毛诗》167，《小雅·鹿鸣之什·采薇》）

---

[17] 见史华慈，*The World of Thought in Ancient China*, pp. 20–8。

无论是在早期中国还是现代中国，国家都再三通过挪用家庭话语并且把自身重塑为一个超级家庭（super family）来加强国家的权力。于是统治者就顺理成章变成了"民之父母"；国家意识形态把政治忠诚上升为孝顺的合乎逻辑的延伸，而帝国世系则被描绘成一个囊括其他所有世系的超级世系。最早的儒家门徒之一有子充当了主张孝顺父母与忠于国家紧密相关的发言人，他说："其为人也孝悌，而好犯上者，鲜矣。"（《论语》1.2）

人们很容易讨论说古代中国并不存在个人（individual），当国家的大家庭计策很成功时，一个人就完完全全与家庭以及国家联结在一起。这与认为个人只是一个相当近代的概念相呼应。然而，早期的中国诗歌不仅描述了对家庭的忠诚与对国家的忠诚之间的张力，而且反映了对家庭的忠诚与个人欲望之间的张力。而这后一种张力类型则经常出现在浪漫爱情的表达当中。在这些例子中，陷入恋情的个人体会到一种强大的情感，能够对抗并逾越家庭的界限，而且他们常常这么做了。下面这首也许创作于公元前 7 世纪的郑国诗歌，其女性叙述者就恰恰处于这一情感状态中：

> 将仲子兮，
>
> 无逾我里，
>
> 无折我树杞。
>
> 岂敢爱之？
>
> 畏我父母。
>
> 仲可怀也，

父母之言，

亦可畏也。


将仲子兮，

无踰我墙，

无折我树桑。

岂敢爱之？

畏我诸兄。

仲可怀也，

诸兄之言，

亦可畏也。


将仲子兮，

无踰我园，

无折我树檀。

岂敢爱之？

畏人之多言。

仲可怀也，

人之多言，

亦可畏也。

（《毛诗》76，《国风·郑风·将仲子》）

在这里，一位年轻的女性叙述者对她的恋人欲拒还迎。她既畏惧家人的评判，也畏惧村庄同伴的流言，这种畏惧之情在每个诗节中都抵消了她想要怀抱仲子的欲望。这种个人的欲望与畏惧他人谴责之间的张力以一种高度艺术化的形式展露：随着仲子逐渐靠近，先后越进村子和墙，然后到菜园，叙述者所关心的范围也从父母到兄弟，再拓展到一般的"人们"。也就是说，当仲子越往近处移动，叙述者的关注则越往外扩展，而这也导致了读者去猜想，她的关注在拓宽的同时也变得更散漫，以至于当她接受这个"可怀"的男子时，关注终将消失，而最终的"逾越"也得以完成。

当叙述者筹划与仲子幽会时，她的畏惧并非源自一些道德观念或神圣审判，而是完全来自于她周遭的圈子可能会怎么想，认识到这点很重要。古代中国曾被形容成是一种"耻感文化"，也就是说，这种文化关注的是他人的看法并以此约束行为，而不是依靠能产生罪感的概念来约束自身，诸如神圣法则或抽象原则。[18] 不管罪感文化和耻感文化之间能否进行严格的区分，相当明确的是——正如这首诗以及其他很多早期中国文学作品的片段所显示的——这种文化对声誉怀有相当大的忧虑。你就是他人眼中的你。

然而，《诗经》的世界里充满着对抗社会约束的声音。正如上述例子所展现的，那些不满和斗争的声音大多来自女性。在父权制（patriarchal）和随夫而居（patrilocal）的周朝社会，女人们结婚就要离开她们的原生家庭，离开父母和兄

---

〔18〕艾伯华（Wolfram Eberhard）在意识到羞耻的重要性——尤其在精英当中——的时候，也发现传统中国给罪感留有了足够的空间。见他的 *Guilt and Sin in Traditional China*（Berkeley: University of California Press, 1967）。

弟们的保护，余生都参与进她们丈夫的家庭中：

> 绵绵葛藟，
> 在河之浒。
> 终远兄弟，
> 谓他人父。
> 谓他人父，
> 亦莫我顾！
>
> 绵绵葛藟，
> 在河之涘。
> 终远兄弟，
> 谓他人母。
> 谓他人母，
> 亦莫我有！
>
> 绵绵葛藟，
> 在河之漘。
> 终远兄弟，
> 谓他人昆。
> 谓他人昆，
> 亦莫我闻！

（《毛诗》71，《国风·王风·葛藟》）

尽管《诗经》中这样的声音——尤其是女性的声音——打破了社会习俗的界限，但个体仍旧首先植根于家庭、传统和社会，这种经验深刻地塑造了对个体欲望和勇气的表达。奥德修斯凭借着军事上的英勇、在漫长岁月旅途中表现出的足智多谋以及最终取回王位的智慧，堪称英雄。像瑞丽那样，学者可以把奥德修斯与很久之后的中国英雄进行对比，但会发现在《诗经》中并没有和这种英雄式的旅程抑或是希腊英雄般伟大的个人英勇相类似的东西。[19] 在古代中国的文本中确实存在着英雄，只是他们都明显不同于奥德修斯。

《诗经》中的英雄之一就是后稷，他是周王朝世系的奠基者，有一篇相当长的颂诗专门纪念他（《毛诗》245）。这篇特别的颂诗与其他很多诗篇不同，它至少暂时地超越了世俗世界，并处于神话世界和传说世界之间的某个位置。后稷的母亲"踏在上帝的巨大指印"（"履帝武敏"）时怀了孕。而她的儿子后稷"如一只羊羔那样"顺利出生（先生如达），"没有痛楚也没有造成（产门）撕裂"（不坼不副），并且他非凡地克服了随后一系列不利于自己存活的威胁。如果我们眼中的英雄模范来自阅读荷马诗歌的经验，那么我们可能会期待听到一些战斗活动，或者史诗般的旅程，而身处其中的

---

〔19〕 在 *Knowing Words* 一书中，她把《奥德赛》与 16 世纪的中国小说《西游记》进行了对比，而且她还发现了奥德修斯"异邦人的"智慧在诸葛亮——15 世纪的中国小说《三国演义》中的"军师"——身上也有类似的体现。

英雄反抗着社会规则与政治压迫。[20]但这位中国英雄的生活
则是另一个全然不同的走向：

> 实覃实讦，
> 厥声载路。
>
> 诞实匍匐，
> 克岐克嶷。
> 以就口食。
> 蓺之荏菽，
> 荏菽旆旆。
> 禾役穟穟，
> 麻麦幪幪，
> 瓜瓞唪唪。
>
> 诞后稷之穑，
> 有相之道。
> 茀厥丰草，
> 种之黄茂。
> 实方实苞，
> 实种实褎。

---

[20] 我们在这里要注意拉格伦（Lord Raglan）仍旧有效地对于英雄生命的定
　　义。见 *The Hero*（1936；rpt., New York：New American Library, 1979），
　　pp. 173–85。

实发实秀，

实坚实好。

实颖实栗，

即有邰家室。

33 正如王靖献（C. H. Wang）所注意到的，"《诗经》全文中没有一首诗让读者看到武器的交锋"。[21] 后稷的英雄事迹并不在战争中，而是在他伟大的"农耕"（husbandry）中，对他身处的社会而言，他的贡献是在他所生活的社会成为了某种农业科学家。这就使得他不仅要为生者提供食物，而且要确保供给死者的食物：

后稷肇祀，

庶无罪悔，

以迄于今。

不管后稷的受胎、降生和童年多么明显地暗示其超凡的英雄地位，他最终还是进入到了一个世俗的，有着大豆、稻秆、麻、小麦以及瓜瓞的世界。正是他在这个非常物质化的农业世界中的充分参与为他赢得了尊重，也使他成为《诗经》中的一位英雄。奥德修斯最终也回归到了家庭与政

---

[21] *From Ritual to Allegory: Seven Essays on Early Chinese Poetry*（Hong Kong: Chinese University Press, 1988), p. 62.

治生活中，但《奥德赛》强调的是长年的漂泊以及孤身奋斗。在早期中国，一个人始终是更大的社会组织的一部分，不管坚持意向之分化的欲望会多么严重地撕裂它。最终，参与支配着一切。

## 希　腊

植根于家庭与社会之中在同时代的希腊同样重要，但是，摆脱社会习俗通常被视为令人兴奋的行为，而非危险的轻率之举。《郑风·将仲子》一诗的罕见之美，在于诗人在两种情感间达成了微妙的平衡：一方面是年轻女子对其情人仲子的欲望，另一方面是她对流言蜚语的惧怕。这场想象中的幽会在感觉上很强烈，但一意孤行的姿态却是羞涩而温和的，尤其当其与一首大约同时代的希腊诗歌——萨福第16首（女诗人生于公元前620年前后）相比。和几乎所有萨福的抒情诗一样，这首诗只有残篇留存，但已经足够让我们对诗歌整体有一个清晰的认识：

> 有人说一队步兵，有人说一队骑兵，
> 还有人说一支舰队，乃是至美之物
> 在这黑沉大地之上。可我说
> 是人之所爱。

> 这真理易于晓谕，尽人
> 皆知。因为美丽远胜

众生的海伦，抛弃了

她最高贵的丈夫

张帆远航至于特洛伊

不论是她亲爱的孩子，还是敬爱的父母

她都抛诸脑后，唯有（心之所爱？），迈着敏捷而
诱人的脚步

指挥她前进（gave her marching orders）

现在，她引着安娜多丽雅（Anaktoria），那离去之人

重回我的脑海

我宁愿看着她优美轻快的脚步

和她灿烂明媚的脸颊

远胜吕底亚的战车与步兵

还有他们那笨重的武器

在荷马的世界里，正如在《诗经》中所看到的，你很
大程度上等同于他人所认为的你。个人身份正是如此确立
的。当代的读者如果不明白这一点，便会觉得《伊利亚特》
中阿基琉斯和阿伽门农的争论未免太过愚蠢而不可思议。
我们面对的不是微小的自我，而是两个英雄，他们的价值
（*timê*）由他们拥有的战利品决定。一旦战利品被剥夺，他们
的地位和自尊就被无限贬低。在《奥德赛》中，开始明确传
达一种更为现代意义上的个人责任，但即便是这首诗大多数

时候也仍处在耻感文化的范围内。

作为《将仲子》中的诉说者，那位年轻女子深切地恐惧他人的议论（人之多言），萨福同样会考虑他人所言（上文引诗前两行）。传统观点认为世上最美的事物是一众骑兵和步兵，史诗传统中尤是。但这并非萨福所想。不论人们认为他人所想为何，她都认为爱欲之激情更为美丽。为何如此？因为萨福本人深刻地体验过这种激情。诗人暗示这不仅仅是一个主观偏好的问题。你不妨审视那些史诗本身——它们被认为是传统观念和看法的化身，便可以清楚地（*pangchy*，5）看到这种观点的真实性。毕竟海伦不正是由于被爱情拨弄得神魂颠倒，以致抛弃了丈夫、孩子和父母才引起了特洛伊战争吗？让世界运行的是激情，而非习俗。由于萨福对她深深思恋却又不在眼前的安娜多丽雅产生了爱欲的激情，于是诗人认为，比起她在诗歌开头所提到的代表了传统的战争荣誉的形象，诗人心中所爱之人更为美丽。这一真相的权威来源于个人体验的情欲（*erôs*）的力量。[22]

## 意向性与个人责任

在《伊利亚特》中，荷马为我们讲述了阿基琉斯是如

---

[22] 参见 Eric Voegelin, *Order and History*, Vol. 2: *The World of the Polis* (Baton Rouge: Louisiana State University Press, 1957), pp. 201–2。我们的翻译依据此书第一卷：*Greek Lyric*, ed. David A. Campbell (Cambridge, MA: Harvard University Press, 1982), pp. 66–7。

何由于导致了挚友帕特洛克罗斯（Patroclus）之死而必须最终承担伦理责任的故事。阿基琉斯退出战斗使其同胞遭受了军事上的摧毁，荷马暗示道，阿基琉斯因此去责怪自身之外的力量是毫无意义的。阿基琉斯在第18卷中做出的悲剧性选择乃是重新加入战争，由此避免希腊同伴的毁灭，即便这意味着他不得不面对自身的死亡。而《奥德赛》则深化了荷马的这一看法：平凡男女是自身命运有意的操控者。人要为自己的行为负责。他们必须做出选择并依此行动，而不是将他们的不幸频繁地归咎于诸神。在《奥德赛》的开头，宙斯自己在众神的宴会上说出了这番话。宙斯问道：凡人为何总是将降临在他们身上的灾祸归咎于我们天神？（1. 32ff.）[23]将自身视为命运操控者的积极意义在于，你将对自己的行为负责。这些意向性行为不会同个人参与神之宇宙相冲突。这些行为的确会使人接近神，尤其是当诗人有力地描绘凡人被诸神和人类之父宙斯制裁的时候。

然而，当这些具有意向性的行为逐渐变为自我主张，参与的维度遭到破坏，问题就出现了。荷马尤其喜欢细致地分析这一过程。正如我们提到过的，《奥德赛》可以看作荷马在神话背景下对意向性意识（intentional consciousness）之本质的表达。诗人一方面强调意向性的出现所带来的无可颠

---

〔23〕 对于早期希腊思想中道德责任观念发展的经典研究可参见 Arthur W. H. Adkins, *Merit and Responsibility: A Study in Greek Values* (Oxford: Clarendon Press, 1960)，涉及荷马的第 2 章和第 3 章。

覆的优势——有时又被称为智慧（*mêtis*），[24]另一方面也强调它造成的不那么积极的后果。临近史诗结尾之处，参与性意识的日趋式微被荷马以惊人而又微妙的方式描绘了出来，那就是整部诗歌中最为奇特的场景之一，奥德修斯对父亲拉尔特斯（Laertes）的试探。

### 父亲：奥德修斯对拉尔特斯的试探

我们已经讨论过，在中国古代文化中个人在家庭中的参与是如何重要，因其重要，于是在儒家德行中作为典范被表述为"孝"。如果说我们在荷马的《奥德赛》中无法找到"孝"的痕迹，这无疑是错误的。史诗的前四卷充分地记录了特勒马科斯（Telemachus）是如何渴望寻找到他的父亲，甚至模仿父亲的行为。然而，这种模仿与儒家要求孩子不得远游的格言形成反差。在希腊，孝顺意味着以父亲为典范而离家远行，以此证明自己具备模范父亲的价值。正如雅典娜对宙斯所说，特勒马科斯这位年轻人必须踏上他自己的"奥德赛"，这样他才能在他人眼中赢得"高贵的声誉"（*kleos esthlon*，1.95）。

《奥德赛》中最突出表现"孝"的地方，在于奥德修斯

*36*

---

[24] 关于希腊思想中"智慧"的重要性，可特别参见 Marcel Detienne and Jean-Pierre Vernant, *Cunning and Intelligence in Greek Culture and Society*, trans. Janet Lloyd（Chicago: University of Chicago Press, 1991）。关于奥德修斯智慧的矛盾性及其与现代性的联系，可参见 Max Horkheimer and Theodor W. Adorno, *Dialectic of Enlightenment*, trans. John Gumming（New York: Continuum Books, 1996）。亦可参见 Peter Rose, *Sons of the Gods, Children of the Earth: Ideology and Literary Form in Ancient Greece*（Ithaca, NY: Cornell University Press, 1992）。

与其父拉尔特斯的父子相认。[25] 奥德修斯长达二十年之久未见父亲。此时，所有的求婚者都已经被杀死了。岛上虽有可能爆发小型叛乱，然而基本可以确保最终的胜利。奥德修斯寻找自己的父亲，发现他在果园中绝望地辛勤劳作，由于相信不义的一方将会获胜，而他光荣的儿子永远无法归来纠正这些不义，他感到万分沮丧。奥德修斯，这位离家日久的儿子，是如何面对他那二十年未曾相见、长久地沉浸于悲痛之中的老父亲呢？让我们来看文本（24.205–348）：

> 奥德修斯一行这时出了城，很快来到
> 拉尔特斯的美好庄园，那田庄是老人
> 亲手建造，为它付出了无数的辛劳。
> 那里有他的住屋，住屋周围是棚舍，
> 听从他役使的奴们在那些棚舍吃饭、
> 休息和睡眠，干各种令他高兴的活计。
> 那里还住着一位老西克洛斯女仆，
> 精心照料老人于庄园，远离城市。
> 奥德修斯这时对奴仆和儿子这样说：
> "你们现在直接前去坚固的房屋，
> 立即挑选一头最肥壮的猪宰杀备午肴，
> 我要前去把我的父亲略作试探，

---

〔25〕 关于希腊相认场景的重要性，可参看 Gregory Nagy, *Greek Mythology and Poetics*（Ithaca, NY: Cornell University Press, 1989）, pp. 202–22。

看他能不能凭自己的双眼辨清认出我，

或者辨不清，因为我离家外出已很久。"

奥德修斯是一位积习成癖的试探者和检验者，并且他的行为
体现出试探和检验的迫切性似乎盖过了他应该对父亲表达的
自然而然的孝顺之情。他究竟为何要试探拉尔特斯？[26]他之
所以这样做，至少部分地说似乎是出于情感上无法抑制的好
奇，他想知道，在我离家这么多年之后父亲是否能认出我？
荷马的描述使奥德修斯在孝顺上的缺失与拉尔特斯辛勤照料

---

[26] 在注释中，W. B. 斯坦福（W. B. Stanford）说道，"欺骗"带给了奥德修
斯"由衷的愉悦，使得他宁可自私地不立马驱散他父亲的悲痛"。详见
*The Odyssey of Homer, with General and Grammatical Introduction, Commentary, and Indexes*，2 vols（London：Macmillan，1965），Vol.2, p. 420。亦有人将
这一试探看作无端的强迫行为，譬如 U. von Wilamowitz-Moellendorff, *Die Heimkehr des Odysseus*（Berlin：Weidmann，1927），p. 82；P. von der Mühll，
"Odyssee," *Paulys Realencyclopädie der Classischen Altertumswissenschaft*，
ed.G. Wissowa, W. Kroll, and K. Mittelhaus, Supplementband vii（Stuttgart：
Alfred Druckenmuller，1940），p. 766；Renata von Scheliha, *Patroklos: Gedanken über Homers Dichtung und Gestalten*（Basle：B. Schwabe，1943），
pp. 19–20；G. S. Kirk 将奥德修斯对拉尔特斯的试探描述为"怪异的计
划"（bizarre plan），in *The Songs of Homer*（Cambridge：Cambridge University
Press，1962），p. 250。亦可参见 Friedrich Focke, *Die Odyssee*（Stuttgart：W.
Kohlhammer，1943），p.378；Johannes T. Kakridis, *Homer Revisited*（Lund：C.
W. K. Gleerup, 1971），pp. 106–11；A Thornton, *People and Themes in Homer's Odyssey*（Dunedin：University of Otago Press，1970），pp. 115–9；以及 Richard
Rutherford, *Greece and Rome: New Surveys in the Classics*，No. 26（Oxford：
Oxford University Press，1996），p. 76。（"奥德修斯试探和作弄他那悲惨父
亲的方法让许多批评者感到愤慨，但对于那些了解这位英雄的人们而言，
他绝非绅士品格之典范，那么他的做法就一点也不意外……他做出了更
加狡诈，于是乎很可能更加痛苦的选择，与他的形象和诗歌的主旨倾向
是相一致的。"）

花园田庄形成鲜明对比。不仅如此，诗人还将奥德修斯的态度与仆人们进行对照，那些奴仆们尽管处于卑微的从属地位，依然周到地满足老人的需求：奴仆们干那些拉尔特斯关心并珍视（*phila*，210）的活计；老西克洛斯女仆照料他的一切需要（*endukeôs komeesken*，212）。

其他人自会照料拉尔特斯，然而奥德修斯则声称："我要前去把我的父亲略作试探（*peirêsomai*）。"荷马继续写道：

> 他这样说完，把作战的武器交给奴仆。
> 他们很快向住屋走去，奥德修斯自己
> 探索着走近那座繁茂丰产的葡萄园。
> 他走进那座大果园，未见到多利奥斯，
> 也未见到他的儿子们和其他奴隶，
> 他们都前去为果园搬运石块垒围墙，
> 老人多利奥斯带领他们，在前引路。
> 奥德修斯看见父亲只身在精修的果园里，
> 为一棵果苗培土，穿着肮脏的衣衫，
> 破烂得满是补缀，双胫为避免擦伤，
> 各包一块布满补丁的护腿牛皮，
> 双手戴着护套防避荆棘的扎刺，
> 头戴一顶羊皮帽，心怀无限的忧愁。
> 历尽艰辛的英雄奥德修斯看见他父亲
> 蒙受老年折磨，巨大的伤感涌上心头，
> 不由得站到一棵梨树下，眼泪往下流。

> 这时他的心里和智慧正这样思虑，
>
> 是立即上前吻抱父亲，向他细述说，
>
> 他怎样归来，回到自己的故土家园，
>
> 还是首先向他询问，作详细的试探。
>
> 他思虑结果，还是认为这样更合适：
>
> 首先用戏弄的话语上前对老人作试探。（219—40）

奥德修斯之前已经向特勒马科斯、欧迈奥斯（Eumaios）和菲洛提奥斯（Philoetius）宣布了他将试探父亲的决定，但当他看到父亲孤身处于果园之中的悲惨景象时，这个决定受到了严重的挑战。这一景象同时在奥德修斯和读者的心中引起了深切的悲痛之情。关于拉尔特斯的一切都诉说着他是如何悲痛欲绝：他孤身一人，如此辛勤地劳作似乎正是为了分散丧子之痛，还有他那肮脏破烂的衣着。在这一段诗句中，奥德修斯——这位天生谨慎的英雄——不得不更加审慎克制。在这里，在拉尔特斯的果园中，为了抵抗自身天性的强烈召唤，避免立刻拥抱他的父亲，奥德修斯不得不利用他在流亡经历中吸取的教训。

　　但是，他在此处为何必须抵抗这种诱惑呢？事实上，他 ^38 不可能怀疑父亲的品行，更何况此时求婚者们都已经被杀死了，父亲绝不可能背叛他，因为已经没有反对势力可以让这位老人加入。或许有一种说得通的原因能解释他的审慎。史诗的后半部分充斥着相认的场景。在《奥德赛》的前半部分，大多数情况下奥德修斯被别人试探。在后半部分，他——通常是有意地，有时是无意地——试探（考验）自己周围的人。无意的试探场景之一即是著名的悲惨段落（17.290–327），伪装起来的奥德修斯与欧迈奥斯一道靠近他的领地，发现他的老狗阿尔戈斯（Argos）无人照管卧于一堆粪土之上。奥德修斯伪装起来了，但他忠实的老狗认出了他，对这可怜的动物来说，它的反应是如此有力而迅速。这条狗刚一认出它多年未见的心爱主人，便立即死去了。[27]这两个相认场景有着极为相似的地方。阿尔戈斯和拉尔特斯衰老的外表都引起了奥德修斯和读者的同情。两个场景都以完全相同的一句话作为开头："他们正互相交谈，说着这些话语。"（*hôs hoi men toiauta pros allêlous agoreuon*. 17.290；24.205）这句话在全诗仅出现过七次。情景和语言上的相似暗示了这两个场景是相互关联的。荷马将这两个场景并置或许是为了表明，对于年迈虚弱的老父亲拉尔特斯来说，猛然间认出奥德修斯是致命的，正如那条忠实的猎犬一样。而一场平缓的相认则更为温和，因此也更有利于他寿终。

让我们回到《奥德赛》的中心主题——试探与被试探。还有另一场景在主题和语言上与这一场景相关联。如上所述，在这一段诗中，已经足够审慎的奥德修斯还必须学着更加自制，并愈加控制自己的情绪。正如宙斯在《奥德赛》开头所宣称的，荷马笔下的人物常常为他们自身的不幸埋下祸根。《奥德赛》一开篇我们就读到，英雄正被波塞冬无情地追击。为何会如此呢？如果宙斯对人类的看法"其实是他们

---

〔27〕 参看 N. J. 理查森（N. J. Richardson）的《〈奥德赛〉中的相认场景》（*Recognition Scenes in the Odyssey*），收录于 F. Cairns（ed.），*Papers of the Liverpool Semina*，Vol.4（1983）：227–8。

因自己丧失理智，超越命限遭不幸"（1.34）是对的，我们
或许需要为奥德修斯遭受波塞冬迫害寻找一个理由。奥德
修斯的确做出过挑起波塞冬愤怒的愚蠢之举。波塞冬扰乱
奥德修斯，这是因为这位英雄为了使自己和他的同伴不被
察觉地从洞穴中逃离刺瞎了独目巨人（Cyclops）波吕斐摩
斯（Polyphemos），在此之后奥德修斯傲慢地对独目巨人表明
了他的身份。奥德修斯的诡计生效了。当奥德修斯被独目巨
人询问名字时，他回答说是"无人"（Outis）。[28]因此，当
奥德修斯刺瞎波吕斐摩斯时，他冲自己的独目巨人同伴们大
喊："无人在谋杀我！"（9.408）其他那些独目巨人们天生
不太聪明，并且压根儿没听过艾博特和科斯特洛（Abbott and
Costello）的相声"谁在一垒"（Who's on first），他们相信没
什么值得关注，因为"无人"在伤害他们的同伴。

　　奥德修斯幸存了下来，但他那些被波吕斐摩斯吃掉的
同伴们则没有这样幸运。奥德修斯对于自己和同伴们受到的
残暴对待感到十分生气，于是在离开的船上冲着独目巨人大
吼，并"用嘲讽的话语"（kertomioisi，9.474）奚落他。在
第一次"嘲讽"之后（475-9），波吕斐摩斯将一段折断的山
峰扔向奥德修斯的船，却未能击中目标。奥德修斯再次讽刺

<sub>39</sub>

---

〔28〕　奥德修斯在表现了堪称典范的狡智（metic intelligent）之后，称自己为
　　　　*Outis*，他所说的双关语及其中体现出来的 *mētis*（意味着"狡猾"，同时也
　　　　表示"没有人"）却未在荷马诗作中消失。参见 Stephen V. Tracy, *The Story
　　　　of the Odyssey*（Princeton，NJ：Princeton University Press，1990），p. 61，里
　　　　面引用了《奥德赛》9.414。

他，同伴们虽试图制止他们的头领但没有起效。奥德修斯又一次侮辱了波吕斐摩斯，并在这第三次讽刺中如此不谨慎地暴露了真实身份：这位英雄高喊，刺瞎你眼睛的不是别人，正是"那个攻掠城市的奥德修斯，拉尔特斯的儿子，他的家在伊塔卡"（505–6）。于是，波吕斐摩斯表明，他的父亲是波塞冬。奥德修斯对此毫不在意，并且还第四次讽刺了他。紧接着，波吕斐摩斯向他强大的父亲祈祷，请求他追击奥德修斯并使他和他的家庭受难。波塞冬同意了这些祷告。如果宙斯所说不错，凡人要接受他们神定的命运，那么我们可以推断在这一段诗中，奥德修斯表现出了他本应当克制的傲慢。

诗歌描绘了独目巨人洞穴中的场景，在被羊群、奶酪环绕的巨大的波吕斐摩斯的衬托下，奥德修斯显得如此矮小，这造就了一个童话故事般的氛围。如果我们允许诗歌的象征意味对我们起作用，或许会觉得奥德修斯在此处表现得像一个小男孩儿。而当他回到伊塔卡，则开始伪装成一位老人。在史诗中，他因此象征性地跨越了由年轻到年老的过程，而当他归来——如果他成为一位真正的英雄——他应当已经学会了压制自己的情绪。由于他暴露了自己是拉尔特斯的儿子才激起了波塞冬的愤怒，于是我们或许就不必感到惊讶，在史诗的结尾他必会小心谨慎、不再暴露身份。他"用嘲讽的话语"（*kertomioisi*，9. 474）冲波吕斐摩斯大喊，这与我们在第 24 卷所考察的段落有一个语言上的对应，奥德修斯此处决定用自己"戏弄［或讽刺］的话语"（*kertomiois epeesin*，24. 240）试探他的父亲。

让我们看一看奥德修斯对他父亲所说的"戏弄的话语"。 *40*

英雄奥德修斯这样考虑，向老人走去。
当老人正低头在幼苗周围专心培土时，
高贵的儿子站在他身边，开言这样说：
"老人家，我看你管理果园并非无经验，
倒像是位行家，果园里一切井井有条理，
不论是幼嫩的树苗、无花果、葡萄或橄榄，
不论是梨树或菜畦，显然都不缺料理。
我却另有一事相责备，请你别生气。
你太不关心自己，度着可怜的老年，
浑身如此污秽，衣服破烂不堪。
不会是主人因你懒惰对你不关心，
无论是你的容貌或身材丝毫不显
奴隶迹象，相反却像是一位王爷。
你确实像是位王公，理应沐浴、用餐，
舒适地睡眠，这些是老年人应得的享受。
现在请你告诉我，要说真话不隐瞒，
你是何人的奴隶？管理何人的果园？
还想请你如实地告诉我，让我知道，
此处是否确系伊塔卡，我刚才前来，
有人与我相遇于道途，如此告诉我，
但他的心智似乎不健全，因为他不愿
向我详细说明，不愿听我把话说，

当我打听一客朋是否还活着住这里，
或者已经亡故，去到哈得斯的居所。
我这就向你叙说，请你听清记心里。
我在自己亲爱的故乡曾招待一客朋，
他来到我们的居住地；远方来客我常招待，
却从未有他这样的客人来到我的宅邸。
他自称伊塔卡是他的出生地，他还声言，
阿尔克西奥斯之子拉尔特斯是其父。
我把客人带到家里，热情招待，
友好尽心，拿出家中的各种储藏，
又按照应有的礼遇赠他许多礼物。
我曾赠他七塔兰同精炼的黄金，
赠送他一只镶花精美的纯银调缸，
单层外袍十二件，同等数量的毡毯，
同等数量的披篷和同等数量的衣衫，
还送他容貌美丽、精于各种手工的
女奴四名，由他亲自从家奴中挑选。"

  一位雄辩家既熟知情绪也能够操纵情绪，奥德修斯可说是最高
*41* 明的雄辩家。他告诉特勒马科斯、欧迈奥斯和菲洛提奥斯自己
想要试探父亲，看看拉尔特斯能否认出他那名声远扬的儿子。
当这三人离开时，他们或许理解了奥德修斯这一计划的意义，
又或许只是带着困惑而去。无论如何，由于儿子的久别，乃至
于极有可能死亡，拉尔特斯处于合理的消沉情绪之中，奥德修

斯此处的花言巧语似乎是为了将他从此种状况中哄骗出来。拉尔特斯像伏尔泰（Voltaire）一样，狂热地照料他的庄园，以此来应对人世沧桑。突然表露身份可能是致命的，正如我们提到奥德修斯的老狗阿尔戈斯与主人相认；或者也可能完全不被人相信，因为拉尔特斯已经说服自己相信奥德修斯永远回不来了，并且将全部精神世界建立在这个事实之上。因此，这位伪装的异乡人试图一步步提起奥德修斯这一话题。

首先，他试图用激将法恢复拉尔特斯的自尊。他暗示，一个如此勤勉照料自己庄园的人却又如此蓬头垢面，并且看上去对自身毫不关心，这是很讽刺的。然而，伪装的异乡人又指出，在这样的外貌之下无疑是一位真正的王公贵族。然后，他提到了一个据他说曾经遇到的人，此人不愿意听到任何关于他的老朋友奥德修斯的事。他的心智并不十分健全（antiphrôn，261），这无疑是在暗示拉尔特斯：你应该不会如此愚蠢以至于不愿谈论奥德修斯。接下来，这位异乡人详细地描述了奥德修斯是一位如何完美的客人而自己又是如何善待他，并且详细罗列了自己赠予他的礼物。此时，他已经穿透了拉尔特斯内心防护的屏障：

> 父亲眼泪如注，当时这样回答说：
> "客人啊，你确实来到你所询问的地方，
> 可它现在被一些狂妄的恶徒占据。
> 你赠他那许多贵重礼物全是白费心，
> 你若能看见他仍然生活在这伊塔卡，

他定会也送你许多礼物，招待周全，
送你回故乡，因为这样回敬理当然。
可是请你告诉我，要说真话不隐瞒，
那是多少年以前的事情，当时你接待
那个可怜的客朋？他就是，若真如此，
我那不幸的儿子，他远离家乡和亲人，
或早已在海上葬身鱼腹，或者在陆上
成为野兽和飞禽的猎物，他母亲未能
为他哀哭和殡殓，做父亲的我也如此，
他那嫁妆丰厚的妻子、聪明的佩涅洛佩
也未能在灵床边为丈夫作应有的哭诉，
阖上眼睑，这些是死者应享受的礼遇。"

通过回应这位所谓的异乡人提及奥德修斯的话语，拉尔特斯有了机会去表达和发泄他命中丧子的悲痛。拉尔特斯不再压抑住这笼罩自己整个生命的悲伤，而是从他封闭的、个人苦难的小圈子中走出来，然后才能发现这位来到伊塔卡的"客人"的不同寻常之处，并且恰如其分地对待他：

"现在请你真实地告诉我，好让我知道，
你是何人何部落？城邦父母在何方？
把你和你的神样的伙伴们送来这里的
船只在何处停泊？或者你作为旅游人，
搭乘了他人的船只，他们送达已离去？"

足智多谋的奥德修斯这样回答说：
"我将把所有情况一一如实地告诉你。
我来自阿吕巴斯，家居华美的宅邸，
波吕佩蒙王的后裔阿费达斯之子，
我的名字是埃佩里托斯，恶神背逆
我的意愿，把我从西卡尼亚送来这里，
我的船只停泊在遥远的城外地缘处。
至于奥德修斯，与我相遇已五年，
他来到我的家乡，又从那里离去，
他真不幸，但他离开时有鸟飞的吉兆，
从右边飞过，我因此高兴地送他启程，
他也高兴地离去，我们原本期待
重新相见叙友情，赠送贵重的礼品。"

奥德修斯确实突破了拉尔特斯的防线。这位老人从自我疏离的状态中脱离出来，能够向这位扮成异地客人的所谓异乡人提出恰当的问题。奥德修斯说他会如实作答，紧接着便立刻说谎。不论如何，这个谎言中有真实的成分。奥德修斯似乎是在暗示，他事实上正是拉尔特斯归来的儿子，但他想采用狡猾机智的迂回说法。他给出的名字是捏造的，但它们的词源——诚然难以精确查核——似乎暗示了真相：异乡人来自"游荡之乡"（Wanderville）；他的父亲是"苦难之王"（Lord Suffering），"不宽恕"（Unsparing，较之对他人的宽容，他的父亲也"不宽恕"）；而且这个来自"游荡之乡"的人名叫

"挣扎之人"（Struggleman）。奥德修斯希望通过这些暗示警醒拉尔特斯，事实真相是：他的儿子已经回来了。

现在，让我们来看一个奇怪的细节。这位所谓的异乡人接着说，自从他对奥德修斯以友相待之后，已经过去了五年。这是一段很长的时间，不足以鼓舞老人让他相信奥德修斯还有平安归来的机会。[29] 谁知道还有多少麻烦会降临在"大量苦难"（Much Suffering）之孙、"挣扎之人"的身上？为什么异乡人不说他几周之前遇到过奥德修斯呢？或许这样短暂的时间未免太巧合，会显得不那么逼真，但几个月的时间无疑算是一个可信的细节。有没有可能是由于奥德修斯热衷于捏造绝妙的故事，且耽于他那想要探求真相的探索者一般的激情——在此处，真相是人之常情，也就是一位父亲对失踪已久的儿子的悲痛——胜过了他的人性和孝顺之情？这与好奇激发起了波塞冬对奥德修斯的迫害是同样的情况。在奥德修斯从特洛伊归来的旅途伊始，由于对波吕斐摩斯的好奇，他将同伴们置于丧命的风险之下。他被诱惑进入独目巨人的洞穴仅仅是因为他渴望亲眼"看一看"著名的波吕斐摩斯（*ophr' auton te idiomi*，"这样我就能看到他"，9. 229）。[30]

---

[29] 正如 P. V. 琼斯（P. V. Jones）所说："五年足够长久；但是如果当奥德修斯离开异乡人的家时出现了吉兆，那么时间的推移甚至反而会使之变为凶兆。"见 *Homer's Odyssey: A Companion to the Translation of Richmond Lattimore*（Carbondale: Southern Illinois University Press, 1988），p. 222。

[30] 关于这一情节中奥德修斯危险的好奇，可参看 Giacomo Bona, *Studi sull' Odissea*（Turin: Giappichell, 1996），p. 82 n.39, p. 102；以及 Herbert Eisenberger, *Studien zur Odyssee*（Wiesbaden: F. Steiner, 1973），p. 135。

正如那位所谓异乡人之言，"挣扎之人"确乎"不幸"（*dysmoros*，311）。紧接着这一形容词，荷马在一组表达转折的小品词（*ê te*）之后，试图通过提起五年前奥德修斯离开"游荡之乡"时的吉兆来缓和气氛。但这一切对这位老人来说都难以承受：

> 他这样说，乌黑的愁云罩住老人，
>
> 老人用双手捧起一把乌黑的泥土，
>
> 撒向自己灰白的头顶，大声地叹息。（315—17）

假如说，奥德修斯计策的一部分用意是为了在与拉尔特斯相逢之时避免父亲因突如其来的欢乐相认而陷入可能致命的震惊，那么此刻他就已经失败了。现在他有可能面临的是父亲、母亲（她在第6卷中重逢了自己的儿子）死于悲痛，而非狂喜。拉尔特斯的反应被诉诸言辞，在这段言辞中，他的悲痛之深表现得淋漓尽致。因为这是荷马在《伊利亚特》中用来描写阿基琉斯听闻了帕特洛克罗斯的死讯——希腊英雄中力量最为强大、情绪最为激烈的一位——时特有的语言。

在最近的《奥德赛》牛津注释本（1992）中，胡贝克（Alfred Heubeck）断言："使用这段来源于《伊利亚特》（18. 22-4）中的文字无疑是有意的。"（3.396）然而，荷马此处重现《伊利亚特》文本的意图究竟是什么呢？帕特洛克罗斯之死是《伊利亚特》的转折点（*peripeteia*），因为正是他的死亡将阿基琉斯带回战场并将史诗引向结局。在《伊利亚特》第

*44*

16卷开头，帕特洛克罗斯流着泪去见阿基琉斯，乞求他重新加入战斗。特洛伊人正打算烧毁希腊人所有的舰队，但阿基琉斯依然不愿屈服。如果你本人不愿加入战斗，帕特洛克罗斯对阿基琉斯说，至少让我借用你的盔甲。阿基琉斯不会加入战斗，但他允许帕特洛克罗斯借用他的盔甲代替他战斗。

这个计划差一点就成功了。帕特洛克罗斯扑灭了希腊战舰上的大火，击退了特洛伊人，但是在这个过程中，帕特洛克罗斯在战斗中杀死众多敌人之后转而被赫克托耳（Hector）所杀。阿基琉斯的退出导致了眼下他最好朋友的死亡，而帕特洛克罗斯之死又将阿基琉斯带回了战场。出于强烈的愤怒，阿基琉斯对同胞们的死伤麻木不仁。唯有如帕特洛克罗斯这般与他亲密的人，才能使他从个人苦难的封闭圈中脱离出来。

当阿基琉斯听闻帕特洛克罗斯的死讯时，他悲痛欲绝。阿基琉斯向他的母亲海洋女神忒提斯（Thetis）悲叹帕特洛克罗斯之死，他现在意识到自己必须重新加入战斗，杀死赫克托耳为帕特洛克罗斯报仇，即使这会如忒提斯提醒过他的那样自己也必会死去，因为阿基琉斯的死亡注定会紧随赫克托耳之死而来。阿基琉斯之怒原本是正义的，但随即转而成为一种个人迷狂。对于他身边的杀戮，他实质上茫然无觉，直到帕特洛克罗斯身穿他（阿基琉斯）的盔甲被杀。由于阿基琉斯经历了最好朋友的死，现在死亡对于他来说成为现实。在这个意义上，第一，他现在明白由于自己的缺席他的希腊同伴遭受了什么；第二，当他试图按照自己的理解扭曲事实反而会加深他的不幸，所以他现在决定接受自己的局限，尤其是接受自己的命运——他的 *moira*——作为最伟大的战士承担公共责任，即使这会导致他的死亡。

阿基琉斯感到他要为挚友的惨死负责，听闻帕特洛克罗斯死讯时的巨大悲痛因此愈发加剧。所以，荷马用来描写阿基琉斯悲痛的诗句（"他这样说。乌黑的愁云罩住阿基琉斯。/ 他用双手捧起一把乌黑的泥土，/ 撒向自己的头顶。"《伊利亚特》18. 22–4），以及在《奥德赛》第24卷我们所考察的场景中再次使用的诗句（315–17），带来了相同的悲剧感，并且这种悲剧感因灾难中的个人责任而加深了。奥德修斯看*45*到了因他捏造的故事导致的父亲的毁灭性下场，这场景被荷马用著名的、悲剧性的、《伊利亚特》式的语言描述出来，此时他那冷静客观的超然态度被粉碎了：

> 奥德修斯心情激动，鼻子感到一阵
>
> 难忍的强烈辛酸，看见亲爱的父亲。（318–19）

早前，奥德修斯"用智慧"曾仔细考虑，他究竟应该立即"吻抱父亲"（235–6）还是试探他。此时，奥德修斯体会到了试探引起的悲痛，他的心突然被刺痛了，以至于他不顾理智做了自己之前曾拒绝的事：他"亲吻"了拉尔特斯，冲过去"拥抱"了他。然后，他终于对父亲揭示了自己的身份：

> 父亲啊，我就是你一直苦苦盼望的儿子，
>
> 二十年岁月流逝，方得归返故里。

现在请止住泪水，停止悲恸和叹息。（321-3）

## 母亲：冥府中的安提克勒娅与奥德修斯

在《奥德赛》中，有一段文本可能会被看作刚刚我们讨论过的情景的姐妹篇（11. 84–224）。在去会见哈得斯（Hades）的路上，奥德修斯遇到了母亲安提克勒娅（Antikleia），而这是一段若要回家就必须得经历的旅程。她是奥德修斯遇到的第二个魂灵。之前基尔克（Kirkê）已经警告过奥德修斯，在他第一次询问特瑞西阿斯（Teiresias）并获取他所能得到的信息以前绝不能让任何魂灵接近，并要避免与他们交谈。在墨涅拉奥斯（Menelaos）与普罗透斯（Proteus）的斗争（4. 365–570）当中，这位斯巴达的首领必须面对他自己的微型冥府（mini-underworld），这一幕已经为我们预示了这一危险的探寻：在这种情形下，一位英雄必须通过意向性行为（intentional action）来克服自然世界的多样性与纠缠，进而寻找到他的出路。审慎的奥德修斯在这里记住了基尔克的建议，即使在那么多年后第一次看见他母亲同时发现她在自己出征特洛伊后便已死去，强烈的感情将他吞没以致难以承受。他抵御住了这一感情，痛苦地从母亲那里走开以便能去询问特瑞西阿斯。从这位著名的盲人预言家那里，审慎的奥德修斯得知他之前还是不够审慎。他必须学会抑制住他从前没能充分抑制的欲望（*son thymon erukakeein*，105）。特瑞西阿斯在这里提及了奥德修斯把独目巨人刺瞎并引致波塞冬愤怒一事，并且坚决认为这一事件刚好证明了奥德修斯缺少完美的节制。

## 46

在这里，奥德修斯首先通过选择聆听特瑞西阿斯来抑制想要和母亲交谈的自然倾向。然后奥德修斯让他的母亲喝牲血，这使魂灵可以开口交谈。这一相认的场景预示了史诗后半部分的许多相认场景，包括刚刚讨论过的奥德修斯与拉尔特斯的相认，在此，荷马说安提克勒娅立刻就"认出"（egnô, 153）了她的儿子。她责问他怎能活着就来到这可怕的阴间，并且问他是否回到了伊塔卡。他回答了她，并接着向她询问了一个自己迫切想知道的问题：

> 是什么不幸的死亡命数把你征服？
> 是长久的疾病，还是善射的阿尔忒弥斯
> 用她那温柔的箭矢射中你丧你的性命？（171–3）

然后他继续询问了一系列有关父亲、儿子以及妻子在他不在时的情况。她首先回答了他关于佩涅洛佩（Penelope）、特勒马科斯和拉尔特斯的疑问，直到最后才叙述自己死亡的故事。她告诉奥德修斯，拉尔特斯承受着老年人常见的苦难，他穿着破衣烂衫，在收割时节的夜里就睡在自家果园中用树叶堆成的床上，渴望着儿子的归来（son noston potheôn, 196）。这一席话印证了我们刚刚讨论过的相认情景"而我则是如此亡故并接受我的命运的"，她继续说：

> 并非那目光犀利的善射女神在家中
> 用她那温柔的箭矢射中我丧我性命，

　　　　也不是什么疾病降临，使我受折磨，

　　　　令我的机体衰竭，夺走了我的生命，

　　　　光辉的奥德修斯啊，是因为思念你和渴望

　　　　你的智慧和爱抚夺走了甜蜜的生命。（198–203）

这里是否经由依旧悲伤的安提克勒娅魂灵之口，在程式化的反复中暗示了一种对她儿子那无知言辞的嘲讽（"善射的女神，进到我的家，用她无痛的箭矢射向我，杀死我"，*iocheira/hois aganois beleesin epoichomenê katepephnen*，172–3；198–9）？正如斯坦福（W. B. Stanford）在其评注中指出的，"在 172–173 行，安提克勒娅重复了她儿子的冷淡言辞（198–9），言语中饱含悲怆（*pathos*），或许还蕴含着一点悲痛的意味"。[31] 不，奥德修斯，她告诉他，并非像你所说那样是阿耳忒弥斯（Artemis）或者是一些难缠的疾病杀死了我：而是我对你的思念。这对奥德修斯而言成为某种震惊之事。他从未考虑过这种可能性，即儿子那似乎无限期的离去造成的悲伤之情竟会导致母亲的死亡。奥德修斯不像我们之前讨论过的《诗经》第 110 篇中的那位战士（陟彼岵兮，瞻望父兮。父曰……）*，他并没有想象过自己的父亲和母亲因他离去所经历的悲痛之深。荷马精彩地描述了奥德修斯因他母亲而生的强烈情感，但他也强调，英雄如果要采取负责

47

---

〔31〕 *The Odyssey of Homer*，Vol.2，p. 388.

* 原诗：陟彼岵兮，瞻望父兮。父曰：嗟！予子行役，夙夜无已。（《国风·魏风·陟彼》）

任的、带有意向性的行动的话，就必须克服这样一种强烈的、源自本能的家庭情感。[32]

奥德修斯当然并非无情之人。他的母亲在回想起他的机敏之余，还想起了他最最温和的性情（*sê t'agonophrosynê*，203），而这一特质也存在于荷马英雄里最温和、最儒家式的赫克托耳身上，正如海伦（Helen）在《伊利亚特》中哀悼他的尸体时称呼他的方式（24.772），用的是完全一样的短语（*sê t'agonophrosynê*），并且短语同样正好位于诗行开头的位置。可以确定的是，荷马笔下的奥德修斯还没有变成希腊文学作品中那种冷酷而靠不住的投机主义者，就像我们在公元前5世纪索福克勒斯的《菲罗克忒忒斯》（*Philoctetes*）中所看到的。

他也还没有变成维吉尔《埃涅阿斯纪》中的尤利西斯，后者是希腊人不择手段的狡智的化身。维吉尔称赞希腊人的狡智，但他的分析也表明从道德角度而言这样的一种智慧是很成问题的。荷马曾含蓄地批评特洛伊人感情用事，例如在《伊利亚特》第3卷城墙上的那一幕（161-5），他描述了普里阿摩斯宿命般地、不加判别就被海伦的美貌所迷惑。而在《埃涅阿斯纪》那极其动人的第2卷中，维吉尔在描述特洛伊陷落时表明了他基本上同意荷马对特洛伊的心慈手软及

---

[32] 特勒马科斯必须把自己的身份定位为一名英雄，并且至少在某种程度上能配得上其父亲。这一例子中，对他那出众的母亲佩涅洛佩所应有的子女之情仿佛事实上并不存在。荷马也没有很明显地批评特勒马科斯对佩涅洛佩的冷淡与不耐烦，但这或许仅仅显示了一位诗人的才华——以一种对待事物的细腻而永恒的判别力去描写一名青春期男孩逃离一位出众的母亲的需要。

其宿命结果的分析。这对荷马来说是种过失，然而，在维吉尔对特洛伊人（未来的罗马人）的设想中，却变成了虔敬（*pietas*）这一不可或缺的特点，这份虔敬将富有同情心的罗马人从他们狡猾的希腊先祖那里完全地区分出来。确实，正如维吉尔所看到的，恰恰是恻隐之心毁灭了特洛伊人，在维吉尔的构想中，罗马人自他们而来。荷马史诗的两名核心英雄是《伊利亚特》中希腊一方最伟大的战士阿基琉斯以及《奥德赛》中最卓越的狡智的化身奥德修斯。而罗马的维吉尔以儒家的风格推崇一位家庭式的男人作为英雄，从而把特洛伊的赫克托耳的形象——他并非一名希腊人——作为自己的英雄范式。

这种介乎家庭义务和承担责任的意向性行动之间的荷马式张力，我们很难在《诗经》中找到。就如我们已经看到的，后者（《诗经》）的问题存在于两种张力中，第一种是战争的义务导致了家庭及国家间的张力，第二种是个人欲望与家庭责任间的张力。这两种张力的核心都是家庭，家庭是中国最主要、最基本的身份认同单位。正如我们所见，融入家庭在中国是如此彻底，以至于在一种非常现实的意义上，个人的身体都被认为是家庭"身体"的一部分或其中一员。但如此融入家庭"共同体"（corporate body）并非易事。个人欲望能够把一个人从家庭中心抽离出来，尽管这样做经常会感到羞耻和被揭发的恐惧；国家的义务也能产生同样的效果，即使在这种情况下经常伴随着后悔及对被忽视的家庭幸福的关心。这种中国模式与奥德修斯式的英雄主义和冒险精神之间毫无相容之处。家庭是一个人在情感上难以分离的首要之地，而由我们这位希腊英雄所表现出来的意向性主义者的试探和对自然的同情心的冷酷回避，却使得重新融入家庭并不那么成功。但他已经经历了一场充满磨难和探索的旅程，并且现在可以用那通过困苦与历险得到的智慧去重新获取他在社会中的地位。而在中国，相形之下，智慧是在靠近家的地方获得的，而绝非在那边远的孤峰上。

## 3. 对自然世界的参与

在荷马史诗中，意向性的主张有时要求一个人在更大的整体中丧失参与的经验，正如我们对奥德修斯和拉尔特斯相认的场景所讨论的——在这里，更大的整体由家庭组成。《奥德赛》的这一场景表明还存在着其他我们眼下要去探索的社会组织。荷马在这一段中描绘的拉尔特斯形象一点都不英雄。他是一个穿着破衣烂衫的老头，而当奥德修斯第一次见到他时，他正在挖一棵树（ *listreuonta phuton*，227 ）。在某种程度上，拉尔特斯同自己花园的联系，也即同农业和陆地的联系，显示出他和之前作为正统国王与战士的身份之间的疏离。对荷马而言，拉尔特斯的园艺技艺很难使他成为英雄，而这一点对《诗经》中的英雄后稷而言却再清楚不过了。

地理学家段义孚（Yi-Fu Tuan）曾将"恋地情结"（topophilia）描述成"人与地或景的情感关联"[33]。我们认为，这个意义上的"恋地情结"在《诗经》中较《奥德赛》要更为显著，而后者则如胡维特（Jeffrey M. Hurwit）所论及的那样，"凡人探索之时的自然才是最好的"。[34]胡维特以纯粹功利主义的角度提到奥德修斯对荒芜岛屿的钦慕（《奥德赛》9. 116—41），他评论说，在奥德修斯眼中，荒芜岛屿的美"在于其可供探索的、未曾挖掘的潜能"。[35]我们之前说到，当意向性意识从参与宇宙整体的经验中显露时，《奥德赛》才会表现出这种时刻。我们已经讨论过参与经验与家庭的关系。现在我们希望把论述聚焦于对自然世界的参与经验上。

## 《诗经》中的自然和自然意象

每一个《诗经》的读者都能即刻注意到，自然世界几乎在每一首诗中都有着很强的存在感，这一现象在占《诗经》前三分之二篇幅的"风"和"小雅"部分体现得尤为明显（《毛诗》，1—234）。然而，为何一些特定的自然形象与特定的人物情感或动作并列而置，其原因却并非那么不言自

---

[33] *Topophilia: A Study of Environmental Perception, Attitudes, and Values*（Englewood Cliffs, NJ: Prentice-Hall, 1974）.

[34] "The Representation of Nature in Early Greek Art," in Diana Buitron-Olivier（ed.），*New Perspectives in Early Greek Art*（Washington, DC: National Gallery of Art, 1991），p. 56. 关于这篇文章，亦可参 Bernard Knox 为 Robert Fagles 的《奥德赛》译本（New York: Viking/Penguin, 1996）所写的引言，p. 27. Knox 认为这篇文章是"探索西方的希腊之旅的清晰追忆"。

[35] *Ibid.*

明。想要分辨出潜藏在《诗经》文本背后的自然哲学同样殊为不易。在此，我们必须简单地回顾一下早期中国文化研究中的某些最难捉摸且最富争议性的问题。

二十五年前，牟复礼（Frederick Mote）写了一本题为《中国思想之渊源》（*Intellectual Foundations of China*）的小书，关于早期中国研究当中的一系列议题，这本书给出了迄今为止最简明有力的总结。其中一个最重要也最富有争议性的观点如下：

> 外来者感到最难以考察的基本观点在于，在古往今来的所有民族，不论其原始抑或现代，中国人因没有创世神话而明显独一无二。这意味着中国人认为，世界和人类不是被创造出来的，而是构成了一个自然本生的宇宙的核心特征，在这个宇宙中，不存在造物主、上帝、终极因或绝对超越的意志。[36]

后来的研究却对牟复礼声称的"古代中国没有创世神话"的观点提出了质疑。尽管涉及这类内容的文本相对晚出，但在中国早期思想和文学中这类主题和范式的留存或许指向了此类神话的存在，只是它们未能流传到后世。而在牟复礼上述观点的后半部分，即他认为在中国人眼中"自然本生的宇宙"不存在"终极因或绝对超越的意志"则很难被质疑。在对牟复礼的观点的讨论中，杜维明（Tu Wei-ming）近来强调说："真正的问

---

[36] New York: Alfred A. Knopf, 1971, pp. 17–8.

题不是创世神话的存在或缺席，而是对于宇宙的潜在预设：宇宙和它的创造者之间究竟是连续的还是断裂的。"[37]

希伯来的《圣经》是断裂性创造的经典范例之一，上帝外在于他的造物，其创造非常类似于一个雕塑家用黏土造

50

像或一个木匠搭建一幢房屋。或许有人会说，在这样的创造者和创造物之间有某些美学上的联系，但造物者仍同他所创造的世界泾渭分明。相比之下，连续性的创造从内部铺开。依据这种观念，促使宇宙运行和转变的力量从一开始就隐含于其内部。最近的一个研究讨论了一类在中国早期哲学中重复出现的图像和象征，尤其在道家学说当中，它们指向一种关于原初混乱的观念（中文作"混沌"），它被描绘为类似鸡蛋或葫芦的形态，随后又从中生出了"万物"。[38]但在这种宇宙起源论之中，创造与其说是使全新的事物诞生，倒不如说是已存在事物的变形。后来，对这种原初状态有一个抽象且典型的说法，即"天地未形，冯冯翼翼，洞洞……虚霩"，它自发地产生出"道"，然后是"气"，再然后是阴和阳；紧接着，后两个被创造出来的基本元素互相作用，进而余下的造物跟着产生了出来。[39]

---

[37] *Confucian Thought: Selfhood as Creative Transformation* ( Albany：State University of New York Press，1985），p. 35.

[38] 详见 N. J. Girardot, *Myth and Meaning in Early Taoism* ( Berkeley：University of California Press，1983）。

[39] 这里所总结的说法可见成书于公元前 2 世纪的《淮南子》，第 3 章，译文收于 Anne Birrell, *Chinese Mythology: An Introduction* ( Baltimore：Johns Hopkins Press，1993），第 32 页。

关键在于，在断裂性的创造中，人们认为，创造的各要素不仅仅与造物神的存在断裂，它们彼此之间也互相断裂。也就是说，创造不是来源于自然之演化和展开，而是有意识的对象化行为的结果。用我们先前介绍过的概念来解释，则创造是充分的意向性行为的结果。在希伯来传统中，上帝创造的世界很像是自身之外的一个物件，他"以上帝的形象"创造的人，反过来又被教导"管理海里的鱼、空中的鸟、地上的牲畜和全地，并地上所爬的一切昆虫"(《创世记》1∶28)。人进而以一种非常有意向性的方式为动物命名并管理着它们。在连续性创造中，所有事物通常都被看作互相联系着的，都被看作共同分享着同一个宇宙整体的参与者。中国人的宇宙观认为："人间和自然界共同组成了一个巨大且不可分的整体。与西方世界的观点不同，人不再是至高无上的创造物；尽管人很重要，但人也只是宇宙整体中的一部分而已。"[40]

早期中国道家用"道"的概念来表达这种包含了所有创造物的基本统一体，而孟子和其他中国思想家则以"身心原料"或充斥于所有东西中的"气息"(即"气")来表达这个统一体。后来有些哲学史家谈到中国的宇宙观中"万物"被看成自然范式的一部分。李约瑟(Joseph Needham)将其描述为一种"有机体的哲学"，并且说到按照这种

---

〔40〕 Derk Bodde, "Dominant Ideas in the Formation of Chinese Culture" *Essays on Chinese Civilization*, ed. Charles Le Blanc and Dorothy Borei (Princeton, NJ: Princeton University Press, 1981), p. 133.

说法万事万物"因而都是世界有机体中相互依存的一部分"。[41]

可以这样说，所有这些"道""气""有机体"的概念，甚至我们之前提及的创造神话，唯有在晚于《诗经》的中国文献中才能见到，因此这些思想很可能与眼下所讨论的儒家和道家产生之前的时代没有什么关联。当然，《诗经》确实没有包含任何与创造有关的故事。正如中国的第一部通史《史记》那样，《诗经》描绘了一个以传说的文化中的英雄为开端的世界，而不是一个从宇宙诞生开始的世界。《诗经》的诗句不曾以明显的方式来呈现一种将人与自然视为"一个巨大且不可分离之整体"的哲学认知，[42] 但我们还是认为，可以从《诗经》中辨别出一个与我们之前所描绘的并不遥远的世界，在这个世界中人类与自然之间没有显著的断裂。事实上，许多其中的诗歌所具备的特殊力量，在很大程度上就来自于人类被描绘成能够直接参与并回应自然参与和反应的直接。

《诗经》中收录的诗歌所描述的场景大都发生在乡村，从古至今，这里都是大部分中国人的住处。农民的生存依赖于对季节和外在环境中各种事物的敏锐把握。正如研究中国乡村的著名社会学家费孝通所说的那样，这不是一个有

---

[41] *Science and Civilisation in China*（Cambridge：Cambridge University Press，1956），2：p. 281.

[42] 《毛诗》237（《大雅·文王之什·绵》）的开场可能暗示了人从道中产生：绵绵瓜瓞，民之初生，自土沮漆。

着"抽象的普遍原则"的世界，而是一个"从熟悉里得来的认识"的场所。[43]*这种认识一般都与人的本能需求有关。正如我们之前提到的后稷，《诗经》中的英雄为人们提供具体而又世俗的社会和物质利益：后稷"蓺之荏菽"（《毛诗》245）；公刘"迺裹糇粮/于橐于囊"（《毛诗》250）；古公亶父"迺疆迺理"（《毛诗》257）；文王"大王荒之"和"大王康之"（《毛诗》270）。

《诗经》中充斥着自然的意象，而且它们通常都是很具体的。孔子之所以提倡研习《诗经》，其中有一个原因是可以"多识于鸟兽草木之名"（《论语》17.8）。当然，对于现代读者来说，阅读这些诗歌遇到的最大困难就是理解文本中提到的数目繁多的植物和动物。《诗经》中所传达出来的对自然事物的感情经常与人们所关心的事物密切相关，而非一种超越而又疏离的"他者"。诗人们笔下的自然不仅高度具体，同时令人感到亲切。例如，相比起尖锐的山峰和汹涌的大河，《诗经》中有更多对于具体的草、植物及鸟类的描写。毕竟，"峻山"和"荒野"通常意味着边界，代表着自然变得陌生且危险。

《诗经》中大量细致入微的表达可能会使文本看起来缺少了传统西方视角当中的崇高感，而这种崇高传统上总是与最高的文体联系在一起。在古希腊哲学思想中经常可以看

*52*

---

[43]　*From the Soil: The Foundation of Chinese Society,* trans. Gray G. Hanmilton and Wang Zheng（Berkeley：University of California Press，1992），p. 43.

\*　参费孝通，《乡土中国》（上海：上海人民出版社，2013 年），页 10。

到，相比起那些容易精确理解和表达且容易被感知的事物，难于理解和表达的事物更能激发起人们的惊叹之情。这个原则成为古代人物、文体层级及其相对应的文学体裁这三个方面的知识论基础。在柏拉图和亚里士多德有关知识的对象及其再现的说法中，当谈及文体的古典等级时，任何文学再现的逼真精确程度抑或是同对象的贴合程度，与作品在文体等级序列上的成就是相反关系。悲剧和史诗这两种体裁被归为更高的文体。[44] 它们超越了日常关心之事，致力于通过伟大的语言和主题去唤起震撼人心的情感。而低俗的文体——喜剧、讽刺诗、书信和讽刺文学被归为这一类——描述的是日常的、"真实的"细节。

实际上，在西方古典文学中存在着一种彼此对立的关系，即崇高文体与我们在《诗经》中所看到的那种平凡的真实性之间的对立。像亚里士多德、朗吉努斯（Longinus）和昆体良（Quintilian）这样的古代文学批评家曾对这种对立关系做过一而再再而三的讨论。在朗吉努斯著名的比较《伊利亚特》和《奥德赛》的文章《论崇高》（*Peri hypsous*，约公元前 1 世纪）中，这位伟大的文学批评家赞美了《伊利亚特》中始终如一的庄严，却说"在《奥德赛》中，有人

---

[44] 我们对于古代这一知识论原则——在任何再现所期望的逼真程度，同崇高的程度抑或是主题的重要程度之间，此二者存在正相反的关系——的认识，参考了 Wesley Trimpi, *Muses of One Mind: The Literary Analysis of Experience and Its Continuity*（Princeton；NJ：Princeton University Press, 1983），pp. 97–102。参阅这些段落中与柏拉图和亚里士多德的作品有关的部分。

把荷马比作夕阳；庄严仍在而激情尽失"（9. 10）。[45]为什么《奥德赛》的庄严感比《伊利亚特》少？一部分源于它描述的是熟悉的、日常的细节；它更为"现实"，也因此更接近喜剧。朗吉努斯对古希腊史诗的比较做了一个总结：他认为那些伟大的作家在自身情感力量（pathos）减弱的同时开始转入现实性的伦－理（character-study, êthos）。接下来朗吉努斯说："对奥德修斯的家产的写实塑造了一种喜剧的风格。"（9. 15）[46]亚里士多德在他的《诗学》中早就谈及了这一观点（1459b14），他认为《伊利亚特》可被描述为"悲情的"（pathetikê），而《奥德赛》则是"伦理的"（êthikê）。亚里士多德和朗吉努斯把《伊利亚特》和《奥德赛》分别对应于pathos和êthos的区分，正如拉塞尔（D. A. Rusell）认为的那样，在本质上就是极度崇高的作品同"更现实主义、更贴近日常生活的""情感基调更为温和的"作品之间的差别。[47]

　　西方所有的仿古时期均呈现着关乎再现之恰切程度的对立，也即哪些作品堪称崇高和哪些作品更贴近现实、更为详尽的对立。可是在西方中世纪，当人们不再如此严格地区分古典的文体等级的时候，崇高和日常可以在同一部文学作品中共存，譬如但丁的《神曲》和莎士比亚的戏剧，

*53*

---

〔45〕 *"Longinus" on the Sublime*, trans. W. Hamilton Fyfe（Loeb Classical Library, 1927；rpt., London：Heinemann, 1965）, p. 153.

〔46〕 *Ibid.*, p. 155.

〔47〕 D. A. Russell, *"Longinus" on the Sublime*（Oxford：Clarendon Press, 1964）, p. 99.

二者的文学再现方式主要受到了中世纪晚期的影响。这是奥尔巴赫（Erich Auerbach）在《摹仿论》中首先提出的深刻洞见，[48] 同时也是这本书的核心主题。拉辛（Racine）和莎士比亚的悲剧都占据了乔舒亚·雷诺兹爵士（Sir Joshua Reynolds）所谓的"艺术的高地"。[49] 而莎士比亚不同于新古典主义的拉辛，却接近于中世纪的但丁，在悲剧中也能处理"任何熟悉的、或无论如何都能让我们回想起日常生活所见所闻的事物"。[50] 在文艺复兴时期，当处在奥尔巴赫所谓的"基督教人物式的主题"开始失去它们的优势的时候，"古典的模型……以及古代的理论便得以重见天日"。[51]

　　从关于如何尊体（elevate style）的古典西方理论视角出发，即便是英雄史诗《奥德赛》，也被认为相比起《伊利亚

〔48〕 现实与崇高之争在中世纪文学那里有了定论，奥尔巴赫认为，由于"糅合了日常的残酷现实与最崇高而伟大的悲剧的基督事迹……打破了古典文学模式定下的规则"（*Mimesis: The Representation of Reality in Western Literature*, trans. Willard Trask［Princeton, NJ: Princeton University Press, 1953］, p. 409）。奥尔巴赫在《文辞鄙俚》（*Sermo Humilis*）一文中重申了同样的观点。载于 *Literary Language and Its Public in Late Latin Antiquity and in the Middle Ages*（Princeton, NJ: Princeton University Press, 1965）, pp. 25–66。在这篇文章中，作者认为在古代文学理论中，这些主题只适合被当作一种较为低级的类型对待；但对于基督教来说，这些主题却是最重要的。

〔49〕 *Discourses on Art*, edited by Robert W. Wark（London: Collier, 1969）, p. 207. 这一观点发表于 1786 年 12 月 11 日，出自这位著名艺术家的《皇家美术学院十五讲》（*Discourse*）中的第十三篇。

〔50〕 *Ibid.*

〔51〕 *Mimesis*, p. 279.

特》缺乏了必要的崇高；那么以此审视古代中国的《诗经》，其中很多诗歌无疑更远逊于《伊利亚特》的文体高度。实际上，西方史诗传统中的文体崇高，同与其相伴的英雄视角有关。作者不得不冒险舍弃习惯表达以实现崇高文体的典雅要求；而个体从融入宇宙整体的原初体验中抽离出来之后，也会萌生出意向性意识。或许这二者之间也存在着某种联系。中国文学并非始于悠久、统一而又辉煌的史诗及对应的英雄视野。《诗经》中最动人的诗篇也不会特别突出崇高感。相反，正如我们所讨论的那样，那些诗歌经常痛惜于当权者之间的大战带来的苦难后果，为了那些被迫要离开家庭和爱人的战士而悲叹不已。这种情况主要出现在《诗经》的简短抒情诗中，每首诗一般由四字的入韵诗句构成，这种诗句会让古希腊观众深感震惊，他们已然习惯了不押韵且以长句写就的长短格六步诗，在这群观众看来，《诗经》的诗歌绝对既不崇高，也缺乏英雄气概。然而，这些古代中国诗歌保存下来的是个体必须参与到宇宙整体中的深刻感受，特别体现在对自然世界的再现上。正如我们已讨论过的那样，如果一位像奥德修斯那样的英雄想要在《奥德赛》中成就英雄的身份，那么他必须克服的正是这种对自然世界的参与。

即使《诗经》中有大量自然的意象，但它并不包含 *54*
"自然诗歌"（nature poetry）——如果我们认为这种类型的诗歌就是为了描绘自然。诗人的主要关注点是人世，而如余宝琳（Pauline Yu）所言，"对于诠释者来说最困难的"是"把自然意象和人世相联系"。[52] 传统的中国注家通常会把《诗经》中表达自然意象与人事之间关系的修辞手法分为三种：赋、比、兴，宇文所安（Stephen Owen）将其分别翻译为"阐述"（exposition）、"比喻"（comparison）及"表达感情的意象"（affective image）。[53]

对这三个概念解释得最清楚且最有影响力的可能是宋代哲学家、经典注释家朱熹（1130—1200 年）的说法："赋者，敷也，敷陈其事而直言之者也。比者，以彼物比此物。兴者，先言他物以引起所咏之辞。"[54]"赋"是直接阐述。当诗人说"陟彼岵兮，瞻望父兮"，他是在用"赋"的方式直接"阐述"一个动作。"比"，就像"赋"一样，没有给我们的诠释造成过大的困难，它可能等同于英语中的"明喻"（simile）或"象征"（metaphor）。参考朱熹的解释，"比"是以彼物比此物。例如在《毛诗》181 中，诗人说：

> 祈父，
> 予王之爪士。

［52］ Pauline Yu, *The Reading of Imagery in the Chinese Poetic Tradition*（Princeton, NJ: Princeton University Press, 1987）, p. 45. 叶维廉（Wai-lim Yip）注意到，真正描写风景的诗歌在六朝时期才发展起来，而早期诗歌中，如《诗经》中的诗歌，"风景在整首诗中只占有次要地位；景物在美学的思考中还没有占据主要地位"。有趣的是，他认为在荷马的作品中，景物的地位也是如此。详见 *Diffusion of Differences: Dialogues between Chinese and Western Poetics*（Berkeley: University of California Press, 1993）, p. 101。

［53］ *Readings in Chinese Literary Thought*, p. 45.

［54］《诗经集注》（Hong Kong: Guangzhi, n. d.）, I. I.

胡转予于恤？

（《小雅·祈父之什·祈父》）

这首诗可能是一个士兵所作，他把自己与同伴比作"爪牙"。这可能是中国诗歌里"比"作为事物象征的一个典型例子。

三种分类中最难以捉摸的（以及最具暗示性的手法）是"兴"。《诗经》中许多最为生动的自然意象都被经典的评论家认为是"兴"，因此在更大的范围中考察它就尤为重要。正如我们所见，朱熹强调"兴"不是简单的比喻，而是"唤起"或"引起"诗歌。不像"比"，"兴"在诗歌中使用的意象与其背后的含义之间可能不存在显而易见的联系。一些中国学者甚至认为在很多诗歌中"它们之间根本没有任何联系"。〔55〕在解释众多用"兴"的短句时，如果认为他们之间"毫无联系"，那会给诠释诗歌其他部分的工作带来困难。大多数持这种说法的学者认为"兴"是一种音韵上的遗迹，或是已经不能被完全理解的诗歌的表演要素。这是说"兴"只是用来奠定曲调或格律，亦或者是陈世骧所认为的那样，是在一些集体音乐表演中使用的工作单元——这是"一个一群人一起搬动东西时发出的号子声（ejaculation）"。〔56〕

55

---

〔55〕 例如顾颉刚的《七星》，见林庆彰编，《诗经研究论集》（台北：学生书局，1983 年），第 63–69 页。为了论证这个假设，顾颉刚参考了早期中国注家的说法，如郑樵（1104—1162）的注。

〔56〕 这是陈世骧对"兴"原初意思的改造。他在《诗经的一般意义》（"The Shih-ching: Its Generic Significance"）一文中继续勾勒出他所认为的那些《诗经》中有类似意义的诗的共同起源，见 Studies in Chinese（转下页）

最早的汉语字典把"兴"定义为"使开始"或"引起"。作为一个诗学的修辞手法，它永远在一节的开头出现，且总是以自然引起一首诗。"兴"作为一种诗学修辞手法的名称最早出现在汉代，但孔子在《论语》中两次使用到这个词。在《论语》(8.8)中我们可以找到以下简短的教令："兴于诗，立于礼，成于乐。"在这里诗歌似乎是人修身必经三阶段中的第一步。"兴"可以被简单解释成"开始"("兴于诗")，因此这使得《诗经》成为儒家课程中提倡研习的第一个文本——它似乎的确曾占据这么一个位置。但"兴"这个词可能比"使开始"意味着更多。"兴"同样有"鼓舞、唤起、煽动"的意思，这可能是满语 *yabubumbi* 的用法的来源之一。*yabubumbi* 的意思是"使开始，使生效，使发动"。[57] 因此，我们可以像刘殿爵（D. C. Lau）那样把《泰伯第八》的第一句翻译为"被《诗经》所鼓舞"。[58] 另外，在《论语》(17.8)中，孔子为弟子不用心学习《诗经》而烦恼，他说一个人学习《诗经》的第一好处是"可以兴"。这段就点明了如果一个人之后能依照礼仪来规范他的行为，那么被鼓舞或被刺激就是好的。孔子在此处可能暗示了文和礼仪之间的平衡，在其他地方孔子也

---

（接上页）*Literary Genres*, ed. Cyril Birch（Berkeley：University of California Press，1974），pp. 8–41。余宝琳总结了那些认为诗歌的比喻背后根本没有指向帝国的研究者的观点。详见 *The Reading of Imagery*，p. 62。

[57] 对这个满文术语的翻译见于《论语》8.8，见 *Sse-schu, Schu-king, Schi-king*, in *Mandschuischer Uebersetzung*（1864，Leipzig；rpt.，Neudeln Liechtenstein：Kraus Reprints Ltd.，1966），p. 32。

[58] *Confucius: The Analects*（New York：Penguin，1979），p. 93.

谈到礼仪："博我以文，约我以礼。"（《论语》9.11；参 6.27）作为中国文学的巨作，《诗经》博文约礼，但是这种效果总被抑制并被近世的社会理念重新改造，至少在儒家学说那里是这样，我们将在本书第三部分再次回到这一话题。

汉代的《诗经》注家定义和讨论了文本中如此之多的自然意象，他们在心中坚信着孔子的教诲。这些意象"鼓舞"着诗人的想象力。更准确地说，或许是他们"促进"了诗歌——这意味着诗歌在某种程度上以一种**"有机的"**（organic）方式脱离了意象而得以生长。我们说过，有一部分中国观念认为，世界是以出乎意料的共鸣模式联结着宇宙的互通联系的有机体（organism），就像静脉和神经联结起人体各个不同部分那样。之后《易经》的六十四卦和"五行"所设定的关联与分类就是这种思想的例子。[59]

余宝琳已经指出，注家们用来解释《诗经》的主要方法就是要在"兴"和诗歌主题之间寻找一些相似关系。[60]这些注家的一些观点通常显得很牵强，而他们实际就像我们一样经常从《诗经》描述的自然世界之细节所昭示出的清晰关联之中偏离出去。此外，试图去为《诗经》中的相关联想指定其类别，正是意向性意识被运用到参与的世界的例子。衡

56

---

[59] 有关这一论题可参 John B. Henderson 的出色论著 *The Development and Decline of Chinese Cosmology*（New York：Columbia University Press，1984），pp. 1–58；及 A. C. Graham，*Yin–Yang and the Nature of Correlative Thinking*（Singapore：Institute of East Asian Philosophies，1986）。

[60] *The Reading of Imagery*，p. 65.

德若（John Henderous）强调说："在中国宇宙论的历史发展中，'共鸣'或'参与'的基本概念似乎要先于去解释共鸣的尝试。"[61] 在物理宇宙中的这种参与的意识，塑造了中国最早诗歌的体验，并不依赖于自然场景和人类情感的僵硬联系。相反，一种感情或一个场景看起来是从一个自然意象中有机地、自在地流淌出来的。"兴"的效果并没有使诗歌成为一种合乎逻辑的、有意的论辩，后者属于一种不同于诗歌的、在历史上较晚出现的意识的形式，而是通过一种——在此我们先提前使用一个道家术语——在"未雕之木"中被唤起的整体感觉来创造诗歌。

我们现在转向几个有关"兴"的自然意象和它们所呈现的阐释上的困难，必须虚心承认：在我们超出过往注家的分析中，是我们自己的意向性意识在很大范围内决定了发现的东西。

在以下这首诗中，我们用粗体标出开头"兴"的意象，在其他两节中稍有变形地被重复。这种重复存在着细微而又显著的差异：

57
鸿雁于飞，
肃肃其羽。
之子于征，
劬劳于野。

---

[61] *The Development and Decline of Chinese Cosmology*, p. 27.

爰及矜人，

哀此鳏寡。


鸿雁于飞，

集于中泽。

之子于垣，

百堵皆作。

虽则劬劳，

其究安宅？


鸿雁于飞，

哀鸣嗷嗷。

维此哲人，

谓我劬劳。

维彼愚人，

谓我宣骄。

（《毛诗》181，《小雅·彤弓之什·鸿雁》）


　　中国传统的《诗经》训诂证明，从公元 1 世纪的汉代开始，就倾向于把《诗经》中的这首佚名诗歌和其他历史文献描述的具体历史事件联系起来，比如《尚书》，尤其是《左传》。这些诗歌也随之被解读成是对这些历史事件高度道德化的政治评论。至于如某些学者认为的那样，这些读法是否是想象出来的胡言乱语，以及有没有把诗歌的美埋葬在繁琐而又冗长的训诂外壳之下，又或者它们是否有某些历史事实作为依据，这些问题我们留给其他人来讨论。[62] 对诗歌的严肃考察都起码要留意这些传统的解读。

最早的注家把上引诗歌同公元前 842 年反对周厉王的国人暴动和周宣王公元前 828 年的"王道"中兴联系在一起。伟大的学者郑玄深深地赞同传统的解释。他把"兴"的意象和诗歌第一行描述行军士兵的句子联系在了一起："鸿雁知辟阴阳寒暑。兴者喻民之去无道，就有道。"[63] 在讨论到之后两行诗句时，郑玄也是沿着他比较"鸿雁所知"和"民所知"的轨迹去解释的。

郑玄为自然意象和诗中紧随其后的内容给出了清晰却又松散的联系，但是有人会怀疑，为了使诗歌字通意顺是否有必要如此解读。鸿雁无休止地飞翔、降落在一片湿地、随后再起"哀鸣"，这三个意象都各自有机地与之后出现的有关人类的叙述产生共鸣。确实，这首诗的独特之美——正如《诗经》的许多诗句那样——来自诗歌所创造的自然意象和相似人类处境间的潜在联系。二者不存在任何需要精心解释的断裂。

然而另一处的情况就没有那么简单了：

58
　　　　敝笱在梁，
　　　　其鱼鲂鳏。

---

[62] Haun Saussy 在 *The Problem of a Chinese Aesthetic*（Stanford, CA: Stanford University Press, 1993）这本书中对这个问题有非常彻底且细致的探讨。

[63] *Mao shi Zheng jian*, SBBY edition, 10.1.

齐子归止，

　　其从如云。


　　敝笱在梁，

　　其鱼鲂鳏。

　　齐子归止，

　　其从如雨。


　　敝笱在梁，

　　其鱼唯唯。

　　齐子归止，

　　其从如水。

　　　　　　　　　（《毛诗》104，《国风·齐风·敝笱》）


注家们把这首诗同做出乱伦之事的文姜和鲁桓公的婚姻联系在一起，而这场婚姻导致了齐桓公被弑。[64]诗歌每一节都诡秘地提及了"齐子"的婚姻，而这无疑促成了上述这种具体的联系。但是"敝笱"之鱼跟这个历史事件有何关系呢？勇敢的郑玄尝试给出以下解释："鲂也，鳏也，鱼之易制者。然而敝败之笱不能制。兴者喻鲁桓微弱，不能放闲文姜。"[65]

─────────────

[64]　对这件事的记载请见《左传》桓公十八年，见伯顿·沃森（Burton Watson）
　　　译，《左传：中国古代最早的叙事史书节选》（New York：Columbia
　　　University Press，1989），第 17 页。
[65]　*Mao shi Zheng jian*，SBBY edition，5.6.

郑玄的解释似乎很牵强，而后世的注家仍费尽心机地想要提出"兴"和已知具体历史事件之间的可能关联。然而，假如无法认同这是一首对齐国历史的关键时刻加以评论的诗歌，每一节的前两行和后两行就很难建立起显而易见的联系。或许在古代中国，最终从敝笱逃离的鱼和一个即将结婚的女人之间是有某种联系的。在追踪了相关的早期研究之后，高本汉（Bernhard Karlgren）认为，鱼在古代中国是生育力的象征。[66]若果真是这样，那么这也是一个不甚明晰的联系，并且需要我们掌握一些特定的文化信息，就像高本汉所提供的那样。但除却鱼和生育力之间的这一可能联系，看来还存在着某种介乎意象和紧随意象之后的事物之间的共鸣：隔绝的日子即将结束，新娘和她的随从能像一大群自由的鱼一样游向新居。不仅如此，还像古时中国许多未婚妇女那样，性的隔绝也即将结束。

59　　距离《诗经》的时代和环境无疑非常遥远的现代西方读者，会不断地震撼于这些诗歌中大量的自然意象，以及人类感情和自然景象之间那种深层的共鸣。在接下来的例子中，即使是一个现代读者也能感觉到留守家中的女性叙述者的失意之情。她可能正无精打采地采摘着卷耳，然后随着场景转换到已经离家的丈夫那里，读者能生动地感受到第二节中的"崔嵬"、第三节中的"高冈"和第四节中的"瘏马"，无不反映着士兵的思乡之情和分离之悲：

---

〔66〕　高本汉，《诗经：国风与小雅》，《远东文物博物馆简报》16（1964）：204。

采采卷耳，

不盈顷筐。

嗟我怀人，

寘彼周行。


陟彼崔嵬，

我马虺隤。

我姑酌彼金罍，

维以不永怀。


陟彼高冈，

我马玄黄。

我姑酌彼兕觥，

维以不永伤。


陟彼砠矣，

我马瘏矣！

我仆痡矣，

云何吁矣。

（《毛诗》3，《国风·周南·卷耳》）


　　如同我们刚刚考察过的，这些《诗经》中的诗歌对自然的描写最为特别的地方在于：一方面，它们自成一体地精确记述自然世界；另一方面，它们同样反映出人类的情感。

物理描述的精确性表明了人们对自然世界始终不渝的认知和尊敬；而这些再现人类情感的描述方式，让诗人和笔下人物体验到自身作为自然世界参与者的强烈感觉，即使是一个现代读者也会有所同感。如果他们能和今天的我们对话，《诗经》的佚名作者可能会说，我们在其诗作中见到的在自然中相互关联和置身其中的模式，以及我们回应这些模式的能力，"不是来自一个高高在上的、外在于他们自身的权威的命令，而是来自这样一个事实：在构筑了宇宙模式的万事万物的等级序列中，他们都是其中的一个部分"。[67]

### 来自《奥德赛》和《诗经·野有死麕》的明喻：自然的视角

在荷马笔下，对自然世界的描写并不很多。如果我们寻找这些描述，通常会发现它们都在明喻中。[68]比较《奥德赛》中的第一个明喻和《诗经》中的一首诗将对我们的讨论大有益处。在第4卷，忒勒马科斯在斯巴达试图从墨涅拉奥斯（Menelaos）那里尽其所能地找寻关于父亲奥德修斯的一切消息。他告诉墨涅拉奥斯，那些求婚者是如何利用奥德修斯的失踪来占便宜，而墨涅拉奥斯做出了奥德修斯将会回归的可喜预言。在预言的时候，墨涅拉奥斯用了明喻，诗歌的第一个明喻是：

---

〔67〕 李约瑟，《人类的法则与自然的法则》，收录在《大滴定：中西科学与社会》（London：George Allen & Unwin，1969），第328页。

〔68〕 参 Carrol Moulton, *Similes in the Homeric Poems*（Göttingen：Vandenhoeck & Ruprecht，1977）。

有如一头母鹿把自己初生的乳儿

放到勇猛的狮子在丛林中的莽窝里，

自己跑上山坡和繁茂的谷底去啃草，

当那狮子回到它自己固有的居地时，

便会给那两只小鹿带来可悲的苦命；

奥德修斯也会给他们带来可悲的命运。（4.335-9）

把奥德修斯比作狮子是很好的构想，但是把求婚者比作小鹿似乎就怪异无比了。求婚者们确实如小鹿那样脆弱，但我们的确不乐意看到无辜的小鹿被回到莽窝的狮子杀害，而当看到那些狂妄的求婚者在奥德修斯回归之后得到了应有的惩罚，我们却深感欣慰。[69]正如《野有死麇》的诗人所做的那样，荷马在《奥德赛》的其他章节把鹿和处女、贞洁联系在一起。荷马史诗《奥德赛》第4卷中这个有关自然世界的例子与本应被阐明的人类处境并不那么吻合，观众会感到小鹿是细致优雅且富有同情心的动物，和那些求婚者很不相同。

在这方面，《毛诗》23《野有死麇》对自然世界的敏感性更强。中国诗歌给我们带来的是一只更巧妙地对应人类处境的鹿：

野有死麇，

---

〔69〕 例如，在《埃涅阿斯纪》Ⅰ.498–504中，描写一位处女时，作者使用的比喻就模仿了在第6卷104行中瑙西卡娅首次出场时运用的那个比喻。

白茅包之。

有女怀春，

吉士诱之。


林有朴樕，

野有死鹿。

白茅纯束，

有女如玉。


## 61

舒而脱脱兮！

无感我帨兮！

无使尨也吠！〔70〕


这里，人类和自然世界之间存在着更为有力的对应。比起求
婚者，这位年轻女子和鹿更为相像。她与求婚者一样脆弱；
但不同于求婚者，顾名思义，她是一个细致优雅并富有同情
心的人，而她将会真正踏上易遭人非议的命运。

我们已经讨论了《诗经》对自然之描绘这一关键主题。
在我们结束这个主题之前，有必要讨论一下荷马史诗中的明
喻和《诗经》中人类同自然世界类比之间的决定性差异。在
荷马的明喻中，自然是以一种评价人类处境的方式被唤起

---

〔70〕这个翻译不是逐字逐句的对译，因为我们希望用这种方式来模仿中文
的韵律和音节。当我们的翻译尽量追求格律上的准确时，通常翻译出
来的诗歌也就不能同时体现原始文本的字面含义了。

的。而在《诗经》中，我们从自然世界出发，随之转移到人类的语境中去。在荷马那里，人类的处境才是关注的焦点；而在中国这边，人类的处境被放置在自然世界的背景之中。

现在是时候把我们的注意力转到荷马和奥德修斯身上去了，这位英雄眼下对卡吕普索（Kalypso）和她那诱人的草地已然不再着迷。

## 《奥德赛》中的自然与自然意象：在草地之间

在《奥德赛》的开篇，奥德修斯的旅程被美丽的神女卡吕普索耽误（1.14，52ff.）。由后文的叙述可知，奥德修斯已经在那里停留了七年；但现在"神女已不能使他心宽舒"（*ouketi hêndene nymphê*，5.153）。根据宙斯在第 1 卷中的纲领性讲话，这位权威之神宣称有死的凡人的愚蠢行为使他们自己更加不幸。由上可知，尽管雅典娜在接下来的话中特别为奥德修斯求情（45–62），但奥德修斯仍旧在某种程度上为他折服于卡吕普索的魅力而付出了代价。现在奥德修斯或许非常渴望回家，但正如第 5 卷 153 行的诗句（"神女已不能使他心宽舒"）所暗示的，很显然，在此之前卡吕普索曾经的陪伴令奥德修斯颇为受用。[71]

荷马提到，卡吕普索是"充满毁灭欲的"（*Olooph-ronos*，"death-［or destruction-］minded"）阿特拉斯（Atlas）

---

〔71〕 见 Jenny Strauss Clay, *The Wrath of Athena: Gods and Men in the Odyssey* (Princeton, NJ: Princeton University Press, 1983)。

## 62

的女儿（1. 52）。阿特拉斯是一个奇怪的绰号，荷马在接下来的诗句中提到，阿特拉斯的责任是用其身体支撑世界以维持世界的重量平衡。阿特拉斯是提坦神（Titan），也是前奥林匹斯时代诸神中的一位。在《智者篇》（Sophist）中，柏拉图认为前奥林匹斯时代的诸神是一些物质主义的巨人（264c）。荷马提到，阿特拉斯"知道整个大海的深渊、亲自支撑着分开大地（gaian, 54）和苍穹（ouranon, 54）的巨柱"（1. 53–4）。这些细节不像牛津的注释者所认为的那样无缘无故地出现（1. 81）。在对单一宇宙整体的浑然一体的体验中，脚踩海底的阿特拉斯连接无形的"天空"（sky）/"天国"（heaven, ouranon）与有形的土地。[72] 为了踏上回家的旅途，奥德修斯必须离开阿特拉斯的女儿。换言之，他必须将自己的意向性意识从整全的宇宙中分离开来而不再作为宇宙的一部分。如果他不那么做，而继续屈服于"诱使"（thelgei, 57）他遗忘回家之旅的卡吕普索，那么他便会被"充满毁灭欲的"（52）的力量给欺瞒过去，而这正是曾用于形容卡吕普索父亲一词，并一度通过提坦神阿特拉斯这个女儿的魅力发生作用。奥德修斯必须离开那片使人陷入停滞状态的草地。

在《奥德赛》中，草地经常诱惑英雄人物回到整全的宇宙中，而他们的意向性意识却希望将自身从宇宙中分化出来。奥德修斯必须离开卡吕普索。我们将在第三部分谈到，

---

〔72〕 希腊对宇宙一体的认识是"天"（ouranos）或"天国"与"大地"（gaid）的配合，这种观点与古代中国人把宇宙描述为天地（"天国与大地"）一致，像《道德经》1.5中的描述那样。

柏拉图和亚里士多德用片刻不宁、充满张力来形容哲学生活。哲学家处在对自身存在之根基的探寻之中，他们必须游历他乡。荷马作品中远航的意象，虽然指的是字面意义上的远航，却对柏拉图和亚里士多德的思想产生了深远的影响。在《奥德赛》中，最伟大的英雄必然在去某处的路上。在史诗的开头，奥德修斯哪里也没去。但是特勒马科斯却为证明自己配得上奥德修斯之子的称号，独自踏上了前路艰险的寻父之旅。特勒马科斯的其中一个目的地是斯巴达（Sparta），他去那里是为了向墨涅拉奥斯和海伦打探他父亲的消息。斯巴达富饶而美丽。特勒马科斯告诉墨涅拉奥斯，他本希望在这个天堂般的处所停留更长的时间，但是行动在召唤他；他必须继续远航。荷马详细地描述了农业发达的斯巴达的风景，还把它与多岩石、没有草地（oute ti leimôn，605）的伊塔卡相对照。

主题的凸显及其变化在叙述层面上与口述形式中语词的重复及其变化道理一致。[73] 如上所述，特勒马科斯的远航是揭开《奥德赛》全文序幕的小型版《奥德赛》。因此，特

---

[73] 详见 Mark W. Edwards，《荷马与口述传统：套语，第一部分》，口述传统 1（1986）：第 171–230 页；《荷马与口述传统：套语，第二部分》，口述传统 3（1988）：第 11–60 页；《荷马与口述传统：场景模式》，口述传统，1（1992）：第 284–330 页；以及 Richard P. Martin，《荷马式语言：〈伊利亚特〉中的演说与表演》（Ithaca, NY：Cornell University Press，1989）对荷马式的口述模式与传统诗歌之间可能存在的关联的研究请参考王靖献（C. H. Wang），《钟与鼓：在口述传统中的典型诗歌〈诗经〉》（Berkeley：University of California Press，1974）。

勒马科斯拒绝在斯巴达停留更久的行为，或许预示着奥德修斯很快将要以实际行动拒绝在美丽的神女卡吕普索身边逗留更长时间。仅几百行之后，奥德修斯便告知卡吕普索他将离开。在此之前有一个段落（5. 63–84），荷马以极具感召力的语言描述卡吕普索洞穴周围苍翠繁茂的美丽景象。在这片景观中有着柔软的草地（*leimônes*，5.72）。如果奥德修斯执意回到多岩石的伊塔卡，那么他必然要离开这个有着诱人美景的地方——正如特勒马科斯刚刚观察到的那样，伊塔卡没有美丽的草地（*oud' euleimôn*，4. 607）。

此处提到了两片草地——一片在斯巴达，另一片在卡吕普索的小岛上。如果这对父子要继续他们各自的旅途，那么这两位英雄就必须逃离草地的诱惑。这样的草地背后的威胁是要把意向性意识拉回到未分化的宇宙整体之中。而这只是其中一方面。在第 12 卷中，奥德修斯必须抵制塞壬的歌声，这歌声不会使人彻底沉浸于物质，但会使人陷入对完整知识的疯狂中，这种对完整知识的沉沦似乎是旅程的另一个终点。荷马似乎与柏拉图、亚里士多德的看法一致，都认为求知是人的本性。塞壬唱歌时坐在草地上（*en leimôni*，12. 45），她们身后堆着人的骨头和腐烂的皮囊，那些人都是在她们引诱下来到草地上的。在前两个例子（斯巴达和卡吕普索小岛上的草地）中，诱惑指向停滞，指向通过消极地回到草地上，从而回到未与宇宙分化前对物质性宇宙的参与。而在第三个例子中（塞壬的草地），诱惑正是通过走进那象征着彻底沉浸于认知（*gnôsis*）幻象的草地来摒除一切张力——也就是说，这种幻象以为，只要掌握了绝对知识就不再需要探寻智慧。无论永恒地得到知识的欲望有多么强烈，意向性预设了坚持不懈地追求永恒知识和智慧的体验，它永远在追寻者的有形肉身之中保有一席之地。因此，荷马所描绘的对绝对知识的梦想，成为对朝向事物对象的、在身体中内化了的意识的有意遗忘。这种有意的遗忘会把对绝对知识的梦想变成脱离现实的梦魇。那些顺从的人便成为了塞壬脚旁覆盖着朽皮的人骨堆（*polus this*，11. 45）的一部分。然而，即便是这种极端的反唯物主义观点，也被包裹在取自自然世界的语言中，似乎是要回忆起早前回归未分化的宇宙整体的诱惑，因为荷马把塞壬描述成坐在"一片草地中"（*en leimôni*，45）。这种描述似乎提醒了我们早前回归未分化的整全宇宙的诱惑。荷马指出，人类必须学会在草地所代表的两种极端状态之间生存——一种代表着无意识地沉浸于物质世界，另一种代表着脱离现实的抽象。

在《奥德赛》第 4 卷中，墨涅拉奥斯对自己与老海神普罗透斯（Proteus）争斗的描述，平行对应于奥德修斯和特勒马科斯对自然界的必然拒绝。在第 5 卷开头描述的卡吕普索花园中极度美丽的树木，到此卷的中间变成了奥德修斯用以制作返航之船的原材料。自然被控制和驯服了。在墨涅拉奥斯得以回家之前，普罗透斯的女儿告诉他，只有诱捕她的父亲，才能从他那里得到墨涅拉奥斯所需的返航信息。但真相并不会不请自来。为了迫使普罗透斯告诉自己返航的信息，墨涅拉奥斯必须使用诡计。因此便有了海豹皮的诡计，为了在正午时分突袭那位老人，墨涅拉奥斯隐藏在海豹皮之下。为了挣脱墨涅拉奥斯，普罗透斯不断变换外形，而这些形象全是对自然界的模仿：雄狮、猛豹、大野猪、流动的水、一棵枝叶繁茂的树（4. 456-8）。为了回家，自然必须低头。[74]

阿尔基诺奥斯（Alkinöos）的花园（《奥德赛》，7. 112-32）与奥德修斯向费埃克斯人（Phaiakians）描述为"崎岖的"（*trêcheia*, 9. 27）伊塔卡截然不同。这一段明显地与卡吕普索的小树林相呼应（5. 63-74）。赫尔墨斯（Hermes）对第一个"感到惊奇"（*thêeito*, 5. 75），奥德修斯则对第二个"感到惊奇"（*thêeito*, 7. 133）。自然界又一次与使英雄滞留的诱惑相关，自然终究注定要打断男主人公的行程。但在这里，语气有了一些改变。这个花园不像卡吕普索的小树林那般具有威胁，正如瑙西卡娅（Nausikäa）不如卡吕普索那般具有威胁一样。然而瑙西卡娅仍然代表着一种对奥德修斯的威胁。她是一位勇敢的、美丽的、年轻的、有待婚配的公主，而她的父亲阿尔基诺奥斯王，甚至提出让奥德修斯迎娶他的女儿

---

〔74〕 此处真的有与《出埃及记》相类似的故事吗？ V. Bérard 认为普罗透斯的名字是埃及法老"Prouiti"的希腊文版（in *Did Homer Live*?, trans. B. Rhys〔London: J. M. Dent, 1931〕, pp. 82ff.）。 见 Stanford's commentary, Vol. 1, p. 279。在《希伯来圣经》中，《出埃及记》这个故事讲述的是男人和女人对上帝的感受，这种感受来自于近东诸帝国（如埃及）的泛神论。在以色列人眼中，无形的上帝的存在超越了物质性的宇宙存在。在书中前面的部分，海伦把埃及形容为一个有良田的地方（p. 229），像《出埃及记》中的记载一样，以此来强调埃及与宇宙中物质间的联系性。

（7. 313ff.）。瑙西卡娅出场时，荷马运用了"一个未婚的处女"（*parthenos admês*，6. 109）这样的明喻。瑙西卡娅被比作贞洁的阿尔忒弥斯（Artemis），一个会因猎杀野猪和奔跑迅捷的鹿群而感到愉悦的女神（*elaphoisi*，104）。如果待在费埃克斯迎娶瑙西卡娅这个条件成功地诱惑了奥德修斯，那么未婚少女瑙西卡娅的结局可能会像我们前面讨论过的《毛诗》23 中被青年猎人引诱的少女——她也被比作一头鹿——一样悲惨。

### 自然与女性:《奥德赛》

我们一直在论证,《奥德赛》探寻的是意向性意识（intentionalist consciousness）明确、自觉地从参与整全宇宙的经验中出现的历史时刻。女人常与物质联系在一起——也就是说，与参与整全宇宙的经验相关——继而在此意义上，实现意向经常以"必须离开女人"为象征。例如，在《奥德赛》的开头，我们从雅典娜口中得知，奥德修斯因被卡吕普索（那个隐瞒者）诱惑而推迟履行他返回伊塔卡的责任。[75]

这种必要的分离在特勒马科斯寻父部分也存在着平行的对应。特勒马科斯要想掌控伊塔卡，正如前四卷中记载的那样，必须离开他那强势的母亲佩涅洛佩，并独自踏上自己的"奥德赛"。在第 1 卷的末尾，特勒马科斯指责他母亲阻止歌手费靡奥斯（Phemios）歌唱的行为体现了他开

---

[75] 从词源学意义上来解读卡吕普索的名字，详见 Alfred Heubeck, *Kadmos* 4（1965）: 143。

始坚持自己的权利。佩涅洛佩说她不愿听费靡奥斯演唱人们从特洛伊回乡的歌曲，因为奥德修斯的离开让她深感痛苦。"你要坚定心灵和精神，聆听这支歌，不只是奥德修斯一人失去了从特洛亚返归的时光"，特勒马科斯告诉他的母亲，"许多英雄都在那里亡故"（1. 353–5）。佩涅洛佩在对儿子勇敢言辞的"惊异中"（360）回到她的房间。正如我们提到的，《奥德赛》中这一幕的结构围绕着不断重复的主题展开，这些主题在一定范围内不断变化，这与口传风格本身由模式与变化构成的原理相似。宙斯在诗歌开头（1. 32–43）宣称，《奥德赛》中，行动有效、负责的范例是奥瑞斯特斯（Orestes）对埃吉斯托斯（Aegisthos）和克拉泰默斯特拉（Klytaimnestra）的复仇，因为他们谋杀了从特洛伊返回的阿伽门农。后荷马时代的文学与荷马的作品相同，如在埃斯库罗斯（Aeschylus）的作品《俄瑞斯忒亚》（Oresteia）中，奥瑞斯特斯为报杀父之仇而谋杀了他的母亲——这是一个十分强烈的与原始女性相分离的行为！[76]

---

[76] 荷马提到过奥瑞斯特斯埋葬了他的母亲（Ⅲ. 309ff.），但是没有明确提到奥瑞斯特斯亲手弑母。斯蒂芬妮·韦斯特（Stephanie West）在牛津版的评论中认为奥瑞斯特斯弑母的行为是荷马之后的诗人的假设，见 Alfred Heubeck, Stephanie West, and J. B. Hainsworth ( eds ), *A Commentary on Homer's Odyssey*, Vol. l ( Oxford: Oxford University Press, 1988 ), p.181. 对阿伽门农和奥德修斯返乡的故事进行对比的尝试可见，Samuel H. Basset, "The Second Necyia," *Classical Journal*, 13 ( 1918 ): 521–6; E. F. D' Arms and K. K. Hulley, "The Oresteia Story of the *Odyssey*," *Transactions of the American Philological Association*, 77 ( 1946 ): 207–13; 以及 Albin Lesky, "Die Schuld der Klytaimnestra," *Wiener Studien*, 80 ( 1967 ): 5–21.

尽管意向性意识的确立可能伴随着与女性隔离，我们不能由此推断《奥德赛》是一部有厌女情结（misogynistic）的作品。实际的情形可能恰恰相反，甚至有些说法认为《奥德赛》的作者可能是一位女性。[77] 实际上，这部诗歌写作的目的在很大程度上可能是修正女性与返乡有关的坏名声——大多数英雄返乡（nostoi）的后果是受到伤害，就像阿伽门农返回阿尔戈斯（Argos）那样。《奥德赛》中多次提到了克拉泰默斯特拉谋杀阿伽门农。如在奥德修斯的冥府之旅中，他与阿伽门农的鬼魂进行了一段对话。这个鬼魂向他复述了自己回到家后的可怕遭遇，并将之概括为"永远不要相信女人"（ouketi pista gynaixin，11. 456）。当鬼魂把佩涅洛佩描述为等候丈夫从特洛伊归来的忠贞妻子时，荷马十分刻意地企图扭转阿伽门农在此传达的对女性的意见可能在希腊文化中导致的厌女结果。荷马不希望只是或主要把女性与自然、土地以及家庭生活联系在一起。他向听众展现了一系列智慧和审慎的女性角色，如佩涅洛佩、瑙西卡娅和阿瑞塔（Arete）——费癨奥斯人的王后。

*66*

## 自然与女性:《诗经》

前文我们讨论了自然和女性怎样对荷马式的英雄频繁产生威胁。在此，有人可能会将《诗经》中关于新娘的描述

---

〔77〕 参 Samuel Butler, *The Authoress of the Odyssey*（London, 1922; rpt., Chicago: University of Chicago Press, 1967）。

与之进行对比，认为其中新娘的形象相对而言不具威胁性。
而且，在西方人眼中这种不具威胁性的理由稍显古怪：

> 手如柔荑，
>
> 肤如凝脂，
>
> 领如蝤蛴，
>
> 齿如瓠犀，
>
> 螓首蛾眉。

（《毛诗》57，《卫风·硕人》）

我们曾谈到，传统注家试图将每首诗歌与其他经典文本中记述的重要历史事件联系起来。根据他们的观点，这首诗描述了公元前757年庄姜与卫国国君的婚礼。而几乎就在同一时代，荷马正在创作他的史诗。就这个特殊的例子，我们很有理由采信传统的解释，因为上文所引部分之前的那一节表明了诗中女性不同寻常的身份 *。以自然界的事物作喻体的一系列明喻，其实都用以形容一个具有诱惑力的、值得爱慕的女人。（这些比喻同样也向西方读者表明，不同文化间对美的描述是多么的不同！）假如我们在《奥德赛》中发现了同样的肖像描写，毫无疑问这将是一个危险的信号。我们可以想象，这样的形象很容易让人联想到卡吕普索或基尔克

---

\* 　指的是诗中这句话："齐侯之子，卫侯之妻，东宫之妹，邢侯之姨，谭公维私。"这句话说的正是庄姜的高贵出身。

（Kirkê），却很少会与佩涅洛佩有关，而后者却恰恰是与庄姜在等级和地位上最能媲美的荷马式角色。

在后世的文本中，如在成书于公元前4世纪、深受孔子影响的《左传》中，对一个女子美貌的描述往往是灾难的前兆。事实上，在中国文学史上，美丽的女人经常被塑造成这样的形象：这个女子如卡吕普索般会用自己的魅力诱惑男子，使其放弃履行更重要的政治和家庭责任。这种态度，至少部分地源于后世儒家强调女性应该辅助男子实现雄心，建功立业。然而，《诗经》或许"反映了一个两性之间关系更加健康、更加自然的时代"。[78] 但这并不是说《诗经》反映了一个男女平等的世界。即使中国存在母系社会，到周朝早期也已变为以男性为中心的父权社会了，何况母系社会曾被反复地讨论却始终缺乏盖棺论定的证据。《毛诗》189《小雅·祈父之什·斯干》中的名句非常清晰地体现了男婴与女婴地位之间的差别：

## 67

> 乃生男子，
> 载寝之床。
> 载衣之裳，
> 载弄之璋。
> 其泣喤喤，
> 朱芾斯皇，

---

〔78〕 刘达临，《中国古代性文化》（银川：宁夏人民出版社，1993年），第134页。

室家君王。

乃生女子，

载寝之地。

载衣之裼，

载弄之瓦，

无非无仪，

唯酒食是议，

无父母贻罹。

对男婴来说，父母希望他能得到地位和权力；对女婴而言，父母能想到的最高的要求就是希望她可以"无父母贻罹"。尽管女性在西周早期的社会处于次要地位，但她们在大量的《诗经》诗篇中扮演了主要角色。[79] 值得注意的是，她们的心声在这些诗篇中得到了反映。确实，没有证据表明，这些诗中频繁出现的女性内心独白是真实的。后世的中国男性诗人经常会"男子作闺音"（*vocibus feminarum*），而《诗经》中的女性视角或许也是这一现象的体现。[80] 但此处这些诗中发出的感叹似乎确实来自女性，甚至那些以男性为中心的评论者们——比如《毛诗》评论传统中的那些人——都认为很多诗歌是女性所作。

---

[79] 谢晋青细腻考证了《诗经》"风"部分的这一问题，从 160 首诗中整理出 85 首"有关妇女问题"的诗作。见《诗经之女性的研究》（上海：商务印书馆，1933 年），第 85-95 页。

[80] 早在公元前 3 世纪，诗人屈原（一个男性诗人）便已频繁地从女性的角度作诗。

让我们来看看大多数评论者都认为是出自女性之手的两首诗。这些诗歌的内容清晰地向我们展示了《诗经》对研究中国古典社会的女性角色是何其丰富却未被广泛开发的原始材料：

> 泛彼柏舟，
> 在彼中河。
> 髧彼两髦，
> 实维我仪。
> 之死矢靡它。
> 母也天只，
> 不谅人只。

## 68

> 泛彼柏舟，
> 在彼河侧。
> 髧彼两髦，
> 实维我特。
> 之死矢靡慝。
> 母也天只，
> 不谅人只。

（《毛诗》45，《国风·鄘风·柏舟》）

> 葛生蒙楚，
> 蔹蔓于野。
> 予美亡此，

谁与独处。
葛生蒙棘，
蔹蔓于域。
予美亡此，
谁与独息。

角枕粲兮，
锦衾烂兮。
予美亡此，
谁与独旦。

夏之日，
冬之夜，
百岁之后，
归于其居。

冬之夜，
夏之日，
百岁之后，
归于其室。

（《毛诗》124，《国风·唐风·葛生》）

之前提到过，尽管早期的注释家认为在上述诗中存在女性的声音，但他们有时似乎打算掩盖《诗经》中这些女性声音的存在，或改变诗中的这种声音。例如在讨论上引第一首诗时，有趣的是，最早的《毛诗》解读者认为诗中的"天"象征着父亲，而后来的解读和翻译居然一直沿用这一解释。换言之，这首诗本来是对天的呼喊和对母亲的同情，注释家的处理却使这首完全没有提到父亲的诗基调转变为对父权制的支持。很明显，这首诗讲的是一个不忠贞的男性，他就像河中摇摆的"柏舟"。

## 69

第二首诗看起来几乎就像是由中国的佩涅洛佩所吟咏的。这个叙述者显然是一个没有丈夫陪伴的孤独女人。最早的注释家告诉我们"夫从征役" *，并且宣称这首诗是在批判晋国的国君晋献公，因为晋献公"好战" **，他强迫很多年轻人加入远征的队伍。无论事实如何，这首诗中的女人像佩涅洛佩一样甘愿为丈夫守节，诗的最后一节表明，直到她"归于其室"。而在一百年之后，"其室"便是他们二人共同的坟墓。第二首诗让我们回到了对自然的思考，并且想起在《诗经》中自然对人类感情的回应。葛在棘上蔓延，莶蔓蔓延于荒野，这个描写简洁而形象地表现了时间的流逝，以及这个女人现在的孤独凄凉。对苍凉的环境的描写不仅点出了她丈夫现在的境况，还体现了时间是如何掩盖她所经历的——无法消除的——痛苦与孤独。正如"国风"的其他篇目，这首诗对"兴"的运用非常恰当，且能微妙地再现情境。

---

\* 　　《郑笺》：夫从征役。
\*\* 　　此说同样来自《郑笺》。

## 总结与结论

女性的存在在《诗经》中显得很突出，在《道德经》中同样如此，这一点我们在第三部分会详细讨论。老子将参与"道"的体验与女性和自然关联起来，这种联系毫无疑问来自一个丰富的传统，《诗经》本身可能就是这个传统的一部分。

我们在解释《道德经》第一章时讨论了老子对语言和人类意识结构之关系的分析。老子认为圣人必须活在无名与有名的张力中。如果我们要把一个事物与另一个区分开来，如果我们要像奥德修斯那样漂亮地管理和操纵实在（reality），命名就是必要的，正如我们想要活下去就必须命名。但命名虽然必要，却也可能将我们同命名行为本身试图描绘并由是命名的那种体验割裂开来，例如将整一性的体验命名为"道"那样。因此当我们忘记意向性行动（有欲）实际上作用于一个更大的整体中时，那种参与的体验就会缺失。

我们在荷马对塞壬之歌的描绘中注意到和老子类似的形象譬喻，这种歌声用虚假的承诺诱骗奥德修斯，歌中提到要给他一种完全参与到存在之中的体验，一旦接受了这种体验，就意味着抛弃依托在身体上的个体性意识。两个形象比喻虽然很类似，但强调点却有所不同。中国的老子似乎更在意提醒他的听众关注参与"道"的体验，如果他们太集中在"有欲"中，"道"的体验就会被遮蔽。古希腊的荷马则似乎更在意的是，如果我们追求那种一旦获得就将不复有追求之需的完全参与体验，意向性意识就有被消除的威胁。在第三部分，我们将讨论和老子处在相近哲学语境中的柏拉图是如何通过一种所强调内容更加接近老子的形象譬喻语言来重新组织这个问题的。

我们一直试图论证，《诗经》和《奥德赛》都开启了将"有欲"从对"浑一"的原初体验中分化出来的戏剧序幕，这种原初体验正是老子试图通过告诉听众他们是"无欲"的来唤起他们的。《诗经》和《奥德赛》中的这种参与经验有好几种形式：对物理的宇宙的参与、对家庭的参与以及对社会的参与。荷马和《诗经》的作者们都描述了意向性的出现，但中国诗人们比荷马更加担心参与经验缺失的危险。

在第二部分，我们将从两位伟大史家司马迁和修昔底德入手探讨参与和意向性的张力。我们将论证，司马迁一直希望将自己表现为一个充分参与到中国王朝历史的宏大设计中的人。但他的自我表现却常常因为他一直试图克服的那种意向性的死灰复燃而前功尽弃。修昔底德抱着一种如奥德修斯考验拉尔特斯般客观冷峻的态度希望分析他所身处的时代——希腊城邦混战不休的公元前 5 世纪。我们认为，这位古希腊史家的分析经常偏离，因为他忘记了自己实际上也是被他判断为眼前灾难之原因的那种意向主义的同路人。现在让我们转向修昔底德和司马迁。

# 哲学前后
## 修昔底德与司马迁

中国的《诗经》和荷马史诗大致同时创作。哲学也大致 在同一时刻兴盛于希腊和中国。可以说，本研究的第一部分和第三部分处理的是两边同期的作品。但第二部分却破坏了这一比较中国和希腊同时期作品的模式，这样做有何影响？

在我们看来，其中影响不容忽视，因为孔子、老子、庄子、柏拉图和亚里士多德决定性地表达了哲学的分化，尽管在分析精度上各自有别，却在事实上划分出了"之前"和"之后"两个时代，也可以说他们就此成了历史的奠基人。孔子和柏拉图在自己的时代默默无闻，却凭借着他们对中国"君子"（gentleman）和希腊"哲人"（philosophos，"爱智者"）之本性的洞见而开创了历史，他们在更加完满、更为分化的人性层面上开启了一种存在的形态。当这种哲学的分化为后世思想家所接受，如中国这边的司马迁一旦被儒家思想那惊天动地的力量所感化，就无法再回退到分化程度更低的存在形态上。[1] 在这个意义上，这两股并行而进的哲学之分化便

---

[1]　见 Stephen W. Durrant, *The Cloudy Mirror: Tension and Conflict in the Writings of Sima Qian* ( Albany : State University of New York Press, 1995 ), 尤其是第二章（"司马迁笔下的孔子"）, pp. 29–45, 作者在其中提出,（转下页）

由此造就了历史。因此，哲学所创造的历史不应被理解为战争或王朝更迭等一系列纷乱的现实事件，而应被理解为用 T. S. 艾略特（T. S. Eliot）的话说，一个个"永恒瞬间"（timeless moments）中意义深远的"范式"的展现。[2]历史由范式组成，而范式来自对永恒瞬间的体验。在这些永恒瞬间中——老子会说——人用语言表达了他们对"道"的参与体验。[3]

我们曾谈及历史是永恒瞬间的范式，也是具体的个体融入道之中的共同体验。因此，作为**有意义的瞬时性存在**，"历史"被呈现为对意义的拥有，而是否拥有意义取决于一个人能否以相谐于"道"的方式生活。中国古典文献中常见援引历史事件和历史人物的典故。正因如此，缺少用典的老子著作显得尤为另类。《道德经》看起来外在于历史而自成一体。但如果我们像上面所说那样把历史理解成"有意义的瞬时性存在"的话，也可以说老子的书包含一种历史哲学。在老子看来，正是对"道"的参与体验形塑了我们的瞬时性存在。[4]

---

（接上页）"孔子乃是《史记》的主角"（p. 29）。司马迁认为孔子能被称为"终极圣人"（the ultimate sage，《史记》47. 1947）。

[2] "Little Gidding," 11. 234–5 of *The Four Quartets*.

[3] 可参考乔伊斯（James Joyce）在《芬尼根的守灵夜》（*Finnegans Wake*）中的维柯式（Vician）历史观。历史与日期或外部事件的流逝无关，而是由个体构成。个体在融入现实的标志性时刻体验他的意识（尤其是作为想象的意识）。见 Donald Phillip Verene（ed.），*Vico and Joyce*（Albany：State University Press of New York，1987）。

[4] 关于《道德经》中蕴含的历史哲学，参 Seon-Hee Suh Kwon, "Eric Voegelin and Lao Tzu：The Search for Order," Ph. D. dissertation, Texas Tech University, 1991。

不妨总结一下我们对哲学如何创造历史的思考。在柏拉图、孔子和老子体验并加以表述的"哲学"的分化之后，紧跟着，"历史"作为有意义的瞬时性存在被发现了。历史的意义恰恰取决于那经历着社会和时间变迁的瞬时性存在，能在多大程度上契合于柏拉图用理念或型相建构的"永恒范式"，抑或是孔、老所谓"道"。而正是这些哲学发现通过揭示事情的本来面目，将历史划分为"之前"和"之后"两个阶段。

当然，有一种更传统的观点认为，历史是对过去事件的精确记述。修昔底德和司马迁只是在这种更为传统的定义下的史家。在比较他们作为史家的成就之前，我们首先要说明，修昔底德在柏拉图**之前**写作，司马迁则在孔子和老子**之后**写作。换句话说，修昔底德的写作在柏拉图哲学之前，司马迁却要步孔子这些中国大圣人思考的后尘。[5] 前哲学的历史观（以修昔底德为例）和后哲学的历史观（以司马迁为

---

[5] "哲学之前"这个说法要归功于亨利·法兰克福（Henri Frankfort）的同名著作。该书为他和夫人，以及威尔逊（John A. Wilson）、雅各布森（Thorkild Jacobsen）合著，最初于1946年以另一个标题（《古人的智性冒险》，*The Intellectual Adventure of Ancient Man*）出版，后于1949年由鹈鹕丛书（Pelican Books）改为《哲学之前》。本章标题（"哲学前后"）中的"哲学"取的是这个词最核心，最"柏拉图"的含义。确实，修昔底德的年代晚于大多数前苏格拉底哲学家，他是德谟克利特（Democritus）和智术师派（Sophists）的同代人，而且本章稍后将讨论到，他显然同时受到智术师和希波克拉底派作家的影响。但事实上，恰恰是修昔底德著作中智术师派的痕迹，表明作者本人或许并未有意识地认同那种智术立场——正是这种立场激发索福克勒斯创作了《僭主俄狄浦斯》这部反智术戏剧。

例）可谓大相径庭。修昔底德的作品是一种历史写作的范例，这种写作迫近，却又未曾真正企及一种史家参与进某种存在境界的表达，这种存在的境界超然于无休止的流血攻伐和利益权谋之上。[6] 在另一边，司马迁的巨著《史记》深受圣人伦理传统的影响，尤其是孔子的影响。后者试图清晰表达他所理解的"道"之本性，并亲身参与其中。诚然，司马迁和他称之为"至圣"的人，以及和他同时代的儒家思想之间的关系均非常复杂，但这位中国史家无论如何不可能忽视这位先贤的垂范。怀特海（Whitehead）曾经说："经历过大哲的振聋发聩，哲学就再变不回老样子。"[7] 无论在希腊还是在中国，历史书写都不可能在柏拉图和孔子之后仍旧一成不变。

## 1. 历史与传统

### 司马迁与先人

司马迁（前145—约前86年）有时被称作"中国史学之父"，被拿来与希罗多德（前490—约前425年）和修昔底德（约前450—前399年）相提并论，后两者在西方享有

---

[6] 关于修昔底德和柏拉图的比较研究，参 David Grene, *Greek Political Theory: The Image of Man in Plato and Thucydides* (Chicago: University of Chicago Press, 1965)，该书初版名为 *Man in His Pride: A Study in the Political Philosophy of Plato and Thucydides* (Chicago: University of Chicago Press, 1950)。

[7] Alfred North Whitehead, *Process and Reality: An Essay in Cosmology* (New York: Macmillan. 1929), p. 16.

同等的盛名。无疑，司马迁确实开创了一种深刻影响后世史书的历史表达方式，但在史学上，他既是父亲也是儿子，他继承和彰显了一个悠久深厚的历史书写传统。事实上，《史记》这部一百三十篇的巨著毋宁说是之前已有的历史记录在内容和形制上的集大成之作。

中国有着令人景仰的历史编纂传统。中国最早的书写样例——商代晚期（约前 1250—前 1045 年）的甲骨卜辞——就是历史记录。已发表的五万余片刻在龟甲或牛肩胛骨上的卜辞是对卜祝占卜过程的记录，[8] 卜祝试图确定神灵对商王的灾祸或计划的态度。卜辞是在占卜过程完成**之后**才刻制并储藏于大量的地窖中的，我们可以顺理成章地把这些地窖当作历史档案馆，这一点对于我们的讨论来说比较重要。虽然我们不知道保存这些记录的确切目的是什么，但刻制和储藏卜骨的做法似乎表明一种保存记录的意图，以供日后借鉴。换句话说，这些文本保存着记忆。

当然，周代早期的许多青铜铭文都是集中追忆某些重大历史事件的尝试。例如，这些铭文中最长的一篇见于 1975 年出土的一个青铜盘，内容是对周先王的颂扬。早期中国铭文研究权威夏含夷（Edward Shaughnessy）对这件器物的断代为"稍早于公元前 900 年"，并且称其"很可能是

---

〔8〕 吉德炜大约二十年前的批判性研究给出的数字是 47000，此处略有夸大。参 *Sources of Shang History: The Oracle–Bone Inscriptions of Bronze Age China*（Berkeley：University of California Press, 1978），p. 138。

中国第一次自觉的历史书写尝试"。[9]和其他大多器物一样，这件青铜器为王室铸造，用于祭祀祖先的典礼上，其铭文为"其万年永宝用"。[10]也就是说，通过将先祖的辉煌功业和祈愿铭刻在金属上，铭文为当权者的家族保存了一段记忆，且大部分铭文使用了相当程式化的表达：子子孙孙永宝用。

从这些例子看，我们可以论证中国编史传统出现于司马迁之前的整整一千年。此外，甲骨卜辞和青铜铭文有两个特点，使早期中国的历史书写与众不同：首先，他们和王室有关，其制作属于官方行为，有人甚至称之为"官僚行为"；[11]其次，这些铭文记录都有种仪式背景，甚至可以称为"神圣背景"。

历史书写在周代大量涌现。最早试图对这些作品进行分类的学者是刘向（前77—前6年），其概要为班固（32—92年）的《汉书》所记载。按后者的解释，周代史书可分成两大类："记言"和"记事"。[12]某些《尚书》篇目是记言的范例，可能成书于周代早期，据称是当时重要言辞或布告的抄录。毫无疑问，这些都是周朝希望显扬王室、慑服现存

---

〔9〕 Sources of Western Zhou History（Berkeley: University of California Press, 1991）, pp. 1–4.

〔10〕 同上书，p. 181。

〔11〕 关于甲骨卜辞中的有关问题，见 Keightley, Sources of Shang History, p. 45。

〔12〕 班固区分两类的依据可能是早先存在负责记言的"左史"和负责记事的"右史"两类宫廷史家（《汉书》10.1715）。《礼记》（Records of Ritual）也区分了两类史家，但认为记言的是左史而记事的是右史（《礼记》13/1）。

或潜在的外敌的文献。相传为孔子所作的鲁《春秋》(*Spring and Autumn Annals*),是刘向所谓后一类史书的最纯粹范例。这部文献完全由前722—前481年间鲁国及邻国的重要事件的简短记录组成。同时代的一位见证人告诉我们,《春秋》只是当时诸侯国保存的众多类似记录之一。[13]事实上,保存一个国家的编年史必定是政治主权的官方宣示。[14]

最终,"记言"和"记事"两种体裁合二为一。例如影响巨大的《左传》,一部或成书于前4世纪末的春秋时期史书,就在紧凑地记录事件和长篇引述演说对话这两种形式间不断变换。文本中干涉叙事的作者主观痕迹较为鲜见,即便出现也被清楚注明——这种特征让《左传》带有一种不证自明的权威性。

我们已经注意到在早期中国铭文记录中的仪式性或神圣性语境。同样的语调也遍布在早期中国史书中,这对于理解司马迁大费周章如此热忱地去编辑一部包罗万象的历史非常重要。早期中国的"史"——或可译作"书记"(scribe),或可宽泛地称为"历史学家"——是一种职责广泛的政府公职。但我们不应该重新陷入无休止的争论中,试图从词源学

---

[13] 公元前5世纪的哲学家墨子提到过周、燕、宋和齐的这类编年史书,见《墨子》第31篇。其他证据表明,至少秦、楚和魏都保存过类似的记录。

[14] 因此,秦朝在公元前213年的焚书活动烧毁了除秦以外其他国家的史书,它象征着秦朝将之作为一次企图抹杀过往的狭隘政治举动。关于焚书动议及后果的翻译,参 The Records of the Grand Historian: Qin Dynasty, trans. Burton Watson(Hong Kong: Research Centre for Translation, Chinese University of Hong Kong, and Columbia University Press, 1993), pp. 54–5。

或字形分析去理解这个职官的原初职能。[15] 但早在春秋时期，一位中国权威已经指出了"史"的六种基本职能：撰写祷文、占卜、推算历法、解释灾难、宣读朝廷的命令和任命以及撰修族谱。某些职能要求细致地保存记录，因此抄写员们很快就被认为是专门负责永久记录王侯言行的人。[16]

与他们源自仪式活动这一事实吻合，早期中国的史官们身上确实有某种宗教光环，这也赋予了他们不小的权力。人们期望他们作为史家能秉笔直书，不为权势文过饰非。最初，这些记录既呼唤鬼神也呼唤后世的关注。例如，可留意《左传》的一段引文，其中记载齐国的权臣晏子将史官与巫祝等列，同时颂扬他们的神圣职责：

> 其祝、史荐信，是言罪也；其盖失数美，是矫诬也。……是以鬼神不飨其国以祸之，祝、史与焉。（昭公二十年，前522年）

不准确的历史记录，尤其是隐瞒统治者过失的记录，

---

[15]《说文解字》（"解释单体字，分解合体字"）是中国最早的词源学字典，它认为"史"这个字象征"掌握矫正规矩的手"（《说文解字注》IB.11）。这种将史家视为是非之司的解释可能受到司马迁对自己职责本质理解的影响，但是更多的现代学者反对这样以形释义，胡适、沈刚伯和戴君仁均不赞同此观点，详见《中国史学史论文选集》第一册，杜维运、黄进兴编（台北：华世出版社，1980年），pp. 1–29。

[16] 参徐复观颇具见地的文章《原史——由宗教通向人文的史学的成立》，收入《中国史学史论文选集》第三册，杜维运、陈锦忠编（台北：华世出版社，1980年），pp. 1–72。以下很多内容都受徐复观研究的影响。

将会引发鬼神不悦乃至朝廷祸乱。然而，在比起事奉鬼神更关心事奉人（参《论语》11.12）的孔子及其门人的影响下，中国的史学逐渐变得世俗化、人性化。世俗化过程的第一步就包括论证鬼神的行动和态度完全依赖于人。《左传》中的一个重要段落提出，鬼神"依人而行"（庄公三十二年，前661年），孟子（约前372—前289年）引《尚书》逸文，称"天视自我民视，天听自我民听"（《孟子》5A.5）。

历史编撰的逐渐世俗化，增进的只是历史本身的地位。孔子自己声称："君子憎恶自己身死名灭"（"君子疾没世而名不称焉"，《论语》15.20）。在一个注重此世远胜过彼世的文化中，被人铭记成了不朽的主要手段。在《左传》中，一位晋国大臣向鲁国大臣询问古语"死而不朽"的意思。鲁臣回答说一个人应该努力树立美德，做出有价值的贡献和留下睿智的话语（襄公二十四年，前549年）。史家决定了谁将因为什么被铭记。用今天仍流行的中国古话说，史家决定了谁"流芳百世"、谁"遗臭万年"。

传统中国的历史几乎可以被认为是受教育阶层的世俗宗教，其地位再强调也不为过。部分原因在于孔子这位最受尊崇的中国人自己就被当作鲁国的史官，将鲁史重新编订，作《春秋》。《春秋》非常简略，似乎只是从山东半岛的一个小国鲁国的局部视角出发，罗列了前722—前481年间中国发生的重大事件。然而后来的儒门注家试图表明，他们的先师实际上在用《春秋》来隐微而犀利地对同代人乃至两个世纪以来重要人物发表评判。由此观之，孔子的历史著作满是

"微言大义"。[17]因此注家们认为,《春秋》不但是一份极为准确的历史记录,而且还可以被解读为一部无可比拟的道德和政治哲学著作。我们还可以补充说,这种解读要求极高的聪明才智和丰富的想象力。

孔子和《春秋》的确切关系以及其中是否真的包含隐微评判仍然是悬而未决的问题。[18]毋庸置疑的是,孔子非常关心历史和对过往传统的保存。他自称"述而不作"(《论语》,7.11)——我们稍后会回到这句话上来;此外他还为很长时间没有梦见过周公而哀叹——周公是过去的一位英雄,儒家眼中伟大的文化传承者(《论语》7.5),在此意义上也是伟大的史家。的确,早期儒家的教学强调掌握古老的历史、诗歌和礼仪,因此一位现代学者提出这样的观点并非毫无道理:"对孔子来说,历史才是学而知之的真正源头。"[19]此外,孔子不只热衷于往昔,他也关心历史记录的本质和形式。他批评夏、商二代的文献不充分(《论语》3.9),并且

85

〔17〕 钱穆在《孔子与春秋》一文中对《春秋》蕴含微言大义这一观点做了进一步的阐释,详见《两汉经学今古文平议》(台北:东大,1983年),pp. 235–83。英文世界对此问题的简要讨论,参见 Durrant, *The Cloudy Mirror*, pp. 50–1, 57–8, 及 61–7;又见 Sarah A. Queen, *From Chronicle to Canon: The Hermeneutic of the Spring and Autumn According to Tung Chung-shu* ( Cambridge: Cambridge University Press, 1996 ), pp. 115–26。

〔18〕 关于长期占据传统观点主流的《春秋》褒贬解释,参肯尼迪(George Kennedy)的研究,"Interpretation of the Ch'un-ch'iu," in *The Selected Works of George A. Kennedy*, ed. Tien-yi Li ( New Haven: Far Eastern Publications, Yale University, 1964 ), pp. 79–103。

〔19〕 徐复观,《原史》, p. 26。

似乎主张一种保守的、不留任何怀疑和猜测余地的历史书写方式（《论语》2.18，15.26）。

我们已经指出，"中国史学之父"司马迁和修昔底德的最大不同在于前者身在其传统中的大哲学家（孔子、老子、庄子等）**之后**而非之前，并且深受这些大哲教化的影响。而且，在孔子和司马迁的时代之间还发生了震惊学界的重大事件，作为儒学根基的历史与传统一向具备崇高地位，却一度遭到要被废黜的威胁。秦始皇（前259—前210年）以武力统一中国（约前221—前210年），并且在前213年下令焚毁书籍，仅保留部分藏于皇家图书馆中，供少数得到查阅允许的官吏使用，试图借此湮灭或至少是控制过去。这件事造成的阴影直到司马迁的时代仍然笼罩不散。

秦始皇臭名昭著的政策并不像一些学者认为的那样是"无中生有"，而是一次酝酿已久的、为了破坏历史与传统之关联的集中爆发。它部分是对战国末年激烈的政治与哲学争斗的一种回应。包括哲学家在内的许多人，都对先秦时期战国分裂局势导致的狭隘视野深感不满。例如，公元前3世纪初，齐人公孙丑问孟子是否能够再创管仲和晏子这两位数百年前的齐国名相的功业，孟子回答说："子诚齐人也，知管仲、晏子而已矣。"然后孟子讲了文王、武王和周公的事迹，他们作为政治领袖代表的是大一统的中国而非某个诸侯国（《孟子》，2A：1）。孟子的意思很明显：更大更古老的传统湮灭而不称，被近世出现的种种地方传统取而代之。

不论孟子对地方传统的狭隘和对更普遍历史被日渐忽

86

视的担忧是否有道理，周代晚期许多哲学思潮确实抗拒保存准确的历史记录，至少不再把历史当作中心关切。周代最后一百年间"盈天下"的"墨家"[20]，在他们最早的著作里大量引用历史文本。但随着时间推移，他们似乎渐渐更加重视经过仔细推敲的逻辑论证而非历史先例。早期的道家或许也运用过历史——常常以一种戏谑或反讽的方式，但对他们来说历史并不决定"什么自当如此"，因此并不能成为正确行动的楷模。例如老子的《道德经》就没有明确诉诸以往的模范君王或者特定历史先例。

对历史的直接攻击来自一群日后被称作"法家"的思想家——学者们喜欢把这个名字翻译成"法律主义者"（legalists）[21]。相传为秦臣商鞅（死于前338年）所作的《商君书》（*Book of Lord of Shang*）是最早的法家论著，此书质疑往昔作为当下行动指引的稳定性和可靠性："前世不同教，何古之法？"（ch.1）后期法家的代表韩非子（约前280—前233年）主张，仁义的德性"是仁义用于古不用于今也"，并且总结道，"世异则事异"（ch.19）。因此，关于周代晚期对历史适用性的怀疑主义的泛滥状况，葛瑞汉有过精当的描述："这一时期前的法家、道家以及后期墨家、杂家——即

---

[20] 孟子以此形容当时墨家思想的大行其道。见《孟子》ⅢB.9。秦朝以后墨家的突然衰落消亡是中国思想史上一个非常值得探究的问题。

[21] 关于这一问题，见 A. C. Graham, *Disputers of the Tao*, pp. 267-9, 以及 Roger T. Ames, *The Art of Ruler Ship: A Study in Ancient Chinese Political Thought*（Honolulu：University of Hawaii Press, 1983）, pp. 1-27。

除了儒家以外的各家各派——都不约而同地否认古代权威必然适用于不断变迁的时代。"[22]

李斯（卒于前208年）这位法家官吏不过是出于同样的反历史情绪才批评"今诸生"都"不师今而学古"，并且支持消灭大部分历史记录，将其余垄断在帝国档案馆中，以防止有人"以古非今"（6：255）[23]。还有什么办法比控制书籍流通更能摧毁历史先例的权威和师古之人的恃才自用呢？

秦王朝在焚书之后只存续了短短七年。后继的汉朝（前202—221年）崛起于两种力量的极大张力中：一方面是不断趋向于中央集权制的帝国（虽然秦的暴戾恣睢或多或少使这种模式不得人心），另一方面是对回到半独立的先秦邦国模式的渴望（由其中一国带领整个松散联邦）。前202年在垓下打败项羽建立汉朝后，显然是出于形势所迫，刘邦在秦制和更早的分封制之间做出了妥协，将帝国近半的领土划分成十国，分封给汉室的功臣，像周代晚期那样，这些人会成为封国的"王"；另外一半领土仍然由皇帝直接管治。[24]封国和帝国中央产生利益冲突，并且中央在冲突中稳步占据优势，这是汉代头一百年的主要形势。等到司马迁入朝事

---

〔22〕 关于这一问题，见 A. C. Graham, *Disputers of the Tao*, pp. 267-9，以及 Roger T. Ames, *The Art of Ruler Ship: A Study in Ancient Chinese Political Thought*（Honolulu: University of Hawaii Press, 1983），p. 271。

〔23〕 所有的《史记》引用，除非另注，皆出自中华书局1992年标点本。

〔24〕 Michael Loewe, "The Former Han Dynasty," 载于 *The Cambridge History of China*, Vol. 1: *The Ch'in and Han Empires, 221 B.C.— A.D. 220*（Cambridge: Cambridge University Press, 1986），pp. 123-7。

汉武帝时（前141—前87年在位），封国的领地已经大为缩小，诸侯的权力也被大幅度削弱。

如前所述，秦朝试图根除那些援引古代来批评当朝政策之人的权力，这使得作为中国传统守护者的儒家大受打击。不止如此，起义的项羽在前206年攻陷秦都咸阳后烧毁了秦宫，包括帝国图书馆，此次"损失书籍的数量甚至可能超过早先官方的焚书"。[25]汉初的几个皇帝都把主要心思放在中央政府与封国的政治斗争上，无暇顾及传统的恢复。但随着帝国大一统进程的推进，儒家的影响力逐渐抬头，朝廷也日渐关注过往的传统，试图为其权威确立正当性。[26]武帝漫长统治的头十年间，一系列帝国活动成了推动这个进程的重要因素：约前136年，武帝批准儒生董仲舒的奏册："诸不在六艺之科孔子之术者，皆绝其道，勿使并进"；[27]前135年，他建立官方的学术机构来培养掌握"五经"的人（所谓"博士"）；而在前124年，他创立太学，教授的内容完全是儒家经典。[28]

司马迁无疑将自己的事业视作传承和巩固经典传统而不懈努力的重要部分，但他的历史视野超出了儒家经典这个

〔25〕 Derk Bodde, "The State and Empire of Ch'in," 载于 *The Cambridge History of China*, Vol. I（Cambridge：Cambridge University Press），p. 84。

〔26〕 关于儒家在汉初影响力的增长，参 Homer H. Dubs, "The Victory of Han Confucianism," 载于 *History of the Former Han Dynasty*, Vol. 2（Baltimore：Waverly Press, 1944），pp. 341–7。

〔27〕 《汉书》，中华书局标点本，56. 2523。

〔28〕 Robert P. Kramers, "The Development of the Confucian Schools," 载于 *The Cambridge History of China*, Vol. 1（Cambridge：Cambridge University Press），pp. 752–9。

传统范围。和之前所有的史家不同，司马迁给出了一部以中国为中心的世界历史，上讫传说中最早的皇帝黄帝，下至他自己的时代，横跨两千余年。司马迁无所不包却少涉正统的写法招致了批判，例如中国下一位伟大的史家班固就批评他赫赫有名的前辈太过远离经典，并且收录了像"游侠"（wandering knights）和"货殖"（merchants）这样一些道德品质可疑的社会群体。[29] 不过，司马迁的《史记》是一部保存历史的作品，其意图是保护历史真相，防止后人重蹈秦朝试图镇压过往的覆辙。肩负着这项重大任务，作者不会过分关心政治和意识形态正确。

虽然后世学者不时把司马迁当作《史记》的唯一作者，这项工作却始自他的父亲司马谈（前175？—前110年），而且我们很可能根本无法确定他父亲在去世前到底完成了多少工作。司马迁自己把《史记》视作"一家（family）之言"，他出于一片孝心继承父业，而当时孝道被认为是儒家德性之首。此外，司马迁把每五百年必有圣人兴起以巩固中国传统的看法也归功于其父。这个循环的第一位圣人是周公，他是最初两代周王的大臣和摄政者。第二位圣人——大致就诞生在五百年后——是孔子，他被认为编订了所有后世被尊为经典（即汉字的"经"）的文本。如今轮到下一位圣人出现了，司马谈相信他的儿子能完成这部史书，成为这个

---

[29]《汉书》，32.2737–8，参 *Ssu-ma Ch'ien: Grand Historian of China*（New York: Columbia University Press, 1958），pp. 67–9 中华兹生（Burton Watson）的译文。

圣人；司马迁可能会成为另一个孔子。[30]

《史记》末尾的《自序》比这部巨著其他任何部分都更能体现司马迁作为史家对自己著作的反思。在《自序》的总结处，司马迁清楚表明他认为自己是个收集和保存过往的人，而且他概述了这一任务的史学性与个人性意义。在总结的开头，司马迁把汉代和传说中远古的五帝以及接下来的夏、商、周三代连接起来。在他那个时候，汉朝已经统治了近一个世纪，朝廷逐步采取官方典礼的手段表达王朝对天命的占有。但用司马迁的话说，汉代"接三代绝业"，因此必须越过周衰汉兴间的乱世回归古代：

> 周道废，秦拨去古文，焚灭《诗》《书》，故明堂石室金匮玉版图籍散乱。（130.3319）

司马迁暗示，古代圣人显然试图借助石室、金匮、玉版来存下一份准确隽永的记录，但周代末的混乱和秦始皇的暴虐严重损害了只有历史记录才能提供的连续性。对司马迁来说，秦真正的罪过是破坏了古今之间不可侵犯的永恒联系——它试图斩断体现在典籍延续中的历史脉络。

司马迁紧接着在其自序中追述了一批汉初功臣恢复过往的尝试，从而"文学彬彬稍进，《诗》《书》往往间出矣"。然后他声称，复古的百年大业已经集中由太史令承担，而他

---

〔30〕 见 Durrant, *The Cloudy Mirror*, pp. 1–45。

和父亲都担任此职：

> 百年之间，天下遗文古事靡不毕集于太史公，太
> 史公仍父子相续纂其职。（130.3319）

我们将会看到，这种官方史家代代相传的意识对司马迁来说
有多么重要。他认为他的著作和他父亲的一样是家族传统
的一部分："司马氏世主天官。"（130.3319）[31] 但司马家族在
传统上一直司职天象变化和地上事务——换句话说（用他
在《自序》130.3285 托于其父的话说）"为太史"——这一
说法其实并无实据。从我们能追溯的司马氏谱系来看，司
马迁的先人多数从事武功而非文事，因此后来一位《自序》
的评注者曾委婉地指出："文言史是历代之职，恐非实事。"
（130.3320）[32]

司马迁必须设想一个家族传统来为他对过去的关注辩
护，正如同他必须设想自己是在接续孔子的权威史著《春
秋》一样。因此他接着强调他的写作为什么是一种"记念"：  *90*

> 至于余乎，钦念哉！钦念哉！网罗天下放失旧
> 闻，王迹所兴，原始察终，见盛观衰，论考之行事。
> （130.3319）

---

[31] "天官"（heavenly offices）一词在这里指史官观察记录天象的职责。

[32] 这位注家是唐代的司马贞（活跃于 713—742 年）。

《史记》确实做到了"网罗天下放失旧闻"。学者们从司马迁书中考证出逾八十种史料名目，而且无疑还存在更多不可考的史料来源。[33] 为了收集材料，司马迁游历全国，遍访深谙旧事的耆老，但他研究历史以阅读文献为主，我们不妨想象他端坐在被陈年记录包围的案前，努力梳理其中的千头万绪。

在《自序》总结部分之前，司马迁讨论了该书的大致体例，这种体例是多种旧形式的综合，与修昔底德《伯罗奔尼撒战争史》大异其趣——这点容后再议。在此我们要强调的是司马迁对传统和保存过往的深入关注。从这个方面看，司马迁的史著完全秉承了儒家精神，但这位汉代史家又超出了一般儒家历史关切的畛域。他并没有言必称儒家经典，也不满足于那些明显带有说教意味的解释。

如前所述，早期中国史书诞生于神圣语境中，这种语境或多或少在后世的世俗历史编纂之中有所残留。司马家族热切守护过往人事显然受到史家精神中某种神圣力量的驱使。《自序》另一处记载了司马迁父亲的临终之言，司马谈在弥留之际告诫儿子：

> 今汉兴，海内一统，明主贤君忠臣死义之士，余为太史而弗论载，废天下之史文，余甚惧焉，汝其念哉！（130.3295）

---

[33] 汉语学界关于此主题的出色研究，见金德建，《司马迁所见书考》（上海：上海人民出版社，1963 年）。

司马迁立即保证他"弗敢阙"。尽管一场巨大的悲剧降临他个人头上，险些断送了这部史著，他也确实没有怠慢。作 为在父亲面前许下承诺的孝子、作为"述（而不作）者"孔子的传人、作为自我显扬的家族修史传统的一分子，他肩负起了铭记、保存过往的神圣传统。出于对先人的崇敬，他将尽己所能地保护神圣的"记念"传统不再蒙受秦时的损害。不同于我们马上要转入的修昔底德，司马迁敬重甚至仿效他的前辈史家。这或多或少是因为他的写作晚于孔子和其他哲学家，而这些先贤正塑造了司马迁那深刻的历史意识。

## 荷马、希罗多德与修昔底德

希腊的历史写作始于荷马，他试图理解迈锡尼文明在灾难性的特洛伊战争爆发中衰落的原因。约创作于公元前8世纪的荷马史诗是一部旨意遥深、匠心独运的文学作品，但同时也试图蕴含褒贬地书写历史。荷马创作史诗时，以迈锡尼为中心煊赫一时的泛希腊文明（Hellas）已如强弩之末，其遗风仅流于安纳托利亚沿岸诸岛。荷马史诗有两重寓意：在唤醒希腊文明的往日荣光、歌颂英雄人物的同时，也批评这些太过性如烈火又唯我独尊的主角们，例如阿伽门农和阿基琉斯。《伊利亚特》和《奥德赛》都以历史为基础。《伊利亚特》集中描写特洛伊人和希腊人暗无天日的战争中的一个小片段：阿基琉斯的愤怒。《奥德赛》讲述英雄奥德修斯只身从特洛伊归返（nostos）的故事。虽然史诗情节取材于历史，我们却不能说荷马的动机是要一丝不苟地准确转述确实发生过的事实。尽管荷马也注重记叙的逼真，但他也很擅长创造一系列有着神话诗意的形象，这显然是想要超越显白、平实记录历史的程度。他对神话和象征的运用蕴含了他对历史的理解，用老子的话说，就是能用语言表达的道路并非恒常的道路（"道可道，非常道"）。他的诗充斥着神话意象，是因为他能够自觉地参与进宇宙当中，而这个宇宙无法被化约为一种意象性意识的理解对象（propositional object），或者是老庄所谓的"万物"。

92　　　　从传统观点看，希腊思想中历史意识的出现似乎伴随着这种对象化的趋势。在这个过程中渐渐衰退的正是参与性维度。我们发现，荷马在《奥德赛》的尾声，通过讲述奥德修斯对象化的待父方式，已经清楚透露出了这种趋势的预兆。我们还会在修昔底德那里发现这点。顽固地甚至常常一厢情愿地想要忘记这种参与性维度，同样是悲剧，尤其是公元前5世纪全盛时期的雅典悲剧的素材。

英文词"历史"（history）的词源 *historiê*，出现在希罗多德著作的第一句话里：

　　　　这是一份哈利卡尔那索斯人（Halicarnassus）希罗多德的研究记录［*historiê*］，他发表它们是为了人们铭记的东西不至于随时间的流逝而消失，是为了希腊人和野蛮人伟大而奇异（wonderful）的事迹，尤其是他们

相互征战的缘由〔*aitiê*〕，不被遗忘。〔34〕

希罗多德的"历史"（*historiê*）观念因此和荷马史诗一样有着双重意图。"历史"既保存令人敬畏的过往事迹，也试图理解当下政治动荡的缘由（*aitiê*），放在希罗多德这里就是希波战争。

那么冲突的原因是什么？似乎至少有两个原因。第一个归因于人在宇宙中的位置，第二个则来自希罗多德对人性的看法。同时代的思想家、哲学家赫拉克利特（Heraclitus，活跃于约公元前500年）观察到"战争是事物的共同现实，而斗争是事物存在的方式，万事万物都遵循斗争和必然性"（B 80）。〔35〕希罗多德把这条宇宙原则应用到人事上。争斗不过是一种自然现象。希罗多德为这条原则补充了一个洞见，

---

〔34〕 希罗多德引文译文据勒布丛书（Loeb Library）所收古雷（A. D. Godley）3卷本译本（Cambridge, MA：Harvard University Press, 1996），有改动。修昔底德的引文译文则采用克罗利（Richard Crawley）译本（New York：Modern Library, 1982）和勒布丛书所收史密斯（Charles Foster Smith）4卷本译本（Cambridge, MA：Harvard University Press, 1986）。克罗利译本目前有一个出色的再版版本，由斯特拉斯勒（Robert D. Strassler）重新校订并补全了地图和有用的眉批，书题为《修昔底德地标》（*The Landmark Thucydides*〔New York：Free Press, 1996〕）。我们对希罗多德和修昔底德之间关系的阐释得益于沃格林（Eric Voegelin）在其5卷本《秩序与历史》（*Order and History*, 5 vols, 1956–87）第2卷《城邦的世界》（*The World of the Polis*〔Baton Rouge：Louisiana State University Press, 1957〕）中的论述。

〔35〕 赫拉克利特的残篇译自《前苏格拉底哲学家》（*The Presocratic Philosophers*, ed. G. S. Kirk and J. E. Raven〔Cambridge：Cambridge University Press, 1964〕pp. 182–215）一书中的希腊文原文。

并假托吕底亚（Lydia）先王克洛伊索斯（Croesus）之口，告诫波斯（Persian）国王居鲁士（Cyrus）："人事如同车轮，虽然旋转不停，却不让同一个人次次都成功。"（Ⅰ.207）宇宙原则说得差不多了。但这种特殊的人性还有一个绕不开的方面需要考虑。关于这点，我们必须要考察阿托撒王后（Qween Atossa）在丈夫大流士王经历帝国征服事业上的某种低潮期时对他的劝谕。和大流士"就寝"（Ⅲ.135）时，阿托撒告诉国王：

> 主公，你手上掌握着巨大的权柄，却没能继续征战，扩大波斯的势力，这说明你野心不够。像你这样坐拥巨大财富的年轻人，应该表现得积极进取，告诉波斯子民统治他们的是位男子汉。实际上，有两个理由表明你不应再无所作为：不但波斯子民会知道他们的国王是个男子汉，而且如果你穷兵黩武，他们就没有闲暇密谋和你作对了。趁你还年轻，是时候行动了。

野心既健康又自然，哪怕其结果是无休止地把独夫的帝国意志强加于无助的牺牲者之上。不只是大流士的野心，所有人的野心都是如此。他一旦不作为就会造成权力真空，其他天然的野心家会伸张自己的权力欲来推翻他。用之不竭的物力和帝国扩张的动力定义了人性。

现在让我们考察荷马和希罗多德历史研究的两点分歧。荷马虽然不是头脑简单的道德家，却明白无误地反对阿基琉斯和阿伽门农这些英雄的意气用事。阿基琉斯声名显赫，但他的种种弱点预示着希腊文化的危机。荷马回忆过去不只是为了铭记，也是为了批评。我们之前把这视为荷马史诗中褒贬的双重意图。正如上一部分中，我们讨论了荷马在表现奥德修斯时，如何既赞颂他纯狡计式的智慧，又批评这种智慧的过度。希罗多德则骇于大流士和阿托撒这类人物身上的扩张主义冲动。他们是自然的奇迹，因此本身就值得被他载入史册。希罗多德热衷于探寻当时东西方冲突的缘由（aitiê），但荷马式的对人性之过度的负面评价，在他的分析中却不怎么突出。

　　另一个相关的分歧点是两位作者处理神话的方式。希罗多德是搜集故事的人，也是讲故事的一等行家。他乐于为说故事而说故事，也乐于搜集故事，但作为史家，他对神话的兴趣在于发掘其中包含的客观历史真相。这一点最清楚地体现在他对荷马《伊利亚特》核心故事的讨论中：帕里斯把墨涅拉奥斯的妻子海伦诱拐到了特洛伊。希罗多德称一些埃及祭司和他讲过这个故事的另一个版本，而他更愿意相信他们（Ⅲ. 115–21）。恶劣的天气迫使帕里斯和海伦的船在埃及靠岸。法老普罗透斯（Proteus）得知帕里斯冒天下之大不韪出卖了墨涅拉奥斯的好心，于是拒绝让帕里斯把海伦带回特洛伊。因此海伦根本就没被带到过特洛伊，这也解释了为什么普里阿摩斯不干脆把她还给希腊人来躲过这场荒唐的殊死战争。希罗多德的理由挺说得通，但在追索事情原委的过程中，他却违背了那种理性主义，让他不再是一个理想的文学批评家。

希罗多德说荷马明明知道海伦被扣留在埃及，从来没真正去到特洛伊的说法，但"他放弃了这种说法，因为它没有他自己采用的说法那么适合史诗"。上述这则关于掂量什么更加"适合"（*euprepês*）史诗的观察，便是希罗多德做出的让步，他意识到诗人和史家的目标截然不同，后来亚里士多德也注意到这一点。亚里士多德认为，史家描述个别事物，诗人则描述普遍事物（《诗学》9）。希罗多德不会像修昔底德那样直白地批评荷马是个差劲的史家，但对于荷马传播所谓不实说法一事，他的态度中流露出一丝近乎无法察觉的优越感。从自己偏好的立场出发评判完荷马的认知之后，希罗多德评论说："已经说够荷马了。"（*Homêros men nun ... chairetô*）或者按塞林科（Aubrey de Sélincourt）的译法，"我不应该再在荷马身上浪费更多时间了"（Ⅱ.118）[36]。为什么讨论荷马是浪费时间？因为希罗多德"没法相信普里阿摩斯或者其他族人会如此疯狂，以至于愿意拿自己和孩子的性命，以及城邦的安全来冒险，只为了让帕里斯能继续和海伦生活在一起"（120）。荷马的诗化想象力在希罗多德这里不复存在。海伦是《伊利亚特》的一个中心角色。她的绝世美貌迷住了仁慈的普里阿摩斯乃至明断的赫克托尔。在荷马笔下，即便是最好的特洛伊人也在一定程度上悲剧性地对

---

[36] *Herodotus: The Histories*, translated by Aubrey de Selincourt, revised by A. R. Burns（Harmondsworth：Penguin, 1954；rpt. 1983），p. 173.

战祸负有责任。荷马笔下的海伦象征着人类理性如何因自恋自满而受挫，并给整个政治体带来灾难。在希罗多德看来，荷马的海伦是一个事实错误，而不是一个有力的诗歌象征。

希罗多德探求当时巨大冲突的缘由，这场冲突对他个人造成了影响。他是哈里卡尔那索斯（Halicarnassus）本地人，该地事实上受波斯管辖。因此希罗多德无法享受其他希腊城邦中同等社会阶层成员所享有的特权和上升的可能性。修昔底德本人也牵连到他记述的事件之中。他生于一个显赫的雅典家族，在公元前424年当选为将军。由他领导的一次远征失败了，尽管是由于军备不足而非本人无能，他还是遭到放逐。之后的二十年他都在希腊北部过着放逐生活，直到去世前几年才回到雅典。他关于雅典和斯巴达间战争的记述在他去世时仍只是未发表的片段，即便其篇幅巨大。

修昔底德没有把他的著作称作"历史"，而是把它称作雅典人和斯巴达人冲突的"报道"或者"汇报"（*xyngraphê*）："修昔底德，一个雅典人，报道（*xyngraphê*）了伯罗奔尼撒人（Peloponnesians）和雅典人之间的战争。"（Ⅰ.1）希罗多德探究其时东 – 西冲突的缘由，他满足于用普遍的宇宙兴衰规律来解释冲突。他认为，当权者扩大权力和国土是人的自然倾向，他们会一直这样做，直到逾越自身的限度并由于自身的行动受到神灵的质问和责怪。修昔底德并不满足于这种对终极原因的思辨。他希望找出时代动荡（*kinêsis*）的一则准确的缘由，在此意义上，他的写作和同时代的医学著作异曲同工。希波克拉底（Hippocrates，活跃于约公元前420年）

不承认思辨假说在病理研究中的有效性。他觉得这种空头假说也许会被哲学思考所采用，但它们无法科学地加以验证，因此在完善而严谨的科学中毫无地位。[37] 修昔底德关于雅典和斯巴达战争的"汇报"意在搜寻冲突的最准确的缘由，以对时代病症进行诊断，并且开出药方防止日后复发。修昔底德声称，战争"最真实的缘由"（*alêthestatên prophasin*）是"雅典人变得伟大（*megalous gignomenous*），在拉栖代梦人（Lacedaimonians）中间造成恐慌，迫使（*anankasai*）他们发动战争"（Ⅰ.23）。因此，冲突的缘由在于雅典城邦获得了过分的权力和名声，引起了斯巴达的抗拒。最终的原因在于雅典人和斯巴达人的性格，修昔底德对此做了精辟的分析。虽然书根本没有完成，这种性格分析还是为全书提供了清晰的结构。我们还会回到修昔底德这部"汇报"的结构，但我们先要体会史家本人对过往的态度。

对比司马迁甚至希罗多德，修昔底德对过往和传统本身几乎不感兴趣。我们业已发现，做一个孝子对史家司马迁来说是多么重要，不仅作为生父司马谈之子，也作为"精神之父"孔子之子。事实上，如前所述，只有在不厌其烦地对先人表达过敬意之后，司马迁才会开始讲述自己的生平。修昔底德的做法不一样。修昔底德著作的第一个词就是自己的名字，他骄傲地写下，紧接着是一个显示他所属**城邦**的形容词："修昔底德，一个雅典人。"（*Thoukudidês Athênaios*）接

96

---

〔37〕 参见其论著《古代医药》（*Ancient Medicine*）。

着他继续写道：

> 自爆发一刻起就开始报道伯罗奔尼撒人和雅典人互相发起的战争，相信这场战争是伟大的（*megan*），比以往任何一场战争都更值得书写（*axiologôntaton*）……因为这场动荡（*kinêsis*）是希腊，包括部分蛮族地区，发生过最大的（*magistê*）——甚至可以说这是人类历史上（*epi pleiston anthrôpôn*）最大的动荡……至于这之前不久，或者更早些时候发生过的事件，由于时隔已久，不可能清楚地获知，但凭借我尽最大可能调查后（*epi makrotaton skopounti*）所能信任的证据，我认为它们实在不大（*ou megala*），无论是从它们发动的战争还是从其他方面看。（Ⅰ.1）

这段话中赤裸裸的自诩非常引人注目，如果我们比对着司马迁《太史公自序》来看的话，这段话实在嚣张。"大／伟大"这个词变换着形式地反复出现，始终强调着修昔底德的判断：他所处的时代和他自己的文字事业才是至关重要的。他不但坚信自己个人在历史进程中的重要性，而且论证称前代的规模和重要性被夸大了。在尽最大（*makrotaton*）可能调查过后，他现在相信希腊文明前代的战争和危机一点也不大（*ou megala*）。修昔底德认为，他的分析的伟大之处恰恰在于揭露传说中过往的大冲突——例如特洛伊战争和希波战争——根本没那么伟大。

考虑到修昔底德对待那些他认为被过分夸大了的关于希腊历史早期战争之记录的傲慢态度，他对文学前辈们的傲慢就不会让读者觉得特别奇怪了。和希罗多德一样，修昔底德对作为**诗人**的荷马没有半点兴趣。前引的段落实际上已经有所保留了。希罗多德只是含蓄地批评荷马醉心于幻象而不是准确地记录历史。修昔底德在贬低希腊最伟大的诗人——甚至可以说是有史以来最伟大的诗人——时，一点类似的心理负担都没有。我们不妨看看修昔底德在开篇称为"考古"（Archeology）的部分里对这位大诗人的引用，在这部分里修昔底德讲述了关于希腊古代（*archaios*）历史的传说（*logos*）。

97　　　不出所料，修昔底德从荷马作为史家的胜任程度而不是从荷马作为诗人的成就去评判他。第一次提到荷马是在"考古"部分的第三段。修昔底德在试图证明相对现代而言的"古代（*tôn palaiôn*）的孱弱"。他断言，古代是如此孱弱，以至于当时根本不存在一个被称作"希腊人"（the Greeks or the Hellenes）的整体，而"希腊"这个词取自生活时代更晚的一位普提奥提斯的希伦（Hellen of Phthiotis）的名字。对于一开始并没有"希腊人"这个统称的事实，修昔底德写道，"荷马给出了最充分的证据"（*tekmêrioi de malista Hômeros*），因为诗人没用一个单独名称来称呼这支进攻特洛伊的军队。修昔底德的评论非常敏锐，但他在分析中忽略了，荷马用不同名称称呼希腊人，部分是出于方便用韵和追求用词多样性的考虑。换句话说，他忽视了荷马对希腊人的称呼中包含着的诗学维度。

　　修昔底德在"考古"部分后文又试图解释阿伽门农如何被选为希腊远征特洛伊大军的首领。修昔底德指出，阿伽门农富甲天下且舰队精良，这其中一个证明就来自荷马。阿伽门农带了最多的船只到特洛伊，甚至还能空出足够的船支援阿卡迪亚人（Arkadians），"正如荷马描述（dedêlôken）的那样——只要有人肯相信荷马在权衡证据和提供正面证明（tekmêriôsai）上的权威"（Ⅰ.9.4）。这个希腊文句子包含的傲慢意味集中在"只要有人"（to anybody，tôi）这个词上，放在文中这个词的意思几乎等于"只要有头脑清醒的人"——也就是只要有除了修昔底德这类原始实证主义史家以外的人。修昔底德暗示，如果我们依赖荷马获得这种信息，那么我们至少要知道老一辈的诗人远远不能满足权衡证据、提供证明的当代高标准，而权衡证据、提供证明正是希腊词 tekmêrioô 的意思，修昔底德经常用这个词来描述自己准确解释过往的方法。

　　在史书的下一部分，修昔底德再一次从诗人作为史家的可靠程度出发来评判荷马。修昔底德试图估计航行到特洛伊的希腊船只数目，以便比较特洛伊战争和伯罗奔尼撒战争的规模大小。修昔底德说得没错，在迈锡尼我们看不到雅典的各种宏伟建筑。但斯巴达也没有，而斯巴达明显是个很有实力的城邦。

　　因此，合理的（eikos）做法不是一味地怀疑或者只看（*skôpein*）城邦的外表不看它们的实力，而是——如果有人肯稍微信任荷马的诗——应该相信这次远征（特洛伊）比以往任何一次都更大（*megistên*），唯独比现在这次要逊色；因为虽然可以合理地认为荷马作为诗人极力修饰了真相（*epi to meizon men poiêtên onta kosmêsai*），但还是比我们差（*endeestera*）。（Ⅰ.10.3–4）

在这段话中，修昔底德暗示，荷马也许是个不错的史家。他对前往特洛伊的希腊军队庞大规模的估计或许没错。但对诗人的轻蔑再一次悄悄从修饰语中表露出来，"如果有人肯稍微信任荷马的诗"。诗不应该被相信。但就算荷马这个信不过的诗人夸大了舰队的规模，这种诗化的夸张比起现在这支雄师仍然相形见绌。

孔子《论语》7.1（"述而不作"）——司马迁在《自序》里显然化用了这句话——的用语本身就表达出圣人对古代和传统的崇敬。修昔底德这段话恰恰相反，他对史家的先辈荷马充满挑衅。这体现在内容上，也体现在文风上。在内容上，修昔底德试图论证，他的历史比荷马的原史或伪史（proto-or pseudohistory）更加精确。哪怕在文风上修昔底德也欲与前辈试比高，虽然据说他对生性耽于文风的诗人不无嘲弄。采用自觉区别于散文的高雅风格写作的史诗诗人有很多自成一格的转义手法，其中一种叫作"分词法"（*tmesis*），字面意思就是分割开一个复合词。在这段话里，修昔底德批评荷马对事实真相的习惯性修饰，但他却是通过大量运用他所嘲弄的那种修辞手法来进行批评的。动词"过分修饰"（*epikosmêsai*）本身就被分词法这种诗化手法修饰性地分成了两部分：*epi to meizon men poiêtên onta kosmêsai*（作为诗人，他很好地修饰了［真相］）。这种挑衅并急于表明自己胜过荷马的冲动，在他用一个比较级来总结对荷马的论述时体现得最为明显。哪怕荷马确实夸大且极力修饰了希腊舰队的规模，修昔底德自己的时代还是比老诗人占上风，因为希腊联军的规模和现代希腊相比还是差太多（*endeestera*，*endees* 的比较级）。

如西蒙·霍恩布劳尔（Simon Hornblower）所言，"修昔底德的挑衅"在全书开篇显得"尖刻又无礼"[38]。随后霍恩布劳尔稍微又为他对修昔底德之"无礼"的批评做了开解，称"但这是当时知识分子论辩的普遍特征"。在本章后面讨论米洛斯辩论（the Melian dialogue）时，我们还会回到修昔底德时代知识分子论战的无礼，但现在让我们继续讨论"考古"部分所体现的修昔底德对待传统和前辈的态度。我们一直在讨论修昔底德如何无礼地批评荷马作为史家缺乏所谓的精确性。"考古"部分最后一次提到荷马依然无礼，更糟的是现在修昔底德把他的大前辈希罗多德也一并斥为历史糟粕。

修昔底德在接近全书开篇的总结部分写道：

──────────

〔38〕 *A Commentary on Thucydides*, 2 vols（Oxford：Clarendon Press，1991，1996），Vol. 1：p. 58.

但是，有了以上的证据（*tekmêriôn*），任何人只要这样认为就不会错（*ouch' harmatanoi*）：发生在古代的事情和我所描述的八九不离十，只要他一方面不偏信诗人们为了粉饰和夸大主旨而唱出的说法；另一方面不偏信编年史家们（*logographoi*）出于取悦听众而非讲述真相（*alêthesteron*）的意图而捏造的观点——他们的说法没法验证，年深日久，其中很多就成了信不过的虚构（*mythôdes*）。鉴于要处理的是古代的事情，他应该在最清晰的证据基础上得出足够精确的事实。这样一来，虽然当人们卷入一场战争时总是倾向于认为眼下这场战争就是最大的（*megiston*），等战争一结束他们又会厚古薄今，但那些从事实本身看问题（*ap' autôn tôn ergôn skopousi*）的人将会明白，这场战争远比之前任何一场更伟大（*meizôn*）……此外，我的叙述中没有虚构（*mythôdês*），所以可能不怎么悦耳；但只要有人希望看清（*to saphes skopein*）曾经发生的和由于人性使然将要以同样的或相似的方式发生的事情——只要他们认为我的史书还有点助益，我就心满意足了。这本来就不是一部只求闻达一时的著作，而是要成为永恒的瑰宝（*ktêma es aiei*）。（Ⅰ.21-2）

这段如椽之笔所标榜的自我主义在西方传统中可能只有17世纪的弥尔顿和19世纪的黑格尔可以比膺。修昔底德这段话的高标之处在于表达了作者对个人伟大的自信，这种自信近乎自大，但也可能导向谦虚。修昔底德谦虚地说只要他的著作日后有所助益（*ôpheilma*）他就心满意足了，但他似乎又从不怀疑他写出来的是一部"永恒的瑰宝"。他表现得品位高雅，忍住没提希罗多德的名字。但显然希罗多德是那群"编年史家"（*logographoi*）中的头号人物，修昔底德把他们和诗人们一股脑儿视作醉心于神话和空想而非真相的家伙。修昔底德还专门说明他自己的史书里没有虚构（*to mê mythôdês*，Ⅰ.22.4）以强调这点，而戈麦（A. W. Gomme）认为，这和"希罗多德关于较早和较近时事的说法中屡见不鲜的"传说元素形成了鲜明对比。[39]

在我们开始讨论修昔底德和司马迁著作的结构之前，有必要补充一点关于两者对传统和过去的态度差异的观察。霍恩布劳尔已经指出，修昔底德在"考古"部分声称文学前辈们毫无竞争力，这种挑衅"尖刻又无礼"。霍恩布劳尔认为这是当时知识分子论争的普遍心态，我们同意他的判断。事实上，我们甚至可以认为修昔底德对待前辈那极其挑衅甚至充满敌意的态度，算得上是哈罗德·布鲁姆（Harold Bloom）所谓"影响的焦虑"的一个早期案例。[40]

---

〔39〕 *A Historical Commentary on Thucydides,* 5 vols（Oxford：Clarendon Press，1945–81），Vol. 1, p. 149. Gomme 还引了一些希罗多德流于虚构（*to mythôdês*）的例子，如坎道列斯（Candaules）和巨吉斯（Gyges），克洛伊索斯（Croesus）和阿德瑞托斯（Adrestos），波里克拉特斯（Polykrates）和他的指环，薛西斯（Xerxes）在舰队起航前的梦和希庇阿斯（Hippias）在马拉松（Marathon）战役前的梦，还有萨拉米斯（Salamis）海战前夕的地米斯托克利（Themistocles）和其他盟军将领。

〔40〕 *The Anxiety of Influence: A Theory of Poetry*（Oxford：Oxford University Press, 1973）。

我们一直认为，修昔底德和司马迁理解、刻画先人的方式非常不同。司马迁在《史记》的《太史公自序》中表明自己身处在家族修史传统之中进行创作，这个传统经他父亲之手传续并发扬光大。此外，他把孔子描述成"至圣"，认同将孔子视为创作了《春秋》这部权威史著的典范史家的传统。无论司马迁"作"（creates）了多少，他都把自己表现得和四百年前的孔子一样，只"述"（transmits）过去的记录和教训。简言之，司马迁自视为一位孝子、传统的崇拜者和孔子忠实的门徒。

修昔底德非但完全没有慑服于对过去的崇敬，反而把他的前辈荷马和希罗多德还有他们各自引领的史学与史学传统贬得一文不值。他确认其结论"不会受到诗人（如荷马）为了炫耀技艺而抛出的证据或者编年史家（如希罗多德）悦人耳目却牺牲了真相的编造所左右"（Ⅰ.21）。他的记录，不同于那些前辈们，其准确性是"经过仔细考核过了的"（Ⅰ.22）。修昔底德与过去决裂，开创了一个唯独信奉真诚、客观地审查事实的传统。

## 2. 历史书写的体例

### 《史记》

修昔底德的《伯罗奔尼撒战争史》和司马迁的《史记》在结构上大相径庭。除了一小段序言纵览了希腊古史之外，修昔底德的历史只有二十五年的跨度（前435—前411年），而且大部分篇幅只关注了一件事情，也就是他亲眼所见的雅典人和斯巴达人旷日持久的战争。此外，与他的前辈希罗多德不同，修昔底德把叙述的空间范围完全限制在希腊世界之内。时间和空间上的限制让修昔底德能够运用他强有力的分析技巧，对战争进行细致入微的考察，并将之呈现为单独的一套编年叙事。

与修昔底德的史书不同，司马迁的《史记》是一部跨度逾两千年的通史，所处理的是这位汉代史家所知的整个世界。此外，司马迁的史书体例十分复杂，甚至有人说它支离断裂。《史记》130 篇分为五个部分：

1. "本纪"（Basic Annals）：十二篇，通常包含注明时间的条目，叙述过去帝王最重要的事迹；

2. "表"（Tables）：十篇，将过去的大事件列为编年表格，以方便查考年代关系和规律；

3. "书"（Treatise）：八篇，处理礼、乐、律、历和帝国封禅祭典的历史；

4. "世家"（Hereditary Households）：三十篇，记述了名门望族，他们通常有自己的封号和封地，在历史上产生过举足轻重的影响。

5. "列传"（Memoirs，或译 Biographies）：七十篇，记述了重要的人物、群体乃至于地理区划，它们值得载入史册但地位低于以上四个类目。[41]

---

〔41〕 司马迁按照这些名目来整理史料的做法引发了许多问题。下文将涉及其中一些问题，但不会充分展开细节。关于这些问题的出色研究，见张大可，《史记研究》（兰州：甘肃人民出版社，1985 年），pp. 203–24。（转下页）

　　虽然学界已经证明以上五种体例都有先例可循，但其总体结构则是司马迁的伟大发明，日后中国历代史书几乎沿袭了这个结构，偶有轻微调整。他虽然自称述而不作，实际上却是一种全新历史形式的开创者。司马迁身上最值得注意却也最常被忽视的一点是，当放在政治和宇宙论的大背景中去看他著作的体例，乃至每部分的篇章数目时，很可能均别有深意。譬如以上五部分的顺序就再现了早期中国社会的政治等级次序。《史记》开头三部分关注的首要对象是帝国政府与制度。接下来的部分关注"世家"，按司马迁的说法，他们"辅拂股肱"。最后一部分篇幅最长，详细叙述了那些既不属于汉室也不属于诸侯氏族，而是"不令己失时，立功名于天下"的人的生平。也就是说，司马迁从最有权势的群体开始落笔，然后才写那些更多地凭借功业而非出身获取政治地位的人。[42]

　　如上所述，这种体例是全新的，但还是能找到一些可能启发了司马迁的先例。其中最主要的是司马迁相信为孔子所作的《春秋》。《春秋》以鲁国的视角，将发生在十二位鲁

　　（接上页）英语学界的出色研究要数华兹生的《司马迁》(*Ssu-ma Ch'ien: Grand Historian of China* [New York：Columbia University Press，1958] pp. 101–34 )。

[42]　关于这种等级组织及其在同时代墓葬艺术中的反映，巫鸿的评论一针见血，见氏著《武梁祠》( *The Wu Liang Shrine: The Ideology of Early Chinese Pictorial Art* [Stanford, CA：Stanford University Press，1989 ], pp. 148–58 )。此处所引司马迁对五个部分的简述，见《史记》130.3319，译文见 Watson, *Ssu-ma Ch'ien*, pp. 56–7。

国国君在位期间（前722—前481年）的重大事件按年代顺序编成注明时间的条目。到司马迁那个年代，《春秋》已经被视为"经"（"经"，字面意思是织物的经线），通常至少会参照三部权威注解——《左传》《公羊传》或《穀梁传》——之一来阅读。这三部注解被称为"传"，其字面意思是"流传下来的事物"或"传统"。这些注解为《春秋》简略的条目补全了背景和内涵，被视为这部经典最基本的阅读指南。《史记》的第一部分"本纪"有十二篇，几乎可以肯定是参照孔子的《春秋》十二公来编排的。此外，《史记》最后也是最长的一部分是七十篇人物传记（Memoirs），中文题为"列传"，字面意思是"排列好的传统"（Arrayed Traditions），这无疑暗指《春秋》的几部注解或"传"。也就是说，《史记》的压轴部分充实了"本纪"中提出的纲目，就像《春秋》的传统注解疏通并解释了经文中那些晦涩条目一样。

除了化用文献传统外，作为一位历算学家和史学家，司马迁还很可能在文本体例中参考了宇宙论的范畴。汉初是"五行"宇宙论非常流行的时期，各种现象都按照"五"的神圣架构被归类。[43]此外，正如最早一批注家所认为的那样，十二"本纪"不仅对应《春秋》十二公，也对应农历十二个月和木星（岁星）运行（岁星的运行在古代中国天文学中极

---

[43] 关于世界是如何围绕"五"的架构建立的，参 Joseph Needham, *Science and Civilisation in China*, Vol. 2（Cambridge：Cambridge University Press, 1956），pp. 232–65, 尤其是 pp. 262–3。

其重要）的十二星次。[44] 十"表"对应传统中国历法一"旬"中的十天；八"书"对应节气中的八位*；三十"世家"对应大月的三十天，而七十可能是从七十二四舍五入而来——七十二是一年天数的五分之一，因此在五行宇宙论中非常重要。[45] 我们还要在这些早期评注的基础上指出，《史记》前两部分的篇数分别是十二和十，而这分别是"地支"和"天干"的数目——天干地支构成了古代中国的记日系统。古代中国历法科学中的"干支"排列组合构成了周期为六十日、每日名称不同的记日循环（所谓的"甲子循环"，sexagenary cycle）[46]，而六十正是《史记》前四部分的篇目数。这样分析自然会让我们想到，司马迁的著作包含了两大组，前四部分为一组，主要关注中央政府及其"股肱"（世家），"列传"单独构成第二组。

所有这些都表明，司马迁不像部分学者认为的那样只是毫无方向地一篇篇写下去，直到材料或精力耗尽为止。[47]

---

〔44〕 *Science and Civilisation*, Vol. 3（Cambridge：Cambridge University Press, 1959），pp. 402–6.

〔45〕 这些对应关系是张守节（活跃于 737 年）等人提出的。见氏著《论史例》（"论《史记》的体例原则"），《史记》卷十附录，p. 13。张守节评注的英译及部分警示性评论，见 Mark Edward Lewis, *Writing and Authority in Early China*（Albany：State University of New York, 1999），p. 313。

〔46〕 参 Needham, *Science and Civilisation*, vol. 3, pp. 396–8。

〔47〕 著名学者赵翼（1727—1814 年）似乎就持这种观点。他对司马迁的评注深受认可，在其中他提出，司马迁的著作"随意写成（一篇）然后随意将之编入书中"（"随得随编"）。参《廿二史札记》（台北：乐天，1973 年），第 5 页。

* 即立春、春分、立夏、夏至、立秋、秋分、立冬、冬至。

他有一个重要的总体框架，不但由对过去的观照，而且由对宇宙规律的体察构成。司马迁称他写史的目的之一就是"究天人之际"[48]，这种互动同时体现在他著作的体例和每个章节的内容中。[49]这不太像是修昔底德的意图；我们很难发现"天"在修昔底德框架中的位置——除了间或发生的地震和日蚀，它们佐证了这位希腊史家眼中雅典－斯巴达战争无与伦比的重要性。

总而言之，除了任何史书体例创新必然包含的意向主义之外，我们从《史记》的结构中也能发现深刻的参与主义。司马迁按照当时社会和宇宙论观念中流行的范畴和数理来编排他这部鸿篇巨制。他所创造的史书新体例在很大程度上得益并受限于他对某种"道"的参与，此"道"贯穿于司马迁身处的特定政治、社会乃至宇宙结构之中。

当我们拿司马迁的书作为早期中国历史的入门时，上述体例立马会带来问题。修昔底德的历史展现的是单一的编年叙事，司马迁的书则是片段式的，书中关于某个人物或时段的针砭有时候会出现在很多不同的地方。中国最伟大的历史编纂学家刘知几（661—721 年）明确批评了司马迁这点："若乃同为一事，分在数篇，断续相离，前后屡出。"[50]

---

〔48〕 对观《汉书》6.2735。这个译法参 Durrant, *The Cloudy Mirror*, pp. 124, 125。

〔49〕 关于司马迁所描绘的发生在中国历史紧要关头的天人互动的讨论，参 Durrant, *The Cloudy Mirror*, pp. 129–43。

〔50〕《史通通释》（台北：里仁书局，1980 年），第 19 页。

不过，司马迁似乎相信，并不存在唯一的故事可供讲述。相反，故事的内涵取决于业已确立的视角或当前语境所强调的特定主题。因此，我们也许会发现，一件事记于"本纪"中会突出其对王室的意义；而"世家"很可能会把重点放在这件事所反映的封国局势上；"列传"则会探讨这件事的个别参与者的个人特质或社交类型。当然，读者大可兼采诸说，但诸说间的矛盾或差异并不是那么轻易就能消弭。虽然《史记》这种罗生门式的特质会让只熟谙修昔底德的西方读者在初次接触时感到无所适从，但这种片段化特征却可能从属于一个更大的、尚待深究的文化范式。

大约二十五年前，捷克汉学家普实克（Jaroslav Prusek）发表了一篇题为《中西历史与史诗》的文章，在文章中他把早期希腊史家和中国史家做了对比，其中希腊史家的叙事"如大河般流进"，尤其是修昔底德的那部"伟大的战斗戏剧"；而以司马迁为代表的中国史家，"旨在对历史材料进行系统分类，而非创作出一个连贯的整体"。[51] 普实克认为，由于希腊史家意在表达特定的主题或讲述特定的故事，因此他们必须采取统一的结构。与之相反，中国史家扮演的角色更接近编撰者或传述者，他们把原始材料联结在一起，试图激发某些特定的观感。尤其值得我们参考的是，普实克将这两种不同的历史编纂方式与之前的主导文学形式关联起来。

105

---

〔51〕 最初发表于 *Diogenes*，42（1963）：20–43，此处引自 Jaroslav Prusek, *Chinese History and Literature: Collection of Studies*（Dordrecht：D. Reidel, 1970），pp. 17–34。

普实克认为史诗影响了希罗多德与修昔底德，而抒情诗影响了司马迁：

> 在希腊，历史编纂模仿了史诗的表达形式；在中国，通过自由联结原始材料来进行分类和体系化的做法与抒情诗技法相近。早期中国的历史编纂对行动的关注非常有限。主要的注意力集中在哲学、政治与伦理论辩上。[52]

普实克继续指出，早期希腊文本关注的核心是"独特而不可重复"的个人，而中国史家关心的则是"总体、规范、准则和规律"。换句话说，中国史家的注意力和他们著作的正当性都立足于政治或伦理世界。可以说，司马迁的《史记》诞生于哲学之后，其创作正值儒家思想逐步占据支配地位的时期。《史记》深受儒家准则和规范的影响乃至约束。

虽然普实克的观点非常有力，敏锐地捕捉并解释了两种历史编纂传统的某些差异，这些差异却未必像他认为的那样显著。即便文本非常"片段化"，司马迁仍然力图表达某种主题，并且它们并不尽是政治和道德说教。此外，在《史记》中，个人和"特定的行动"并不总是隐没在准则、规范这些更大的建构之中。

在司马迁写给一位名叫任安的相识官员的著名书信中，

---

[52] 最初发表于 *Diogenes*, 42（1963）: 20–43，此处引自 Jaroslav Prusek, *Chinese History and Literature: Collection of Studies*（Dordrecht: D. Reidel, 1970），p. 31。

他解释称自己写作《史记》是为了"究天人之际，通古今之变，成一家之言"[53]。一位现代中国学者指出，这段话包含了理解司马迁这部历史的"三句金言"。[54]这种观点也许过度乐观。如果有人想归纳出一个学派、一套明确的原则甚至是一个意图清晰的意识形态，那么他根本不应该从司马迁的"一家"入手。这位中国史家展现给我们的，是他那远远超出历史规律与原则的一系列关注和兴趣。

在他的"金言"中，司马迁表明希望"通"古今之"变"。我们把"通"字译作通透（penetrate），这个词既意味着在变化中发现存续沟通的事物，也意味着理解变化本身。在司马迁复杂的、看似零散的历史叙述中贯穿着一条举足轻重却常被忽略的线索，即从黄帝到汉武帝，跨越两千余年不曾中断的帝国传承。尽管黄帝生活年代久远，身世充满谜团与争议，司马迁的历史仍然从他写起，后世帝王无一不在谱系上与这位家长和政权的始祖相联系。因此，"本纪"和"表"共同构成了史书的核心，提供了一个关联起所有其他人和事件的帝国年代框架。[55]

---

[53] 见《汉书》，62.2735。Durant, *The Cloudy Mirror*, pp. 124–9 进一步讨论了这些历史编撰原则。

[54] 阮芝生，《试论司马迁所说的"通古今之变"》，《中国史学史论文选集》，pp. 185，186。

[55] 若要维持连续性，司马迁必须补上两处空缺：第一处是从公元前256年周代统治的结束到公元前221年秦统一中国的空缺，第二处是从公元前206年秦朝覆亡到公元前202年汉朝建立的空缺。司马迁在《秦始皇本纪》前添《秦本纪》以补上第一处，添《项羽本纪》以补上第二处。

许多观点认为司马迁是一个为"普罗大众"写史的史家，这种观点在中国大陆尤其常见。尽管司马迁也会注意到古代中华帝国和封建朝廷之外的社会面貌，《史记》在很大程度上仍是一部以帝国架构为核心的历史。司马迁生活在一个汉朝势力日益巩固的时代，虽然他对当朝政策有所保留，其著作依然因为营造了一种大一统的中华帝国意识而产生了政治影响。[56]

无须对司马迁史书中浓厚的政治倾向感到大惊小怪，毕竟他是汉朝廷的一员。他的父亲曾任太史令，司马迁继承了这一职位。《史记》虽然如许多学者所言并非后世正史意义上的官方历史，但它毕竟成书于天下权力集于一处的大环境下。劳埃德（G. E. R. Loyld）曾指出早期中国文明的这种总体特征："中国所有的论辩都预设了君主政体的既存框架：所有典范都不外是具有全面控制力和唯一正统性的政府。"[57]这个架构成了《史记》的核心，令其政治视野的统一程度无疑超越了希罗多德甚至修昔底德。

如果变化的历史面相之下是一个不变的传承自黄帝的统一政治架构，那么变化是由什么造成的？《史记》中至少提到了三种历史循环理论：第一种以五百年为一循环，认为

---

[56] 关于司马迁的史书编撰在创造统一的中华帝国方面的作用，可参见普鸣（Michael Puett）即将发表的文章《创造的悲剧：司马迁关于早期中华帝国崛起的叙述》（"The Tragedy of Creation: Sima Qian's Narrative of the Rise of Empire in Early China"）。

[57] *Demystifying Mentalities*（Cambridge：Cambridge University Press，1990），p. 122.

　在循环结束时，将有圣人出现来总结、传述此前的一切；第二种认为三个强弱明显相克的王朝总是依次相代，同样的规律在接下来三个王朝序列中再现；第三种是典型的五行（five phases，或称"五元素"[five elements]）理论，五行按固定次序相互替代，用以比附王朝的更替。但部分中国学者已经指出，司马迁并没有一以贯之地套用其中任何一种理论来解释中国历史的进程。反而，他用某个理论来处理某个具体问题，之后便将其束之高阁。换言之，司马迁并不信奉任何一种循环理论，不管这些理论在处理具体问题上多么有效。

　　司马迁提出了一种历史变化观念，在其著作中能得到充分印证，他在一篇关于经济的"书"中加入了一段评论*："以物盛则衰，时极而转，一质（substance）一文（refinement），终始之变也。"（30.1442）根据这一历史变化的阴阳模型，任何运动到达自身的制高点时就会向其对立面转化。司马迁所处时代的种种极端之处必定使他深深不安。《史记》诚然是一部通史，然而不出我们所料，司马迁忧思最深的似乎仍是离他最近的这一百多年，而不是此前漫长的历史大全。他是汉朝的臣仆，他的历史关注的也是汉朝。说他的著作几乎和修昔底德的著作一样着眼于当下或许并不为过。

　　许多人都讨论过司马迁的历史在接近自身时代的地方

---

*　　出自《平准书》。

篇幅比重有所增加。这在"本纪"和"表"两部分中（我们论证过，这两部分是《史记》内容的主干）体现得最为清楚。"本纪"的一半和"表"的十中之六记载的均是司马迁出生前百余年内的历史，和这部史书两千年的时间跨度相比非常短暂。合理的解释当然也有：史家考察的年代与自己的越接近，他所掌握的材料就越多。但司马迁在《史记》中一段最有趣也最复杂的文字中直白地表达了对**当代**历史的偏爱。在《高祖功臣侯者年表》（ch.18）的序文中，司马迁说：

> 居今之世，志古之道，所以自镜也，未必尽同。帝 *108*
> 王者各殊礼而异务，要以成功为统纪，岂可绲乎？观所
> 以得尊宠及所以废辱，亦当世得失之林也。（18.878）

虽然司马迁对中国上古事迹有明确的记述，但在这段话中他明确主张现代历史更要紧；一个世纪前的杰出儒家思想家荀子也用不同的话表达过类似的偏好。[58] 司马迁的要点似乎是，既然时代会变，就不存在出色地统治或效命的常法。每个时代都有许多成功或失败的典型，最明智的做法是从这些时代典型中汲取经验。

随着所写的历史越发接近司马迁自己身处的时代，他个人的立场也体现得更加明显。一个可能的原因是，从秦至

---

[58] "舍弃后来的王，以上古为榜样，就像舍弃自己的君王，事奉其他人的君王。"（"舍后王而道上古，譬之是犹舍己之君，而事人之君也。"）《荀子》，哈佛－燕京版，13.5.30–1。

武帝治下的这段历史尚无权威解释。史料确实很丰富，但尚未变成像《左传》那样成形的历史，供司马迁只需稍加调整或改变说法即可直接转述。司马迁不可避免地更接近一位创作者，不论这个名头看起来多么不适合他。但除此之外，司马迁与他的父亲都是汉朝的史官与天官，也都在统治者手下吃过不小的苦头。一方面，司马迁也许将自己视作伟大传统的参与者，放手让过往流经自身以编纂成文；另一方面，他的写作也怀有一个在严酷的政治和个人纠葛锤炼中确立的宏愿。至少，他将个人的成败得失倾注到当代历史之中，而这种倾注深刻影响了他的著作。

如果要判断司马迁这种个人投入的性质以及它们如何影响了他的史书体例，我们就必须考虑司马迁一生最惨痛的创伤：他在公元前99年受到李陵案的牵连。李陵是位出身将门的年轻将领。公元前99年，他率领一支五千人的部队深入匈奴地界，被人数数倍于己方的敌兵袭击，他本人被生擒。汉朝廷对这场败仗的反应并不完全清楚。我们知道，司马迁替已经声名扫地的李陵鸣不平，而出于某种原因这惹怒了汉武帝。汉武帝把这位太史交由廷尉官员查办，他们一口咬定司马迁的行为是"诬上"。他被判死刑。在当时哪怕是这等重刑仍可以缴一笔钱来减免，但没有人为这位史家出头赎身。经过一番周折，也有可能是出于本人的请求，司马迁死刑被减一级变成腐刑。一般认为一个有尊严之人宁愿自戕也不应受这种耻辱。司马迁却选择在臭名昭著的"蚕室"接受宫刑。

大约六年后，司马迁已然重新参与政治事务，担任着阉人所能担任的最高官职。此时他写信给一位叫任安的朋友，描述了他在身心上经受的折磨，并且申明他为何决定忍辱偷生而不"引决自裁"。《报任安书》是中国文学经典中最宝贵动人的篇章之一。[59] 对我们的讨论而言，重要的是司马迁为出乎众人意料没有选择自杀所找到的理由，以及司马迁所指出的个人遭遇——尤其是身体毁伤——与文字力量的联系。

司马迁历陈自己伏法受刑的痛苦经历，并且细数了历史上敢于直面刑罚的恐惧和耻辱的先贤，然后谈到了他这部无所不包的中国历史，并向任安解释他为何忍辱苟活："惜其不成，是以就极刑而无愠色。"（《汉书》62.3755）司马迁忍辱生存，是因为他的著作尚未完成，我们还记得他十年前就向父亲承诺，要完成后者传下的这部鸿篇史著而"不会怠慢"（"弗敢阙"）。

宫刑虽然意味着司马迁在身体上失去了生殖能力并永远绝后，却让他的笔锋更遒劲有力。在《报任安书》和《太史公自序》中，司马迁都将创造力和个人失意、刑罚甚至身体毁伤联系起来：

> 昔西伯拘羑里，演《周易》；孔子厄陈、蔡，作

---

[59] 出色的译文有好几种。我们尤其推荐宇文所安的最新译本，见 Stephen Owen: *An Anthology of Chinese Literature: Beginnings to 1911*, ed. and trans. Stephen Owen（New York: W. W. Norton, 1996），pp. 136–42。我们基本采用宇文所安的译文，稍有改动。

《春秋》；屈原放逐，著《离骚》；左丘失明，厥有《国语》；孙子膑脚，而论兵法；不韦迁蜀，世传《吕览》；韩非囚秦，《说难》《孤愤》；《诗》三百篇，大抵贤圣发愤之所为作也。此人皆意有所郁结，不得通其道也，故述往事，思来者。(《汉书》62.3735，《史记》130.3300)

这个段落无疑表明，司马迁在文学上的成就来自他感受到的失意和对"来者"仍将赏识自己的坚定希望。由此观之，每一部文学巨著都有背后的个人悲剧。

## 修昔底德记述的悲剧结构

修昔底德实际上创造了他的主题，因为他开始写作时，伯罗奔尼撒战争还没变成一个单独的现象。时人所知的是发生了一场十年战争（或称阿基达马斯［Archidamian］战争，前431—前421年），和一场迪西里亚（Decelean）或爱奥尼亚（Ionian）战争（前414—前404年），然后是那次伟大的、同时也是灾难性的西西里（Sicily）远征（前415—前413年），它和雅典与斯巴达之间的冲突只是间接有关。可以说正是修昔底德本人塑造了今天我们称为"伯罗奔尼撒战争"的这个事件。

虽说他的主题是他亲自塑造成一个事件的伯罗奔尼撒战争，这个事件却并未完成。叙述在公元前411年戛然而止，此时距前405年雅典最终在伊哥斯波塔米（Aegospotami）的落败还有将近六年的时间，这件事标志着一个时代就此完结。修昔底德的著作虽未完成，其中却有一个或可称为悲剧性的清晰结构。修昔底德对希腊悲剧的借鉴向来是学术界争论的焦点。例如，麦罗德（Colin Macleod）就认为修昔底德可能借鉴史诗多于悲剧。[60]但我们将会论证，修昔底德的历史确实包含一个悲剧结构，这部历史是伟大的希腊悲剧传统的继承者，而有缺陷的雅典正是悲剧的主角。司马迁的《史记》也包含悲剧元素和悲剧性的篇章，譬如项羽和李将军的壮烈死亡，但我们不能说司马迁的著作像修昔底德那样有一个贯穿始终的悲剧结构。我们将在本章稍后部分讨论，修昔底德著作中的这个结构，究竟如何比史家本人所见的更具悲剧意味。

霍恩布劳尔在他关于修昔底德的重要著作中经常提醒

---

[60] "Thucydides and Tragedy," *Collected Essays* (Oxford: Oxford University Press, 1983). 另见 J. Peter Euben, *The Tragedy of Political Theory: The Road Not Taken* (Princeton, NJ: Princeton University Press, 1990), esp. pp. 172–3, n. 11. 前文脚注引用了尤本（Euben）所撰的很有参考价值的修昔底德生平，现在还可以补充上罗米丽（Jacqueline de Romilly）的材料（*La Construction de la vérité chez Thucydide* [Paris: Juillard, 1990], esp. pp. 62–5)。希腊史诗本身就充满悲剧元素，不只明显具有悲剧性的《伊利亚特》是如此——阿基琉斯的忿怒是其核心的悲剧情节。哪怕是更加"喜剧"，因而显得不如《伊利亚特》崇高的《奥德赛》也具有悲剧元素。具体见 Steven Shankman, *In Search of the Classic: The Greco-Roman Tradition. Homer to Valéry and Beyond* (University Park: Pennsylvania State University Press, 1994), ch. 4. 在《品达的荷马》(*Pindar's Homer: The Lyric Possession of an Epic Past* [Baltimore: Johns Hopkins University Press, 1990]) 一书中，纳吉（Gregory Nagy）认为希罗多德的《历史》暗中批评帝国主义的雅典无异于悲剧中的僭主（*tyrannos*, pp. 308–13)。

我们，修昔底德自己没有用"历史"这个词来界定著作的体裁。修昔底德并不知道自己在写"历史"。直到后来，亚里士多德才在《诗学》第9章引入了历史和诗的区分：史家忠实于个别，诗人则关注普遍。史家牵连过去**曾**发生之事，诗人则呈现**可能**发生之事。修昔底德当然希望报道雅典和斯巴达冲突中实际发生的事情，但他常常像个诗人一样，为了满足自己的需要不得不呈现一些可能的说法而非确切无疑的结论。他说，他试图以最大的准确性（*akribeia*）来报道事情，但在演说辞上，他不得不降低实证标准。因此，"演说辞的语言表达了演说人关于某个主题我认为最合适于演说场合的意思（*ta deonta*），但与此同时我也尽可能贴近常理（*tês xympasês gnômês*，Ⅰ.22）"。换句话说，在演说辞上史家对准确性的要求必须让位于对可能之情势的权衡。

但修昔底德权衡情势的本事非同一般诗人。所述事件的覆盖面、核心主角的有缺陷的魅力，以及这位雅典作者心下了然的种种事件的灾难性归宿，通通表明了悲剧这种杰出的雅典文学体裁对作者的深刻影响。修昔底德必定亲自观看过悲剧表演。雅典文化本身就浸淫在悲剧体验之中。修昔底德的历史就带有一种悲剧感，并包含了一个悲剧的结构。照旧，在定义文学术语上我们还是得请教精审的亚里士多德。[61]

---

[61] 我们所译的亚氏《诗学》段落参照的是 *Aristotle's Theory of Poetry and Fine Art*（New York：Dover, 1951）中的希腊文原文。

亚里士多德在《诗学》第 6 章的著名定义中说，悲剧就是"模仿严肃而引人深思的重大情节"。悲剧在观众中激起"怜悯"（eleos）和"恐惧"（phobos）等情感。在第 9 章，他又说怜悯和恐惧这些情感的"净化"（katharsis）最容易由看似出人意料却又在情理之中的事件产生，因为它们带来的悲剧惊愕感，要强于单纯的偶然事件。他在下一章讨论了最好的情节总是复杂的而不是简单的，因为复杂的情节总是导致情境的反转（peripeteia）和主角对违逆己意的隐情的省悟（anagnôrisis）。

在第 13 章，亚里士多德说最好情节的主人公并非大善大恶，而是介于这些极端之间（metaxy）。为什么？因为我们希望悲剧提供的是对怜悯和恐惧这类情感的净化；我们只会同情那些厄运并非全然咎由自取的人，而最容易激发我们恐惧的就是眼见厄运降临到和我们差不多的人头上。因此，最好的悲剧主人公应当是观众能认出来的人，是和观众差不多的人。一方面，最好的悲剧主人公并不显得很正义而有德性（mête aretêi diapherôn kai dikaiosynêi）；另一方面，他的遭遇又不是因为邪恶败坏的道德品质。他陷入不幸更多是因为一些判断上的失误（hamartia）。他必须是个像俄狄浦斯一样有崇高声望（megalê doxê）和出奇好运（eutychia）的人。

或者像修昔底德书中的雅典那样。我们在本部分第 4 节也将论证，俄狄浦斯王可以视为公元前 5 世纪雅典理性主义者的代表。俄狄浦斯就是雅典，雅典就是俄狄浦斯。如果俄狄浦斯是个典型的悲剧人物，那么他象征的雅典也是。我

*112*

们很快会回到雅典和俄狄浦斯的对应这个话题上，但让我们先说清楚：修昔底德著作的悲剧主角就是雅典本身。显然，修昔底德的著作不可能与亚里士多德的悲剧定义*丝丝*对应。在最浅显的层面上，修昔底德的"历史"就是记叙文而非剧作。前者没有歌队，也不在卫城脚下的狄俄尼索斯剧场上演。但雅典人修昔底德是这个城邦伟大的悲剧传统的继承人。他著作的风格如悲剧般庄严凝重。[62] 而尽管其中心情节因为史家希望尽可能兼收并蓄而不得不包含许多繁琐章节，但仍然有悲剧的诸多特征，包括悲剧性失误（*hamartia*）、反转（*peripeteia*）和省悟（*anagnôrisis*）。

我们不妨先来考虑一下这种观念：悲剧反映了一个有缺陷人格的高贵之人的陷落。在史书开头，柯林斯使者在斯巴达向伯罗奔尼撒同盟说的话中描绘了雅典的性格，我们当然能从他的描述中看出这点。在其中，他对比了雅典人和斯巴达人这对战争冤家。斯巴达人被认为是迟缓、保守的，总想着拖延行事。雅典人，恰恰相反：

　　醉心于革新（*neôteropoioi*），他们谋事的特征是构

---

〔62〕 参希腊批评家哈利卡尔那索斯的狄奥尼西奥斯（Dionysius of Halicarnassus），*On the Style of Thucydides*，尤其是第24章，在这章中这位希腊批评家提到了希罗多德风格的突出特点——"残（*austêron*）、压抑（*embrithes*）、容易激发敬畏和恐惧（*deinon kai phoberon*），最重要的是它有扰乱情绪（*pathêtikon*）的能力"，trans. W. Kendrick Pritchett, *Dionysius of Halicarnassus: On Thucydides*（Berkeley：University of California Press, 1975），p. 18。

思和执行（*epinoêsai oxeis*）果断迅速……他们的大胆（*tolmêtai*）超出他们的力量，冒进超出他们的判断，在危难中仍保持希望（*euelpides*）……计划的失败对他们来说是实在的损失，已有的功业相形之下如同失败。当下谋事失利带来的失落马上被新的希望填满；唯独他们胆敢把尚在图求之物叫作到手之物，因为他们有能力迅速把决心付诸行动。因此他们一生中每日都在吃苦、冒险，总是忙于获取，无须臾享受：他们对假日唯一的概念是做完眼下急需之事，对他们来说生活宁静安逸比劳务缠身更加不幸。一言以括其性格，说他们人生在世就是自己不消停，也不让别人消停，一点也没错。（Ⅰ.70）

对雅典人性格的经典描述正是典出于此（*locus classicus*）。

　　对修昔底德来说，这种雅典性格在伯利克里（Perikles）身上体现得最完全，并且他还发展培养了这种性格。在战争第一年他发表的著名的葬礼演说中，伯利克里像那位柯林斯使节一样，对比着斯巴达人的因循守旧赞颂了雅典人的革新精神。一般认为斯巴达人效仿了克里特的政制。而雅典人，按伯利克里的说法，绝不会行这类效仿之事："我们的政体没有模仿任何邻邦的法律；我们是一些邻邦的榜样（*paradeigma*），而不是其他人的效法者（*mimoumenoi*）。"（Ⅱ.37）雅典追随伯利克里温和的帝国主义政策，一直都取得了成功（Ⅱ.65）。但伯利克里死在修昔底德绘声绘色地描写的那场瘟疫中（Ⅱ.48ff.），城府高深、刚愎自用又无法无天的阿尔喀比亚德声名鹊起。如果说伯利克里代表了那个最好的雅典，那么阿尔喀比亚德就象征了一个新雅典，她将会被满腹个人野心（*idias philotimias*）和私欲（*idia kerdê*，Ⅱ.65.7）之徒所领导，最终也将被他们一手摧毁。伯利克里像一个出色的悲剧作家一样在雅典人心中激发恐惧情感（*to phobeisthai*），时刻监控着雅典的肆心（*hubris*）。按修昔底德的话说，雅典人一直以来的成功是因为追随他的帝国主义政策（Ⅱ.65）而不妄图进行不必要的帝国扩张。

雅典人犯下的悲剧性失误或曰*hamartia*是他们听从阿尔喀比亚德不节制的政策，向遥远的西西里发起灾难性的远征。这次大错的悲剧性充分体现在修昔底德用来表述它的、和名词*harmatia*同根的动词：修昔底德说，考虑到许多其他事情，西西里远征是错的（*hêmartêthê*，"erred"，"was in error"，"was mistaken"，Ⅱ.65.11）。霍恩布劳尔在评注中（1：p.347）将*alla the polla ...hêmartêthê*这个短语译成"导致了许多错误"。[63]

修昔底德通过描写阿尔喀比亚德如何煽动雅典人发动远征展现了这个逐步形成的过失（*hamartia*）。雅典人对革新的痴迷，就像谨慎中庸的将领尼基阿斯（Nikias）所说的那样，变成了"竞逐不可即之物的疯狂激情（*dyserôtas*，Ⅵ.13）"。阿

---

[63] 关于修昔底德著作中*hamartia*及其同根词的使用，参 J. M. Bremer, *Hamartia: Tragic Error in the Poetics of Aristotle and in Greek Tragedy*（Amsterdam: Adolf M. Hakkert, 1969），pp. 38–40, 46。

尔喀比亚德这个只手遮天的典型意向主义者嘲弄了尼基阿斯的"无为"（*apragmosynê*）心态。在阿尔喀比亚德修辞的撩拨下，几乎所有雅典人都不可救药地陷入到一种"见识远方光景的渴望（*pothôi*，VI. 24）"之中。修昔底德本人似乎也快被西西里这个古代地中海世界西陲重镇赤裸裸的吸引力征服了。他一度提到雅典舰队通过西西里岛和本土之间狭窄的海峡的难度。他说，此处"就是所谓的（*klêstheisa*）卡律布狄斯（Charybdis），据说奥德修斯曾航行经过（*legetai diapleusai*，IV. 24.4）这里"。如我们所见，修昔底德经常批评荷马不够资格成为一名史家。但这里征引荷马并没有先前贬低的意思，而是意在为引出悲剧性结局设置悬念。

修昔底德对雅典人出征前盛大排场的描写带有深刻的悲剧预示意味：士兵们受到一大早就从雅典城下来（*katabantes*，VI. 30.2）的雅典人和盟友的喝彩鼓舞，整装准备从比雷埃夫斯（Piraeus）港出发。我们在下面的第三部分也会提到，柏拉图《理想国》的第一个词就是下降（*katebên*），这是对奥德修斯在《奥德赛》第 11 卷中著名的下降（*katabasis*）——冥府之旅——的影射。奥德修斯必须先直面死亡的黑暗才能继续还乡旅程。苏格拉底从雅典城下到雅典的商业和军事港口比雷埃夫斯的目的，是直面并疗救那些目睹了雅典在伯罗奔尼撒战争期间由盛转衰的青年灵魂深处的混乱无序。

修昔底德在多大程度上意识到 *katabantes* 这个词会让人想起荷马沉甸甸的原话？目前只要我们注意到这样一点就够

了：修昔底德对下降到比雷埃夫斯全过程的描绘，包含了所有讲述骄者必败的悲剧场景所需的戏剧标志（trappings）。修昔底德报道称，出征船只的规模和式样根本就"不可思议"（apiston）。他继续说：

> 最先出发的这支远征军是迄今为止单个城邦派出过的花销最大、最壮观的希腊军队……实际上，这次远征闻名遐迩，不只是因为其出人意料的大胆和华丽的阵容，因为其相对对手压倒性的实力，也是因为这样一个事实：这是迄今为止谋划和执行过的离本土距离最长（magistos）、为未来倾注的希望最大（megistê）的远征。（Ⅵ.32）

这令我们想起在埃斯库罗斯悲剧开头*，阿伽门农在那张妻子克吕泰墨涅斯特拉（Klytaimnestra）准备的华丽紫色地毯上迈出不祥的步伐，这时后者正磨刀霍霍打算谋害他。

这个悲剧场景的设计简直完美。修昔底德把雅典城邦这位悲剧主人公展现在我们面前。雅典的性格魅力十足、左右逢源，但她这种自信、创新、想象力和冲劲十足的乐观品质却可能因为错误的领导而变质。雅典的 hamartia 正体现在决定远征西西里的例子中，反讽的是，和她对垒的是个与她极其相似的民主政体。那个时代最大的悲剧正式上演。之后

---

\* 指悲剧《阿伽门农》。

就只剩下灾难自身在反转（peripeteia）——事情毫无预兆地向反方向发展——和省悟（anagnôrisis）中逐步浮出水面了。

灾难顺次发生。战争第十九年，雅典的舰队在攻打完西西里后开始攻打叙拉古港，试图一举击溃敌军。大海战爆发，威名赫赫的雅典海军一败涂地，因为雅典对全希腊的帝国统治完全靠海军建立，这让雅典部队军心大乱。从不以步兵闻名的雅典人被迫从陆上撤退。叙拉古的将领、治邦者赫莫克拉底（Hermokrates）觉察到雅典人马上要逃跑，就派信使欺骗雅典人，警告他们陆路都有敌人把守。骗局奏效了。出了名诡计多端的雅典人、奥德修斯真正的子孙，反讽地被叙拉古人的诡计打败了。

反转和悖论还没完。修昔底德接下来描绘了被叙拉古大军围困的雅典部队彻底的人伦败坏：

> 这是个悲惨的场面，不仅因为他们要在损失了所有船只之后撤退，原先的巨大希望（megalê elpidos）变成了自己如今身处的险境；也因为在抛弃营帐撤退时眼睛看见、心中念及的种种惨状（algeina）。遗骸还没有埋葬，任何一个男人看到自己的朋友陈尸在地都会立即陷入悲伤（lypên）和恐惧（meta phobou）之中；被抛弃的生者非伤即病，在活人眼里比死人更不幸，更值得同情（lypêroteroi）……他们普遍感到的屈辱，还有无人可免的痛苦，虽然因为有人共同分担而有所缓和，在当时仍然无比沉重，尤其当有人想到他们启程时如

此耀武扬威、不可一世，下场却如此耻辱落魄。这是迄今为止降临到希腊军队头上最大的反转（*megiston … diaphoran*）。他们是来奴役别人的，临走却生怕沦为别人的奴隶：他们在祈祷和赞歌声中起航，如今却在完全相反的咒骂声中从陆路而非水路返程，只能信赖他们的重装步兵而非舰队。（Ⅶ.75）

千真万确，到这段话为止我们只读到了这场战争二十七年中的第十九年。就像康纳（W. Robert Connor）写的那样，"还有很多很多、很坏很坏的事情要来"。[64] 但现在我们已经接近第 7 卷的末尾，下文只剩一卷了——而这一卷并未完成，按照许多学者的判断，其叙事和表现力与前面诸卷相比相当不如人意。

雅典的悲剧命运在卷 7 这段话之后已经是板上钉钉。读这段话的时候我们会感受到悲剧式的惊讶冲击，这种惊讶，亚里士多德会认为，是因果关联产生的效果，雅典的自掘坟墓使这种惊讶更让人难以接受。这段话贯穿着表达恐惧（*phobou*）、怜悯（*lypêroteroi*）和悲伤（*deinon, algeina, lypên*）的词语，非常符合悲剧的风格。摆在我们面前的是一次惊人的反转（*megiston diaphoran*），发生在雅典头上的一次悲剧性的 *peripeteia*——她的舰队怀着最高的希望起航却惨败而归，并且反讽地要依赖远远落后的步兵艰难逃生。亚里士多德会

---

〔64〕 *Thucydides*（Princeton, NJ：Princeton University Press, 1984），p. 210.

认为，最好的反转伴随着发现（《诗学》11.1452b）。修昔底德这个伟大段落中的反转甚至更加令人悲伤震惊，因为随之而来的正是希腊将士对自身处境之绝望和恐怖的发现。

因此，修昔底德这部完美体现了希腊风格的历史明显包含悲剧结构。进而可以说，有一种单独的文学体裁塑造并统一了这位希腊史家的作品。司马迁作为一个对中国过往文本传统深怀敬意的人，毫无疑问受到此前文学形式的影响，但他的著作结构没法用一种单独的文学体裁加以解释。它更应该被看作以往诸多文本形式和记述材料的汇编。我们也许可以在"本纪"中找到诸多结构的一个核心，甚至可以从这位中国史家对文本的编排中找到一个贯穿始终的宇宙论模型，但其中并没有一个能独立统一起全部130篇的文学结构。《史记》中仍然有悲剧，虽然其层次和我们在修昔底德那里发现的悲剧并不相同。这里有的是司马迁自身的悲剧和从中迸发出的巨大失意，正是这种失意让他著作中无数的个人叙事变得有血有肉。

## 3. 参与的风潮：司马迁对自己时代的描绘

我们先前提出，司马迁不只是一个安安静静的传统之"述"者。他至少以两种方式让自己和他所记录的过往发生关联：首先，他对自己所"述"的事件给出道德和情感上的反应，而且他很希望这些反应有助于引导我们这些敏锐的读者也做出如是反应；其次，他从自身经历——特别是不幸受

117

李陵案牵连的经历——所形成的视角和偏好出发来构思《史记》，尤其是那些有关他自己时代的部分。我们将要论证，司马迁是如此深地融入他对过往的讲述之中，以至于有时甚至很难把这位史家和他的历史划清界限。司马迁既创作了过往，他自己也被他所呈现的叙事所造就。

对司马迁关于"述"和"作"这对反义词的著名说法进行深入考察，将会支持我们认为司马迁既"作"又"述"的观点。在司马迁同历算家同僚壶遂的讨论中（见于《太史公自序》），司马迁驳斥了那些指责他狂妄地把自己的著作和孔子的《春秋》相提并论的批评。看来司马迁拒斥任何这类的比较：

> 余所谓述故事，整齐其世传，非所谓作也，而君比之于《春秋》，谬矣！（130.3299–300）

但表面上的否认实际上肯定了这种比较。司马迁在此暗指《论语》7.1 中孔子说的一段著名的话：

> 子曰：述而不作，信而好古，窃比于我老彭。[65]

司马迁巧妙地掩藏了自己的痕迹。他虽然表面上否认自己能与孔子相提并论，避免了狂妄的指控，实际上却是在自我肯

---

[65] 此处提到的老彭疑窦重重。有人认为孔子想到的是长寿的古代神话人物彭祖，另一些人认为他同时在说老子和彭祖，还有人认为此处指涉的是某个名不见经传的人物。

定。对我们至关重要的一点是，司马迁在回应壶遂的字里行间暗示，孔子实际上是创作的——尽管他否定了。他完全用孔子用过的词来说明他只"述"，这反而可能会让读者注意到他因太过自谦或谨慎而不肯直接标榜的创作才华。[66]

司马迁在《史记》第 84 篇为大诗人屈原（约前 340—前 278 年）和贾谊（前 200—前 168 年）写的列传提供了一个很有趣的例子，恰可表明他是如何构思并对他所记录的过往做出反应的。将两位诗人放在同一篇中的理由至少有二：首先，屈原和贾谊的文学创作才华都是被小人诽谤和见逐于自己忠心侍奉的政治权力中心所激发出来的；其次，两人都一度面临自戕，却做出了不同的选择，并因此各自树立了应对诽谤、排斥和放逐的榜样。在对司马迁个人经历的简短讨论中我们已经看到，对于司马迁来说，这些事情才是人生在世的重中之重，这一点尤其反映在《报任安书》中。当然，司马迁也将自己描述成一个化政治挫败为文学创作才华，也同样认真考虑过自戕这条路的人。

《史记》所记述的屈原生平故事在他处易见，故不在此赘述。[67]值得我们注意的是司马迁如何引导读者去回应这位身为政治家和诗人的悲剧人物。在传记的一开始，我们得知

[66]  关于这一问题，参 Michael Puett, "Nature and Artifice: Debates in Late Warring States China concerning the Creation of Culture," *Havard Journal of Asiatic Studies*, 57（2）（December, 1997）, p. 474。

[67]  两个出色的译本，参 David Hawkes 译注，*Songs of the South, An Ancient Chinese Anthology of Poems*（Harmondsworth: Penguin, 1985）, pp. 54–60; 以及 *Records of the Grand Historian*, Vol. 1, pp. 435–56。

屈原是楚怀王（前328—前299年在位）的臣子，"博闻强志，明于治乱，娴于辞令。"换句话说，这位史家将屈原呈现为理想的大臣。但是和司马迁笔下绝大部分名垂千古的贤德形象一样，屈原最终被小人诽谤，与君王产生嫌隙："屈平正道直行，竭忠尽智以事其君，谗人间之，可谓穷矣。"（84.2482）

屈原的困窘孕育出文学创作，而司马迁在书中他处两次告诉我们，这是政治失意的典型产物。[68]"屈平之作离骚（'遭遇痛苦'，Encountering Sorrow）"，司马迁论及诗人的扛鼎之作时写道，"盖自怨生也。"（85.2482）随着司马迁对这位前辈文学英杰记述的深入，他再次向读者发话，直接告知我们应从屈原生平中发现并敬仰的伟大之处：

> 其志洁，故其称物芳。其行廉，故死而不容。濯淖污泥之中，蝉蜕于浊秽，以浮游尘埃之外……虽与日月争光可也！（84.2482）

这种溢美之词在司马迁那里并不鲜见，也确实比修昔底德那种典型的克制描摹要来得高调。读者可以把司马迁对屈原生平的全部记述看作诗人自戕下场的激烈前奏。但在引出那疯狂的终极举动之前，司马迁缓下笔锋，确保我们理解了屈原的生平所传递的讯息：

---

[68] 参照《史记》130.3300 和《汉书》62.2735。《汉书》有关段落的译文见本书 pp. 109–10。

　　人君无愚智贤不肖，莫不欲求忠以自为，举贤以
自佐，然亡国破家相随属，而圣君治国累世而不见者，
其所谓忠者不忠，而所谓贤者不贤也。（84.2485）

问题在于，贤德的谏臣几乎从不被听信，谗佞之人却往往得
势。在司马迁呈现的政治现实中，登顶的通常不是精英而是
渣滓。屈原在写下诗意的遗书并投汨罗江自尽前，对一位渔
夫话了他的难处，这番话一点也不心平气和：

　　举世混浊而我独清，众人皆醉而我独醒。（84.2486）

屈原极度厌弃这个在他看来一文不值的世界，不留任何缓和
与妥协的余地。对他来说，自杀成了表明自己志虑忠纯、情
感激越的最终途径。[69]

　　司马迁在描绘完屈原戏剧性的投江后，转入了一个多
世纪后的贾谊的传记。贾谊因少有文才而被引荐给文帝，任
职于汉朝廷，同样也不可避免地遭到无能官吏的妒忌诽谤。
司马迁在早先对屈原的评述中已经建立了一种理解这类人物
的范式，因此很少在贾谊传中直接说教。但是一看到史家提
及其才能，我们就知道贾谊要遇到麻烦了：

---

[69] 关于自杀在中国古代作为表达诚实或真挚的手段，参 Eric Henry, "The
　　　Motif of Recognition," *Harvard Journal of Asiatic Studies*, 47（1）（June,
　　　1987）: 13.

每诏令议下，诸老先生不能言，贾生尽为之对，
人人各如其意所欲出。诸生于是乃以为能不及也。
（84.2492）

经验丰富的司马迁研究者读完这段引文就会知道，资质平平
之人很快就会诽谤这位年富力强的官员。最终，贾谊失宠并
被流放到中国南方，那里正是屈原放逐和自杀之地。同中国
所有优秀的迁客骚人一样，贾谊探访了屈原身故之地并作题
为《吊屈原赋》的诗赋一篇以表景仰。[70]在同情屈原悲剧的
同时，他也在讲述自己相似的不幸命运：

120

　　呜呼哀哉，逢时不祥！鸾凤伏窜兮，鸱枭翱翔。
　　（84.2493）

在贾谊赞颂屈原的忠贞、慷慨激昂地用诗抨击自己所处时代
的过程中，这篇"凭吊"文出人意料地改变了话锋。贾谊向
逝世已久的屈原问道：

　　般纷纷其离此尤兮？亦夫子之辜也？（84.2494）

也许司马迁在此认为，屈原自杀的举动太极端且不必要，他

---

〔70〕 关于这个主题，参 Stephen Owen, *Remembrances: The Experience of the Past in Classical Chinese Poetry* ( Cambridge, MA: Harvard University Press, 1986 )。

在本篇末尾下结论时还会继续这个话题。但是在下结论前，这位汉朝史家通过呈现贾谊的另一篇诗赋来细化他的范式，这篇据说为"自广"而作的诗赋就是著名的《鵩鸟赋》，贾谊在其中表达了一套完全道家的世界观。这篇赋文告诉人们不应该关心人生中必然发生的起落浮沉，因为，如赋文末尾所称，还存在着一种更高的观照：

> 乘流则逝兮，得坻则止；
>
> 纵躯委命兮，不私与己。
>
> 其生兮若浮，其死兮若休；
>
> 澹乎若深渊之静，泛乎若不系之舟。
>
> 不以生故自宝兮，养空而浮；
>
> 德人无累兮，知命不忧。
>
> 细故蒂芥，何足以疑！（84.2500）[71]

悲剧在于，这位年轻诗人无法达到自己的赋文中所赞赏的那种超然自在于忧愁沮丧之外的境界。贾谊最终被重新重用，并被钦点为小诸侯国梁国的太傅。他的君主无嗣，一日骑马外出，不幸坠马而死。司马迁如此记述贾谊的反应："贾生自伤为傅无状，哭泣岁余，亦死。贾生之死时年三十三矣。"（84.2503）

---

[71] 译文引自 James Robert Hightower, *The Columbia Anthology of Traditional Chinese Literature*, ed. Victor Mair（New York：Columbia University Press, 1994），p. 392。

这篇列传所建立的范式是，忠心事主却早受赏识将不可避免会导致疏离，对此存在两种回应方式：一种是效法屈原选择自杀；另一种是效法贾谊，构建一个强有力的活下去的理由。如果一个人要选择活下去，那么道家学说可以被用来提供正当性及安慰，因为道家展示了一种更高的观照，使此世的烦扰化作大道之汪洋上微不足道的波纹。但是道家的观照无论多么有吸引力，都不一定能让贾谊和司马迁本人这类敏感之人在面对不可避免的人生悲剧时仍然不为所动。

与几乎所有篇章结尾一样，司马迁盖棺定论来结束此篇，定论的开头总是"太史公曰"：

> 余读《离骚》《天问》《招魂》《哀郢》（皆托为屈原所作），悲其志。适长沙，观屈原所自沉渊，未尝不垂涕，想见其为人。及见贾生吊之，又怪屈原以彼其材，游诸侯，何国不容？而自令若是。读《鵩鸟赋》，同死生，轻去就，又爽然自失矣。（84.2503-4）

司马迁在此完全显示出了他广泛的共鸣，以及他对自己所展现的历史的深刻情感投入。他被屈原的决绝之举深深打动，每次到屈原自杀的地方都会落泪。但是他又支持贾谊对屈原的批评，因为如果屈原确实忠贞如斯，他一定能找到赏识他才华的君主。接下来，读到贾谊境界高远的道家赋文，这位汉朝史家却爽然自失。为什么？或许因为他也深谙道家所提供的慰藉——毕竟司马迁的父亲信奉道家的世界观——但是像贾谊一样，司马迁在面对失意和耻辱时不能简单地"养空而浮"。

我们在阅读此篇时必须深刻意识到，司马迁无法从他记录的历史中抽身出来并保持距离，仿佛他在进行一种全然客观的修昔底德式记述。他更多的是一个全身心参与去讲故事的人，他的个人经历塑造了他呈现的记述，他又带着饱满的感情去回应这些记述。事实上，哭泣或叹息是这位史家面对自己所讲故事的常见回应，这些反应将他和表面上理性而超然的修昔底德区别开来，[72] 我们会在讨论这位希腊史家关于米洛斯人（Melians）与雅典人对话的记述时指出这一点。

我们先前曾讨论过司马迁如何为中国的过去——尤其是不远的过去——写作历史，他紧紧围绕着对于他和他的家族来说至关重要的一些问题。司马迁完全不是一页只传抄过往传统的白纸，对此我们不应感到惊讶。确实，当司马迁提及孔子的创作时，他心里肯定会想到《春秋》。我们没有足

---

[72] 如我们所见，司马迁在他去看屈原投江自杀的地方时"未尝不垂涕"（84.2503），他还说过，每当他阅读乐毅给燕王的那封回信时，他"未尝不废书而泣"（80.2436）；每当他读到梁惠王与孟子的会面时，（74.2343），每当他读到汉代促进教育制度的法规时（121.3115），他"未尝不废书而叹"。"呜呼哀哉"，他为"为小人恶言中伤"的人们叹息（107.2856）。"惜哉"是他对郭解受刑的反应（124.3189）。陈豨被邪恶之人误导真是"太可悲了"（93.2642）。"实在太可悲"是他对吴起（65.2169）、伍子胥之死（66.2183），以及那些"如烟而逝"的人们（61.2127）的反应。当司马迁去到孔子的宗庙厅堂时，他告诉我们他流连忘返以至于"无法离去"（47.1747）。类似令人动情的反应还有很多，无法一一列出。

够篇幅去检视司马迁对孔子学术探索的完整叙述，但可以确定的是，与之前的孟子和董仲舒一样，司马迁也将《春秋》视为圣人的最高成就。司马迁告诉我们，孔子"乃因史记"创作了《春秋》这部充满微妙的道德和政治评判的作品（47.1943）。[73]鲁国国史经圣人之手被书写下来，用孟子的话说，其力量大到能使"乱臣贼子惧"。[74]《春秋》本质上是一部近代史，其记载仅从孔子诞生一百七十年前（即公元前722年）开始，至公元前481年孔子去世前两年为止。就像他心目中创作了《春秋》的圣人一样，司马迁也对他有生之年和他之前一百多年内发生的事件尤其有兴趣。此外，就像汉代评注家所理解的孔子那样，司马迁同样在书中加入对过往事件的许多评判，尤其是他首要关注的近代事件。

司马迁诸多评判中的一条可以为我们提供一个富有成效的出发点，以着手简单考察司马迁如何描绘他所处的时代。汉朝的第三位皇帝刘恒是汉朝奠基者刘邦的第四子，他死后谥号为"文"，意为"文化"，这无疑使我们想起伟大的周文王，中国古代的文化英雄之一。汉文帝于公元前180年即位，公元前157年逝世，在位二十三年。司马迁出生于文帝死后，但他的父亲司马谈在文帝统治时肯定已经成年。此

---

〔73〕 司马迁关于《春秋》的种种信念，参 Durrant, *The Cloudy Mirror*, pp. 64–9。孟子的评价在后世关于孔子和《春秋》的理论中尤其重要。见《孟子》3B.9，刘殿爵 D. C. Lau 译，收于 *Mencius*（Harmondsworth：Penguin, 1970），pp. 113–5。关于董仲舒和《春秋》，现有奎恩（Queen）的出色研究：*From Chronicle to Canon*, esp. pp. 115–26。

〔74〕《孟子》6.14a（3B.9）。

外，司马谈折中主义的"黄老"道家思想，在很大程度上与文帝"休养生息"（laissez-faire）的基本国策以及他大权在握的妻子窦皇后的强烈道家倾向相一致，窦皇后一直活到了公元前 135 年。[75] 在《孝文本纪》（卷 10）的结尾部分，"太史公曰"：

> 孔子言"必世而后仁（humaneness）"。"善人 *123*
> （skilled men）为邦百年，亦可以胜残去杀矣。诚哉是
> 言也！"汉兴，至孝文四十有余载，德至盛也。廪廪
> 乡改正服封禅矣，谦让未成于今。呜呼，岂不仁哉？
> （10.437-8）

司马迁不仅称文帝"仁"，更在别处颂扬他"施大德"（11.449）。在上引这段出奇的正面评价中，司马迁又指出，在仁政可能出现之前必先经历一"世"（某位注家认为三十年为一世），由此为汉初两位皇帝——汉高祖（公元前 202—前 195 年在位）和汉惠帝（公元前 195—前 188 年在位）配不上如此崇高的描述给出了开脱理由。

司马迁《孝文本纪》的内容确实将这位皇帝描绘得极

---

[75] 关于这个时期的道家思想以及窦皇后的影响，参 Michael Loewe, "The Former Han Dynasty." pp. 136-9, 以及 "The Religious and Intellectual Background," pp. 693-7, 二文皆载于 *The Cambridge History of China*, Vol. 1。关于司马迁"黄老"这个术语的疑义，参 Lewis, *Writing and Authority in Early China*, p. 347 的出色总结和讨论。

为正面。在文帝诸多德政措施中，有一条是他"除肉刑"（10.428）。由于司马迁本人曾不幸受刑，他后来特别提到文帝废除宫刑（10.436）这一点就非常值得注意。即使是在全书末尾《太史公自序》目录中短短两行对《孝文本纪》的简介里，司马迁也将废除肉刑挑出来作为文帝最重要、最仁德的法令（卷130，第3303页）。另外我们被告知，文帝拒绝一己的奢靡，不花一点心思在扩建宫殿上，还把进献供他享乐的美女遣散回家。至少对于我们这里的分析最重要的是，文帝的遗嘱在他过世后被拿到朝廷上公开宣读。在这份文献里，这位仁德的皇帝富有哲理地谈及了死亡："朕闻盖天下万物之萌生，靡不有死。死者天地之理（order），物之自然（natural principle）者，奚可甚哀？"之后，皇帝给自己安排了节简至极的殡葬（10.433）。

关于司马迁归功于文帝的良好治理还有很多可以说。当然，这位皇帝，甚至任何一个皇帝，都有资格举行最高规格的帝国祭礼，并向上天宣告汉王朝的正当性。但是他谨慎地拒绝了这样做。鉴于日后汉武帝对封禅祭典的痴迷，司马迁专门点出文帝拒绝举行这些祭典来作为他对文帝的盖棺定论，这点非常耐人寻味。

124 　　毫无疑问，司马迁将文帝视为他的历史中最令人厌恶的秦始皇的反面，在这位汉代史家笔下，后者是个痴迷于权势、夸饰和暴力的自大狂（megalomaniac）。另外，即使他不配，秦始皇也还是此前最后一位举行过封禅祭典的君主，《史记》一五一十地记录下了他对死亡偏执的恐惧和对肉身不朽的追求，使他与仁德的、冷静勇敢面对死亡的文帝形成了鲜明对比。

对秦始皇嘲讽地指手画脚并没有什么特别的颠覆和威胁意味。这是整个汉初一百年间知识分子最热衷的主题。[76]然而，具有颠覆性的是，司马迁对文帝的描述不仅隐含对前人的批评，也隐含对后人汉武帝的指责。司马迁一生在其手下为官，先是担任郎中，接着担任太史令，最后在遭受腐刑之后担任中书令。

司马迁和汉武帝有着剪不断理还乱的纠葛，二人支配着我们观察汉朝早期历史的视野。汉武帝在公元前141年登基，时年十七岁，司马迁在这之前四年方才出生。汉武帝统治中国五十四年，是中国历史上在位时间最长的统治者之一，于公元前87年逝世，此时离司马迁去世肯定不过一两年。如果说这位史家的一生深刻地受到帝王的权力和愤怒的影响，那么我们也必须承认，我们所知道的绝大多数关于汉武帝的事情都来自这位史家。换言之，时间已经颠倒了这两个形象之间的权力关系，因为在今天，要抛开完全出自这位汉朝史家手笔的记录来看他的君主，即便有可能也极度困难。

我们认为司马迁对文帝的描绘是对秦始皇和汉武帝两者的谴责，这种观点确实颇有点把汉武帝等同于非善类，而且还暗示司马迁对他侍奉的君王抱有最严重的疑虑。我们并

---

[76] 关于这个主题，参 Queen, *From Chronicle to Canon*, pp. 6–7。

不是首先提出这一观点的人。在萧统（501—530）所编的名著《文选》中，收有一篇托为史家班固所作的文章，其中谈道："至以身陷刑之故，反微文刺讥，贬损当世。"[77]最近，法国学者列维（Jean Lèvi）就此话题写了极具挑衅性的文字，将《史记》形容为"君主（sovereign）和史家这两个角色钩心斗角……的剧场"[78]。

125　　评价司马迁对汉武帝的处理并不容易，因为《史记》中并没有武帝的"本纪"（第12篇），而是原封不动地重复了第28篇《封禅书》的部分文字。这个问题引发了许多探讨。东汉的学者卫宏给出了如下解释："司马迁作《景帝本纪》，极言其短及武帝过，武帝怒而削去之。"[79]卫宏进一步认为，几年之后武帝以李陵案为借口回击了这位不忠的史官。换句话说，在卫宏看来，皇帝对司马迁的厌恶要先于那场关于李陵的著名冲突，显然在早期中国文本中，总是存在着自负的统治者和诚实的史官之间的冲突。[80]

　　既然《孝武本纪》业已缺失，有人就假定，虽然武帝删削历史记录的故事可能有所夸大，但或许确实有过一些审

---

〔77〕《文选》，48.1066（商务印书馆）。

〔78〕 *La Chine romanesque: fictions d'Orient et d'Occident*（Paris：Éditions de Seuil, 1995），p. 150. 另参其历史小说 *Le Fils du ciel et son annaliste*（Paris：Gallimard, 1992）。

〔79〕《二十五史：史记》（商务印书馆），Vol 2，p. 130：30a（p. 1362）。这段话后来在托为葛洪（283–343）所作的《西京杂记》（SBCK edition）中再次出现，pp. 6：19–20。

〔80〕尤其参《左传》，襄公二十五年（25.2），理雅阁（James Legge）译，载 *The Chinese Classics*，Vol. 5（Oxford：Clarendon Press, 1893），pp. 514, 515。

查，导致了本纪原本内容的缺失。相反，列维似乎认为，比起审查，司马迁本人是文本缺失更主要的原因：

> 出于恶魔般的心计——故意空缺汉武帝的本纪——他（司马迁）托他的读者去自行想象最坏的恶名、最可怕的恶行，以至于空白中反而潜藏了可能想见的最严峻最恶毒的攻击，更有甚者，根本没人能指责作者心怀恶意或者老奸巨猾，因为他什么都没有对我说。[81]

或许《孝武本纪》的缺失确实包藏了"恶魔般的心计"，但是即便有可能，要证实这种"空白"究竟如何产生也相当困难。有几种我们无法在此细究的可能性，其中主要的一种是，司马迁的原始版本干脆就是散佚了。[82] 然而即使不去猜测这种文本空白的含义，事实上我们也能找到足够的证据证明，司马迁作为史家的主要意图之一是抨击汉武帝。[83] 我们将目光转向几处这位皇帝和他的史官发生冲突的地方，然后总结这场冲突牵涉的一些争端，同时将此作为司马迁融情入

---

[81] *La Chine romanesque*，p. 147.

[82] 这是张大可的观点，参见他在《史记研究》，pp. 165-9 中对整个问题颇有帮助的综述。华兹生同样直截了当地总结了这个问题："司马迁有没有抽出时间写一章'今上本纪'（The Basic Annals of the Present Emperor），或者是否他写过但后来亡佚或被查禁了，对此我们无从得知"（*The Records of the Grand Historian*，Vol. 1，p. 318）。

[83] 关于司马迁在五大问题上非难武帝的讨论，见施丁《司马迁写"今上"（汉武帝）》，收录在《司马迁研究新论》（郑州：河南人民出版社），pp. 143-60。

史的一条特别有力的例证。

纵观整部《史记》，司马迁再三对死亡的主题表示出深切关怀。对他来说，一个人何时、如何死亡以及一个人如何能真正成就不朽，这些是至关重要的问题。"人固有一死"，司马迁在写给任安的信中说道，"或重于泰山，或轻于鸿毛，用之所趋异也。"[84] 在别处，司马迁谈到了"对待死亡"这个大难题（81.2451）。* 我们在对《屈原贾谊列传》的简要考察中看到，司马迁对于自杀问题尤其感兴趣，他曾经认真考虑过选择自杀，但最终坚决抵制。司马迁决定不追随屈原而是站在贾谊一边，后者显然认为一个优秀的人应当可以"找到另一种方式"。在别处，在他其中一条结尾评判中，司马迁表扬了汉将季布，因为季布做出了和他自己同样的选择。一开始，司马迁拿季布之勇来与项羽相比（见 7.336），后者的自杀是《史记》中最为震撼人心的片段之一：

> 以项羽之气，而季布以勇显于楚，身屡军搴旗者数矣，可谓壮士（brave gentleman）。然至被刑戮，为人奴而不死，何其下也！彼必自负其材，故受辱而不羞，欲有所用其未足也，故终为汉名将。（100.2734）

在《史记》另一段中，司马迁记述了田横和五百忠义

---

[84]《汉书》62.2732。

* 原文作："知死必勇，非死者难也，处死者难。"

属下的集体自杀。在赞扬他们品德的同时，史家又对他们为何找不到除了赴死以外的其他选择感到疑惑：

> 田横之高节，宾客慕义而从横死，岂非至贤！余因而列焉。不无善画者，莫能图，何哉？（94.2649）

支持司马迁在存亡之际选择活下去的，是他想借助文字的力量使自己和他人获得不朽，这一点在《太史公自序》与《报任安书》中都很明确。[85] 这位汉朝史家的神圣使命是要克服时间的限制，而这个使命无疑源自古代祭司 – 文士（scribe–priests）的宗教传统。

然而在司马迁的时代，却有另一种十分不同的追求不朽的方式。搜寻"不死之药"、运用各种技术延长寿命在周代最后几个世纪已有记载，并在汉初大行其道。[86] 此类信仰似乎主要发源自位于山东半岛沿海地区的古国齐国，与一群被称为"方士"的专家有关，我们也可将其翻译为"方法的大师"（Master of Methods），这个名称强调他们所提倡的不是宽泛的道德原则，而是专门的"技术"。[87] 这个群体以及他

---

[85] 例如，在《报任安书》中，司马迁哀叹"古时候富贵但名字磨灭不传的人，多得数不清"（"古者富贵而名磨灭，不可胜记"）（《汉书》62.2735）。

[86] 关于这个传统的发展，尤其参 *Science and Civilisation in China*, Vol. 5.3（Cambridge: Cambridge University Press, 1976), pp. 1–50。

[87] 关于方士，参 Isabella Robinet, *Histoire du Taoisme: des origines au XIVe siècle*（Paris: Les Éditions du Cerf, 1991), pp. 43–5。Robinet 把方士译成"技术人员"（hommeà techniques）。

们的信仰和行动，至少按司马迁对过去的呈现，第一次对中国产生显著影响是在秦始皇时代。

在司马迁看来，秦始皇的罪行很多，[88] 其中最主要的是他对肉体永生的执着追求。公元前 221 年始皇统一帝国，两年之后，齐国一个叫徐市的人上书请愿说："海中有三神山……仙人居之。"（6.247）秦始皇响应徐市的上书，组织了一次庞大的远征船队进入大海中寻找神仙，其中包括"数千名童男童女"。在他统治晚期，人们向皇帝提出许多其他寻求"不死"的方法，而起码在这件事上他总是轻信人言。在司马迁的叙述中，这些讲述皇帝如何被打小算盘的"方士"所误导的章节，总是和始皇不断在巡游全国途中到处树立碑石、铭刻高深儒家文辞颇为反讽地并置在一起。[89]

所有延长他生命的方法都失败了，司马迁似乎有意讽刺秦始皇误入歧途的追求，把他的死写得特别不体面，甚至多少有点可笑。秦始皇在离开首都巡游时得了病。因为过于害怕，他禁止提"死"这个字眼。他的病情继续恶化，在四十九岁时就死了。为了稳定权力继承并确保他们自己的权力继续不受损，他的大臣们紧张地隐瞒了皇帝死亡的事实，直到返回国都：

---

〔88〕 譬如他看起来当然会认同他借韩国官员尉缭之口对秦始皇个性的尖刻描画（见 6.230）。

〔89〕 关于秦始皇的生平叙事中反讽性并置的运用，参 Stephen Durrant, "Ssu-ma Ch'ien's Portrayal of the First Ch'in Emperor," in *Imperial Rulership and Cultural Change in Traditional China*, ed. Frederick P. Brandauer and Huang Chun-chieh（Seattle: University of Washington Press, 1994）, pp. 28-50.

棺载辒辌车中，故幸宦者参乘，所至上食。百官
奏事如故，宦者辄从辒辌车中可其奏事。…会暑，上辒
车臭，乃令从官车载一石鲍鱼，以乱其臭。（6.264）[90]

用一个中国传统成语来说，借着史家的笔力，秦始皇真可谓
已"遗臭万年"。秦始皇愚蠢地试图避免只有史家的力量才 *128*
能超越的死亡。没错，他赢得了不朽，但他无尽的一生都将
在留存史册的永不磨灭的臭名中度过。

　　如我们所见，"仁德"的文帝说"死者，天地之理，物
之自然"。这种坦然接受注定之事的态度是对秦始皇的一种
责难。然而更尖锐的责难的矛头也指向文帝自己的孙子武
帝，他和秦始皇一样痴迷于肉身的不朽。

　　《孝武本纪》中重复了《封禅书》的一些内容，而《封
禅书》远远超出对这些极少举行的崇高仪式的叙述。在陈述
了这类祭仪和其他帝国宗教典礼的历史之后——其中尤其关
注秦始皇那次失败的登泰山，整篇书就变成了记录汉武帝与
"燕、齐之人"打交道的流水账，这些人教授汉武帝求神寻
仙、掌握肉身不朽之秘的门道。司马迁一五一十地记录下这
些活动，并且直截了当地表达对它们的反对。譬如在记录
的结尾部分，那时汉武帝深受蒙蔽已达足足四十年，史家如

---

[90]　我们在此用了 Tsai-fa Cheng, Zongli Lu, William H. Nienhauser, Jr. 和
　　　Robert Reynolds 的译本，载 *The Grand Scribe's Records*, Vol. 1: *The Basic
　　　Annals of Pre-Han China*, ed. William H. Nienhauser, Jr.（Bloomington:
　　　Indiana University Press, 1994）, pp. 154–5。

此评论他一直听信方士的空头许诺和失败计策：

> 天子益怠厌方士之怪迂语矣，然羁縻不绝，冀遇
> 其真。（12.485, cf. 28.1403-4）

李少君是许多年前第一个得到汉武帝信赖的方士。他宣扬能将朱砂变成黄金，许诺称用这种黄金制成的餐具进食能延年益寿。[91]他力劝皇帝与传说中东海蓬莱岛的神仙建立联系，并向皇帝保证"见之以封禅则不死"（28.1385）。接着，一个叫"齐人少翁"的人说服皇帝，"宫室被服不象神，神物不至"（28.1388）。后来汉武帝最宠信的方士名叫栾大，"大为人长美，言多方略，而敢为大言，处之不疑"（28.1390）。凭借他鲁莽的计划和宣言，包括"黄金可成，而河决可塞，不死之药可得，仙人可致也"（28.1390），栾大获得了许多财富和在朝声望，以至于司马迁写道："海上燕齐之间，莫不扼腕而自言有禁方，能神仙矣。"（28.1391）最终，皇帝受到公孙卿的蛊惑，他有许多歪门邪说，其中一条引述了一位神秘方士申氏的箴言："汉主亦得上封，上封则能仙登天矣。"（28.1393）

---

[91] 李约瑟指出："由于金是最漂亮和不朽的金属，它很自然地就使人联想到神仙的不朽，凡人如果想要不死就必须用某种方式把自己与这种金属或者其内在法则或本性关联起来……人们后来觉得人体应该以某种方式变得像神一样，再后来又认为这种变化可以通过饮用或吸食某种炼制而成的'金液'（potable gold）来实现。"见 *Science and Civilisation in China*, 5.3, p. 1。

为防我们忽略了这些所暗示的汉武帝和秦始皇的比较，司马迁写道，汉武帝"乃益发船，令言海中神山者数千人以求蓬莱神人"（28.1397）。这些探险距秦始皇发动的那次更为著名的出海探险仅一百余年，当时意在搜寻虚无缥缈的神仙岛屿。诸如此类记载当然都引起汉武帝极大的反感——别忘记，司马迁被判以死刑，后改处宫刑时，汉武帝曾冷眼旁观。当然，司马迁长篇累牍地叙述皇帝的极端轻信，从中我们也可以听出怨恨甚至蔑视的言外之意。

司马迁没活到能向我们描述汉武帝之死的年纪，虽然我们忍不住怀疑，他描写秦始皇这个武帝分身的可悲的身败名裂，其实是意在预告，类似的耻辱正在等着司马迁的这位同代人。本篇的结尾描绘了一幅绝望的处境："自此之后，方士言神祠者弥众，然其效可睹矣。"（28.1404）事实上，司马迁此处暗指的可能正是方士的彻底失败和武帝身体不可避免的衰弱。

我们之前已经提到，司马迁声称自己是可追溯至上古之初的史官世家的后裔。在著名的《伯夷叔齐列传》（卷61）中，司马迁直面了上天和历史都是不义（unjust）的这个事实，这段议论同时也作为其他列传的序言——说上天不义，是因为它并不总是扬善惩恶；说历史不义，是因为它没法让那些隐藏己善的有德之人留名于世。[92] 但上天的赐予，

---

〔92〕 对《伯夷叔齐列传》中出现的这些问题的讨论，参 Durrant, *The Cloudy Mirror*, pp. 19–26。

## 130

无论是好是坏，超不出个人或者家族生命延续的限度，但引司马迁自己的话说，只要史籍一直"传之其人，通邑大都"（《汉书》，62.2735），历史的馈赠就仍然留存。在司马迁的时代，对不朽愈演愈烈的崇拜，威胁到了史家一直执行着的对未来的掌控。由于放任自己沉迷于这种崇拜，汉武帝对盲目追求肉身不朽的关心，似乎远胜于对他唯一能够实现的不朽类型——立言的不朽——的本质的关心；而那种不朽掌握在他身体残缺的臣子司马迁手里。

如果说司马氏的家族传统一方面遭到被司马迁视为骗子和小丑的方士的挑战，那么另一方面，它也遭到影响力日盛的另一类专家——"儒家经学家"（Confucian scholar）的挑战，他们只能在狭义上掌握经典文本，吹嘘夸大的本事却不小，并把这当作获取政治权力的手段。司马迁对汉儒的描述不像对方士那样完全负面。我们已经讨论过，司马迁和他父亲对孔子本人都十分尊重推崇，并且认为，学习被认定为儒家文献的过往文本，尤其是"五经"文本，已经成为真正求学的基础。司马谈的《论六家要旨》赞同一种被司马迁称为"黄老道学"的折中主义思想，而我们也不能根据这篇文章得出结论，认为《史记》有着明显的、教条的且反儒家的道家旨趣。在司马迁史书中显而易见的反倒是，在位的皇帝本应拔擢出类拔萃的学者，却完全没有能力赏识那些有真才实干的人。武帝经常青睐的那些儒者，最典型的品质是夸大其词、隐藏真意，而不是对经典的真正掌握。因此他们根本不是那位将"言思忠"强调为"君子"（Superior Man）之首要品质的圣人的真正门人。

司马迁《儒林列传》（卷121）中的一则小传记同样摆出了这个问题。辕固作为一名《诗经》专家，起初被引荐至汉景帝朝中任职。在连续两段叙述中他看起来都像个道家的尖刻批评者。在头一段中他卷入了一场争论，在场的包括景帝和黄生，后者很可能是司马迁父亲的道学老师。黄生在这次争论中的立场相当危险，他认为王朝的建立者只不过是以暴力推翻君主的反叛者和弑君者。[93] 辕固反驳称王朝的建立者是继承天命、合法取得政权的正义人物。在第二段中，"好《老子》书"的窦太后，就老子的这部经典名著向辕固提问。他回答称这本书是"家人言矣"[94]，这让窦太后大发雷霆，命令将辕固投入猪圈与野猪搏斗。只因汉景帝的求情才救了他的命。

如果司马氏的史家们热切希望追求一套严格的道家学说，那么我们大可期待辕固这位道家的死对头会得到负面评价。但事实并非如此：

> 武帝初即位，复以贤良征。诸儒多嫉毁曰固老，罢归之。时，固已九十余矣。公孙弘亦征，仄目而事固。固曰："公孙子，务正学以言，无曲学以阿世！"（121.3124）

〔93〕 早至《孟子》文本中已经出现了对这种立场的反驳，这种立场应该理解为对儒家历史建构的一种攻击。见 Mencius IB.8, Lau, p.68。

〔94〕 "家人"的这种译法，参钱锺书，《管锥编》，Vol.1（香港：中华书局，1979年），p.372。

131

在此，朝廷上的儒生，包括有权有势的公孙弘，都被叙述者和辕固本人谴责为谄媚之人。当这些儒生遇到可以称为"真儒"的真正的学者——对后者来说，比起单纯地谙熟文献，言辞真诚更能体现"真儒"的特质——那些朝廷上的儒生能做的只有嫉妒和到处诽谤。

最后一段中提到的公孙弘是当时最成功的儒生之一。他在不惑之年开始研究《春秋》，并且凭着自己对文本的权威掌握摆脱贫苦，逐步升任丞相，从公元前 124 年到前 121 年去世，他一直占据这个汉朝官僚的最高职位。[95]司马迁虽然在《史记》中为公孙弘立传，却对这位成功的儒生不甚推崇：

> 弘为人意忌，外宽内深。诸尝与弘有郤者，虽详与善，阴报其祸。（112.2951）

接下来一段举了这位儒生口是心非的一个例子，这个例子从我们马上要讨论的角度去看同样能反映问题：

> ［弘］尝与公卿约议，至上前，皆倍其约以顺上旨。汲黯庭诘弘曰："齐人多诈而无情实；始与臣等建此议，今皆倍之，不忠！（112.2950）

*132*

---

〔95〕 无疑司马家族非常了解公孙弘。这几年间司马谈在朝任太史令，因此他有机会近距离观察公孙弘。很难确定司马迁升任郎中（Court Gentleman）的准确时间。郑鹤声在《司马迁年谱》（修订版，上海：商务印书馆，1956 年）第 42 页提出是在前 124 年，即公孙弘升任丞相那年。

诐媚和口是心非太容易出现在许多因为才学而被皇帝提拔的人身上，那些敢于直言的官员却不好过。这是我们在司马迁对屈原和贾谊这类榜样形象的塑造中早已发现的规律，但关于辕固和公孙弘这些人的叙述，其中也可能暗藏了司马迁的个人纠葛。像公孙弘这样的儒生有时能平步青云，司马谈整个仕宦生涯却都停留在太史令的职位上。虽然他声称担任此职是家族传统，但这只是汉朝廷一个中等的官阶。[96]此外，司马迁的著作中还有暗示，司马谈和司马迁在朝中的地位都不高。[97]当然，司马迁受宫刑之后就任的职位（中书令）虽不无耻辱，和他之前的记史之职相比已经算是升迁了。[98]

一群全新的领导班子在汉武帝治下升迁掌权肯定惹怒了司马家族。专精典籍的狭隘学问，显然比司马谈折中主义的道家思想或者司马迁对于过去的百科全书式的知识更受青

---

[96] 太史令位居太常（Grand Master of Ceremonies）之下，俸禄为二千石，这个单位一开始指实际支付的实物数量，但后来只是度量的一般符号。太史令的俸禄是六百石，相当于其上司的三分之一。参 Hans Bielenstein, *The Bureaucracy of Han Times*（Cambridge：University of Cambridge Press, 1980），pp. 17–22。

[97] 司马迁称他父亲"并不参与管治子民"（"不治民"）（130：3293）。另外，仔细阅读《太史公自序》的文辞，我们或可得出结论，司马迁并未随皇帝登泰山，一个原因可能是他因为自己关于封禅祭祀的观点和方士们水火不容而惹怒了皇帝，另一个原因可能是他不够资格随行（130.3293）。最后，（《史记》中）不起眼地记录了公元前113年太史公参与一场关于祭祀后土的廷议之事，从记录来看司马谈就像没有站在胜出廷议的一边一样（12.461）。

[98] 其俸禄更高，为一千石。

睐。[99]但可能还存在其他更重要的因素：《史记》中有迹象表明司马家族还可能受到门阀世袭官制的衰落以及朝中齐、鲁势力之兴起的影响，这一派势力与司马氏出身的秦、晋地方势力针锋相对。[100]

司马迁关于在选官制度中如何权衡门第和才德的态度似乎颇为复杂。显然对他和他父亲来说，维护一个家族的传统非常重要，无论这个被声称的传统多么成问题。他似乎偶尔会点出某些人物的家族传统是他们成功的关键，同时他也似乎认为那些缺乏家族传统而又"横空出世"、突致成功的人是很成问题的。例如，韩信和卢绾是助汉打败项羽的将领，两者都和他们的君主、日后汉朝的开国皇帝产生了矛盾，最终被发配匈奴。司马迁在他们的传记末尾总结指出："韩信、卢绾非素积德累善之世，徼一时权变，以诈力成功。"（93.2642）。韩信和卢绾的成功并非基于家族传统，因此十分脆弱且易于倾覆。在其他地方，司马迁则将一个人优雅的举止风度归功于家族传统（96.2865）。

司马迁似乎不但显得急于用家族世代为官的传统来把自己塑造成"贵族之后"（blue blood），而且还将自己的族谱追溯到战国时的秦国。其祖先中我们有把握能确认身份的一

---

[99] 关于那些入朝为官的博士日益狭隘的专业分化，参见钱穆的出色研究，《两汉博士家法考》，载《两汉经学今古评议》（台北：东大，1983 年），pp. 171–82。

[100] "自司马氏去周适晋，分散，或在卫，或在赵，或在秦。"（见 130.3268）

位，事实上是帝国统一之前秦国的一位将军。[101]伟大的中国现代史学家钱穆令人信服地论证了，在秦代和汉代初年，东部的文化中心齐、鲁与更偏法家、更加尚武的西部文化传统间一直存在斗争。[102]颇耐人寻味的是，司马迁反复将公孙弘这类新兴儒生和颇具影响力的方士群体认作东部人（来自齐、鲁、燕三国旧地）。我们前面已经注意到，司马迁引用了汲黯这个被《史记》当作黄老道家和"西部人"的话，将"齐人"形容成"齐人多诈而无情实"[103]。当然，在《封禅书》中，司马迁几乎把每个齐人都写成了苦心算计、用荒唐的承诺和迷信来巴结皇帝的骗子。

我们将简短地考察司马迁最激动人心、最受赞赏的一篇列传《李将军列传》（卷109），作为我们考察司马迁如何围绕自身经验和情感反应来形塑历史的收尾。司马迁在列传一开头向我们展示了这位大将军身上的两种关键特质：首先，他像司马迁一样来自秦国故地——换句话说，他是个"西部人"；其次，他出身于武将世家，"广家世世受射"，有着精湛的射术（109.2867）。司马迁又告诉我们，李将军生

---

[101] 这位是司马错，秦惠公（约前337—前306年）曾派他进攻西南方的蜀国（见130.3286）。

[102] 这引发了他在《秦汉史》（台北：东大，1985年，pp. 4–12）中对秦国势力崛起的讨论。

[103] 汲黯本人就是一个很有趣的例子。司马迁说汲黯是黄老道家的信徒，出身于一个古老的卫国大臣之家。他为人极其诚实，但相当苛刻，虽然他一向说话耿直，只会当面斥责别人。他鄙视儒生，尤其是公孙弘这个"包藏欺诈，显摆学问"（"怀诈饰智"）之人（120.3108）。司马迁认为他"贤"（worthy），并且觉得他最终失势是一种"悲"（tragic，120.3113）。

不逢时：在他效命于仁厚的文帝时，文帝觉察到他惊人的勇力，说："惜乎！子不遇时！如令子当高帝时，万户侯岂足道哉！"（109.2867）生不逢时是《史记》中常见的主题。这正是屈原和孔子的困扰所在。司马迁对此显然感同身受。除了《史记》和《报任安书》，司马迁存世最重要的著作是一篇题为《悲士不遇赋》的赋。这篇作品所讲述的正是其史书中一再复现的难题：

134
　　　　　　谅才韪而世戾，将逮死而长勤。虽有形而不彰，
　　　徒有能而不陈。[104]

只有史家本人有能力救渡那些像李将军一样生不逢时的人，他能运用文字的力量让他们被后世读者了解，为他们赢得应有的赏识。

　　读者从李将军"不遇明时"这个事实中，可以了解到他是个可敬之人，而且他的一生注定命途多舛。司马迁常常认为历史是由人类的长处和弱点塑造的，他对个人的性格特质有浓厚的兴趣。所以在介绍完李将军后，司马迁马上开始描述这个人物的性格。和别处一样，他从两个方面着手：或者直接将之告诉我们；或者向我们讲述一件小事，其中包含理解其人的关键因素。以下是对李将军的直接描述：

---

[104] James Robert Hightower 译，载 "The Fu of T'ao Ch'ien," *Harvard Journal of Asiatic Studies*, 17（1954）：198。

广廉，得赏赐辄分其麾下，饮食与士共之。终广之身，为二千石四十余年[105]，家无余财，终不言家产事……广讷口少言，与人居则画地为军阵……广之将兵，乏绝之处，见水，士卒不尽饮，广不近水，士卒不尽食，广不尝食。宽缓不苛，士以此爱乐为用。

司马迁笔下的李广简直是司马迁同时代许多得势高升之人的反面。典型的儒生和方士依靠言辞的威力和魅力来得势；他们懂得如何去说服，而且像司马迁常常描写的那样，不在乎下属只一味在意皇帝。谄媚是他们的主要特点之一。李将军虽然谦恭善又寡言鲜语，却并非全无缺点。事实上司马迁似乎像希腊悲剧作家一样，对那些真正品质高贵但仍有弱点、偶尔犯错的角色最感兴趣。因此他在《李将军列传》中安排了下面这个耐人寻味的故事：

广出猎，见草中石，以为虎而射之，中石没镞，视之石也。因复更射之，终不能复入石矣。（109.2871-2）

在这个故事中，李广射完箭之后发现自己犯了个错。石头不是他想象中的老虎。讽刺的是，一旦发现自己犯了错，他就再也无法重现之前的壮举了。司马迁似乎在告诉我们，李广最惊人的成就往往包含失算的因素。李广作为武

---

[105] 关于这一十分有趣的描述，见上文注[96]。

将虽然高贵卓越，但仍然容易犯错。匈奴对李广的畏惧超过对任何一个汉人将领，他也确实面对夷狄取得过不少大胜。其中最值得大书特书的，尤其是司马迁记载的那些胜利，确实能充分体现将军过人的勇武。然而，李广的过错在列传中也记述详尽。就个人而言，他"偶尔会被野兽所伤"，因为他习惯等到最后一刻才放箭（109.2872）。*上升到职业层面，套用汉武帝比较宽容的意见说，就是"数奇"（109.2874）。**

　　公元前119年，李广在年事已高时最后一次得到机会上阵立功，洗刷有辱其生涯的坏运气。在一次针对匈奴的大举进攻中，他被任命为卫青的副将。这是件不太光彩的事情。卫青没有担任军事将领的家族传统，他得势是因为他姐姐身为皇妃。此外，司马迁还说卫青"以和柔自媚于上"（111.2939），我们根本不会把这些品质和不善言辞但资历老到的李广联系起来。〔106〕

---

〔106〕司马迁为卫青写的列传并不出彩（ch.111），他看起来赞同他转述自别人的一则评论："国内贤德的士大夫都不欣赏卫青。"（"天下之贤大夫无称焉。"）（111.2946）

*　　原文作："其射，见敌急，非在数十步之内，度不中不发，发即应弦而倒。"

**　　此处当直译作"他多次让自己陷入非常境地"。译者核对《史记》原文，可能指的是这一句："大将军青亦阴受上诫，以为李广老，数奇。"一般来说，"数奇"说的是一个人时运不济、命数不佳。此处英译对"数奇"的理解有所不同，本书作者采纳了英译的理解，将这句话视作"李广多次让自己陷入非常境地"。此处由英语译作中文，仍采用《史记》的原话，而将英文原著的表达罗列在此，以供参考。

不幸的是，李广的厄运仍然继续着。他迷了路，没能在指定的时间和卫青的大军会师。这引出了列传的戏剧性结论：

> 大将军使长史急责广之幕府对簿。广曰："诸校尉无罪，乃我自失道。吾今自上簿。"至莫府，广谓其麾下曰："广结发与匈奴大小七十余战，今幸从大将军出接单于兵，而大将军又徙广部行回远，而又迷失道，岂非天哉！且广年六十余矣，终不能复对刀笔之吏。"遂引刀自刭。（109.2875–6）

此处司马迁回到了他最喜欢的主题之一：选择死的正确时机。李广不再是个有第二条路可选择或者有第二个国家可以寄望效忠的年轻人。他的一生已经尘埃落定，他把身后名寄托于历史。司马迁经常给我们讲他的同时代人如何应对某一事件，意在指点我们读者如何应对。这里比较不同寻常，他先后讲了两次，一次紧接在李广的死之后，另一次在他的最终评判里：

> 广军士大夫一军皆哭。百姓闻之，知与不知，无老壮皆为垂涕。（109.2876）

> 及死之日，天下知与不知，皆为尽哀。（109.2878）

司马迁在他的评判中告诉我们，他是与李广确有私交的人之一，而且他绝对在情感上被李广注定不幸却又悲壮的最终举动感动了。司马迁自己融情于史，同时也希望我们如此。读史家的手笔，我们也理应垂泪，"为尽哀"。

但司马迁对这篇列传感同身受也许还有别的原因。李广是李陵的祖父，司马迁曾在武帝面前替这位统帅极力辩护，他的案子最终导致司马迁遭受宫刑。虽然李广身死，担任武将以及蒙遭不幸的家族传统却得以延续。司马迁对李陵的奋勇辩护，也可能是他对自己所敬仰的一个将门世家的辩护。此外，李广像项羽和司马迁尊敬的其他许多高贵人物一样，他们知道死的恰当时机。人当然终有一死，但他们的事迹会在史家笔下不朽，史家把记录下"明主贤君忠臣死义之士"的名字作为自己的使命（130.3295）。

以上针对司马迁对自己所处时代的描绘进行了几个方面的考察，其目的是指出司马迁围绕个人和政治经验来形塑历史的几种方式。这不会令我们惊讶。当然，同样的结论也可以放在修昔底德或者任何其他史家身上，无论他们摆出多么理性、客观的姿态。耐人寻味的是，司马迁在多大程度上意识到他与自己所忆之史的勾连，以及在多大程度上意识到他对历史材料的自觉塑造，这种塑造让他能向后世读者言传大义（speak in a telling way）。司马迁从来不是一个置身事外、试图使材料客观化的意向主义者。他和《史记》之间的互动，或者说《史记》中司马迁的个人纠葛是那样复杂而深切。

## 4. 修昔底德对客观性的悲剧性寻求以及这位史家抑制不住的"我"

　　那场动荡（*kinêsis*，the upheaval）震撼了修昔底德所处的时代，而修昔底德也是这场动荡的伟大分析家。他探寻灾难的原因，发现它源于雅典人那种愈演愈烈的自利、贪婪和投机的本性当中。然而在批评了伯利克里这个典型人物身上所体现的雅典本性之后，他的写作戛然而止。在著作一开始他就断言，战争真正的原因是"雅典人的伟大"（Ⅰ.23），但灾难的罪魁祸首并不是伟大本身。追求"伟大"并不是修昔底德关注的问题，反而是在斯巴达人之中滋生的对这种伟大的"恐惧"才是冲突的根源，是斯巴达人对雅典之伟大的防御性反应导致了冲突。

　　我们已经表明修昔底德如何把西西里远征视为一次悲剧性的失误、一次经典的亚里士多德意义上的 *harmatia*。在此让我们稍微回顾修昔底德那段话。史家称，这次远征"错了"（*hêmartêthê*，"was in error"）。然而对修昔底德来说，这个错主要不是对所攻打之敌的判断错误（*gnômês hamartêma*，Ⅱ.65.11），而是那些留守家中的人们的经营失误，他们为内斗所消耗，因而没能妥善地支援在外的军队。这里有不止一处暗示西西里远征的设想并没有那么坏，它只是被搞砸了。我们在此并没有发现对雅典帝国主义本身的批评。

　　我们已经提到，修昔底德把战争归咎于雅典变得伟大（*megaloi*）。那种伟大随着战争的进行逐渐转变成自大与偏执，修昔底德记录下了这个过程。然而修昔底德本人很难说就摆脱了作为他分析主题的这种傲慢。[107] 我们已经讨论过修昔底德在"考古"部分中那种高傲的坏脾性，并且尤其关注了他对荷马的轻蔑态度。修昔底德这部历史中的英雄是雅典，而在修昔底德眼中最耀眼地体现了雅典精神的人就是伯利克里。伯利克里死于公元前 430 年肆虐雅典的瘟疫，修昔底德自己也染病，尽管后来痊愈了。修昔底德相信，如果雅典的领导人能延续伯利克里的方向，或者如果伯利克里本人没有悲剧性地被瘟疫打垮，雅典可能根本不会遭灾并输掉战争。但是雅典人反而选择富有魅力却傲慢自负、不守纪律且骨子里背信弃义的阿尔喀比亚德，后者满腔激情地敦促雅典人发动致命的西西里远征。

那么，伯利克里就是修昔底德心目中理想的雅典领导人，他就是雅典最完美的化身。然而即便是那个值得称道的伯利克里，也表现出某些和我们在"考古"部分观察修昔底德时所发现的相同傲慢。让我们回到伯利克里在战争第一年（前 431 年）发表的葬礼演说的著名段落。不只修昔底德尊崇伯利克里，雅典人自己也是如此。这类颂词的惯常做法是选派公认的在智性（gnômê，II.34.6）上出类拔萃的能人来演说。伯利克里的智性和修昔底德的智性尤为相近。随着演

---

[107] 关于修昔底德的骄傲，参 K. J. Dover, *Thucydides, Greece and Rome: New Surveys in the Classics*, No. 7 (Oxford: Clarendon Press, 1973), p. 44, 他写道，修昔底德有"一种智识上的优越感，让他无法严肃地考虑自己的评判可能亟需他人的反思"。

说节奏的放缓，伯利克里评论称雅典筑成的那些雄伟丰碑正是其城邦之伟大的充分证明。因此，伯利克里声称，我们不但在今天震惊世人，而且也会震惊后世：

> 我们不会再需要荷马或者其他歌颂者（panegyrist），他们的诗或许一时讨喜，但他们对事实的展现将在真相面前不足为信。不，我们已经迫使每片海洋和陆地成为我们胆量的坦途（highway of our daring），并且在每一处，无论是为恶还是为善（*kakôn te k'agathôn*, for evil or for good），我们在身后留下不可磨灭的功绩。这就是这些人为之征战的雅典。（Ⅱ.41.4–5）

乔伊特（Jowett）在其译文的一条脚注中注意到，伯利克里这些关于荷马的议论与修昔底德在"考古"部分的粗暴言辞相呼应，[108] 霍恩布劳尔在其评注中也如此评论。另一处构成呼应的地方，在于荷马一时讨喜而终为流于表面的诗歌——依伯利克里所述——同修昔底德事实确凿、直观明了的历史之间的对比。这些呼应明确无误。但这些呼应的意义却并不那么清楚。伯利克里的演说中有种令人不安而又不祥的傲慢。伯利克里得意洋洋地宣示雅典当下令人瞩目的成就：迫使（*katanankasantes*, compelling）每一片海洋和陆地服从

---

〔108〕参 Simon Hornblower, *A Commentary on Thucydides*（Oxford：Clarendon Press，1991），Vol. 1，p. 309。

她的威力和胆量（*tolmê*，daring）。如果读者直面这篇演说本身，他们也完全可能下结论认为，无论多么隐微，修昔底德想必揭示了在傲慢之后，雅典将会衰落。但修昔底德自己那篇挑衅的"考古"之中存在的呼应之处却可能让读者惊讶莫名，因为它们似乎反映出，这位最自觉史家真正的自觉程度竟是那样的捉襟见肘。

换句话说，修昔底德呈现的伯利克里葬礼演说，看起来是在隐微地批评伯利克里的傲慢。[109] 在这里我们还要注意，霍恩布劳尔在类比伯利克里和修昔底德的傲慢时，关于伯利克里在演说辞中频繁用"伟大"一词指涉雅典，他评论道："本章［64］中'伟大'这个词（*megistos* 的不同形式）出现的频率非常可观：牛津版原文行 18—31 出现了五次。"（Ⅰ.339）在本章前面部分，我们考察了修昔底德作为叙述者多么频繁地用同一个形容词来描述雅典和斯巴达之间的战争。那么这里就是修昔底德和伯利克里之傲慢的又一处对应。正如在荷马和"伟大"这个词的平行指涉中看到的那样，伯利克里的傲慢与修昔底德的傲慢之间存在着某种出奇的近似。因此，如果修昔底德是在批评伯利克里，那么他肯定也在批评自己。对这一在批评伯利克里同时也在批评自己的说法，修昔底德想必会火冒三丈。考虑到这种可以想见的不快，问题就会变成："这位据说最自觉的史家到底有多自觉？"

---

［109］关于修昔底德和伯利克里的其他紧密关联，参 Euben, *The Tragedy of Political Theory*, pp. 192ff.。

修昔底德和伯利克里之间还有一个相似点符合本书讨论的主题，这个相似点跟两位希腊男人对女人的态度有关。在他赞美战争第一年战死的雅典男人的演讲词结尾处，伯利克里终于提到了雅典那些如今必须过守寡生活的妇女。在这段关于妇女颇不情愿的呈词之前，他先直接论及了死者的父母，然后是孩子和兄弟。关于妇女的直接演说姗姗来迟，而且相比之下篇幅很短：

> 如果我必须在你们这些如今将要守寡的妇人面前就女性的美德这个主题说些什么，那么我要说的都概括在这段简短的劝告中。你们的荣耀将会很伟大，因为你们不曾抛弃自己的本分；那些名声（*kleos*, reputation）至少被提起过的女人，无论是毁是誉，也会变得伟大。

这段对妇女的呼吁以下面这个引人注目的短语开头：*Ei de me dei kai gynaikeias ti aretês*。克罗利（Crawley）将之译成："如果我必须就女性的美德这个主题说些什么。"多佛（Kenneth Dover）则质疑希腊文语气的不情愿程度。也许 *ei de me dei* 可以翻译得不那么具有挑衅意味："如果要我说（if I may speak）。"[110]但我们眼下处理的只是程度问题而不是实质问题。戈麦（Gomme）评论称，伯利克里的措辞"简短而

---

〔110〕参 Hornblower 的 *Commentary*, vol. 1, p. 314。Dover 则见 *Classical Review*, 12（1962）：103。Dover 类比征引了 Plato, *Symposium* 173c 1，以及 Isocrates vi. 42。

自命不凡"，其内容不是告慰而是忠告，"并且大部分忠告并不合时宜"。[111] 在伯利克里看来，女人，尤其是妻子，并未被抬高到主动参与者的地位。他直到最后对她们才简短地发言。任何一种名声（kleos），哪怕是好名声，放在女人身上都不相称。从他对荷马挑剔的、像修昔底德般轻蔑的评论出发，我们也许可以推断，伯利克里并不待见荷马的诗歌。但如果伯利克里真的崇敬荷马，他更青睐的显然也会是以男人为中心的《伊利亚特》，而不是意在消除克吕泰墨涅斯特拉之恶名的影响、重新宣扬佩涅洛佩之高贵名声的《奥德赛》。

像他的主人公伯利克里一样，修昔底德的叙述没有给女人留多少篇幅。霍恩布劳尔甚至断言，修昔底德对女人的无视正是将"修昔底德的单性别世界"与先贤希罗多德区分开来的标志之一。[112] 因为女性经常与参与性维度的体验发生联系，我们认为修昔底德和伯利克里对女性兴趣寡淡，其中包含了与本书主题高度相关的哲学意蕴。我们将在第三部分讨论到，对柏拉图和道家思想家们而言，女性的象征极其重要，他们所希望强调的，是毋庸置疑的意识的参与性维

---

[111] *A Historical Commentary on Thucydides*, vol. 2, p. 143. Gomme 继续评论："（演说辞中）有一段针对死者父母、子女和遗孀的个人告慰（从44.3 到 45），这段话和演说其他部分的温馨灿烂形成鲜明对比，城邦的伟大、城邦公民的机遇和品质在后者中被大加赞颂。但这至少和时人眼中伯利克里的气质相吻合：不像据说在其他方面都与他近似的庇西斯特拉图（Peisistratos），他的行为举止一点也不 *dēmotikos*（'民主''随俗'）；也不像慷慨热心的客蒙（Kimon），他不善交往，性格内敛甚至目中无人。"（同上）

[112] *Thucydides*（Baltimore：Johns Hopkins University Press, 1987）, p. 14.

度，而我们却冒险忽视了这一维度。

意向性意识用客观化的方式看待现实。它将现实意指（intend）为意识的客体/对象。仅仅强调意识的这一维度也存在危险，即这种过分的强调会让我们遗忘参与性的维度；毕竟意识本身也是它试图理解的现实的一部分。对象化是必要的，但走向极端却会模糊掉参与性维度的现实。修昔底德这位伟大史家的意图，正是要尽可能客观化地看待现实，甚至到了这样一种程度：他似乎偶尔会悲剧性地忘记，自己本身就牵涉在他所分析的历史过程之中。当这些遗忘细节重新浮出水面，成为暴露主客体之间无意识关联的契机时，就如"主体"修昔底德及其"客体"伯利克里的例子一样，那些敏感地觉察到想象力遗失所带来的恶果的人，有义务指出这种可悲的关联。而这正是我们眼下在做的事情。或许本书的读者会有足够耐心指出激发了当下分析的那些盲点。我们当然不敢预设自己就跳出了这种不断遗忘现实之参与性维度的对象化进程。

修昔底德试图尽可能客体化地呈现现实。他通常做得很成功。他对人之本性和心理的认知极富洞察力。他的分析技巧异常犀利。他笔下的事件具有一种难以违抗之感，甚至今天的读者仍能为掌握到客观真理的不容置疑的可靠性而深受冲击。但有时候，这种对近乎彻底的客观性的企求，这种从著作中抹除自身主体性的努力，却让人感觉颇为怪异。

我们这时可能会想起司马迁是如何用一篇自序来为他的史著收尾的，其中提到身受宫刑和失宠给他带来的个人灾难。在《太史公自序》中，司马迁提出了自己的理论，认为文字创作常常孕育自苦难和灾祸，就像文王、孔子和韩非子那样。修昔底德也深受不公的排挤之苦，在被不光彩且不正当地剥夺军职后，他的伟大著作也是近二十年流放生涯的产物。这位希腊史家并不像司马迁那样公开谈论自己的不幸，他的内敛令人敬佩。但在讲述斯巴达将领伯拉西达（Brasidas）在战争第八年袭击雅典盟邦安菲波利斯（Amphipolis）时，这位叙述者突然用第三人称称呼自己，这让他的内敛变得近乎诡异。修昔底德并没有说："我护卫城邦来迟，当地居民已经决定投降。"实际上他说的是："就这样他们放弃了城邦，而当天晚些时候，修昔底德和他的舰队才驶入爱昂（Eion）港。"（Ⅳ. 106.3）在后面几章，叙述者同样将自己客体化了，只讲述"修昔底德"干了什么。霍恩布劳尔在其评注中就这种风格手法评论道：

> 在一部叙述性作品中提到自己作为行动担当者，修昔底德的这种做法绝对极少有甚至没有先例……在本章中提到自己作为行动担当者时，修昔底德一直使用第三人称，并借此表明了他对于叙述的超脱立场。

修昔底德通过用第三人称称呼自己而达成的超脱显得不无诡异，但可能无伤大雅。然而在另一些地方，这位叙述者的客观超脱已经冷冰到了确实让人不适的程度。其中一处是米洛斯人和雅典人那场著名对话。当时是战争第十六年的夏天。米洛斯岛上的居民不愿意臣服于雅典的统治。雅典人对此无法接受，他们辩称米洛斯如果独立将会有伤雅典的名声与实力。伯利克里的理想主义已经沦落为一种纯粹的实用主义帝国支配政策。雅典人因其理想主义而闻名，虽然他们有过愚昧而极端的时候。正如卷 I 中柯林斯使节在雅典人身上观察到的，"唯独他们［*monoi gar*］胆敢把尚在图求之物叫作到手之物，因为他们有能力迅速把决心付诸行动"（I . 70.7–8）。这种雅典式理想主义如今变成了一种冷冰冰的实用主义，正如在十六年之后的如今，冷酷无情的雅典人对理想主义的米洛斯人忠告道："你们是唯一［*all' oun monoi ge*］把未来之事看得比眼前之事更确切，仅仅因为希求就把尚看不见的事物当作已经实现了的人。"（V . 113.1）雅典人在屠戮米洛斯人之时，毋宁说是在杀死之前的理想主义的自我。

在葬礼演说中，伯利克里赞颂了雅典公民享有的自由。我们在其中没有发现那种修辞，关乎利害的不是原则而是力量。雅典人主张，正义的问题偏离了要点。米洛斯人认为正义在他们一边：

> 我们相信诸神会赐予我们像你们一样的好运，因为我们是与不义抗争的义人，并且我们在力量上的弱势会得到盟友拉栖代梦人的弥补，哪怕仅仅出于耻辱，他们也必然会前来援助他们的近亲。因此，我们的自信并没有那么完全不合理。

雅典人则回应道：

你们提到诸神的眷顾，但我们也完全可以像你们那样提出希望，因为我们的主张和做法与人们对诸神或者诸神间相互做法的信念并没有任何不符。对于诸神我们相信，对于人们我们则知道，出于他们本性中一条必然的法则，他们会统治任何他们能够统治的地方。而且事实是我们并非第一个制定这条法则或者在制定之后按照这条法则行事的人：我们发现它在我们之前就存在，也会容它在我们之后继续存在；我们所做的只是利用它，因为我们深知你们和所有其他人一旦掌握和我们一样的力量，也会像我们一样行事。因此，哪怕考虑到诸神，我们仍有很好的理由无惧［*ou phoboumetha*］我们会处于劣势。（V.104–5）

对雅典人来说，"正义"不过是一个词语，它指涉的现实根本不存在。后来在《理想国》中，柏拉图仍会提出正义事实上比不义更可欲，更符合神圣尺度的观点。但就这个问题而言，"在哲学之前"写作的修昔底德自己又站在什么立场上？他用这场"对话"（如果在一方丝毫无意与另一方交心的情况下，这仍算名副其实对话的话）向我们展现的却是观点交锋的客观事实。现在该得出我们的结论了。[113]

米洛斯人不会投降，他们的下场已经注定。修昔底德

---

[113] 罗米丽（Jacqueline de Romilly）在 *Thucydide et l'impérialisme*（Paris: Société d'Édition Les Belles Lettres, 1947）中将修昔底德呈现的米洛斯对话理解为他对雅典帝国主义的批评。我们对修昔底德意图的高贵性有所保留。

用两个简短的句子记录了米洛斯人的命运。那年冬天米洛斯人终于被迫投降：

> 雅典人之后屠杀了所有俘获的成年男子，把孩子和妇女变成了奴隶。当地则遭到被雅典来的新定居者殖民，后来陆续派出的殖民者达五百人。（V.116.4）

如果我们在《史记》中读到类似的事件，司马迁一定会附上一段感慨或悲叹。修昔底德的沉默让人不寒而栗。我们如何解释希腊史家冷冰冰的客观性？是他在对雅典人的残忍和犬儒主义表达负面评判，还是我们只需冷眼旁观，并接受这就是事物在强力政治或曰现实政治（realpolitik）世界里的运作方式？

修昔底德肯定是位细腻的分析家，他细致清晰地展现手头的材料，以揭示到底是哪些事件塑造了他那个时代的大动荡（kinêsis）释放出的种种力量。然而这个宏伟设想的盲点，却恰恰在于这位绝顶高明的史家在无意中卷入了他所讲述的悲剧故事。忒拜国王俄狄浦斯一开始也顽固抗拒，后来却悲剧性地接受了他自己就是摧残城邦的瘟疫之源。俄狄浦斯也许可以拿来当作公元前5世纪雅典心灵的一种象征，一种意向性的象征，这种意向性拒绝将自身视作正在参与一个更大的整体，而这个整体又抗拒着意向性的控制和支配。修昔底德的意向性同样蒙蔽了这位史家，让他看不到他自己的理性主义和对近乎彻底的客观性的追求，是如何参与到了他如此出色地、悲剧性地加以分析的现象之中。我们也许可以将此称为修昔底德对自己的雅典悲剧分析不自觉的悲剧性反讽。

因而，修昔底德关于雅典悲剧性衰落的故事比修昔底德设想的更加悲剧。俄狄浦斯的盲目正是修昔底德的盲目。霍恩布劳尔观察到，修昔底德"关于［自己的］智性探究的用语和索福克勒斯的《僭主俄狄浦斯》有所类同"。[114] 像智术师和俄狄浦斯王一样，修昔底德关注可能性、证据、建立客观真相的确定性。索福克勒斯让他笔下的俄狄浦斯采用当时智术师惯用的术语和他们信奉的普罗塔戈拉的教义，"人是万物的尺度"，借以**批判**他们的理性主义。[115]

我们不妨对普罗塔戈拉的两段残篇稍加考察，这两段残篇透露了索福克勒斯戏剧的关键背景。我们已经提到过论著《论真理》（*On Truth*）残篇（B 1）的首句。更详尽的原文是："人是万物的尺度［*metron*］，是它们所是的那种存在，也是它们不是的那种非存在（的尺度）。"[116] 另一个段落出自其论著《论诸神》（*On the Gods*）：

〔114〕*Thucydides*, p. 108.

〔115〕参 Bernard Knox, *Oedipus of Thebes*（New Haven：Yale University Press, 1957）。关于索福克勒斯这部剧作作为对 5 世纪雅典理性主义之批判的论述，又参 Christopher Rocco, *Tragedy and Enlightenment: Athenian Political Thought and the Dilemmas of Modernity*（Berkeley：University of California Press, 1997）, ch. 2（"Sophocles' *Oedipus Tyrannos:* The Tragedy of Enlightenment"）, pp. 34–67。

〔116〕普罗塔戈拉残篇译自 Herman Diels, *Die Fragmente der Vorsokratiker*, 3 vols（Berlin：Weidmann, 1922）, Vol. 2, pp. 228–30。

> 关于诸神我无法知道他们存在或者不存在，或者他们形状像什么，阻碍认识的因素有很多，例如主题的模糊性和人生的短暂。（B4）

第一段残片的重点在于意向性意识度量（measure）"客观"、经验、物质世界的能力。在第二段中，诸神之谜的澄明（luminous）体验被化约成所见之物和经验之物。诸神太过神秘莫测，无法成为特定知识的对象。普罗塔戈拉暗示，如果人生更长，我们可以培养出更复杂的手段，那么我们也许会有办法更确切地道说老子所谓的"不可言"之"道"。但普罗塔戈拉暗示，在目前的认知水平上，唯一的理性思路只能是怀疑主义。

索福克勒斯在公元前428年（战争的第四年）写就的《僭主俄狄浦斯》中，劲头十足地质疑了普罗塔戈拉"人是万物的尺度"的观念。作为一个公认的外邦人，俄狄浦斯建功立业所凭借的是他机敏的智慧，他的聪明或曰 *gnômê*——这是修昔底德最爱的一个词。俄狄浦斯因为揭开了斯芬克斯之谜而当上忒拜的王，谜面是："是什么早上用四条腿行走，中午用两条，晚上用三条？"俄狄浦斯想到了客观正确的答案，也就是"人"，但本剧却揭示了俄狄浦斯其实不知道自己是谁。

索福克勒斯把俄狄浦斯王的理性主义视为同时代雅典人性格之病理，这种理性主义恰恰就是修昔底德的理性主义。像《俄狄浦斯王》中的俄狄浦斯，尤其像伊俄卡斯忒

（*Iokastê*）那样，修昔底德对先知和神谕很不耐烦。哪怕史家在很多方面崇敬伟大的尼基阿斯（Nikias），他还是因为"似乎热衷于占卜之类的活动"（Ⅶ.50）而批评了这位将军。在索福克勒斯的剧中，俄狄浦斯是一种理性主义欲望的象征，这种欲望试图掌控现实、努力从外部认识而非耐心地参与。《僭主俄狄浦斯》（连带他去世后上演的《俄狄浦斯在克洛诺斯》[*Oedipus Colonus*]）是在呼唤一种参与主义的理性观念。我们在第三部分将讨论到，这种理性观念将在柏拉图的著作中一步步变得明确。俄狄浦斯希望拯救忒拜，但反讽的是他自己恰恰是他想消除的那场瘟疫的罪魁祸首。修昔底德同样是那种理性主义风气（ethos）的例证，而且深受其熏陶，这种风气是他分析的主题，它导致了雅典在伯罗奔尼撒战争中走向衰落的灾祸。在第三部分，我们将考察圣人孔子、老子、庄子和哲人柏拉图，看他们如何论述那种被修昔底德意向性的理性主义所遮蔽的参与性维度。

## 总结与结论

在本书导言中我们分析了荷马笔下的塞壬隐喻和道家笔下的圣人形象。我们发现，面对完全融入于道的魅惑给意向性意识带来的威胁，荷马比老子表现出更多的担忧。在第一部分，我们追溯了意向性意识在两部大致同时的作品——《奥德赛》和《诗经》——中的出现，并且说明了为什么中国诗人比荷马更加担忧参与性体验遭到侵蚀的危险。在现在这部分，我们从修昔底德和司马迁著作的比较中指出了一种近似的规律。我们的比较集中在几个主题上：（1）两位史家如何看待传统；（2）他们在多大程度上意识到自己是以某种方式必然卷入到自己牵合叙述的故事中的。

1. 司马迁将自己视作深受传统熏陶的孝子。修昔底德则对他的文学父辈们相当不屑。换句话说，司马迁远比修昔底德更加自认为完全融入传统之中。

2. 抛开修昔底德的史著在他去世时仍是未刊残篇的这个事实，《伯罗奔尼撒战争史》有着一以贯之的叙述主旨和清晰的结构。我们已经表明这个结构借鉴了希腊悲剧——尽管修昔底德从来没有明确承认过这种借鉴。司马迁运用当时的社会和宇宙论思想中的范畴与数字命理来组织其庞杂巨著的部分结构。如果说修昔底德的著作有着希腊悲剧那种严谨而冷峻的体例，司马迁的著作则唤起了以我们在第一部分详细讨论过的以《诗经》为代表的中国抒情诗传统中的情感主义。在司马迁笔下，我们找不到修昔底德的历史那种特有的在论证意图上确凿无疑的明晰性。

3. 在第二部分前两节，我们讨论了司马迁如何远比修昔底德自觉地意识到自己亲身卷入了他们的叙述所呈现的种种问题和事件。随着叙述逐步接近自己的时代，同时这部分追述占了《史记》最大比重的篇幅，读者可以感受到司马迁对自己讲述的故事有着更深的情感投入和牵涉。司马迁在其史著和《报任安书》中动人讲述的个人经历，经常会令他对历史事件和历史人物的分析带上个人色彩。司马迁并不会羞于使用这类牵涉他个人的史料。

相较之下，修昔底德则试图从讲述的故事中抹去自己的主观痕迹。在必须提到自己与战争的干系时，他会让自己跳出叙述，用第三人称来称呼自己。我们提到过，修昔底德不会明确承认他对希腊悲剧的借鉴。我们也许不应该期望一位对自己著作继承的诸多传统满怀敌意的作者会做出承认。史家试图打压的那个"主体"修昔底德，终究仍暴露在史家写作尽可能"客观"的历史叙事的企图中，而我们尽力揭示了其中几种重要方式。本书的读者会注意到我们讨论司马迁的篇幅比修昔底德更长。这部分是因为司马迁要求我们进入史书来看史家，并且引导他的读者亲自进行我们尝试过的种种诠释。修昔底德想方设法不出现在自己的历史里，而且在大多数情况下做得相当成功。

以索福克勒斯的《僭主俄狄浦斯》为例看，希腊悲剧的本质要素是悲剧性反讽（tragic irony）：主人公并没有认识到自己是如何自掘坟墓的。修昔底德《伯罗奔尼撒战争史》的悲剧性超出了作者本人的意图，因为史家对客观性无休止的追求，恰恰体现了那种内在于雅典性格特质并最终导致战争爆发的理性主义。在本书第三部分我们还会回到希腊悲剧，特别是那部在尼采看来界定了悲剧本质的剧作——欧里庇德斯的《酒神的伴侣》（Bacchae）。柏拉图的哲学，伴随着他在《会饮》（Symposium）中明确唤醒的强烈酒神元素，乃是一次挽救参与性维度的尝试，这个维度已经被修昔底德追寻不舍的对象化的意向主义所侵蚀，而修昔底德的写作正先于柏拉图的哲学。作为总结，我们将讨论老子和庄子如何像柏拉图一样，他们在大致相同的历史时段都试图恢复并清晰表述那种澄明的、参与性的意识维度。

第三部分

# 哲人、圣人与参与体验

哲学并非凭空产生，它是对具体历史事件的回应。中
国哲学和希腊哲学都产生于社会动荡的时期：中国哲学产生
于春秋最后一个世纪到之后战国时期的两个世纪之间；至于
希腊哲学，如果专指柏拉图的著作，则产生于伯罗奔尼撒战
争期间。通过孔子和老子这些个别"圣人"——他们的生平
仍然被谜团笼罩（尤其是老子）——哲学成为中国文化中的
一股力量。到公元前 4 世纪和前 3 世纪末，旧的社会秩序几
近崩溃，周室已经无力行使实权。曾经忠心侍奉周室的封
国，变成了如今彼此征战不休的独立国家。中国哲学就是在
这种政治和社会冲突的氛围中兴起的，众多中国思想家各自
给出了他们对这场持续的纷争的解决之道。

在第二部分的引论中，我们讨论了历史和哲学之间的
关系，并且指出了哲学是如何通过有说服力地，因而也是命
令性地解释人与存在（用希腊人的话说）或者人与道（用中
国圣人特有的术语）的关系，以此来造就历史。因此，历史
的或时间的存在，其意义恰恰取决于人类在多大程度上顺应
或者违逆圣人们或哲人们赢获的洞见而生活。为了回应当时
狭隘的理性主义，柏拉图塑造了一系列比喻，它们描述了对

人类意向性以及这种意向性在**现实的全部结构**中参与的关系，而后者永远无法被感知为整全。我们一直都把"知识"同意向性关联起来，同时把"智慧"和这样一种觉知相关联——意向性是如何被体验为某个永远无法作为知识的对象而被把握为神秘整全的一部分的。

孔子在《论语》中提出，"道"可以通过在社会中作为参与者体验一个人的身份而被发现，以此回应了当时盛行的个人主义。儒家强调人类是一种通过培养意向性的、伦理的意识来参与社会的生物，也许是出于对这种主张的回应，老子和庄子提醒我们，个人和社会意识都内在于一个神秘的宇宙整体，我们却面临着对此一无所知的危险。[1]事实上，中国文化的历史可以被视为不断在两方面之间取得平衡的尝试：一方面是儒家的意向性的、伦理性的追求，另一方面是始终由道家思想优美表达的那种接受性的、参与性的觉知，后者的内涵随着汉代晚期及之后中国佛、道二教不断进行的艰深对话而变得丰富。[2]西方哲学虽然在过去几百年间被意

---

[1] 也许，正像史华慈认为的那样，老子和庄子的部分思想是意在回应墨家。参 *The World of Thought in Ancient China*（Cambridge, MA: The Belknap Press of Harvard University Press, 1985），pp. 189–91。例如，在讨论墨子的"伪"字（意思是"像……一样做""因为……而做""为了……"）时，史华慈评论道："对智性分析的强调显而易见，而对整全的直觉把握却明显缺乏。"（p. 190）道家著名的概念"无为"因此可以视为对墨子顽固的意向主义的拒斥，在这种意向主义之中，正如史华慈的评论所说，"明显缺乏对整全的直觉把握"。

[2] 关于这些后续发展有不少学术研究，其中尤其可参 Erik Zürcher, *The Buddhist Conquest of China*, 2 vols（Leiden: E. Brill, 1959）。

向主义的理性主义（intentionalist rationalism）所垄断，其根源却同样可以追溯至柏拉图思想中介乎意向性和意向主体（intender）接受性地参与一个更大的宇宙整体的觉知——柏拉图经常通过神话的运用来获取这种觉知——之间达成的平衡。

　　在开始考虑哲学在两个文明中的出现之前，我们有一个紧要的提醒。这整个部分我们讨论的"哲学"都包括希腊和中国的哲学。"哲学"（pholosophy）显然来自希腊词*philosophia*，它的字面意思是"爱智慧"。传统中国没有对应的词。现代汉语中表述 philosophy 的词"哲学"，引介自19 世纪日本学者对这个西语词的翻译。古代中国思想的开创者们显然没有为自己的所作所为给出一个统称。这些思想家一般被称作"子"（masters），这个词附在几乎所有这些人的本名后面，早期传教士出身的汉学家偶尔用拉丁化的后缀 *–cius* 来表示"子"（如孔子 Confu*cius*，孟子 Men*cius*；但也有例外，如墨子 Mozi，老子 Laozi，荀子 Xun*zi*——如果我们要前后一贯，可以分别称他们为 Mocius，Laocius 和 Xuncius）。使用"子"这个词表明早期中国思想的一个重要特质：中国思想倾向于围绕着开创一派学术谱系的权威人物或教师来展开。这些谱系在汉语中称为"家"，这个字通常被译为"学派"（school），但其字面意思是家庭/家族（family）。用"家"来描述学术谱系和身世，这凸显了中国的师生关系犹如父子这个特质，而且部分地解释了与更注重创新的希腊传统形成鲜明对比的是，为何许多中国思想被认为更具有保守本性。[3]

## 1. 圣人与哲人出现的语境

### 圣人的出现

为数31首的"周颂"也许是《诗经》最早的一批诗歌。这些颂歌是周朝诸天子统治最初几百年间的产物,[4]当时这个新王朝仍然直接肩负天命。颂歌反复歌颂诸天子的伟大,字里行间洋溢着自信:

> 於皇武王,无竞维烈。
>
> 允文文王,克开厥后。
>
> 嗣武受之,胜殷遏刘,耆定尔功。
>
> (《毛诗》286,《周颂·臣工之什·武》)

---

[3]  关于中医传统中的"家"或"世系"有一则颇具争议性的讨论,参 Nathan Sivin, "Text and Experience in Classical Chinese Medicine", in *Knowledge and the Scholarly Medical Traditions*, ed. D. Bates ( Cambridge: Cambridge University Press, 1995 )。席文本人认为,我们没有理由假设师徒之间的文本传授在孔子和墨子这些宗师世系中发挥的作用有任何不同。

介于中国哲学学派世系和古希腊哲学门派之异同点的有益探讨,可参 Lloyd, *Adversaries and Authorities: Investigations into Ancient Greek and Chinese Science* ( Cambridge University Press, 1996 ), pp. 32–6。

[4]  关于早期对这些诗歌的断代,近来的评论可参 Edward L. Shaughnessy, *Before Confucius: Studies in the Creation of the Confucian Classics* ( Albany: State University of New York Press, 1998 ), pp. 165–95。

文王和武王树立了荣耀而成功的统治榜样，而且这些颂歌表明，后世的周王应该维护周人建立的新秩序。天子之制是这个秩序的制高点，提供了将不同部落和地方维系在一个单一政权之中的凝聚力。表示"king"的汉字"王"由三横加上当中一竖组成。中国最早也最有影响力的辞书编者和词源学家许慎如此解释"王"字：

> 王，天下所归往者也。董仲舒曰："古之造文者，三画而连其中谓之王。三者，天地人也。而参通之者，王也。"孔子曰："一贯三为王。"[5]

许慎在一条释义中同时引用孔子和董仲舒这两位前代权威，这很不寻常。他这样做的意图可能是借权威之口来阐述这条他自己也不确定的字源。后世学者根据一百多年前在甲骨上发现的字形，对许慎于"王"字的释义进行了挑战，而许慎的同时代人很可能对这些甲骨字形一无所知。目前有一种将这些最早的字形考虑在内的理论，认为"王"字最初包含一个表示"男性"的部件以及表示这就是"那个最阳刚的男性"的偏旁。用汪德迈（Leon Vandermeersch）的话说，"王者被称作阳刚的'王'，因为他被认为是族群之父，是创业先祖的权力继承人"[6]。

*160*

---

[5] 《说文解字注》，1A.9。

[6] *Wangdao on la voie royale* ( Paris: École Française d'Extrême-Orient, 1980 ), pp. 15, 16。

如果许慎真的错了，像他这般有地位的前代学者给出的哪怕是错误的字源学考证，也有它的价值，因为它记录了一种在历史上解释得通的极富学养的猜测。上述两种"王"字的解释尤其耐人寻味的一个共通点，是都强调了"王"是一个我们所谓"大一统"的核心角色。许慎的字源考证强调这个大一统的宇宙性：王连接着天、地和人。第二种强调"王"作为阳刚之父的字源考证，重点则在于贯穿王者世系，并且涵盖近乎整个族群的谱系统一性。我们认为，无论哪种字源考证在早期中国文献史的语境中更为准确，它们都反映了早期周代王权制度中宇宙论和谱系学这两个重要的侧面。

我们在第一部分已经讨论了早期周王提出借助"天命"来统治，并且只要继续体现"明德"、遵循"王道"，就能继续掌权，一处早期文献还将这种"王道"描述为"正直"（true and straight）。*[7] 为了维系天命，周统治者们被认为应该效仿他们的祖先后稷，他在其中一首"周颂"中被形容为"能够成为天的完满同伴"（克配彼天）。[8]

周朝诸王及其前朝商朝诸王本人是否是祭司或萨满是汉学家争论不休的问题，但可以肯定的是，他们"通过将王位与一个更高的权威相联系来塑造其合法性；他们一直渴望

---

〔7〕 《尚书》"洪范"篇，"十三经注疏"版（台北：艺文，1973年），第173页。

〔8〕 《诗经》，《毛》275，《周颂·清庙之什·思文》。

* "无偏无党，王道荡荡；无党无偏，王道平平；无反无侧，王道正直。"

变得神圣"。[9]换言之，如果我们有意要区分古代周人很可能视为同一的这两个领域的话，最早的周王同时承担着宗教和世俗的职能。来自公元前约 900 年的一则青铜铭文提到了王位和更高权威之间的联系："与古代契合的是文王，[他]最先给政事带去和谐。上帝降下美德和巨大的安全。他延伸上和下，联合起万个邦国。"[10]*

最早的周王还会"在族人中分配主权"，这项举措"同时为封建和日后的官僚体系提供了令人敬畏的象征性基础"。[11]哪怕周朝中央政府在公元前 9 至前 8 世纪逐渐衰弱，这一被许倬云称之为"宗族式的"（familiastic）基于亲缘的政治结构，在春秋时期的大部分时间内仍然在各诸侯国中得到延续。[12]我们先前已经讨论过这点，由于祖先

---

[9] William E. Savage, "Archetypes, Model Emulation, and the Confucian Gentleman," *Early China*, 17（1992）：3。关于统治者是否"在一种出神状态中实现了与祖先之灵的直接沟通"这个问题，罗泰（Lothar von Falkenhausen）在其"反思早期中国灵媒扮演的政治角色"一文中做了总结。Lothar von Falkenhausen, "Reflections on the Political Role of Spirit Mediums in Early China: The Wu Officials in the Zhou Li," *Early China*, 20（1995）：279–80。将萨满机构与早期中国的王关联起来的新近研究，参 Julia Ching, *Mysticism and Kingship in China: The Heart of Chinese Wisdom*（Cambridge: Cambridge University Press, 1997）。

[10] Edward Shaughnessy, *Sources of Western Zhou History: Inscribed Bronze Vessels*（Berkeley: University of California Press, 1991）, p. 3.

[11] 史华慈，《古代中国的思想世界》，第 43 页。

[12] 见 *Ancient China in Transition: An Analysis of Social Mobility, 722–222 B.C.*（Stanford, CA: Stanford University Press, 1965）, pp. 1–2。

* 该铭文为 1976 年陕西扶风周原遗址出土的《史墙盘》铭文首数句，隶定有争议，今按李学勤释文，参李学勤，"论史墙盘及其意义"，《考古学报》，1978（2），第 149–57 页。

崇拜对周人贵族的重要性，宗族组织的成员不仅包括生者，也包括了死者。

作为一个亲缘政体的首脑，周天子确实是"最阳刚的男性"。在这个意义上，他治事的权力以及他自己作为王朝之父的男子气，通过传承自己最显赫的列祖列宗立下的范式而得以彰显。柯鹤立（Constance A. Cook）解释称："王，作为连接周当朝权威与原初事业的中流砥柱，不得不通过战争和举行仪式来证明，他效仿了受天命的祖先的一举一动。"[13]也就是说，后代周王通过继承周王朝奠基人文王确立的范式而获得合法性，事实上文王谥号的本意就是"范式"（pattern）。[14]

周代早期的大一统不仅反映在王位制度上，还被《诗经》最早的一批作品生动地加以描摹，这次统一要早于中国经典思想形成的时代，它变成了后世诸子尤其是儒家心目中的乌托邦理想。因此，孔子有一次不无绝望地承认他似乎已经接触不到周代早期的伟人了："甚矣吾衰也！久矣吾不复梦见周公！"（《论语》7.5）在另一处，他相当自豪地宣称"吾从周"（《论语》3.14）。

有意思的是，对孔子来说，像周公这样的周代早期英雄人物不仅存在于历史之中，还存在于他自己的梦里。因为就像梦一样，周代早期文化事实上已经被抛入时间之流，变

---

〔13〕 "Scribes, Cooks, and Artisans: Breaking Zhou Tradition," *Early China*, 20（1995）: 244.

〔14〕 参 William E. Savage, "Archetypes," pp. 2–7。

成了一座纪念那种彻底参与性体验的丰碑，成了早期中国思想家们重要的怀旧对象。我们在本书第一部分指出过，《诗经》中的许多诗篇出自这个时期，它们反映出当时的社会和政治之和谐足以启发时人歌颂，譬如下面这首带着迷狂的自豪感的诗：

> 执竞武王，无竞维烈。
>
> 不显成康，上帝是皇。
>
> 自彼成康，奄有四方，斤斤其明！
>
> 钟鼓喤喤，磬莞将将，降福穰穰，降福简简，威
> 仪反反！
>
> 既醉既饱，福禄来反。
>
> （《毛诗》274，《周颂·清庙之什·执竞》）

这个令"上帝"降下"福禄"的大一统，在建立之后一百年左右就开始衰落。衰落集中爆发于公元前771年，周王室被逐出位于今天西安附近的旧都（镐京），到远在东边、位于今天洛阳一带的地方重新定都。从那时起到公元前256年最终破亡，周天子已如同傀儡，仅在祭礼和道义上剩下一些影响力。

紧随周人政治权力的衰落，中国哲学思辨的时代迎来曙光。即便我们接受老子生活在公元前6世纪的传统观点，他和孔子（前551—前479年）活跃的年代距周王室东迁新都已经过去了一百多年。事实上，中国思想的黄金时代，包

括《论语》和《道德经》成形的大致年代，是公元前5至前3世纪，这段时期被称为战国时期（前480—前221年）。换句话说，中国哲学的第一次大繁荣并未紧随周的衰落。这是为什么？

虽然政治权力从周天子转移到诸侯手上造成了显而易见的伤害，在《诗经》的某些篇目中可以发现这些痕迹，但它并未对社会结构产生即刻而深远的冲击。要知道，诸封国现在虽然可以独立行动，但它们仍然受到政治和经济上的世袭贵族的宰制。也就是说，旧的宗族结构因为可以名正言顺地掌握权力并且确保祖先的庇佑，得以继续把持政治秩序。然而在春秋最后百年间，具有深远意义的变化开始出现

并延续到了战国。虽然世袭的贵族直至当时仍控制着政治秩序，但他们已经逐渐失势，一个基于盟约互惠的体系逐渐取代了旧的宗族亲缘结构。[15]这个新形成的社会以更大的流动性为主要特征，旧贵族中最低的阶层"士"，或可大致译为"绅士"（gentleman），变成了"当时最活跃的社会阶层"[16]。由于因上层贵族失势而摆脱了世袭义务，许多有教养的士人开始游走于各个诸侯国之间，相当自由地推销他们的才智。他们聚集在赏识他们的当权者门下，逐渐成为更大、更

---

[15] 许倬云对这个时期出现的社会变化做了精妙透彻的分析，参 *Ancient China in Transition: An Analysis of Social Mobility, 722–222 B.C.*（Stanford, CA：Stanford University Press, 1965）。具体关于这一次转型，见第24–52页，另尤其见第179页。

[16] 杨宽，《战国史》（1979；中河：谷风出版社，1986年再版），第491页。

成功的诸侯国中日渐取代世袭职官的新兴官僚的基础。许多哲学家，包括孔子，日后将从这个游离的士人阶层中崭露头角。[17]

除了社会秩序的彻底变化，这关键的几百年间还发生了其他的转变。随着贵族失去土地，私有制开始普及，一个全新的、从贫农手中收取租税的富裕地主阶层开始出现。此外，都市的发展、商业活动的繁荣和货币流通范围的扩大，意味着许多商人逐渐聚敛起财富并最终赢得政治影响力。战争变得越发残酷。由于某种并不全然清楚的原因，相当于今天坦克的周代战车被主要由步兵组成并辅以部分骑兵的大规模军团取代。传统上"先礼后兵"的守则被一种更接近现代"全面战争"的心态取代："主要由吃苦耐劳的农民组成的步履艰难的步兵集团取代了驾车作战的英勇贵族。"[18]最后，技术上也发生了重要变化。其中，逐步发展但仍然十分昂贵的铁器冶炼技术将平衡的实力进一步往最强大的诸侯国一边倾斜，这些国家有财力生产并传播效率更高的铁制工具和兵器。

许多诸如此类的剧变似乎——至少从很久以后的视角去看——标志着比当时表面上停滞不前的周代早期有所进步。然而，随着这些变革而发迹的思想家们却往往有种深切的失落感。用葛瑞汉的话说，

〔17〕　杨宽，《战国史》(1979；中河：谷风出版社，1986 年再版)，第 488–90 页。
〔18〕　许倬云，《变迁中的古代中国》，第 71 页。

　　他们全部的思考都意在回应那个声称拥有天命的道德和政治秩序的崩溃；对他们所有人来说，关键的问题并不是西方哲学家面对的"什么是真理"而是"道在何方"。所谓的道指的是规范国家、指引个人生活之道。[19]

　　在哲学世界里提出的想要在深刻变革的时代中重构秩序的种种设想里，我们认为有两家尤其值得深究：儒家和道家。在战国时期所谓"争鸣"的"百家"之中，儒家和道家不一定让人觉得最有前途、最为显赫，但它们给中华文明带来的影响比所有竞争对手都更广泛和持久。

## 哲人的出现

　　我们讨论了许多中国哲学家最初如何出身于一个游离的士人阶层，这些士人试图为春秋战国时期众多诸侯国的君主效力。作为对日渐没落的贵族阶层的回应，中国和希腊的哲学都试图将血统上的贵族转化为一种更加民主的精神贵族，虽然用现代意义上的"民主"来指涉古代中国确实带有误导性，因为即便在希腊，民主制下仍有一个奴隶群体，也不承认女性拥有公民身份。自从中国世袭贵族的影响力开始衰落，一个新的盟约互惠体系开始取而代之，正如我们提到

---

[19] *Disputers of the Too: Philosophical Argument in Ancient China* ( La Salle, IL: Open Court, 1989 ), p. 3.

过的，诸子百家是这一过程中的一分子。从泰勒斯（Thales，他有时会被称为第一位哲人）生活的公元前 6 世纪起，到柏拉图生活的公元前 4 世纪末期，我们在希腊也注意到类似的规律。这个过程在希腊开始得甚至更早：从公元前 8 世纪至前 7 世纪部分城邦（poleis）的王政被选举官员的统治所取代开始。有些城邦建立了僭主制——也就是由那些权力并非因继承而来的人统治。这些僭主同样有助于打破贵族统治的长期垄断。

公元前 508 年，克里斯提尼（Kleisthenes）在雅典发动了推进民主制的改革。在城邦的早期形态中，祖先崇拜是重要的团结因素。近亲家庭全部属于一族（genos），认为大家来自同一祖先。各个"宗族"都是"胞族"（phratriai）的分支，想要成为雅典公民，首先必须是胞族的一员。为了打破贵族世家的垄断，克里斯提尼将雅典划为十个地区，通过所属的"部族"（phylae）来区分居民的身份；各个部族又进一步被划分成十个区域，称为"民社"（demes）。克里斯提尼改革之后，雅典公民身份的依据变成了某个民社的成员身份。柏拉图和亚里士多德著作中的"哲学"体验就产生于这种政治结构中。其实可以说，在某种意义上希腊哲学离开了孕育它的时代政治文化就无从理解。哪怕到了接受雅典法庭死刑判决的关头，苏格拉底仍平静地，甚至带有一丝反讽的优越感坚决认为自己是个雅典人。正如柏拉图在《斐多》（Phaedo）中所表明的那样，为了逃避判决而离开雅典对他来说不可接受。在《政治学》中，亚里士多德则将人定义为

"居于城邦中的动物"（*zôon politikon*，1253a3）。

在柏拉图看来，当时雅典民主的问题在于，其成功依赖于民众（*dêmos*）的灵魂获得高的教养，但这种教养在那个先是选了阿尔喀比亚德当领导人、尔后又处死了苏格拉底的雅典根本无处可寻。柏拉图相信，只有在一个被真正具有哲学心性之人统治的城邦中，雅典才可能生存下去。这正是《理想国》的主题。民主制下的雅典城邦在埃斯库罗斯悲剧上演的光辉年代仍算健康。在庇西特拉图（Peisistratus，死于前528年）治下，狄俄尼索斯崇拜作为打破"被出身于尊贵部族的世袭祭司垄断的权力"的手段被引入。[20]悲剧正脱胎于这种带有酒神颂歌的崇拜，在两个一年一度的节庆中面向雅典公民表演。民众的活动如果遵循准则法度，那么它就配得上这种全新的自主性。

像公元前463年左右上演的埃斯库罗斯的《乞援人》（*Suppliants*）这样的悲剧，可以视为民众道德和精神的训练场。[21]这部剧展现了一个道德困境。一群乞援的达那奥斯少女（Danaids）离开尼罗河谷前往阿尔戈斯寻求庇护。尽管百般抗议，她们仍被迫与一群暴戾恣睢的求婚者——眼下屡战屡胜的国王埃古普托斯（Aegyptus）的儿子们——订立了

---

[20] Eric Voegelin, *Order and History*, Vol. 2: *The World of the Polis* (Baton Rouge: Louisiana State University Press, 1957), p. 243. 我们关于克里斯提尼改革前雅典社会结构的讨论也借鉴了该书第115–6页。

[21] John Herington, *Aeschylus* (New Haven: Yale University Press, 1986), p. 186, 以及 Voegelin, *The World of the Polis*, pp. 247–8, n.5. 对埃斯库罗斯《乞援人》的分析，参沃格林，第247–50页。

婚约。达那奥斯少女们和埃古普托斯的儿子们的冲突本质上是一场外人的争端，阿尔戈斯国王必须考虑自己愿不愿意面对这样一种可能性：接纳这些流亡的少女可能导致一场将严重损害自己城邦的战争。国王因此面临巨大的困境，他自己对此也有所意识：

> 此刻我需要深邃的、事关拯救的意见
>
> 要像潜泳者一般，潜入深渊中
>
> 凭着未惑乱的寻求的目光（407–9）

国王最终决定保护这些乞援女。为了判断真正正义的做法，166观看该剧的雅典观众们，想必也会随阿尔戈斯国王佩拉斯戈斯（Pelasgus）这位潜游者（*kolymbêtêr*，另见 1. 408）一道"潜入深渊"（*es bython*，1. 408）。而且国王在最终决定正义的做法之前征求了民众的意见。埃斯库罗斯暗示，民主制的精神健全取决于其公民为追寻正义（*dikê*，《乞援人》343，395）而潜入深渊的意愿和能力。

希腊观众与国王佩拉斯戈斯一道降下到深渊之中，并借助想象力体会到正义的含义。然而这项事业相当短命，因为从公元前435年开始，雅典人被卷入最终将摧毁他们城邦的伯罗奔尼撒战争之中。我们在第二部分已经看到，到公元前416年，雅典民众已经再也不愿意潜入深渊中寻求正义了。等到战争的第十六年夏天，正如修昔底德通过米洛斯对话所塑造的雅典人形象所暗示的那样，正义在雅典人眼中已经变成了无能之人口中的一句空话，目的是为了用正直的假象来自欺欺人。雅典人派到米洛斯岛的使节对米洛斯人的辩词无动于衷，后者声称，因为这些被包围的岛民非常虔信并敬畏神明（*hoisoi*），而且雅典人本身就不义（*ou dikaious*），神会因此站在正义的一方（V. 104）。雅典人则回答说，在他们看来诸神和人并无不同，此事无关正义，而在尽其所能统治他人（*archein*）。这根本就是一条不可否认的自然法则（*nomos*）；它亘古为真，永不变易。

米洛斯人和雅典人的对话以希腊悲剧中互白（*stichomythiai*）——一来一回的短对话——的形式行进，但并不带有我们在戏剧合唱部分常见的道德教化色彩。没有一个权威的声音出面对雅典人的所作所为给出负面的伦理评判。但修昔底德或许对本章中雅典人的不可一世有某种隐含的批评，因为他们没有能力体验亚里士多德在《诗学》第13章讨论过的恐惧和怜悯这两种悲剧性的情感。我们在第二部分已经提到，修昔底德认同伯利克里这位政治家如同出色的悲剧家一般唤起雅典公民灵魂中的恐惧之情并使他们保持谦卑的能力。米洛斯对话中的雅典人已经体验不到这些情感了，他们现在声称自己已经不再畏惧神明："我们不怕（*ou phoboumetha*）引起诸神的暴怒。"他们这样对米洛斯人说。他们也对这些马上要予以草草处死（男人）或贩卖为奴（女人和孩子）的米洛斯受害者毫无怜悯。因为狂妄自大，雅典人体验不到怜悯和恐惧之情的净化（*kartharsis*）。

雅典人无力体验两种关键的悲剧性情感的净化是一个令

人不安的标志，表明雅典的民族风尚（êthos）已经离演出埃斯库罗斯悲剧的那个光辉年代越来越远，当初的雅典观众尚能感同身受地被乞援女的请愿打动，生怕做出不公的抉择；他们尚能和阿尔戈斯国王佩拉斯戈斯一道潜入深渊、探寻正义。

在修昔底德的分析中清晰可见的是，拷问米洛斯人的那些雅典人无力体验怜悯和恐惧之情的净化。修昔底德是否批评了雅典人的这种道德麻木却不那么清楚，因为正如我们在前章中所提出的，史家本人也卷入了他所分析的这个败坏过程之中。他自己可能也没有像埃斯库罗斯笔下的沉潜者一样潜入深渊、探寻正义。我们在第二部分看到，修昔底德如何带着某种悲剧性的预言笔法，描述了在发动命中注定的西西里远征前，雅典人和盟友下到雅典港口比雷埃夫斯。修昔底德写道："雅典人自己和在场的盟友们下到比雷埃夫斯［es ton Peiraia katabantes］。"然后他在下一句话开头重复了"下降"（katabainein）这个惹眼的动词（加上了前缀"syn"，意思是"伴着"），他评论道："和他们一道下降（synkatebê）的还有一大群贫民——甚至可以说在城里的每一个人，无论是公民还是外邦人。"（VI. 30.2）我们认为 katabainein 这个动词令人想起荷马在《奥德赛》中对奥德修斯之 katabasis——下降入冥府——的描写。然而我们也注意到，很难弄清楚修昔底德在多大程度上有意影射荷马，以及他对雅典出征西西里的呈现有多阴森。毕竟修昔底德并不觉得西西里远征一定是个坏主意。苏格拉底反而是少数质疑者之一（如果我们相信普鲁塔克《尼基阿斯传》13.9 和《阿尔喀比亚德传》17.5

的说法），他的学生柏拉图也许继承了他的深刻疑虑。

柏拉图《理想国》同样以"我下降"（*katebên*）这个词开头。这里无疑影射了荷马。在向佩涅洛佩坦白身份后，奥德修斯立马告知她，特瑞西阿斯在他"下降入冥府那天"对他预言过的未来（XXIII.252）。荷马笔下的 *katebên* 成了柏拉图《理想国》的第一个词，正如苏格拉底所说：

*168*

> 我下到（*katebên*）比雷埃夫斯（*eis Peiraia*），就在昨天，和阿里斯通之子格劳孔一起，好向女神祈祷，也想看看他们怎么庆祝她的节庆，因为他们是头一次做这事。我们公民的游行队伍在我看来很美；色雷斯人的游行队伍看起来也打扮得不差。（327）

修昔底德向读者描绘了这样的场景：成群结队的雅典公民和外邦人看起来像下降到比雷埃夫斯（*es ton Peiraia katabantes*）一样，为了一睹庞大华丽的雅典舰队起航远赴西西里的盛况。柏拉图则讲述苏格拉底下降到比雷埃夫斯（*katebên eis Peiraia*）去向本狄斯（Bendis）这位从色雷斯引入的女神祈祷，这位神祇和佩尔塞福涅（Persephone）以及赫卡忒（Hecate）有关，专门送亡灵前往阴间。[22]

---

[22] 关于这点以及 *katebên* 一词的意义，参 Eric Voegelin, *Order and History*, Vol. 3: *Plato and Aristotle* (Baton Rouge: Louisiana State University Press, 1957), pp. 52ff.; John Sallis, *Being and Logos: Reading the Platonic Dialogues* (Bloomington: Indiana University Press, 1996), pp. 313ff.; 以及 Eva T. H. Brann, "The Music of the Republic," *St. John's Review*, 39(1966): 1, 2, 8ff.。

换句话说，在《理想国》开篇，苏格拉底就身处阴间，这个阴间暗指公元前411至前405年间某个时段的雅典文化，当时，斯巴达决定性地击败了雅典，结束了伯罗奔尼撒战争。[23] 修昔底德似乎还相信，下降到比雷埃夫斯就是地狱般梦魇的开始，尽管这种梦魇之感部分来自作为修昔底德读者的我们自己：对于史家到底把时局看得多么昏暗，我们自己也不那么确定，我们的眼前也是漆黑一片。柏拉图反常地在 *es Peiraia* 这个短语中省略了定冠词 *ton*（the），借此将修昔底德实指的比雷埃夫斯港变成了哲学家神话中的"彼岸"："我昨天和格劳孔一道下到了彼岸。"布兰（Eva Brann）评论称，"到比雷埃夫斯"这个奇怪的短语

> 会让人听出特殊的意味。事实上雅典人确实从这个名称里听出了某种含义——它指的是"彼岸"，*hê Peiraia*，也就是那条一度被认为曾经划分了比雷埃半岛和阿提卡的界河的对岸。[24]

因此，*hê Peiraia*［*gaia*］（省略了"国度"［*gê* 或 *gaia*］这个词）的意思就是"**那头的国度**"。"彼岸"指的就是当下的雅

---

〔23〕 关于这篇对话的戏剧年代，参 Brann, "The Music of the Republic," p. 9。

〔24〕 同上书，第8页。关于 *Peiraia* 的含义，又见 *Paulys Realencylopädie der classichen Altertumswissenschaft*, ed. G. Wissowa, W. Knoll, and K. Mittelhaus (Stuttgart, 1940) Vol. 19, Pt. 1, p. 78, 转引自萨利斯，《存在与逻各斯》，第315页。

典社会这个冥府（Hades），其致力于经济和军事扩张的帝国主义政策受挫未久，而比雷埃夫斯港正是当初政策的策源地。"彼岸"同时也是哲学家可以从中上升并澄清正义的深渊，那种正义在修昔底德笔下参与米洛斯对话的雅典人的意识里完全阙如。紧接着《理想国》开篇这段话，几个年轻人热切地追随苏格拉底，希望和他进行关于正义究竟有没有意义、有何意义的对话。正因为年轻人即便被当时雅典的腐朽所困扰却仍然希望进行追问，所以希望仍在；但在正义理念的"彼岸"，通向参与的哲学上升必须从冥府的"彼岸"深渊开始。

因此，古希腊和古代中国的哲学都诞生于一个相当压抑幻灭的历史时期。然而，两个文明经历危机的方式并不相同。在中国，一种深重的失落感几乎蔓延所有的思想流派。例如儒家满心向往地回顾周代早期政治的大一统，而墨家则对"自苦"的大禹和他一手创立夏朝的更远古的传说时代充满了乡愁。道家则把礼仪和书写等制度之前的原始时期加以理想化，这些制度破坏了与"道"原初合一的状态。早期中国思想明显透露出一种对更完整地保存了参与性的时代的乡愁，无论是儒家心目中对国家的参与，还是道家心目中对"道"本身的参与。

希腊的危机更加紧迫而突然，正如我们所见，它集中体现在公元前405年雅典面对斯巴达的全面落败。希腊思想家们更少从如何恢复过去的角度去表述问题，而是更多地思考如何走向一个新的、更加正义的社会。柏拉图的《理想国》是最具抱负也最著名的一次尝试。他并不将其理想政体呈现为早先秩序的恢复，而是在论述和想象模式中缜密使用理性的新型产物。柏拉图告诉我们，矛盾是理性过程的关键，因为矛盾启发灵魂"进行探索，使其中的理智运作起来"(《理想国》524e)。中国人不那么热衷于矛盾和创见性的、前瞻的理性，而是认为他们的乌托邦在很大程度上可以通过回忆过去来寻回，因此他们更坚定地埋头研究前人的历史，而不是去探索理性可以发现的未知前沿。[25]在《论语》著名的一节中(2.15)，孔子提出人应该平衡"学"和"思"，"学"几乎肯定意味着学习古代典籍。无论孔子本人主张的是何种平衡，他的门人以及许多其他中国思想家都侧重学习古代典籍这一面。希腊思想，至少如在苏格拉底和柏拉图处所见，虽然并不一定贬低这种学习的重要性，却相当强调独立思考。

## 2. 从诗到哲学

孔子和柏拉图，用前者的话说，都做到了"温故而知 *170*
新"(《论语》2.11)。希腊和中国的哲学都诞生自早先的诗

---

[25] 因此，《周礼》中描绘的早期中国乌托邦是"一种对充当周王室治理结构和组织之元素的细致展现和详尽描述"(William G. Boltz, "Chou li" *Early Chinese Texts: A Bibliographical Guide*, ed. Michael Loewe [Berkeley: Society for the Study of Early China and the Institute of East Asian Studies, University of California, 1993], p. 24)。这一乌托邦图景是否是历史上周室的确切反映并不是重点；它被如此呈现，正显示周之理念所具有的力量。

歌传统。至少在表面上，孔子对此前诗歌传统的态度比柏拉图要更加明确。我们没有听过孔子像柏拉图那样明确声称存在"诗与哲学古老的争端"（《理想国》607c）。这似乎是希腊作家面对文学前辈的竞争心态的又一例证，这种心态和中国人更谦恭的态度形成了鲜明对比。但孔子和柏拉图对各自诗歌传统的观点，可能要比表面看上去的有更多共通之处。例如，中国圣人和希腊哲人都担忧诗歌给维持社会秩序稳定带来的危险——虽然孔子的担忧更加隐晦。换句话说，对于两位思想家而言，诗歌那可观的诱惑力理应服务于增进一个**人对社会的参与**。而且，在柏拉图那里，争端的要点不是诗本身，而是在本书第二部分提到的那种理性主义时代的氛围中，诗被人们理解为对现实的反映，而现实则主要被理解为人类意识的对象。那种业已失落的并且（用孔子的话说）需要"习之"的东西，是诗歌传达一个人参与进一个全部现实（comprehensive reality）之中的出众能力，这个全部现实中还包含着人类意识本身。

## 孔子与《诗经》

如我们所见，中国的诗歌始于周代早期歌颂王朝始祖的"雅"和"颂"。随着周室衰微，政治权力向诸侯国转移，诗歌的表达也变得更加抒情，并且在基调上远不像以前那样如出一辙的乐观。中国诗歌的第一个黄金时代以孔子大致同时代的《诗经》为巅峰，按照司马迁后来的说法，孔子可能是也可能不是其编者，但他很可能知道这样一部包含"诗

三百"的合集（见《论语》2.2）。[26]中国诗歌的另一次繁荣
由仕宦失意的屈原所引领，虽然《楚辞》(*Songs of the South*)
所辑的大多数诗作肯定出自屈原死后一个世纪。确切地说，
诗歌是在孔子和屈原之间的两个世纪中写就的，其中一部分
作品得以存世，[27]但在这期间，诗意的声音犹存，但主要变成
了哲学的侍女，正如我们稍后会看到的，它们在老子和庄子
发人深省的著作中可以找到明显痕迹。

　　伟大诗歌的创作式微的原因之一可能是采集、编撰
《诗经》的需求，在"诸子百家"的时代，《诗经》显然已经
获得了崇高的地位。消化这部早期经典的挑战变得棘手，因
为诗歌时时反映出的曾经统一的世界已被动荡的社会政治弄
得四分五裂。应对这个挑战的第一个大人物是孔子，我们大
可以认为他不只是中国最具影响力的思想家，还是中国最具
影响力的文学批评家。

　　我们考察孔子对前代诗歌态度的文献来源是《论语》。
孔子并非这个文本的权威作者。它的可靠性在于它是追记宗

---

[26] 按照白牧之（E. Bruce Brooks）和白妙之（A. Taeko Brooks）在 The Original
　　 *Analects: Sayings of Confucius and His Successors*（New York：Columbus
　　 University Press, 1998）中详尽论证的《论语》的"层累理论"（accretion
　　 theory），2.2 被认为是一段晚出的文本，它表明《诗经》在孔子之后才
　　 具备现在的形制（见上引书，第 255 页）。但我们这里讨论的孔子更多
　　 的是《论语》所呈现的角色而不是现实历史人物。而且哪怕是后世累
　　 积的文本也并不总是出自伪造或不准确的追忆。
[27] 关于此类著作的清单，参方子丹，《中国历代诗学通论》（台北：大
　　 海，1978 年），第 26–40 页。（[译按] 原书将"诗学"误作"史学"
　　 [*Historiography*]。）

师夫子之言的孔门后学的回忆和传承。无疑,《论语》本身包含真实性不一的层次,而且其内容大多回应的是孔子死后才出现的哲学问题和争论。但我们仍然认为,将《论语》视为一个整体是可取的。这种视角确实将孔子早期思想发展的意义最小化了,而这种发展无疑反映在《论语》之中。但我们在此讨论的孔子,更多的是中国传统中的孔子,而不是一个借助现代语文学的镐铲就能从只言片语中发掘和恢复的"真实的"孔子。[28]

孔子将自己视为前代学问的"述"者(《论语》7.1)。他否认自己有任何天生的知识,而自称"是个热爱并努力去追寻古代的人"(《论语》7.20*)。当然,孔子最热爱的古代部分就保存在他简称为《诗》的合集中,我们在第一部分就这部合集做了些许讨论。《论语》中直接引《诗经》14处,而《书》和《易》分别只被提到3次和2次。虽然伊若泊(Robert Eno)在关于儒家教诲的研究中指出,西方人过分强

---

[28] 使我们稍感欣慰的是在这个问题上我们之前有葛瑞汉(《论道者》,第10页)和史华慈(《古代中国的思想世界》,第62页)的引领。另见李西蒙在其《论语》译注(*The Analects of Confucius*, trans. and notes by Simon Leys [New York: W. W. Norton, 1997])第 xix-xx 页给出的忠告。但我们确实认为,要将《论语》后五章(16–20章)的许多段落视为孔子或门人教诲的真实反映需要很强的确信,哪怕是最宽容的解释者也很难拿得出这种信念。哥伦比亚出版社即出的白牧之和白妙之的《〈论语〉原始:孔子和门人的语录》(*The Original Analects: Sayings of Confucius and His Successors*)是一部与我们进路相反但依然详尽出色的《论语》注疏,该书对《论语》进行历史学"分类"的成果超出迄今为止所有同领域的出版物。

* 原文作:"子曰:'我非生而知之者,好古,敏以求之者也。'"

调了文本学习在早期孔门课程当中的重要性，但仍然承认"所有儒家典籍中最常被论及的一部是《诗》"。[29]

孔子显然认为《诗经》中的诗不只是今天所见的书写文本，更是高度礼仪化的音乐表演的一部分。因此，有引其哲学对手墨子（他很可能曾随孔门第二或第三代门人受业）之言，称孔子的门人在不事丧礼（"不丧"）的时候会"诵《诗》三百，弦《诗》三百，歌《诗》三百，舞《诗》三百"，[30] 而他认为这丧礼是孔门经常从事的活动。将这些诗用乐舞表演出来必定极大增强了其感染力，而这正是孔子最欣赏《诗》的地方。

我们在别处已经讨论过的《论语》的一个段落中，孔子要求学生"兴（be stimulated）于诗"（8.8），另外，他也说人应该学习诗，因为诗"可以兴"（17.9）。孔子的评论在某种意义上很接近亚里士多德对 katharsis 的讨论——如果我们不把 katharsis 理解成感情的宣泄，而是理解成存养那些对道德健康至关重要的情感这个意义上的净化。"子曰：'关雎，乐而不淫，哀而不伤。'"（3.20）像《关雎》这样的诗

[29] Robert Eno, *The Confucian Creation of Heaven: Philosophy and the Defense of Ritual Mastery* (Albany: State University of New York Press, 1990), p. 56.

[30] 《墨子》，"新编诸成"丛书，第 48 章，12.274。范佐仁（Steven Van Zoeren）梳理了《论语》前后相继的文本层次中孔子对子集诗的态度，并相当令人信服地主张，"对于我们目前能从《论语》最早的文本层次中区分出的那个历史上的孔子而言"，《诗》的力量来自"在礼仪背景中作为音乐的《雅》"。参 Steven Van Zoeren, *Poetry and Personality: Reading, Exegesis, and Hermeneutics in Traditional China* (Stanford: Stanford University Press, 1991), p. 31。

歌能在听者心中启发（"兴"）哀乐之情。它让听者在一种平和、节制的状态中体验到充沛的哀乐之情——如同圣人对这些情感的体验一样。[31]

然而，孔子并不打算不加任何防止失衡之约束地放任诗歌具有的强烈感染力。我们在第一部分已经解释过，我们翻译成"启发"的"兴"字也有"开始"的含义。也就是说，人的学习从《诗》开始，这正是绝大多数儒者从学的做法。在告诉门人要"兴于诗"，亦即"受《诗》的启发"或者说"从《诗》开始"之后，孔子马上说，他们应该"立于礼"（8.8）。礼是限制文学潜在危险影响的恰当的社会规矩。孔子最受认可的弟子颜回曾经说："夫子……博我以文，约我以礼。"（9.11）

如果礼仪规矩如此重要并构成了对情感的必要限制，那为什么一开始要纵容诗这种危险的潜在感染力？学诗为什么要先于礼的约束，而不是反过来？换句话说，为什么孔子不反过来说，"立于礼，兴于《诗》"？我们也许可以从考察《论语》中对诗歌最重要也是最含混不清的一处运用来着手解答这个问题：

173　　　　　子夏问曰："巧笑倩兮，美目盼兮，素以为绚兮。何谓也？"

---

〔31〕　参照这些表述来做的《关雎》解释，参 Steven Shankman, "Katharsis, Xing, and Hua: Aristotle and Confucius on Poetry's Affective Power"（未发表）。

子曰："绘事后素。"

曰："礼后乎？"

子曰："起予者商也，始可与言诗已矣。"（3.8）

这是孔子和最著名的门人之一子夏的一段对话。如其他人认为的那样，这段话可能出自子夏的门人，他们急于表现其师见地之独特和地位之出众。[32]这段话始于三行引诗。头两行显然出自《诗经》对女子美貌的一段著名描述（《毛诗》57，见本书第 66 页）。第三行的出处不明，但可能只是所引《诗》版本和现今通行版本不同。[33]子夏问这些诗句的含义，孔子似乎只是稍微简单清楚地复述了第三句诗。然而孔子的复述启发了子夏在儒家伦理语境中找出了类比，他如是说："礼后乎。"孔子将诗概括成一句话，而后子夏将这句概括看作一个譬喻，并且充分发掘了背后的含义。显然，夫子深受打动。他赞扬了子夏并称后者"启发"了他。我们翻译成"启发"的字不是通常的"兴"，而是"起"。但我们做同样的翻译并非无凭无据："兴"和"起"的意义范围几乎一致，在早期中国辞书中也互通。[34]

我们所看到的是一次迅速的转换，子夏借此证明他有能力在相互交融的两个境界——具有强烈感染力的审美境界

---

〔32〕 范佐仁，《诗与人格》，第 32–5 页。

〔33〕 参杨伯峻，《论语译注》（1958 年；再版，台北：华正，1988 年），第 28 页。认为三句诗皆出自同一首逸诗的观点，参《十三经注疏》8.3.5。

〔34〕 见《说文解字注》，第 105 页。

和儒家伦理境界——之间往来自如。显然，诗的"兴"本身是一种素绸布般的底子，最好朝着有条理的伦理塑造的方向发展。但怎么解释子夏"礼后乎"这个极具洞见的解释？伟大的宋代注家朱熹给出了一种解释："礼必以忠信为质。"[35] 也有人提出礼后乎"仁和义"。[36] 我们认为没必要确定到底是哪些儒家美德应该在礼之前。关键在于，礼，像装饰一样，应在整个情感境界之后，而情感境界正是《诗》所激发的。换句话说，礼塑造并赋予我们的情感和伦理禀性以适当的形式。这种观点的一个推论是，这些禀性是礼的必要基底，这种观点可能会对主导后世儒家的伦理形式主义者们造成挑战。如果没有恰当的感化，孔子主张的那种礼根本无从立足。

在《论语》其他条目中能找到支持这种解读的证据。例如在下面这段中，孔子提出了仁对于礼的伦理优先性："人而不仁，如礼何？"（3.3）在另一处，孔子说他无法"高看"那些"不恭敬的礼仪做法"（3.26）。*还有一段，学生子路问孔子何为"成人"，孔子举出了四个人的例子，一个有"智"，一个"不欲"，一个有"勇"，一个有"艺"。这些人都有正确的品质，但他们都需要更多东西："文之以礼乐，亦可以为成人矣。"（14.12）**我们翻译成"装饰"的

---

〔35〕 见《四书集注》，四部备要本（台北：中华，1974 年），2.3a。

〔36〕 见杨伯峻，《论语译注》，第 28 页。

　*　　子曰："居上不宽，为礼不敬，临丧不哀，吾何以观之哉？"

　**　　子路问成人。子曰："若臧武仲之知，公绰之不欲，卞庄子之勇，冉求之艺，文之以礼乐，亦可以为成人矣。"

字是"文"，前面已经指出，这个字的字面意思就是"纹理"（pattern）。因此，礼是使伦理感受和行为呈现纹理的手段。

将礼置于第二位并不是要否认其在孔子思想中的关键性。我们同意伊若泊的观点："自循于礼"（self-ritualization）——也就是将一个人的言行举止几乎变成一种礼仪中的舞蹈——乃是儒家功夫的本质。[37] 而且，没有礼所施加的限制，我们最好的禀性也会很容易变得过度甚至荒谬：

> 子曰："恭而无礼则劳，慎而无礼则葸，勇而无礼则乱，直而无礼则绞。"（《论语》，8.2）

诗因此在孔子的视野中扮演着中心角色。它激发一系列的情感和行动。在教师的指导下，对诗歌的回应可以通达更深的伦理理解，正如子夏借助譬喻式阅读的运用认识到一首诗可以使人获得重要的伦理洞见（"礼后乎！"）。但是，在感受当中——哪怕本质是伦理感受中，也存在着某种危险，即以过而无当乃至危害社会的方式去表达这些情感的自然倾向。为了得到适当的限制，人必须接受礼的熏陶。一句话总结也许太过简单：没有礼的诗是危险的，但没有诗能激发的那些品质，礼也是空洞的。

然而在孔子眼中，性命攸关的问题并不只关乎诗的地位。对这位宗师而言，学《诗》颇具批判性，也是他重建秩

*175*

---

〔37〕《儒家创造之天》，第68–70页。

序之意图的一部分。周代旧有的那种以宗族和天子为根基的和谐已经一去不返，寻找新秩序的大任落在了以孔子为代表的"诸子百家"肩上。他们的任务是运用一种新出现的意向性意识来恢复在他们看来业已失落的参与感。此中自然存在着悖论，道家对此有所觉察并有过深入探讨，在讨论两位早期道家思想家之前，我们先把注意力放在孔子和他再造社会秩序的尝试上。但在此之前，我们打算先简单看一下柏拉图和诗学传统的关系，和孔子的情况一样，这一诗学传统先于他自己的哲学思辨。

## 诗被化约为对"万物"的描绘，以及柏拉图的批评

我们之前提到，至少在表面上，柏拉图对自己之前的诗学传统的观点不如孔子正面。他对诗歌表现手法——也就是模仿［*mimêsis*］——的批评出现在《理想国》接近尾声处（595a–608b）。苏格拉底此时已经讨论完所谓的"形式论"和灵魂三分，从这些讨论的视角出发，他对诗的批评具有别样的力量。为了表明诗歌再现的虚幻本质，柏拉图借用了视觉艺术的类比。只有事物的形相（forms）或"理念"（ideas）才具有绝对的存在。木工制造的床反映的是生成的世界而非存在的世界。[38] 它是床的一个个别实例，

---

[38] 斯蒂芬（R. G. Steven）在"柏拉图与同时代的技艺"（"Plato and the Art of His Time," *Classical Quarterly*, 27［1933］: 149–55）一文中提出，《理想国》卷十（597ff.）中的 *klinê*（躺椅或床）和现实中一块绘有 *klinê* 幻象的花瓶残片具有一种精确的视觉类比关系。

但并不是"床性"（bedness）本身。正如苏格拉底对格劳孔所说："你刚才不是说，他（木匠）所造的并不是范畴本身——我们同意那才是床真正所是的（*ho esti klinê*）——而是一张个别的床（*klinên tina*）?"[39]因此在画布上绘制床的画家离"床性"远了一步，他的画则距真实存在又更远了一步。

苏格拉底接着说，画家就像一个带着镜子四处照的人，制造出太阳、星辰和大地的影像（images），还有他自己与所有其他动植物和无生命物的影像（596e）。弗里兰德（Friedländer）认为，柏拉图在这里暗指的不是一位像波吕诺托斯（Polygnotos）那样的前辈高人——一位"画出了那最漂亮的人的模型（model）的优秀画家"（472d）。弗里兰德继续说，柏拉图"心里想的"

*176*

是年轻一辈的画家们，他们在风格和产品上大可与"智术师们"相提并论：例如阿波罗多洛斯（Apollodprus），运用阴影技法的乱真绘画（*skigraphi*）的开创者，柏拉图将这种绘画斥为骗术；例如宙克西斯（Zeuxis，亚里士多德断定他缺乏波吕诺托斯的"气质"[*ethos*]）嗜好描摹个别的、实在的物体，将葡萄画得如此逼真以至于鸟会飞过来叨；又例如帕哈西斯

---

〔39〕 哈利维尔（Stephen Halliwell）译，*Plato: Republic 10*（Warminster: Aris & Phillips, 1989），p. 39。

（Parrhasios）和泡松（Pauson）。[40]

柏拉图谈论的也不是他喜爱的埃及塑像。上引弗里兰德的话表明，柏拉图暗指的当然有可能是那些青年画家，[41]也就是那些乱真主义者（illusionists），他们通过极端现实主义的笔触暗示人是万物的尺度，正如普罗塔戈拉等智术师相当明确宣称的那样。智术师和这些单调而写实的现实主义画家们把注意力完全倾注在表象的世界里，在柏拉图看来，他们关上了通向探究更普遍真理的大门。柏拉图反对的是公元前4世纪希腊那些模仿写实主义者（mimetic literalists）和那些仅仅因为惊人的模仿精确度而推崇一幅画的观众。日后亚里士多德在《诗学》（第9章）中说，诗歌描绘普遍事物而历史描述具体事物，因而诗比历史更具哲学性。柏拉图在这里想说的是，艺术实际上已经成了"历史"，成了客观物质现实的单纯记录。大众欣赏的不是

─────────────

〔40〕《柏拉图》，第10页。

〔41〕参魏格曼，"柏拉图对诗人的批判和对他知识论论证的误解"（Hermann Wiegemann, "Plato's Critique of the Poets and the Misunderstanding of His Epistemological Argumentation," trans. Henry W. Johnstone, Jr., *Philosophy and Rhetoric*, 23〔2〕〔1990〕: 220）："当柏拉图在《理想国》中将艺术——依然预设了艺术属于一种匠人的技艺，因为艺术意味着对单纯影像的模仿——列为距离现实第三远时，他意指的是一种决定性的模仿，也许就是肖像画家那种模仿（《克拉底鲁》432b-d；参《智术师》236b）。但最高最真实的模仿是对美本身的模仿（《智术师》236b，《法篇》668b，《蒂迈欧》80b，《会饮》205c），那是借助缪斯才得以创设的表象。"

艺术的普遍化或曰哲学力量，他们津津乐道的只是那些确证了他们看事物方式的东西。

　　此种模仿写实主义甚至侵入了悲剧这种高贵艺术的殿堂。和埃斯库罗斯甚至是索福克勒斯的悲剧相比，欧里庇德斯相当一部分作品渐渐趋近于乏味的写实主义，并且这个传统被他的后继者延续了下去。荷马史诗具有深刻的哲学性，绝不是像镜子般单调地反映现实。但由于柏拉图时代最流行的风格是自然主义，对荷马史诗（和悲剧）的自然主义解读也渐趋流行。它们已然失去了哲学意涵和指向言外之意的能力。如今它们常常被理解成写实的冒险故事，或者为了服务于文学之外的理由而被断章取义。据说荷马史诗可以让人学到各种技术技巧，学生还能从中提炼出有用的行为准则。柏拉图担心的也许是，一些人因不是哲人而不能领悟荷马史诗的含义。如今急需的是从哲人的视角，通过哲人构筑的关乎人类灵魂的神话对荷马的历史性理解。柏拉图必然早已察觉到，在时代舆论风气的压力之下很难达到这种对荷马的真正历史性的理解。他也许觉得，与其冒险让诗歌遭到误解的风险，不如采取"官方"立场，也即从哲学的角度认定诗歌本身是种可疑的媒介。[42]

---

〔42〕　鉴于较晚近文学批评诠释自由开放的程度，我们不由自主会同意柏拉图的观点。"一旦事物被书写下来，"苏格拉底在《斐德若》中说，"作品无论本身如何，都会到处流传，不只会被那些能理解它的人掌握，也会流入无关之人手中。"（275e，哈佛思〔R. Hackforth〕译，载 *The Collected Dialogues of Plato*，Edith Hamilton and Huntington Cairns（eds）〔Princeton, NJ: Princeton University Press, 1971〕，p. 521）

柏拉图时代艺术的主流是自然主义。在此，回顾本书导论部分概述过的老子对意识的分析也许会有帮助。意识可能会察觉到两种同时与现实进行互动的方式。意识意指对象，在这种意向性的能力中，现实就由意识所意指的"万物"构成。但一个思想家如果障目于"物之现实"，就将陷入某种沃格林称作"想象性遗忘"的状态。[43] 因为意识本身也具有参与性的维度，它不只作为主体去意指对象，而且自身也是"**道**"的参与者。一种平面化的自然主义过分强调现实物质性的那一面，因而有可能诱使灵魂犯下想象性遗忘，以为现实就只等同于"万物"的世界。事实上，柏拉图对话中叙述的神话故事和同时代文学作品的差别在于，前者缺乏那种平面化的自然主义，这些神话中就有作为压轴的厄尔神话（myth of *Er*）*，它描述了冥府中对善灵和恶灵的奖惩，以及它们前世成就的"德性"或"人的卓越"（*aretê*）将会如何影响它们选择来世的生活。

因此，《理想国》卷 10 中对诗的所谓攻击必须参照文本整体来解读，而这就意味着将《理想国》本身解读为一部象征性地激发联想的散文 – 诗，这一点集中体现在厄尔神话中。在《理想国》的尾声处，潘菲洛斯（意即"每人"）家族的后人厄尔下降至冥府随后复生，并带回了一套关于死者如何在投胎的轮回中选择来世生活的说法。苏

---

〔43〕《追寻秩序》，第 61 页。
　*　厄尔神话出自《理想国》。

格拉底在《理想国》开篇处从雅典下降到比雷埃夫斯这个"冥府"，为的是拯救那些希望上升至光明境界的灵魂。[44]而且，《理想国》也不应该被误读为创建政治乌托邦的一份直言不讳的蓝图。柏拉图对典范政体（politeia）的建构在很大程度上是他的比喻，借助这个比喻他才能在更大的维度上描绘出人类灵魂的轮廓。苏格拉底在对话中提出的许多激进设想——例如取缔家庭、放逐诗人、要求妇女（像男人一样）裸体竞技——本身就意在挑起争议，激发针对如何疗救当下雅典沉疴的热切讨论。它们并不是构成现代意义上政治立场的"观点"。

柏拉图式的哲人和儒家的圣人均脱胎自一个更早的诗学传统。乍一看，柏拉图所谓的"诗与哲学的古老之争"似乎又是一个嘲弄传统的例证，我们看到，修昔底德在史书开篇的无礼已经将之表露无遗。然而我们也一直试图论证，柏拉图对诗的批评进一步和这位哲人的一种信念有关：在本书第二部分已经讨论过的那种理性主义风潮中，诗已经被还原为一种模仿性的、对象性的写实。换句话说，诗歌的形象塑

*178*

---

〔44〕 这种洞见来自沃格林，《柏拉图和亚里士多德》，第52–66页。另参萨利斯，《存在与逻各斯》，第314页。对柏拉图的诗歌详尽的、批判修正性的讨论，参 Steven Shankman, *In Search of the Classic: The Greco-Roman Tradition. Homer to Valery and Beyond*（University Park：Pennsylvania State University Press，1994），第1和第14章。关于柏拉图如何在文学上回应当时诸种体裁的新近讨论，参 Andrea Wilson Nightingale, *Genres in Dialogue: Plato and the Construct of Philosophy*（Cambridge：Cambridge University Press，1995）。另参 Christopher Janaway, *Images of Excellence: Plato's Critique of the Arts*（Oxford：Clarendon Press，1995）。

造已经不再具有一种澄明的（luminous）能力，去探索并传达对某种更大之整全的参与体验。在第三部分的第 1 小节，我们讨论了柏拉图在《理想国》中对荷马《奥德赛》匠心独运的改写。在接下来这部分中，我们会反思他在《会饮》中对希腊悲剧的改写。如果柏拉图这位创作了《理想国》和《会饮》等对话的文学巨匠根本不像人们通常指控的那样是艺术的死敌，那么孔子也不是一个面对中国传统奉行狭隘道德主义的文学批评者。这位中国圣人对诗歌的评论和柏拉图、亚里士多德的思考相比实在太过简略琐碎，但我们依然能在这些儒家典籍中清楚地发现一种感发性的诗学观，这和亚里士多德《诗学》中讲求感染力的文学理论不谋而合。诗不只是一种教化工具，虽然孔子显然希望情绪感染能产生适当的伦理规范。对孔子来说，诗歌的重要性仍主要在于兴发情感的能力。

## 3. 圣人、哲人以及参与性维度的恢复

### 孔子与社会参与

孔子的思想中包含着一种"对事物背离了常道的深刻感知"。[45] 如前所述，孔子生活在一个政治和社会动荡不安的年代，常恨"道不行"于当世（《论语》5.7）。他视过去为指南。他曾形容"师"就是"温故而知新"之人

---

〔45〕 史华慈，《古代中国的思想世界》，第 63 页。

（2.11），而他所回顾、传述并垂为大道之模范的"故"，就是周代早期。

礼是孔子为周代招魂的关键。孔子曾说，"礼之用，和为贵"（1.12），然而一度充当正确言行之基础的古老的天人合一已经崩溃，"当务之急是要找到'真正的'价值，这些价值将会恢复天的完满"。[46]我们认为，孔子找到了一种"真价值"，足以成为使个人身上同情的能力和自我成就的潜力两者达到和谐的基础。"仁远乎哉？"孔子先问后答："我欲仁，斯仁至矣。"（7.30）孔子崇尚一套旧秩序，但也明白复兴以礼为本的旧体制，要求一个新的、不同于已然大大崩坏的贵族体制的基础。因此他转而诉诸个人和仁的能力，这种能力被他直接定义为"爱人"（12.22）。

孔子认为触手可及的仁德在《论语》中出现的频率远高于其他德性。仁通常被译为"慈善"（benevolence），虽然"人道"（humaneness）或"人性"（humanity）的译法最近也相当流行。几十年前，卜弼德（Peter A. Boodberg）在著作中主张"人道"或"人性"要优于传统译法，理由是"仁"（humanity）不只是衍生自"人"（"man"，*homo*）这个常见的汉语词，"仁"和"人"实际就是形体有别的同一个字。[47]"仁"作为品德是一个人最突出的特质，它同样读作"人"，

---

〔46〕 伊若泊，《儒家创造之天》，第 27 页。

〔47〕 "The Semasiology of Some Primary Confucian Concepts，" in *Philosophy East and West*，2.4（1953）：317–22，重印于 *The Selected Works of Peter A. Boodberg*（Berkeley： University of California Press，1979），p. 36。

淋漓尽致地表达了"人"这个词的内涵。因此在《论语》3.3中孔子玩了个文字游戏说:"人而不仁,如礼何,人而不仁,如乐何?"我们认为这句话的要点是,只有一个人成为拥有仁的全人,这个人才能真正从礼乐中获益。

但这引出了一个问题,究竟是什么构成了"仁"这种特殊品质?传统中国学者对"仁"字中包含的"二"这个字形做了许多阐发。他们认为,"二"这个字形表达了仁德的人际本质,亦即一种"二元性"。可以说,仁只有通过一个人和另一个人的关系才能得到培养。把这套词源学作为"仁"字演变的准确解释仍然值得商榷,但它确实抓住了"仁"的一个本质特征,因为孔子似乎确实相信,我们最高的人性只能通过我们和其他人的关系而得到培养。

在《论语·颜渊》的前三章中,夫子先后被三位门徒颜渊、冉雍和司马牛问及"仁"。由于三人中颜渊显然是孔子的得意门生,我们应该特别注意他和夫子的对话:

> 颜渊问仁。子曰:"克己复礼为仁。一日克己复礼,天下归仁焉。为仁由己,而由人乎哉?"
> 颜渊曰:"请问其目。"
> 子曰:"非礼勿视,非礼勿听,非礼勿言,非礼勿动。"
> 颜渊曰:"回虽不敏,请事斯语矣。"(《论语》12.1)

这一段落可能正值孔门弟子开始辩论道德品质是内在于人还

是只能以某种方式通过外在影响来培养之时，这场辩论或见诸《孟子》等文本。[48] 在以上段落中，夫子指出，虽然"仁"来自一个人自己——我们也可以说来自其内——但只有当一个人"克己"并投入到组织起社会生活的礼仪形式中，"仁"才能实现。芬格莱特（Herbert Fingarette）在一部极具争议但很重要的孔子思想研究著作中论证，孔子并不太注重内在的心理状态。[49] 我们有所保留地认可这点，但同时认为，只有当心理状态能通过人的实际行动被实现，孔子才会关注。正如郝大维和安乐哲解释的那样："人性（仁）的权威只能在共同的语境中，通过人际交换来获得。"[50]《论语》12.2 接下来重申了这个观点，孔子说，"仁"的一个特征是"己所不欲，勿施于人"。这表明"仁"是一个人运用内在禀赋来引导人际行为举止的能力。

对孔子来说，参与人类社会是**能够**实现人性（仁）的唯一方式。中国古代农家和部分道家提出了异见，他们挑战了这个设想。在一段较晚出的《论语》文本中——它或出自儒家和其他学派冲突加剧的时代——孔子的学生子路遇到两位耕者问他，为何夫子不逃避那使得社会动荡而又无可改变的"滔滔"？子路随后向夫子转述了这个问题，孔子"抚然"答道："鸟兽不可与同群，吾非斯人之徒与而谁与？"

---

〔48〕 见《孟子》6A.3。

〔49〕 *Confucius: The Secular as Sacred*（New York：Harper and Row, 1972），p. 37.

〔50〕 郝大维、安乐哲，*Thinking Through Confucius*（Albany：State University of New York, 1987），p. 116。

（18.6）耐人寻味的是，孔子这话和苏格拉底对斐德若说的一段话很像，这段话出现在与后者同名的对话录中，苏格拉底正在答复他出城到乡下谈话的邀请。"我是个好学之人"，苏格拉底告诉斐德若，"乡村和树木什么也教不了我，城里的人却可以。"（230d）

儒家思想是一套关于社会和政治参与的哲学。仁德无法在"鸟兽"群中得到实现，柏拉图的"乡村和树木"也教不了孔子什么。实际上，按孔子的观点，只有**通过**人际关系才能造就一个人，这些人际关系应该和谐。因此，儒家提防任何形式的竞争。子曰："君子无所争。必也射乎。揖让而升；下而饮。其争也君子。"（3.7）在这个出自《论语》最早一部分的文本中，孔子公开反对一般意义上的竞争。虽然他认可比赛射箭，但参赛者在其中真正关注的应该是恰当地遵循礼仪。这些礼仪同样有着社会维度，比如要求向其他参赛者鞠躬谦让，赛后还要共饮。

众所周知，儒家抨击对"利"的追求，其背后可能是这样一种观念：逐利可能导致人与人之间陷入激烈的竞争，因而有损社会和谐。夫子说："放于利而行，多怨。"（4.12）儒家亚圣孟子更加明确地表达了这种观点：

王曰"何以利吾国"？大夫曰"何以利吾家"？士庶人曰"何以利吾身"？上下交征利而国危矣。（1A.1）

儒家的"让"德，亦即"谦逊"（deference）或"屈服"（yielding），也可以理解为一种避免发生竞争的策略。孔子称"让"是礼的根本构成部分："能以礼让为国乎？何有？不能以礼让为国，如礼何？"（4.13）在另一处，孔子推崇传说中的周代统治者泰伯，他曾三让天下（8.1）。

讽刺的是，这些辞让不争之举却带有竞争的意味：一个人在自我牺牲和谦逊上争先，就能因此获得某种超出他人的权力。泰伯三让天下，这让他的子民们坚持要以天下相赠，并且在他最终接受之后更加崇敬他。倪德卫（David Nivison）讨论了儒家文明的这个方面，并将之与"德"的概念联系起来。他将"德"解释为 A 因为 B 亏欠的恩情而对 B 拥有的权力。他认为，德"产生自或者是回报自慷慨、自制和自我牺牲之举，以及仁的态度"。[51] 因此，表面上的贬损之举可能实际上是种自我提升。但我们想强调的是，这些做法由于显示了非竞争性和非侵犯性，更不容易扰乱儒家视为重中之重的社会和谐。此外，无论早期儒家再怎么竞相标榜谦逊，面对那种"在希腊生活方式中根深蒂固的无形且一触即发的争斗和敌对"，[52] 他们都会深感不安。

---

[51] 参 "'Virtue' in Bone and Bronze" 以及 "The Paradox of 'Virtue'"，载 *The Ways of Confucianism: Investigations in Chinese Philosophy*（Chicago: Open Court, 1996），pp. 17–43，尤其是 p. 29。

[52] 参 *The Oxford Classical Dictionary*，ed. Simon Hornblower and Antony Spawforth（3rd edition; Oxford: Oxford University Press, 1996）中的 *agones* 词条，pp. 41, 42。这个对比是 G.E.R. 洛伊德《异见与权威》一书，尤其是第 20–46 页的主要论题之一。

孔子显然坚信人皆能"克己复礼",我们却没有理由认为孔子向时代发出的这一号召确实产生了直接而显著的影响。孔子本人失望于"吾未见好德如好色者"（9.18, 15.13），而根据司马迁的记述，孔子在晚年开始潜心学术，希望能够以此影响后世。[53] 孔子去世二百五十年后，中国归于一统，接下来一百年内，儒学成为国家支持的意识形态。很难说孔子本人会不会认可后世这套为推崇法家的汉朝廷量身定制的儒学。但在那个时代之前，尽管孔子及其弟子付出了不懈的努力，整个社会仍然日益陷入纷争与祸乱。儒家达至社会和谐的构想几乎无人问津。正是在此种社会背景下，道家对"道在何方"这个问题提出了一个迥异的解答。

## 老子返归于道

183　　《道德经》对我们来说是最复杂、最令人费解的中国古代传世文献之一。我们对其托名作者老子几乎一无所知。事实上有人甚至论证过，"没有证据表明他是个历史人物"。[54]

--------

[53] 参《史记》47.1943。另参杜润德，《雾镜》，第62页。（[译按]《史记·孔子世家》："子曰：'弗乎弗乎，君子病没世而名不称焉。吾道不行矣，吾何以自见于后世哉？'乃因史记作春秋，上至隐公，下讫哀公十四年，十二公。据鲁，亲周，故殷，运之三代。约其文辞而指博。故吴楚之君自称王，而春秋贬之曰'子'；践土之会实召周天子，而春秋讳之曰'天王狩于河阳'：推此类以绳当世。贬损之义，后有王者举而开之。春秋之义行，则天下乱臣贼子惧焉。"）

[54] 刘殿爵，"Appendix 1: The Problem of Authorship,"见 *Lao-tzu: Tao Te Ching*（1989; rpt., New York: Everyman's Library, Alfred A. Knopf, 1994），p. 89。

《道德经》成书肯定要晚于部分中国古代学者所认为的公元前6世纪，但新的抄本证据表明，它可能也不像许多当代学者认为的那样要晚出于《庄子》。无论准确的成书年代是何时，《道德经》似乎的确涉及了战国时期涌现的许多哲学问题和论证，尽管书中并未点名提到其他学派和思想家。例如，我们在导论中已经稍做讨论的开篇两句就暗示了其哲学语境，我们至少能够部分地将之重构出来：

道可道，非常道。名可名，非常名。（《道德经》1）

孔子经常提到"道"。在他看来，这意味着根植于早期周代传统中的伦理行动的正确路径。相对而言孔子很少提"名"，但他确实在《论语》13.3中说，"正名"即"矫正名称"是优秀领导者的重要任务之一。将名作为规范性范畴在此后的儒家尤其是荀子（约前305—前235年）的思想中变得愈发重要。此外，战国时期出现了一个被后世称为"名家"（school of names）的学派，他们试图通过细致甚至有时是吊诡地分析语词来检验语言和语言表征的世界。

老子的头两句话是在笼统地反对那些企图运用语言来包围乃至捕捉真理的人。所以老子说，"圣人……行不言之教"（《道德经》2）。他又相当激烈地攻击儒家等学派推崇为智慧的语词概念"弃智"（《道德经》19）。

因此，老子的"道"离弃了准确的语词概念。但《道德经》又是一本用语词写就的书。这个明显的悖论有时候被解释为一个故事，这则故事虽然必属虚构，却使人喜闻乐见：一位"关尹"——类似于把守关卡的官吏——强求老子写下这部书以记录下他的智慧，否则就不让他通关。[55]但其实并没有什么悖论，只要我们明白，《道德经》主要是用一种以高度诗化的、象征性的语言写就的著作，其用意是从大道出发启发我们，而不是用给定了的、意向性的方式向我们灌输。换句话说，虽然老子并未在周代早期的政治和社会礼仪中发现一个乌托邦，但他确实试图复兴一个参与进宇宙的神话世界，这个世界和《诗经》中与自然相和谐的乡间世界有许多共通之处。

实际上我们相信，《道德经》最佳的读法，不是将之读成一门包含融贯的、可以转述的教条的分析哲学，而是应读成一部有着共同指归的寓意诗集。著名的历史语言学家高本汉在五十多年前就已经以中国学界已有研究为基础作为证据，证明《道德经》四分之三的内容是押韵的诗句。高本汉注意到："许多句子以散文开头，随后几行带有节奏和韵律，最后又以一两句散文收尾，这一点颇令人惊异。"[56]然而据我们所见，近来的许多译本均未抓住《道德经》这一关键特征，因此，除非一个人了解高本汉这篇文章，或者这人在历史地重构早期中国的过程中足够博学，否则很容易就忘记了

---

〔55〕 这个故事始见于司马迁《史记》第63章（《老子韩非列传》）。这位关令后来成为道家的英雄人物，因为他独具慧眼承认了老子的伟大。后世道家典籍也为之立传。

〔56〕 "The Poetical Parts in Lao-Tsï," *Göteborgs Högskolas Årsskrift*, 38（3）（1932）: 4.

这个文本在形式上有多么接近诗歌。[57]

除了押韵和引人入胜的节奏，《道德经》也充满了比喻和象征。这种特质造就了这部经典主要的吸引力和神秘感。老子主张，由于最根本的道理无法被化约呈现为清晰的表述，那么最好用隐喻和象征来表现它们：

上善若水。（《道德经》8）

上德若谷。（《道德经》41）

譬道之在天下，犹川谷之于江海。（道德经》32）

天之道，其犹张弓与？高者抑之，下者举之。（道德经》78）

与早期儒家文献不同，这个高度诗性的文本，其意象多数是女性化的。当然不应该由此推论老子是早期中国女性主义的先驱。他的目标之一是敦促我们反思我们的权力和地位观念，因此他很喜欢声称显得弱的东西实际上强，反之亦然。老子并不是在要求女性质疑自身的角色，而更多的是在促使读者认识到顺从和变通的巨大威力（见《道德经》28

---

[57] 我们不无犹豫地指出这点，生怕又由此造出一版新的《道德经》译文。现在可用的译本已有八十余个，每年还会有两三个新译面世。

和 61）。当然，除此之外，老子显然在女性形象中找到了大道那种神秘而不竭的丰产能力：

> 谷神不死，是谓玄牝。玄牝之门，是谓天地根。绵绵若存，用之不勤。（《道德经》6）

我们必须返归所谓的"天地根"，而这对老子来说如同返归母亲：

> 既知其子，复守其母。（《道德经》52）

> 我独异于人，而贵食母。（《道德经》20）

老子和孔子一样相信我们已经堕落远离了早先的整全，但对前者来说那个整全并不是人类历史中某个政治社会秩序使人人各得其所的时代。[58] 他目光投向的反而是一个史前时代，当时人类正与自然秩序融洽相处，如同婴儿依偎在母亲的怀抱中。儒家提倡礼、义、学、智、仁的议题遭到明确反对，因为这些实践只会导向更严重的意向主义，与"法自然"（《道德经》25）的道更加背道而驰：

---

[58] 老子对"返归"失落的与宇宙统一的状态的表述，在希腊哲学中有类似；参本书第 188–9 页的讨论。

大道废，有仁义。智慧出，有大伪。（《道德经》20）

故失道而后德，失德而后仁，失仁而后义，失义而后礼。夫礼者，忠信之薄而乱之首。（《道德经》38）

绝圣弃智，民利百倍；绝仁弃义，民复孝慈。 *186*
（《道德经》19）

虽然在后一段中攻击了"圣"，老子仍称自己的理想人格为"圣人"，但其并非通晓礼之节文、凡与人交皆能体现仁德的儒家圣人。老子恰恰直接告诉我们，"圣人不仁"（《道德经》5），道家的圣人只是"得一"（《道德经》22）。此外《道德经》中的圣人也拥有明智（understanding），而这种明智并不来自"知"，对于孔子和门人来说，"知"意味着努力运用意向性意识去掌握过去的文献和实践。老子用另一个术语来表达圣人所追求的洞见或启示，即"明"。"明"字面上的意思是"明亮"（bright），是某种不同于后来禅宗传统中之"开悟"（satori）的"光明"（luminosity）。老子将这种"明"定义为"知常"《道德经》16、55）。在《道德经》其他地方，"明"和"常"被关联在一起：

见小曰明，守柔曰强。用其光，复归其明，无遗身殃，是为习常。（《道德经》19）

现在我们不妨更深入地考察老子在《道德经》中对表达"知道"的诸概念的运用。

通常老子用"知"或"智"这两个相关的字来指纯粹意向性的、推论式的知识。[59]用"明"和"观"等动词来指对我们所谓人类意识中的参与性维度的觉知。这种参与性体验的明亮特性体现在"明"这个字本身之中,它由代表太阳的"日"和代表月亮的"月"两个偏旁组成。

《道德经》第一章并没有出现"知"字。意向性更多地和"欲"这种身体性体验联系在一起[60]。"欲"的意思是"寻求"或"意向"。正如长友繁法(Shigenori Nagatomo)观察到的,"欲"指代一种"每个理智活动中的指向性;我寻求**某物**;我意向**某物**或欲求**某物**"。[61]如果要感知("观")那道的

---

[59] 前一个字("知")一直被用作表示"获知"(to know)的动词,后一个字("智")作为名词可以相当自由地和前一个字互换,表示"知识"(knowledge)或"智慧"(wisdom)。《道德经》中这种互换,参岛邦男(Shima Gunio)在《老子校正》(Tokyo: Morimoto, 1973)第3、18、19、27、81章(分别见第58、88、90、108、224页)中注出的不同版本和解读。值得注意的是,"知"字本身的字形结构就表明其既具有口头性也(因而)具有意向性。关于这个结构,参《说文解字注》,第227页。

[60] "欲"取"寻求"意,参 Ch'en Ku-ying, *Lao Tzu: Texts, Notes, and Comments*, translated and adapted by Rhett Y. W. Young and Roger Ames(San Francisco: Chinese Materials Center, Inc., 1977), p. 51。张钟元(Chung-yüan Chang)将"欲"译为"指望",参 *Tao: A New Way of Thinking*(New York: Perennial Library, 1977), p. 1。

[61] "An Epistemic Turn in the Tao Te Ching: A Phenomenological Reflection," *International Philosophical Quarterly*, 21(2), issue no. 60(June, 1983): 176。沃格林像老子一样,认为意向性源于人体验到其意识位于身体之中。沃格林写道:"作为位于身体之中的意识所意向的对象,现实本身(转下页)

神秘（"妙"），这种意向性就必须一直被否定。顾赛芬（F. S. Couvreur）将"观"定义为"站远点来考虑，从高处观察"[62]，也有其他学者认为，"观"的原意是"张大眼睛看"，也就是"放宽眼界"。[63]在本段的语境中，老子没有用"知"这个词，而是选择另一个表达对整体的沉思的词，这个整体被观察者从极高远处加以认知。

第二章开头断言，"天下皆知美之为美，斯恶已。皆知善之为善，斯不善已"。在此，老子似乎在质疑对立概念的现实性，以期能察觉这些被认为对立的概念事实上有何共通之处。一旦美或善被概念化为语词，人们就会分门别类，结果就限制了自己的经验。一旦人们创造了"美"和"善"等人为范畴，相反的范畴如"丑"和"恶"就会出现。由此，现实就落入语言的掌控之中，人对整全的体验就破裂了。"认知"意义上的"知"就和人从自己有限的视角出发进行的理解联系了起来（后来的庄子也这样认为），而不是和人对自身视角在整体中的位置的觉知有关。在第22章中，真正的圣人拥抱整全（"抱一"），而不是只关注自己——只从

---

（接上页）获得了一种如同感触外部事物的隐喻形象（acquiresa metaphorical touch of external thingness）。我们在诸如'意识到某物''记忆或想象某物''思考某物''研究或探索某物'等等短语中都运用了这个隐喻。"（*Order and History*, Vol. 5: *In Search of Order*〔Baton Rouge: Louisiana State University Press, 1987〕, p. 15）

〔62〕 F. S. Couvreur, SJ, *Dictionnaire classique de la langue chinoise*（rpt., Taipei: Book World Company, 1966）, p. 840。张钟元将"观"译为"沉思静观"（*Tao: A New Way of Thinking*, p. 3）。

〔63〕 如参 Kato Joken, *Kanji no kigen*（Tokyo: Katokawa, 1974）, p. 341。

自己的视角出发看待现实——因此他体验到了光明（"不自见，故明"）。[64]

在第 3 章，老子提出好的统治者会一直确保臣民没有知识见闻（"无知"）也没有欲望（"无欲"）。他还防止聪明过头的人（"知者"）做事情。"知"在这里指"人为发明"的知识，"这种知识会妨碍我们对大道的理解"。[65]

随后一章，老子提到了空和道的不可触及。因为异常深奥，道"渊兮似万物之宗"。但如果它本身就似万物之宗，那又是什么生出了道呢？这个问题无法解答："吾不知谁之子。"道的生成不能作为意识的意向对象而被"知道"，因为这个过程无法用时空范畴来理解。道就是存在的根基，包括神的存在的根基本身："象帝之先"——如果我们追随刘殿爵把"象帝之先"这句话中的"帝"理解为"上帝"。[66]

我们已经举出了足够的例子说明，老子经常用"知"

---

[64] 因此，尔克斯（Edward Erkes）在 *Ho-Shang Kung's Commentary on Lao-Tse*（Ascona, Switzerland: Artibus Asiae, 1950）第 164 页中根据河上公注，将本句译为"他并不待见（regard）自己。因此他是明白的（enlightened）"。类似地，陈艾伦（Ellen M. Chen）在 *The Tao Te Ching: A New Translation with Commentary*（New York: Paragon House, 1989）第 110 页中译作"不着眼于自己（self-seeing），他是明白的"。"不自见，故名"还可以按刘殿爵的译法，译成"他不表现自己，但却显而易见"（p. 79）。

[65] 陈鼓应，《老子注译及评介》，第 65 页。

[66] 《老子》，第 60 页。当然，将"帝"等同于西方传统中的"上帝"是很成问题的。关于此节，参伊若泊，"Was There a High God Ti in Shang Religion?" *Early China*, 15（1990）：1–26.

这个词来指代主—客模式下的知识。至于主体对自己澄明地参与到整全中的觉知，老子有时候会用"明"这个词，如在上文讨论的第22章中，又如在我们即将要讨论的第10章中。第10章被编排为一连串针对一系列问题的观点。最后一小节如下："明白四达，能无知乎？"这节要表达的是，只有当人不去追求无止境的意向性知识，明才能显现出来。[67]真正的澄明，"明"，乃是"知常"（《道德经》16）。

在第52章中，老子下了个奇怪的断言，也就是我们前面引过的"见小曰明"。如果我们将之理解为"看见世俗认为无关紧要的东西，是真正的'明'"，这个断言就没有那么奇怪。下一句（"守柔曰强"）四字和首句对仗，也可以做类似的理解，即选择一条因为违背传统智慧而看似自相矛盾的道路："持守（传统认为的）柔弱被称为刚强。"老子又一次把"知"意义上的知识描绘成这一点的反面。我们只能"知（道）"道的表现，却不能"知"其本质。老子在本章一开头就说："天下有始，以为天下母。既得其母，以知其子，复守其母。"和第1章一样，我们无法"知（道）"道的体验（虽然现代汉语中"知道"的意思就是"to know"！），但我们能通过自己如何参与道的觉知来"复归明"（52.15）。再

---

[67] 这段文本有争议。王弼本"知"作"为"。1973年出土的马王堆乙本作"知"，为本书所采纳。参 Robert Hendricks, *Lao-tzu: Te-Tao Ching: A New Translation Based on the Recently Discovered M-wang-tui Texts* ( New York: Ballantine Books, 1989 ), pp. 206–7.

一次，这种光明和恒常有关，因为像返归光明这种体验，老子认为是在"习常"（52.19）。

我们不妨暂时思考一下"复归明"这个短语。本章的标题是"老子返归于道"。复归光明的体验与希腊哲学的"努斯"（"理智"，*nous*）一词对应。福莱姆（Douglas Frame）认为，这个词因带着常见的印欧语词根，衍生自荷马笔下的 *neomai* 这个词，意为"返乡"。按福莱姆的说法，印欧语词根（*nes-*）有一更早的神圣含义，即从黑暗和死亡回归光明和生命[68]。因此，柏拉图和亚里士多德关于理智参与的观点——本章稍后我们将会讨论到——也有可能包含一种和老子的"复归明"不无相似的返归光明的体验。

189

老子探寻如何返归对"常"的澄明觉知，追求"一"、母、道，这在某种层面上反映了对某种更简单质朴的生活的念旧情怀。《道德经》第81章描绘的道家式乌托邦是"小国寡民"。其中有器具、兵器、车马，但没人用它们。最重要的是，人们用"结绳"来交流，许多早期中国思想家认为这是发明文字书写之前人们传递简短信息的方法。初民们满足于和乐的生活，直到"民至老死"也不需要拜访邻近的乡村。*在《道德经》成文的战国时代，再没有一种哲学能如

---

〔68〕 *The Myth of the Return in Early Greek Epic* ( New Haven: Yale University Press, 1978 ), ch.2.

* 小国寡民。使有什伯之器而不用；使民重死而不远徙。虽有舟舆，无所乘之，虽有甲兵，无所陈之。使民复结绳而用之，甘其食，美其服，安其居，乐其俗。邻国相望，鸡犬之声相闻，民至老死，不相往来。

此远离时代的动荡和创新。葛瑞汉对老子形象的描绘出乎意料的负面，他说："这本充满逃避与退缩的化名书，其思想的本色不过是一种压倒性的情感——畏惧。"[69]也许是吧。但《道德经》也是对儒家和许多其他早期中国思想家的信念与构想的一次大胆的攻击，他们认为这些信念和构想将会引向一个更有序、更令人满足的社会。老子则断言，诉诸意向性的努力来克服我们与道的疏离感，无异于南辕北辙。我们必须想办法恢复一种业已失落的自发（spontaneity），一种"自然如此"；在这样一种参与性意识中，我们会再一次"得到母亲的喂养"（食母*）。

## 庄子对惠子意向主义的参与主义回应

沃格林发现，philosophos（"哲人"／"爱智者"）这个词在诞生之初，代表了一种对柏拉图时代雅典舆论氛围的抗拒意识。爱智者"philosopher"和另一个词爱意见者"philodoxer"成对出现。[70]类似地，很可能生活在公元前4世纪后半叶的庄子，其思想和老子关系密切，也是针对其对

---

〔69〕《论道者》，第218页。

〔70〕 参《柏拉图与亚里士多德》，第65页以下。

* "绝学无忧，唯之与阿，相去几何？善之与恶，相去若何？人之所畏，不可不畏。荒兮，其未央哉！众人熙熙，如享太牢，如春登台。我独泊兮，其未兆；如婴儿之未孩；儽儽兮，若无所归。众人皆有余，而我独若遗。我愚人之心也哉！沌沌兮，俗人昭昭，我独昏昏。俗人察察，我独闷闷。澹兮，其若海，飂兮，若无止，众人皆有以，而我独顽似鄙。我独异于人，而贵食母。"（《道德经》20）

手和友人惠子的观点而提出。庄子自成一派的道学，显然是对惠子的意向主义做出的参与主义回应。

　　葛瑞汉告诉我们，在公元前4世纪，中国如何第一次出现了思想家云集的现象，他们着迷于种种论证机巧和通过咬文嚼字、玩弄文辞所产生的悖论。[71] 这些中国的"智者"（sophists）一开始被称为"进行分辨的人"（"辩者"），后来<sup>190</sup>被称为"名家"，他们对语言的操纵产生了据说可以证明的非感性和反直觉的命题。最出名的"智者"之一是惠施（惠子），他是庄子的同时代人，作为宰相出仕侍奉梁惠王（约前370—前319年）。不幸的是惠子并没有著作存世，他主要通过哲学论敌庄子的著作尤其是《庄子》为人所知，而这是一部出自庄子和后来的追随者之手的合辑。惠子的一系列悖论出现在《庄子》第33篇（《天下》），其中一些和公元前5世纪希腊思想家芝诺的悖论惊人地相似。要准确把握这些悖论的重点相当困难甚至不可能，但清楚的是，它们都基于一种高度字面的甚至机械的语言观。[72]

―――――――――――

[71]《论道者》，第75页。最近，陈汉生质疑了葛瑞汉将"理性"这个概念套用到这批哲学家的智性活动上的做法。事实上，陈汉生论证在中国哲学中并没有和希腊的"理性"对应的观念。参"Should the Ancient Masters Value Reason," *Chinese Texts and Philosophical Contexts: Essays Dedicated to Angus C. Graham*, ed. Henry Rosemont, Jr.（La Salle, IL: Open Court, 1991），pp. 179–208。

[72] 葛瑞汉相信惠子可能在像芝诺一样试图阐明"一切为一"（all things are one）的观点。如果确实如此，那么芝诺的论证就和庄子的殊途同归。也有可能惠子在一个精明的政治论辩备受欣赏的时代作为一名成功的政客只是在表现自己的精明，并没有具体的哲学宗旨。无论他的悖论用意何在，其基础是咬文嚼字操纵语言，这点是很清楚的。

正如前文所见，老子担忧语言会被简省为浅薄的真假命题。命名的做法将会把我们与命名意在唤起的那种体验本身割裂。既然语言同时参与到意识的意向性和参与性两极，那它就应该反映这一事实。无止境的意向性命名似乎是惠子所选择的道路，智者们纷纷追随惠子，甚至提出比他更不合常理的命题，譬如"火不热""轮不蹍地"，还有"镞矢之疾，而有不行、不止之时"。[73]语言本可通过反映现实的意向性和参与性维度来揭示现实，现在却由于化约了的意向主义论述而模糊了道。在并非出自庄子本人而是其追随者之手的总结段中，叙述者评论说惠子"构造了奇怪的命题"（为怪）。[74]庄子希望揭示因为惠子对古代中国称之为"万物"的狭隘而意向性的关注而模糊了的道。他说，由于惠子并不"贵道"，所以"散于万物而不厌，卒以善辩为名"。[75]

惠子是庄子的另一个自我，是他的哲学对手，庄子对世界的独特的参与性洞见与惠子针锋相对。在《庄子》第24篇（《徐无鬼》）中我们读到：

　　庄子送葬，过惠子之墓，顾谓从者曰："郢人垩漫

---

〔73〕《庄子》，第三十三篇（"天下"）。另参芝诺著名的飞箭悖论。借由反直觉的逻辑和对语言的操纵，两位思想家都模糊了他们的命题语言或多或少试图揭示的那种整全体验。

〔74〕此处用了梅维恒（Victor H. Mair）在 *Wandering on the Way*（New York：Bantam Books, 1994）第346页的翻译。

〔75〕同上书，第346–7页。

其鼻端若蝇翼，使石匠斫之，匠石运斤成风，听而斫之，尽垩而鼻不伤，郢人立不失容。宋元君闻之，召匠石曰：'尝试为寡人为之。'匠石曰：'臣则尝能斫之，虽然，臣之质死久矣。'自夫子之死也，吾无以为质矣，吾无与言之矣。"（24.6）[76]

这段关于泥灰匠和石木匠间象征性关系的怀旧描述，究竟如何与惠子和庄子的关系构成类比仍然模糊不清。惠子被比作谁，庄子又被比作谁？另一方面，那把挥舞生风的斧子让人想起《庄子》第 4 篇（《大宗师》）中庖丁那毫厘不爽的道家刀功。石木匠便指代了庄子，而斧子也有可能使人联想到惠子逻辑的锋芒。类比因而模糊不清，但这也许正是庄子的要义所在。如果惠子被问起，他很可能会想厘清类比，但庄子似乎满足于任由它模糊不清。毕竟对庄子来说，阐释只是一个人在现实整体之中采取特定"主体立场"的结果。然而，这段话中确凿无疑的是，它描述的情景要求泥灰匠和石木匠二者在场。他们必须共同参与整个过程，哪怕我们并不清楚他们各自在庄子的寓言中代表谁。

　　下面我们就要讨论《庄子·秋水》中著名的关于快乐的鱼的小故事了。庄子写道：庄子与惠子游于濠梁之上。庄子曰："鲦鱼出游从容，是鱼乐也。"惠子曰："子非鱼，安

---

〔76〕　本段为笔者所译，但参考 *The Complete Works of Chuang Tzu*，trans.Burton Watson（New York：Columbia University Press，1968），p. 269。

知鱼之乐？”庄子曰："子非我，安知我不知鱼之乐？"惠子曰："我非子，固不知子矣；子固非鱼也，子之不知鱼之乐全矣。"庄子曰："请循其本。子曰'汝安知鱼乐'云者，既已知吾知之而问我，我知之濠上也。"

本段的焦点很大程度上在于"知"的含义。对惠子来说，"知"意味着**确定的**意向性知识。对庄子来说，"知"意味着参与整全之道的觉知，无论这种觉知多么不确切。庄子试图澄清意向主义思想家的"知识"和道家圣人的"智慧"之间的区别。庄子怎么（"安"）知道鱼很快乐？庄子选择把"安"理解为"从什么角度"（字面意思是"从哪里"）。[77] 他总结说他是从站在桥上俯视濠水的视角知道鱼很快乐的。一个纯粹意向主义的思想家会忘记，意向性活动必须在可被领会的整体中产生，在现实的过程之外没有立足之地。庄子试图恢复这种洞见，这一事实反映在他对语言戏谑且模棱两可的运用中。惠子问庄子的问题"你怎么知道鱼以何为乐"，在庄子看来已经预设了对知识的参与性领会。因此他回答说："既已知吾知之而问我。"

我们知不知道鱼是否快乐，这完全取决于"知"的含义。如前所见，在老子那里"知"专指对外部世界的

*192*

———————————

〔77〕正如葛瑞汉所见："庄子在这里的高明之处可能不只在于揭发了汉语中'你怎么知道'有不同的问法，而惠子不过是恰巧用了'安'（'从哪里'，whence）而没有用'何以'（'用什么手段'，by what means）。事实上对庄子来说，一切的知道都和视角有关。'你怎么知道'这个问题除了澄清你获知的角度——这个角度和你实际处境的整体有关——之外没别的答案。"（《论道者》，第80–1页）

知识，而"明"专指参与体验的那种光明。《庄子》中也用"明"来表示这种更高的参与性觉知。例如，在《齐物论》（"Essay on Making Things Equal"）中，庄子对语言解决是非问题的能力提出了无情的甚或调侃的批评，因为语言总是受限于视角："故曰亦一无穷，非亦一无穷也。故曰莫若以明。"（2.5）同篇稍后，我们得知，圣人运用"明"来解决诸多思想家的观点之间显而易见的矛盾（2.7）。[78] 老子将"知"与意向性相关联，而在关于鱼之乐的段落中，庄子推动着那种"知"的经验，使之转向老子和庄子在他处均用"明"这个字点出的明亮

---

[78] 对于"明"这种"古代知识之'极致'"的评论，参 Kuang-ming Wu, The Butterfly as Companion: Meditations on the First Three Chapters of the Chuang Tzu（Albany: State University of New York Press, 1990），p. 200。"明"作为"启明"或"参与意识"的其他用例，参《庄子》第二、八、九和十四篇（"齐物论""骈拇""马蹄""天运"）。庄子认为"明"可以解决纯粹意向性思维造成的对立的观点，在孔子的《论语》2.14 中有所对应，韦利（Arthur Waley）的英译尤其可以体现这点："君子可以从各个角度看问题而不偏颇，小人则偏颇，只从一个角度看问题。"（*The Analects of Confucius*, trans. and annotated by Arthur Waley [New York: Macmillan, 1938], p. 91）史华慈认为孔子这段话通过设定"开明与偏执的对立"，暗示了"夫子自己的观点基于一种概观的、**均衡的**整体观（《古代中国的思想世界》，第 129–30 页）。另参艾文贺（Philip J. Ivanhoe）的观点，他论证庄子的视角主义是一种"疗方"，其用意是"使我们从狭隘、受限的视角中解放出来，使我们对自己在世的真正位置形成更广阔、更准确的理解"（"Was Zhuangzi a Relativist?"，载 *Essays on Skepticism, Relativism, and Ethics in the "Zhuangzi,"* ed. Paul Kjellberg and Philip J. Ivanhoe [Albany: State University of New York Press, 1996], pp. 209–10）。

之维。[79]

此外，庄子和鱼并不是相互分离、完全自利的个体，重复使用"游"这个词表明他们间的亲缘关系。庄子和惠子"游"于濠梁之上，鱼在他们脚下畅"游"。庄子因而可以"知道"或者直观到什么使鱼快乐，因为他和鱼都以类似的方式参与——他们都"游"在同样的现实之中。

在这部著作后面的部分，庄子说明了生物之间共享的纽带：

> 庄周游于雕陵之樊，睹一异鹊自南方来者。翼广七尺，目大运寸，感周之颡，而集于栗林。庄周曰："此何鸟哉！翼殷不逝，目大不睹。"蹇裳躩步，执弹而留之。睹一蝉方得美荫，而忘其身。螳螂执翳而搏之，见得而忘其形。异鹊从而利之，见利而忘其真。庄周怵然曰："噫！物固相累，二类相召也。"捐弹而反走，虞人逐而谇之。
>
> 庄周反入，三月不庭。（20.8）

_193_

---

[79] 参 "Rationalism and Anti-rationalism in Pre-Buddhist China"，载 _Unreason Within Reason: Essays on the Outskirts of Rationality_（La Salle, IL: Open Court, 1992）p. 109，葛瑞汉在此解释了他为什么更倾向于用"反理性主义"（anti-rationalism）而非"非理性主义"（irrationalism）来概括庄子的立场："庄子在不断变换'知'的用法时会不时嘲弄某一个衍生自动词（他指的可能是'知'这个动词）的变项词所代表的知识，并且颂扬无知；但他总是会有别的词，例如'明'（be clear about）来表示他更主张的那种觉知。"

园丁正要捉拿庄子，庄子正要射落鹊鸟，鹊鸟在盯着窥伺的螳螂，后者又看准了蝉。活物吃活物，正应了伍迪·艾伦（Woody Allen）说过的一句话，"整个世界就是餐馆一间"。这就是纯粹意向主义的、自利的现实观。相比华兹生"事物除了彼此拖累就再无其他"的译法，葛瑞汉更倾向于将这句话译成"事物内在地彼此相联系，一类会召引另一类"。[80]葛瑞汉认为，庄子这里是在驳斥杨子自利的个人主义和意向主义观点，主张应当觉知到各种生物是如何共同参与一个宇宙整体并且彼此相联系的。这种参与性的觉知（"知"）正是漫游中的庄子知道（"知"）同样在漂游的鱼确实快乐的诀窍。

## 柏拉图《会饮》、欧里庇德斯《酒神的伴侣》和理智参与

我们在导论中提到，荷马在《奥德赛》第12卷中对塞壬歌声的描绘表明，他比老子更担忧人的个体性和意向性的失落，而这种人的个体性和意向性，必然伴随着完全参与到神秘整一性之中的体验。为了聆听塞壬的歌唱同时避免人格的消融，奥德修斯命令手下把自己绑在桅杆上，以便他能保持"正直"（orthon，XII. 51），维持一种受到约束的个体感和他的意向性意识。失去个体性被感受为一种威胁。

在柏拉图的《会饮》中，圣人——顶着希腊式的名号"哲人""爱智者"——化身为塞壬。《会饮》通篇在追述赢

---

〔80〕《论道者》，第 176 页。

得悲剧竞赛胜利的剧作家阿伽通（Agathon）举办的一次晚宴。这是阿伽通头一次获胜，时间大约在公元前 416 年的勒奈亚节庆期间。[81] 对话内容包括受邀到阿伽通家参加庆祝的五位雅士（gentlemen）所做的一系列关于爱的本性（nature of love）的演说。演说的顺序是斐德若（Phaedrus）、泡赛尼阿斯（Pausanias）、厄里克希马库斯（Eryximachus）、阿里斯托芬（Aristophanes）、阿伽通和苏格拉底。随后演说的平静和节制被一阵嘈杂冗长的敲门声打断，醉酒的阿尔喀比亚德突然现身。阿尔喀比亚德听说宴会的主题是发表关于爱的本性的演说，于是决定颂扬苏格拉底。他的赞辞从描述他每每聆听苏格拉底交谈时有多么陶醉开始。他先把苏格拉底比作西勒诺斯（Silenus）和马西阿斯（Marsyas）这两位萨提尔（satyres），后者因其迷狂的吹箫技艺而闻名，甚至因此招致阿波罗致命的妒忌。然后，阿尔喀比亚德说，假如他当下听到苏格拉底的言谈，他即刻会不可救药地为之倾倒。"如果我借他我的耳朵（ta ôta），我就没法拒绝他，就会经受同样的经验。"他继续说：

*194*

> 他强迫（*anangkazei*）我承认，虽然我迫切地需要，但我还是忽略了自己，而是忙于雅典的事务。粗

---

［81］ 参多佛（Kenneth Dover）的《会饮》译本［Cambridge：Cambridge University Press，1980；rpt.1989］前言，第 9 页。这个日期多佛根据的是阿忒那奥斯（Athenaeus）217b 的记载。另参 D. Sider, "Plato's Symposion as Dionysian Festival," *Quaderni Urbinati di Cultura Classica*, 33（1980）: 41–56。

暴地（*biai*）堵住自己的耳朵（*ta ôta*），如同抵抗塞壬，

我逃离他，以免坐在他足下终老。（216a）

阿尔喀比亚德如果向苏格拉底哲学的塞壬之歌屈服，坐在这位宗师脚边老去，那他会过得更好。柏拉图在写作对话时已经一清二楚，事实上，阿尔喀比亚德的命运是灾难性的，最终判处苏格拉底死刑的雅典的命运也是如此。由于阿伽通在悲剧竞赛中获胜可以确定在公元前416年，那么对话展现的阿尔喀比亚德在一年后就将满怀激情地劝说雅典人远征西西里是他们命中注定的事情，而根据普鲁塔克的记载（《尼基阿斯传》13.9；《阿尔喀比亚德传》17.5），这次远征在苏格拉底看来荒唐透顶。那么，阿尔喀比亚德对苏格拉底哲学的塞壬之歌的抗拒，在某种意义上导致了他能够用"疯狂的激情"——用尼基阿斯令人难忘的话说，那种 *dyserôs*——成功引诱雅典人"去贪求可望而不可即的东西"（《伯罗奔尼撒战争史》，Ⅵ. 13）。阿尔喀比亚德拒绝了苏格拉底哲学的塞壬之歌，他选择了名声和权力的塞壬之歌，他觉得自己可以通过领导雅典实施无限扩张帝国的政策而名满天下、权倾一时。

对话的读者们知晓阿尔喀比亚德的命运。他会为远征西西里辩护。就在远征军准备从比雷埃夫斯港启程前夕，他将被控损毁了雅典城中的许多赫尔墨斯（Hermes）神像，并且亵渎了宗教秘仪。这些"赫尔墨斯石柱"，按照修昔底德的评论，"乃是雅典城中赫尔墨斯的石像——它们是方形的石柱，按照本地风俗大量立在私人宅邸门廊和神庙中"（Ⅵ.

*195*

27.1）。修昔底德继续说："城中几乎所有这类雕像都在一夜之间被损毁了面部（*ta prosôpa*）。"修昔底德关于损毁脸部的记述严肃而理性，却刻意隐瞒了一个事实，这些雕像通常都带有"勃起的男性生殖器装饰"，[82]当时的暴徒很可能把生殖器装饰也敲掉了。对于修昔底德极端的严肃，评注者戈米（Gomme）、安德鲁斯（Andrewes）和多佛（Dover）评论道："似乎修昔底德因为急于避免言语不堪（*aischrologia*）而歪曲了事实，而且是不必要地歪曲了事实，因为他本来不需要专门点出损坏神像的实情。"[83]

阿尔喀比亚德到底是不是那群可能的醉酒闹事团伙的一员，目前仍不清楚。他一到西西里就被召回雅典参加审讯。他没有回去，而是投靠了斯巴达，后来又逃离斯巴达，成了波斯总督提萨费尔尼斯（Tissaphernes）的谋士。神奇的是，虽然身背叛国大罪，阿尔喀比亚德却成功地让自己在公元前407年被请回了雅典，军事胜利让他得以洗清宗教亵渎的罪名，乃至一跃成为最高领袖。但在捷报连连后，他遭到一场大败，逃到了希腊北部，最终在大约四十五岁时被杀。

〔82〕 Walter M. Ellis, *Alcibiades*（London：Routledge，1989），p. 58.

〔83〕 *A Historical Commentary on Thucydides*，5 vols（Oxford：Clarendon Press，1945–81），第4卷，第288–9页。描绘赫尔墨斯石柱的陶瓶绘画，参画师潘氏（the Pan Painter，约前460年）的署名作品，收录于 J. Boardman, *Athenian Red Figure Vases: The Classical Period*（New York：Thames and Hudson，1989）；Eva Keuls, *The Reign of the Phallus*（New York：Harper and Row，1985），第386页（图328–329）和第389页（图330）收录了关于石柱的更多陶瓶绘画；第322页有来自雅典古市场（Agora）的石柱被损毁的头部照片。

他被害的种种实情至今仍无定论。有人认为是雅典人杀了他，有的说是斯巴达人干的。普鲁塔克认为，阿尔喀比亚德曾经把一名女子诱拐到自己希腊北部的家中，而行凶的正是女子愤怒的家人。[84] 对于柏拉图《会饮》的读者来说重要的一点是，对话结尾传神地呈现了一个魅力超凡而又败坏伦常的棘手形象，他悲剧性的下场和雅典悲剧性的命运紧密交织在一起。这部很可能写于公元前384至前379年间的对话的读者必定相当了解阿尔喀比亚德的命运。[85] 如果他听了苏格拉底哲学的塞壬歌声，收敛自己无穷的政治野心，在苏格拉底足下静坐终老，下场一定会好很多。

　　阿尔喀比亚德听到了塞壬的歌声但选择充耳不闻，柏拉图将这视为悲剧性的失误。阿尔喀比亚德拒绝了哲学的欲望诱惑，而是屈服于个人野心的欲望诱惑。这个诱人又有着超凡魅力的男子，这个诱惑了无数男女爱人的家伙，希望占有苏格拉底的肉体，仿佛只要发泄肉欲就能抹杀灵魂的爱欲（erôs）体验，消除他对哲学的渴望和因不完满所带来的痛楚。如前所言，阿尔喀比亚德将苏格拉底视为一种狄俄尼索斯式的精灵，正如前者将后者比作马西阿斯（Marsyas）和西勒诺斯（Silenus）两位萨提尔（satyrs）所暗示的。"任何时候当有人听到你说话"，阿尔喀比亚德告诉苏格拉底，"或者从别人口中听到你的话——无论转

<br>

〔84〕 参见伊利斯，《阿尔喀比亚德》，第93-7页。
〔85〕 多佛如此主张，参《会饮》，第10页。

述人的口齿有多么拙劣，无论听众是男人、女人，还是上学的孩童——我们都会肃然起敬，深受启发……一旦我听到你说话，这情形比听到科吕班特人（Korybantes）的笛声糟多了，我的心阵阵抽动，随着他的话语泪流满面。"（215d）科吕班特人和狄俄尼索斯有关系。在《酒神的伴侣》（*Bacchae*［*Korybantes*, 1.125］）中，这些自然精灵被描绘成围着一面鼓跳舞，庆祝宙斯在克里特（Crete）诞生。欧里庇德斯笔下的歌队唱道（Ⅱ. 125-34），这面鼓后来被交给宙斯的母亲瑞娅（Rhea）；萨提尔从瑞娅手中盗走了鼓并传给了酒神的信徒们，他们用它来为崇拜狄俄尼索斯的舞蹈伴奏。

苏格拉底自己也同意阿尔喀比亚德的观点，即认为苏格拉底拥有酒神的精灵。在《斐多》（*Phaedo*）中，苏格拉底马上就要受死，希腊人相信人之将死，说的话最通透，正是在那一刻苏格拉底宣称自己是个酒神信徒，也就是狄俄尼索斯迷醉的宗教信徒——狄俄尼索斯是酒神和迷狂之神，和丰产以及生命力本身有关。"那些手持酒神杖（thrysis，酒神信徒们所持的狄俄尼索斯圣物茴香秆）的人（即只在外表上表现出宗教虔敬的人）有许多"，苏格拉底说道，

但真正的酒神伴侣（Bakkhoi）没几个。在我看来，真正献身于狄俄尼索斯的人无非是那些掌握正确的（*orthôs*）哲学的人——我一生都在尽我所能使自己配成为这群人的一员，我无论在哪方面都是个狂热的

参与者（*prothymêthên*）。（69d）[86]

按苏格拉底的说法，真正的哲人是狄俄尼索斯虔诚的信徒。我们将要论证，在柏拉图的著作中，彻底参与到宇宙之中的狄俄尼索斯式体验，被再现为一种参与到理念的现实之中的迷狂体验。为了论证这点，我们必须考察公元前5世纪最生动地描绘了狄俄尼索斯式体验的戏剧，欧里庇德斯的《酒神的伴侣》。

欧里庇德斯（前480—前406年）比柏拉图（前429—前347年）年长五十岁，但两者同时在世的时间有二十五年。他们都经历了伯罗奔尼撒战争这场灾难。至少有一部欧里庇德斯的戏剧，《特洛亚妇女》（*The Trojan Women*，约前415年），似乎是对这场战争的针砭。《酒神的伴侣》在诗人公元前408年被放逐到马其顿、前406年去世之后在雅典上演。欧里庇德斯在《酒神的伴侣》中对雅典文明衰落的分析和我们的颇为近似，因为该剧在某种意义上记录了雅典理性主义的毁灭性后果——用西格尔（Charles Segal）的话说——这种理性主义是"公元前5世纪……主流思潮的代表，这股思潮认为人独立于自然，它自此以后就深刻烙印在西方思想之中"。[87]

---

[86] 很感谢巴拉奇（Claudia Baracchi）向我们指出柏拉图对话中这段精妙的酒神的段落。

[87]《酒神式诗学》，第31页。阿里斯托芬创作了《鸟》这部作品，以喜剧的笔调调侃了雅典高标的野心，这种野心可能特指西西里远征。《鸟》于公元前414年演出，正值雅典舰队于415年5月出发驶向西西里之后的第一届狄俄尼索斯节庆。

像修昔底德一样，欧里庇德斯在理性地追问诸如诸神本质等问题的时候，[88] 本身也参与进了那种他（在《美狄亚》和《希波吕托斯》等剧中）发现导致了雅典文化分崩离析的理性主义之中。然而，不像修昔底德，欧里庇德斯这位伟大的悲剧作家——在亚里士多德看来是最具悲剧性的剧作家（《诗学》，1453a29）——对超出狭隘意向主义视野之体验的压迫引发的种种问题并没有避而不谈。在《酒神的伴侣》中，欧里庇德斯思考了返归一种与自然界统一的未分化状态会是什么样子，而他设想的画面不怎么美好。彭透斯（Pentheus）所代表的那种不同于狭隘的、意向主义的理性主义状态同样令人不满。欧里庇德斯于是给观众留下了一个无法解决的困境（aporia）。

戏剧开头的序幕讲述狄奥尼索斯宣称自己回到了出生之地忒拜境内。他实际上是宙斯和卡德摩斯（Kadmos）之女塞墨勒（Semele）的后代，但他的神籍被塞墨勒的姐妹们否认；她们诋毁狄俄尼索斯，称塞墨勒的怀孕是她父亲忒拜王卡德摩斯为了保全自己女儿的名声而安排的计谋。塞墨勒的姐妹们恶毒地声称狄俄尼索斯的父亲根本就不是神。他真正的父亲宙斯因为她们的否认而大为光火，这位奥林波斯诸神的至尊不顾塞墨勒的身心性命，化身一道闪电，将不幸的女子烧成灰烬，但是让孩子狄俄尼索斯得以出生。因为塞墨勒

---

〔88〕 如参 A. W. Verrall, *Euripides, the Rationalist: A Study in the History of Arts and Religion*（Cambridge：Cambridge University Press，1913）。

的姐妹否认过狄俄尼索斯的神性，这位神如今回头准备实施复仇。他用疯狂刺伤了城里所有的女人（32-3），把她们都变成了狂热的信徒，流连在忒拜周围的山上举行狄俄尼索斯秘仪。卡德摩斯逊位，年轻的彭透斯当上了国王，他坚决要继续否认狄俄尼索斯是神。整部悲剧的背景铺陈完毕。

我们在对《奥德赛》第12卷塞壬章节的分析中指出，根据最近牛津版笺释编者的说法，"人兽杂种的观念和形象……都受到东方原型的影响"，[89] 它们很有可能来自古代近东。塞壬作为那些危及意向性意识之整全性的东西的象征，因此和亚洲有关联——当然，和公元前5世纪雅典有联系的不是中国，而是近东。因此在《酒神的伴侣》中，追随狄俄尼索斯的狂女们（Maenads）在序幕中被表现成从亚细亚来到忒拜。狄俄尼索斯在序曲中提到"亚细亚"这个词（17），这时他正在追溯自己到忒拜来的路途，他的出发地最东可达巴克特里亚（Bactria，15），距今印度和巴基斯坦境内的印度河不远。也就是说，狄俄尼索斯最早在从未被希腊化的民族中确立了自己的权能；他随后进入"野蛮人"（18）和希腊人杂居的小亚细亚；最后，他到达希腊，第一站就是他的生地忒拜。因此，"亚细亚"这个符号显然被欧里庇德斯用来暗指荷马早先关联到塞壬身上的那种意向性意识逐渐消融

---

〔89〕 *A Commentary on Homer's Odyssey*, 3 vols（Oxford：Clarendon Press, 1988–92），第2卷，第119页。另参 M. P. Nilsson, *Geschichte der griechischen Religion*（Munich：1967），贝克（C.H. Beck），第1卷，第228–9页，为胡贝克和郝克斯特拉（Heubeck and Hoekstra）所引。

的体验。事实上，*Asias* 正是酒神信徒们唱出的本剧的第一个词，其迷狂的爱奥尼亚节拍是"狄俄尼索斯颂歌"的典型特征[90]："从亚细亚的土地（*Asias apo gas*）"，第一合唱歌这样唱道，"我们来到这里"（64–65）。

狂女们迷狂的唱诗结束之后是散文体抑扬格的对话，发生在如今令人吃惊地说白话的著名先知特瑞西阿斯（Teiresias）和刚刚传位给孙子彭透斯的老忒拜王卡德摩斯之间。我们于是从酒神信徒们冗长又抒情的颂歌的迷狂境界中被带回意向性的交谈情景里。这同时让我们想起尼采敏锐发现的一点：雅典悲剧总是鲜活地存在于阿波罗式的理性和狄俄尼索斯式的迷狂的张力之中。换句话说，传统悲剧保持了本书一直称之为"意向性"和"参与性"的两种体验之间的张力。然而这种张力在欧里庇德斯的最后一部巨作中已濒临爆发，尼采认为，这位剧作家因其理性主义精神而预示了悲剧体裁的灭亡。[91]

在《悲剧的诞生》中，尼采批评欧里庇德斯的"反狄俄尼索斯倾向"，这"使他走向了非艺术的自然主义（unartistic naturalism）"——我们在本章前面已经讨论过，这正是柏拉图所抗拒和反叛的那种自然主义。尼采暗示，"欧里庇德斯式的序幕"可以视为剧作家"理性主义方法"的首

---

[90] 欧里庇德斯，《酒神的伴侣》，附 *Euripides: Bacchae*, edited with introduction and commentary by E. R. Dodds（Oxford：Oxford University Press，1944；rpt. 1960），p. 72。

[91] 参 *The Birth of Tragedy*（1872），尤其是第 12 章。

要表现。[92]从尼采的角度看，《酒神的伴侣》开头的散文化序幕是在矛盾地以阿波罗的方式表现狄俄尼索斯，而观众在看剧时本应陶醉于后者的迷狂出神状态。现在，作为观众，我们从散文化的序幕转入迷狂的唱诗，然后再转回到散文化的对话。欧里庇得斯试图从阿波罗的模式转入狄俄尼索斯的模式，再返回阿波罗模式，但从尼采的观点看，欧里庇德斯这种过分自觉的编排，已经破坏了他本应向观众施展的狄俄尼索斯魔咒。

接下来将要进入的一幕对我们理解下面这个问题非常关键：观众们究竟有多认真地考虑把承认狄俄尼索斯的神性作为替代狭隘的希腊理性主义的可能选择？特瑞西阿斯和卡德摩斯登场并表达了他们对神的拥护。两人宣布他们最近发现自己信奉一种崇拜，这种崇拜宣称能让人青春焕发，在身体和感官的迷狂中不能自拔——两位老成持重的长者变成这副样子显然有些怪诞不经。特瑞西阿斯当起了新宗教信仰的代言人：

> 我们不该在神明面前卖弄聪明。
> 我们自父辈继承而来的习俗
> 和自有时间以来便规定好的东西
> 没有什么理论（*logos*）能够推翻它们，
> 即便是高贵的心灵所发现的智慧（*ton sophon*）。

---

[92] Trans. Francis Golffing ( Garden City, NY: Doubleday, 1956 ), p. 79.

> 或许有人会责问，我头缠常春藤去参加歌舞
>
> 岂不使自己的年岁蒙羞。但这位神并未抉择（*diêirch'*）
>
> 年轻人和老年人谁不能参加舞蹈，他倒是
>
> 想让所有人了解他的秘仪，颂扬他，
>
> 而不会明确地区分（*diarithmôn*）
>
> 任何可能崇拜他的人。（200–9）

这几行是对公元前 5 世纪雅典的理性主义精神和智术精神的彻底批判。如果我们回想起修昔底德史书第一卷当中柯林斯信使在演讲词中比较斯巴达人和雅典人的鲜明勾勒，我们就会发现，特瑞西阿斯所崇拜的特质是斯巴达的传统主义而不是雅典的创新精神。事实上，比起希腊，这里表达的对传统的态度更能呼应我们一直归于大多数古代中国思想的那种对上古的尊崇。这段话中暗含着对理性主义的意向主义的拒斥。特瑞西阿斯宣称，狄俄尼索斯的真理并不受精巧的理论（*logos*，202）影响。狄俄尼索斯拒斥明确的区分：他从不做抉择或者做出只有年轻人必须舞蹈的明确观点（*diêirch'*，206）；他"不把事物分门别类"[93]（*diarithmôn*，209），也就是不做范畴的区分，而是想得到所有人的崇拜。然而把这几句当作是对雅典理性主义的直接批评的问题在于，说话者本身的可靠性就存疑。正如阿劳史密斯（William Arrowsmith）在其译本的舞台说明中认为的那样，特瑞西阿斯"很不合适

---

[93] 这是多兹在其笺释第 209 页中的译法。

地披着酒神信徒的鹿皮，头戴常春藤"。[94]阿劳史密斯所指的那种不合适，指的是特瑞西阿斯的虔诚值得怀疑导致的效果。特瑞西阿斯显然明白承认狄俄尼索斯神性的现实必要性，但他和卡德摩斯似乎难以在酒神宗教的体验境界中自适。

欧里庇德斯对理性主义的批判，在他对年轻的彭透斯这个角色的塑造中显得更有说服力，彭透斯饱受压抑而又爱压抑他人，他一意孤行地否认狄俄尼索斯的现实性。这个年轻的理性主义者没法单凭狄俄尼索斯告诉他的一个事实——"所有的外邦人（pas babarôn, 482）都跳起了（狄俄尼索斯的）秘仪"——就相信狄俄尼索斯具有神性。彭透斯自以为是地反驳说这些外邦人"远远不及希腊人聪明"（483）。欧里庇德斯马上精彩地揭示了这种刻板的理性主义和被压抑体验的迷醉之间是多么的密不可分，因为当狄俄尼索斯提供机会让彭透斯亲眼观看正在进行秘仪的狂女们，彭透斯就埋下了灭亡的种子。为了观看秘仪，这位年轻男子，同时也是激进的理性主义者，不得不遵照狄俄尼索斯的命令，穿上酒神信徒的女人衣服。然后彭透斯本人成了暴怒的酒神信徒们的献祭品而被撕成了碎片。整部剧的结尾是彭透斯的母亲阿高埃（Agave）在一开始不知情的情况下用酒神杖挑着儿子的头颅得意地向围观人群展示。阿高埃原先否认狄俄尼索斯是她姐妹塞墨勒偷情所生的后代。狄俄尼索斯如今报了仇。在

---

〔94〕 *The Complete Greek Tragedies*, ed. David Grene and Richmond Lattimore, Vol. 4: Euripides（Chicago: University of Chicago Press, 1958）, p. 549.

酒神式的狂热中，阿高埃相信手上的头颅来自自己在庆祝狄俄尼索斯时猎杀的动物。随着她慢慢回到现实，她发现了真相。阿高埃与自然的狄俄尼索斯式合一同时意味着伦理意识的丧失，这导致了她凶残地杀死了自己的儿子。

卡德摩斯如今看清了狄俄尼索斯的面目。他的确是个强大的神，但他也睚眦必报、心胸狭隘，没有半点怜悯心。当狄俄尼索斯亲自对之前还大表虔诚的卡德摩斯处以严厉的最终判决时，卡德摩斯抱怨说惩罚太重（1346）。狄俄尼索斯则给出了下面这段铁石心肠的答复："我乃堂堂神明，你却亵渎了我。"卡德摩斯似乎预见到了柏拉图在《理想国》以及别处对荷马描绘的诸神的批评，他反驳说，神不应该自甘堕落地像人一样睚眦必报（1348）。狄俄尼索斯唯一的回答是他的父亲宙斯很久以前就已经注定了结局。在欧里庇德斯看来，奥林波斯神宙斯最终应该为我们目睹的这出悲剧负责。就这样，这位悲剧家谴责了奥林波斯诸神。

狄俄尼索斯阴沉的声音在全剧的尾声再次响起。这位奥林波斯神残酷无情的真面目已经昭示。欧里庇德斯暗示，人类虽然弱小，但至少人怀有同情心，这种独特的品质在神圣的狄俄尼索斯身上完全阙如。[95]这是剧作家描绘的卡德摩斯和女儿阿高埃永别的场景：

　　阿高埃：我为你叹息（*stenomai*），父亲。

---

[95] 人的同情心和诸神的残忍类似的并置，参欧里庇德斯《希波吕托斯》的结尾。

卡德摩斯：我同样为你叹息，孩子，也为你的姐妹们哭泣。

阿高埃：可怕啊（*deinôs*）神狄俄尼索斯来到你家，发泄了凶狠的暴怒。

（1372-6）

然后，欧里庇德斯让狄俄尼索斯在接下来的回答中不恰当地借用了阿高埃话中的副词"可怕地"（*deinôs*），以此强调了他的心胸狭隘，

但我在你手上也遭受了可怕的事情（*deina*），我的名字在忒拜受辱了！

（1377-8）

神在凡人手上"遭殃"，这在欧里庇德斯看来显然很荒谬。但反过来，人会受苦却是人生中显而易见又难以忍受的事实。

剧作家随后又回到了人间，描写了父亲和女儿告别的场面：

阿高埃：保重，我的父亲。

卡德摩斯：保重，我悲伤的女儿啊。只怕别后你会不好过。

（1379-80）

只有像柏拉图这样的宗教天才才有能力在欧里庇德斯对诸神的毁灭性批判觉醒之后恢复一种正面的神圣体验。[96]

这部剧给观众留下了令人绝望的困境（aporia），根本没有出路。我们或者可以回到狄俄尼索斯指示的那种参与自然世界的未分化状态，或者可以选择彭透斯那种狭隘的意向主义路线，抵抗参与主义的威胁。像卡德摩斯或特瑞西阿斯那样做一个信马由缰的酒神信徒，采信符合实用的教条，规避社会和个人的失序，同样于事无补。从他对付卡德摩斯的手段来看，狄俄尼索斯显然觉得这种布克兄弟式的酒神信仰（Brooks Brothers Dionysianism*）是完全不够的。我们必须到柏拉图那里去看看一个哲人如何恢复那种参与整全的狄俄尼索斯式体验。

202

柏拉图的《会饮》其实处处都在指涉狄俄尼索斯。希腊悲剧在狄俄尼索斯节庆期间于雅典卫城脚下的狄俄尼索斯剧场演出。[97] 我们大可以假设《会饮》的宴会主人阿伽通

---

〔96〕 参《理想国》356b—e 和《法义》906b。

〔97〕 喜剧也是如此。《会饮》不但呈现了悲剧精神，也呈现了戏剧精神。因此在对话的尾声，苏格拉底"逼迫"悲剧诗人阿伽通和著名喜剧诗人阿里斯托芬"承认同一个人有可能同时擅长写作喜剧和悲剧，并且高超的悲剧作家也有能力写喜剧"（223d）。由狄俄尼索斯掌控的悲剧和喜剧这两个领域因此在某种意义上被统一起来，因为，正如西格尔在 Dionysiac Poetics and Euripides' "Bacchae"（Princeton, NJ: Princeton University Press, 1982; expanded edition, with a new afterword by the author, 1997）中注意到的，"狄俄尼索斯不但调解矛盾，而且就存在于矛盾之中"（p. 30）。另参 Diskin Clay, "The Tragic and Comic Poet of the Symposium," Arion, 2（1975）: 238–61 以及 Martha C. Nussbaum, The Fragility of Goodness: Luck and Ethics in Greek Tragedy and Philosophy（Cambridge: Cambridge University Press, 1986）。

* Brooks Brothers 是创始于 19 世纪初的美国上流男士成衣品牌。

获胜的悲剧就是在那里演出的。但阿伽通是个相当空洞的角色，读者从对话中他愚蠢且修辞过度的演说辞就能看出这点。如果连阿伽通都能赢得悲剧竞赛，那么柏拉图显然是在暗示，雅典悲剧这种辉煌的体裁早已日薄西山。这么说来，《会饮》的部分用意其实在于评判谁是光辉的悲剧时代真正的继承者。[98] 每一出雅典悲剧都是为竞赛而上演的。竞争的氛围在这部对话内部被重塑，因为读者必须决定哪篇演说辞最有说服力，最配获得诱人的头奖；而按苏格拉底的说法，最终决定头奖归属的正是充当裁判的狄俄尼索斯（175e）。柏拉图让对话中各位论爱之人展开了一场竞赛——一场真正不可开交的悲剧性竞争（agôn），获胜者究竟是无趣又自满的阿伽通，还是苏格拉底这个深刻启发了诗人哲学家柏拉图的人物？

让我们来看看苏格拉底的演说，虽然"演说"（speech）这个词可能用得不对。此前全部发言人已经按照约定发表过演说，但苏格拉底的发言很不一样。他报告的是他声称和一个"曼提尼亚女子第俄提玛"（201d）一起进行的对话。读者们可以从这些名字中推断出，曼提尼亚的（柏拉图选这个词无疑是因为 Mantinea，"曼提尼亚"使人联想起 mantic，"先知的"）第俄提玛（Diotima，意为"受宙斯尊敬的"）具有独特的洞见能力。阿伽通之前把爱形容成诸神中最美丽的

---

〔98〕 参 William H. Race，"Plato's *Symposium* and the Decline of Drama"，该文为 1989 年美国哲学年会上宣读的未发表论文。另参 Helen H. Bacon，"Socrates Crowned," *Virginia Quarterly Review*, 35（1959）: 415–30.

一个。苏格拉底对阿伽通说这正是自己之前的见解，直到他遇到这位"外邦女子"，她"盘问"（201e）他这个问题的真理。虽然之前苏格拉底的理解水平和自满的阿伽通差不多，但他还是直觉意识到自己早先的观念少了些什么。苏格拉底对第俄提玛说，"我来和你交谈的原因是我认识到我需要（deomai）你的教导"（207c）。

按照第俄提玛解释，爱本身并不美，因为它如果美，就不会欲求没有的东西，而爱的本质是欲望，也就是一个人对自身不完满的觉知。爱也不可能是一位神，如阿伽通认为的那样，因为神是不死的，因而不会欲求不死。我们不会欲求我们已有的东西。不，第俄提玛说，爱欲是精神（daimonion）的一股巨大力量，存在于智慧和无知之间（metaxy，202a）、有死与不死之间（202e）。

203

但对柏拉图来说，纯粹意向主义的论述难以唤起爱欲（erôs）的真正本性，也难以唤起哲学体验的爱欲本性。并不是说这篇对话被局限于意向主义。对话的叙述结构本身有意使人难以将其所指归结为任何单一的、不可违逆的意向性意识。下面简要概述本篇对话极其复杂的叙述框架：对话内容主要是某位阿波罗多洛斯（Apollodorus，一个头脑简单、人云亦云的苏格拉底的追随者）向一位不知名的询问者转述他（阿波罗多洛斯）曾经告诉过格劳孔的事情，而这件事又是宴会当时在场的阿里斯托德莫斯（Aristodemus）告诉他（阿波罗多洛斯）的。正是在被中国套盒层层套住的这篇对话中，作者安排了苏格拉底和第俄提玛的对话。[99] 在那段被层层包裹的对话中，我们将见到爱神诞生的神话。柏拉图显然感觉到，对话进行至此，他必须开始使用澄明的神话语言，以便探究和表达哲学体验的本性和爱欲的本性。

下面的段落是本书核心论证的关键，因此我们将会大篇幅引述。苏格拉底问第俄提玛，"爱若斯的父亲和母亲是谁？"第俄提玛回答说：

> 这个故事说来话长……但我会告诉你的。阿弗洛狄忒（Aphrodite）出生那天诸神正在和其他宾客宴饮，其中有墨提斯 / "智谋"（*Mêtis*, Cunning）的儿子波若斯 / "乐观进取"（*Poros*, Can-Do）。他们吃完之后，珀尼阿 / "贫乏"（*Penia*, Poverty）跑过来乞讨，因为这是一场盛大的宴会，她就站在门边。"乐观进取"喝琼浆玉液——那时还没有酒——喝得酩酊大醉，昏昏沉

---

[99] 中国套盒这个比喻借用自努斯鲍姆，《善的脆弱性》，第 167 页。关于叙述框架的复杂性及其哲学意涵的详细讨论，参 David Halperin, "Plato and the Erotics of Narrativity", 载 *Plato and Postmodernism*, ed. Steven Shankman（Glenside, PA: Aldine Press, 1994），第 43–73 页。哈佩林认为柏拉图的修辞实践实际上总是在质疑甚至推翻自己将主张表达为命题、教条形式的努力。柏拉图和老子都明白"道可道，非常道"的道理。阿尔喀比亚德给苏格拉底的颂词表明他有能力言说苏格拉底之"道"，但却不能将之融入生命。但这个事实并不会像卢瑟福（R. B. Rutherford）认为的那样（*The Art of Plato*［Cambridge, MA: Harvard University Press, 1995］，第 203–4 页），令苏格拉底关于哲学爱欲本性的洞见作废。它反而更加凸显了教条和实践、可言说之道和常道间的鸿沟。

沉，去到宙斯的果园里倒头就睡。这时"贫乏"算计好——因为她自己没有门道（*aporian*）——要和波若斯造（*poiêsasthai*）个孩子，就和他睡了，并且怀上了爱若斯／"爱欲"（*Erôs*）。因此"爱欲"成了阿弗洛狄忒的助手和仆人，因为他是在她出生这个喜庆日子里被怀上的；同时因了阿弗洛狄忒的美，他本性也是个爱美的家伙。

　　因而由于他是"乐观进取"和"贫乏"之子，爱欲总是处于如下境况：首先，他总是很穷，一点也不像许多人想的那样优雅漂亮，而是衣衫褴褛、灰头土脸、打着赤脚；他无家可归，总是睡在门廊下、大路边，席地而卧，没有铺盖。因为有着母亲的本性，他总是和需要（*endeia*）有关。然而又由于他的父亲，他总是在图谋美好的东西，他勇敢、胸有成竹而且坚毅，是个出色的猎人，总是出谋划策，渴望求知和创造，终其一生热爱智慧，是个厉害的巫师、药师和巧舌如簧的骗子。

*204*

　　就这样，他生来既非不死也非有死，而是在闯出门道的时候充满活力，其他时候则死气沉沉——但因了他父亲的本性，他活了过来，不过他闯出的门道又总有走不通的一天，因此爱欲既不会走投无路又不会富足美满；不如说，他处在智慧和无知之间。（203b–204a）

我们在第二部分指出，修昔底德清楚揭示了雅典气质中的意向主义本性，虽然他遗憾地未能给出控制这种意向主义过度发展的必要疗方。在本段中，柏拉图借第俄提玛之口同样承认了雅典意向主义那杰出的、创新的、不断拼搏的本性，这种本性的代表正是爱欲之父"乐观进取"（*Poros*）。多佛在其笺释中认为 *poros* 这个词

> 字源学上和 *peirein*，"刺穿"（pierce）有关，被用于表示跨过或者越过地域或水域的一切手段，继而表示使人能够解决某种困难的一切手段，或者表示金钱或其他资源的供应。（141）

不但资源充足这点使人想起修昔底德笔下的雅典形象，而且这个词本身在荷马笔下就经常和英雄奥德修斯有关，柏拉图通过想象 *Mêtis*（"狡智"）是"乐观进取"（*Poros*）的母亲来强调了这种关联，而我们在第一部分中讨论过，*Mêtis* 本为奥德修斯的最大特点。[100]

因此，这段摘自柏拉图《会饮》的段落复述了我们在本书第一、第二部分讨论过的那种意向性意识的诞生历史。然而，柏拉图小心翼翼地要指出的是，这种意向活动必须伴

---

[100] 参 Erwin Cook, *The Odyssey in Athens*（Ithaca, NY: Cornell University Press, 1995），尤其是第 128–70 页，其中讨论了《奥德赛》的演出如何在泛雅典娜节的语境中鼓舞了公元前 6 世纪中晚期的雅典公民，让他们在效法奥德修斯传奇的智谋的过程中塑造自身的气质。

随着贫乏、需求和空虚的体验，这种体验在本段中拟人化为女性，正如本章早先讨论过的老子对应的体验。哲人存在于充盈和空虚的张力中。换句话说，一切的意向活动都生发于恒常变易而又保持澄明的现实之中，这个现实永远不可能作为意向性意识的对象而被掌握。哲学活动既是意向性探寻的表现，也是一种深刻的无知之觉知的产物。事实上，向阿伽通家中诸位汇报这段对话的苏格拉底，也正是此前自认迫切需要第俄提玛的教诲以便弄清楚爱欲本质的那个苏格拉底。

这给我们带来了最棘手但也最关键的问题，对现实之意向性和参与性的觉知，二者同时存在的哲学体验同语言本身的关系，这也是我们看到《道德经》首章所论述的。柏拉图是不是也和庄子老子一样，关注两种体验——一方面是将现实意指为一个对象，另一方面是意识到自身不过是一个更大整体的一部分——对于语言的意义？柏拉图关于语言和现实的关系最明确的论述应该到《克拉底鲁》（*Cratylus*）这样的对话中去寻找，但柏拉图经常在作品中反思语言，《会饮》也不例外。[101]柏拉图对男性丰盈和女性贫乏形象的塑造，有可能是在严格地通过用女性象征贫乏、男性象征丰盈来界定女性和男性的本质。他可能是想锁住他的语言，想给势必要随历史潮流变迁的能指符号（signifiers）指派确切不变的所指（referents）。

---

〔101〕关于柏拉图在《克拉底鲁》中的语言观，参 Shankman，*In Search of the Classic*，pp. 5–15。

然而，在下结论认为柏拉图的象征性语言带着刻板的"性别化"本质，因而有损于其关于哲学体验的论述之前，[102] 我们应该再做几点观察。其中一点是，父亲善于智谋（epiboulos, 203c4）的特点在母亲那里也并非没有，第俄提玛说后者"谋划好"（epibouleusousa）要引诱爱欲的父亲。第二点是，柏拉图拒斥激进自我主张的这种桀骜不驯的"男性"品质——体现在阿尔喀比亚德身上[103]——以及通过把"需求"描绘为哲学体验之本质的掌控欲。最重要的是，参与讨论的角色们反转了——有人会想说"解构"——寓言中的性别角色。柏拉图并不把"需求"（need）或"缺乏"（lack）视为一个更重视充盈体验的等级次序中的次要、依附性"概念"。寓言中，正是女性有所缺乏而需要男性之充盈。**然而，在叙述中，有需求的是苏格拉底这位男性，而充盈的却是第俄提玛这位女性**。这种性别角色反转的一种解读方式是推断柏拉图希望听众认识到他所描绘的哲学体验是普遍的，非为男性独有，不存在性别的限制。毕竟柏拉图也在《理想国》第 5 卷一个惊世骇俗的革命性段落中认为，女人和男人一样有能力成为哲学王，并且也应该接受对应的训

---

[102] 参 Shankman, *In Search of the Classic*, pp. 24–6。

[103] 普鲁塔克称他在丧命前夜做梦穿着女人的衣裳（《阿尔喀比亚德传》，39）。"在这个骄傲狂妄的男人的灵魂里"，努斯鲍姆的推测很有趣，她认为阿尔喀比亚德的梦"表明他渴望纯粹的被动性"（《善的脆弱性》，第 199 页）。柏拉图将哲学爱欲——阿尔喀比亚德终究无力掌握这种爱欲——形象化为同时具备主动性和被动性。阿尔喀比亚德无力在现实中成就的东西，最终在梦中怀怨挣脱了束缚，现出原形。

练，因为男人和女人"唯一的差别"是"女性负责怀胎，男性负责交配"（454e）。[104]

请读者不要误解我们所谓"普遍性"（universality）的意思。"普遍的"、历史局限性更小的意义，表达的是一种永不罢休的追问；追问者发问的方式是组织一系列的语言符号，用格布哈特（Jürgen Gebhardt）的话说，这些语言符号的突出特点是："它们在历史地经验并成形的真理语言所具有的决定性（finality）和由语言在一个不断发展、前途未知的进程中的姿态所决定的无定性（nonfinality）之间达成了某种战战兢兢的平衡。"[105]在叙述语境中倒转叙述内部的性别角色，这是柏拉图运用开放而积极响应的语言进行的一次试验，通过我们在庄子那里也看到的那种严肃的游戏，柏拉图希望从语言的历史用法那分明的"决定性"中为之争取到一点自由。这是换了一种说法的**"道可道非常道"**。柏拉图、老子和庄子都需要一种能够随潮流而动的语言，一种对其历史地生发的种种所指保有自觉的语言。也就是说，三位思想家都在追求一种语言，这种语言能够积极响应现实的澄明参与维度，以及"正在进行意向活动的意识本身总是其所欲获知的现实的一部分"的这样一种感觉。

我们已经讨论过老子和庄子如何将"知"字与意向性

---

〔104〕Trans. Stephen Halliwell, *Plato: Republic* 5（Warminster: Aris & Phillips, 1993），p. 57. 哈利维尔的导言中（第9–16页）有关于柏拉图女性主义之本质的有用综述。

〔105〕引自沃格林《追寻秩序》，跋，第116页。

意识、将"明"字与参与性意识联系起来。但我们尚未表明到底"参与"在希腊哲学传统中的含义是什么。这个问题将指引我们回到柏拉图《会饮》的酒神语境中去。

第俄提玛在向苏格拉底讲述爱欲的本性。爱不是美本身，而是对美的**欲望**；人类是终有一死、转瞬即逝的生灵，因此有一种体验永恒的自然欲望。这解释了为什么人要追逐名声、生育子嗣和求索知识。第俄提玛说，人就是这样"参与了不死"（*metechei athanasias*，208b）、体验了"不死的快乐"。"美"是永恒的，这也是有死之人欲求它的原因。它"自行、在自身之中存在，作为一个单一的形相（*monoeides*），永恒不变，一切其他美的事物都分有（*metechonta*）其中；它们生成又消灭，它却不"（211b）。对于本段中的第俄提玛来说，人类最完满的状态就是作为追求者**参与**到美的理念或形相中的状态。

柏拉图用来描述理智参与体验的动词是 *metechein*，意思是占据（*echein*, to have）一部分（*meta*, a part in）、分享（to share in）、分有（to partake）、参与（to participate in）。在柏拉图的语境中，动词 *metechein* 意味着分有（participate）理念或形相，分有永恒和普遍者。亚里士多德在《形而上学》（*Metaphysics*）中承认柏拉图打造了"分有"这个术语，他说，在柏拉图看来，"多的东西通过参与（*kata metechexin*）与它们同名的诸理念而存在"（987b10）。多的东西参与一。

一般认为柏拉图强调永恒形相的"超越"（transcendent）

本性，而他的学生亚里士多德则强调"内在"（immanent）。我们之后还会讨论这个问题，但目前值得指出的是，连平时头脑清醒、立足于经验的亚里士多德也分享了第俄提玛参与进形相的迷狂体验。[106] 亚里士多德在《尼各马可伦理学》中描绘了沉思生活（bios theôretikos）那爱欲十足的吸引力。亚氏评论道，这种生活是一切存在方式中最令人满足的，因为它就是对自身的奖赏，沉思者将体验到一种"自足"（autarkeia, 1177a）：

> 如果理智（nous）和人相比是神圣的，那么遵循理智的生活和人的生活相比就是神圣的。但我们不要听有些人说，既然我们是人，我们就只能拥有人的抱负，又因为我们终有一死，我们只能拥有有死的抱负，相反我们仍然必须尽己所能让自己不死（athanatizein），尽己所能遵循我们之中最好的东西来生活。[107]（1177b30）

我们也许会想起一个大致同时代的中国的对应形象，在《庄子》第一篇中，圣人如此评论"神人"（spiritual person）那种非凡的自由：

---

〔106〕参欧文（G. E. L. Owen）的论文 "The Platonism of Aristotle"，载 *Logic, Science, and Dialectic: Collected Papers in Greek Philosophy*，ed. Martha Nussbaum（Ithaca, NY：Cornell University Press, 1986），pp. 200–20。

〔107〕Trans. W. D. Ross, *The Basic Works of Aristotle*, ed. Richard McKeon（New York：Random House, 1941），p. 1105. 柏拉图对话中有一个明显类似段落，参《蒂迈欧》90c，其中说据说只有人类有能力"参与"（metaschein）不死。

若夫乘天地之正，而御六气之辩，以游无穷者，彼且恶乎待哉！故曰：至人无己，神人无功，圣人无名。（《庄子》1.1）

亚里士多德和庄子都承认希腊哲人所谓的"自足"（*autarkeia*）的重要性。

一般认为孔子并不像希腊思想那样全神贯注于使超越领域实在化。我们已经提出过，本章也将坚持认为，这种实在化当然是西方思想的特质，尤其是在公元前4至前3世纪各哲学流派创立之后；但不应将之套到柏拉图和亚里士多德身上。然而，人类灵魂对能参与永恒的爱慕追求经常被柏拉图和亚里士多德体验到，并且被形塑为一种爱的上升运动，类似的比喻在孔子那里也有。在《论语》14.35中，孔子对子贡倾诉说："莫我知也夫！"子贡反问："何为其莫知子也？"夫子回答说："不怨天，不尤人。下学而上达。知我者其天乎。"甚至连杨伯峻这位一般只从唯物主义的角度来解释孔子的现代注家也用一种暗指向上的译法来译"下学而上达"这个短语："学习一些平常的知识，却透彻了解很高的道理。"[108]我们还要进一步主张，"下学而上达"这个短语，通过"下"和"上"两个词简洁的并置，清楚暗示了一

---

[108]《论语译注》，第164页。另一位在北京出版过《论语》英译的中国当代学者抹除了译文中一切可能暗示超越性的字眼："因为我通过学习常识理解了相当多的根本真理。"蔡希勤，《论语：汉英对照》（北京：华语教学出版社，1994年），第275页。

种和柏拉图的存在等级对应的定向运动。

如果说孔子和柏拉图的超越论（transcendentalism）的共同之处确实比传统解释所认为的要多，那么同样，柏拉图和孔子的反超越论（antitranscendentalism）的共同之处也确实比传统所认为的多。一般会认为柏拉图的理念或形相存在于一个与人隔绝的领域中，因此柏拉图乃是向西方思想中引入二元论思维模式的始作俑者。诚然，柏拉图——尤其在早期著作中——设定了一个永恒长存的理念界。然而，他设定的这个永恒理念世界却应该被理解为对具体历史情境的修辞性回应，智术师在当时大行其道，其所主张的相对主义教条可以总结为我们在第二部分已经讨论过的普罗塔戈拉的一句断言："人是万物的尺度。"我们在前文中已经指出，这个被索福克勒斯在《俄狄浦斯王》中驳斥过的断言，只是单纯从意向性的、主－客二分的模式来理解现实。柏拉图的"理念"，正如其希腊词源所暗示的，最恰当的理解也许是立足于物质世界的灵魂（psyche）所见的"画面"或"洞见"。形相渗透入经验现实。我们不应该认为它们独立存在于一个正在体验着的意识之外。在后期著作中，柏拉图小心翼翼地想要澄清这点，在此意义上，他关于超越和内在现实间关系的观点和学生亚里士多德对这个关键问题的意见显得相当一致。为了论证这点，我们必须对《巴门尼德》（Parmenides）和《智术师》（Sophist）这两篇柏拉图对话中的一些段落稍做考察。

对话《巴门尼德》取题于那位同名的伟大哲人，他常常敬畏自身关于存在整体的体验，人类通过努斯（nous，"理智"，取的是柏拉图和亚里士多德赋予这个词的丰富意义）这种机能来感知这个存在整体。这种现实对巴门尼德的

震撼如此之大，以至于他在自己的六音步诗（约前485年）残篇中截然区分了"真理之路"和"妄见之路"。在序篇中，说话者被一辆"智慧的马"（4）拉的马车送到日夜之门前。日神的女儿们迎接了他，正义女神（Dikê）向他道出了真理的本质。在正诗的第一部分，正义女神揭示说"你不能知道非存在者（to mê eon）"，也不能言说之，因为"知（noein）与存在（einai）是同一的"。[109] 稍后，她警告这位神秘的旅人："这永远也无法被证实，即不存在的事物存在；但你必须让思想远离这条探究的道路（hodou）。"由此，为思想参与进永恒存在的能力深深震撼的巴门尼德，在这首诗中将现象（doxai，appearences）界降格为非存在。正如沃格林——在其他地方他对巴门尼德伟大思想成就的评价都极为正面——的评论所说："巴门尼德将存在与妄见并置，却没有触及一个大问题，在'是 / 在！'（'Is!'）中给出的现实（例如对存在的永恒整一的体验）和妄见的现实必然有某种存在论层面的联系。"[110]

在《巴门尼德》和《智术师》这两篇对话中，柏拉图将关联起存在与妄见、真实与表象的两界视为己任，他的做

---

〔109〕巴门尼德的残篇引自 *The Presocratic Philosophers*, ed. G. S. Kirk, J. E. Raven, and M. Schofield（Cambridge：Cambridge University Press, 1995），第8章。

〔110〕《城邦的世界》，第217页。

法是去说明那种分有（*methexis*）的哲学体验。*巴门尼德有关"知与存在同一"的设想的后果是将现象界变得完全不可知，因为这些现象并不真实存在，因此也不能被认识。这样一个设想可能会导致严格的二元论，会遮蔽那一开始造就了"存在"这个词的整一体验本身。在《巴门尼德》中柏拉图隐微地拒斥了巴门尼德等人对"存在"这个词的垄断，他们认为只有"一"是真实的。

在这篇同名对话里，哲人巴门尼德首先确立了"理智事物"和"人"这两界的存在。"我们自己经验中的（*en hêmin*）事物的意义"，他对年轻的苏格拉底说：

> 并不参照另一个领域中（*pros ekeina*）的事物，那另一个领域中的事物（*ekeina*）对我们（*pros hêmas*）也没有任何意义，但如我所说，那一个领域中的事物是它们参照彼此并对于彼此所是的东西，我们这一界中的事物同样如此。（134）

---

\* 这句话中的希腊词 methexis 在英语原著中译作 participation，在本书中，participation 是个重要的概念，一般译作"参与"。然而正如原书 206 页中解释 metechein 一词时提到的那样："柏拉图用来描述理智参与体验的动词是 metechein，意思是占据（echein, to have）一部分（meta, a part in）、分享（to share in）、分有（to partake）、参与（to participate in）。"metechein 同 methexis 词根相同，意义略有差异。至少从中可知由此可知 methexis 一词的译法并不局限于"参与"。考虑到柏拉图《巴门尼德》篇所讨论的内容，在此将 methexis 译作"分有"，以对应于这篇对话中提出的"分有论"。特此说明。

在继续深入之前，我们需要注意，柏拉图在这里特意使巴门尼德的语言自相矛盾地掩盖了他的主旨，他让巴门尼德在言语上关联起了据后者说是截然二分的两个领域。换句话说，巴门尼德并没有在言语上区分清楚"我们的经验"和"另一个领域"，虽然这在希腊语里很容易办到。相反，他通过两个对称短语 *hêmin pros ekeina*（"相对于另一个领域的我们的经验"）和 *ekeina pros hêmas*（"相对于我们的经验的另一个领域"）中包含的回文（*chiasmus*）手法，将两个领域修辞地并置并且关联起来："但我们经验中事物的意义并不相对于那另一个领域，另一个领域中的事物相对于我们的经验也没有意义。"（*all'ou ta en hêmin pros ekeina tên dynamin echei oude ekeina pros hêmas.*）

巴门尼德接着试图说服年轻的苏格拉底，因为"我们并不拥有形相（*ideas*）本身，它们也不能在我们的领域中存在"，所以我们就并不拥有知识的理念。而如果我们没有知识的理念或者任何其他的理念，"我们就不分有（*ou metechomen*）知识本身"（134c）。柏拉图在这里想表达的和巴门尼德恰恰相反，他认为作为哲人我们必然会——或至少应该——在某种程度上分有知识。如果说巴门尼德关于存在之真实性的洞见有一个不容否认的结论，亦即分有存在在逻辑上绝不可能，那么作为哲人，我们就必须质疑巴门尼德的结论。《巴门尼德》这篇对话必须被视为对巴门尼德关于神秘整一的体验有可能——一旦我们的语言符号未能反映意识的意向性和参与性维度之间的差异——自相矛盾地导向的二元论的批判。[111]柏拉图批评巴门尼德的意图在于说明理智参与（noetic participation）的至关重要性，这一意图在《智术师》中体现得更清楚。

在《智术师》中，柏拉图沿着非存在之路一路下行，而这是正义女神义正词严地警告过巴门尼德不要踏上的非存在之路。这是一次大胆之举。确实，对于从巴门尼德关于思与存在的神秘洞见中受益颇多的柏拉图来说，这一步可能看起来像哲学上的弑父。雅典异邦人请求谈伴泰阿泰德（Theaetetus）不要严厉批评他，如果他在重新定义现实的尝试中背弃了"父亲巴门尼德"的话。异邦人说，如果我走上这条路，"不要觉得我在弑父，况且实情就是如此"。他继续说，如果我们想为自己辩护，那么就必须要"拷问（basanizein）我们的父亲巴门尼德的言辞，迫使（biazesthai）它说出，'不存在的东西'在某种意义上**存在**，反过来，'存在的东西'按某些标准并**不存在**"。[112]我们已经指出了——葛瑞汉与我们所见略同——庄子看待其哲学论敌的孔子的角度。[113]我们在第一、第二部分讨论了希腊传统中的父子间

〔111〕参 Louis Orsini, "An Act of Imaginative Oblivion: Eric Voegelin and the Parmenides of Plato", 载尚冠文，《柏拉图与后现代主义》，第 134–41 页。
〔112〕这句译文借鉴了 Seth Benardete, *Plato's Sophist*（Chicago: University of Chicago Press, 1984）的翻译。
〔113〕*Chuang-tzu: The Seven Inner Chapters and Other Writings from the Book Chuang-tzu*（London: George Allen & Unwin, 1981）。在葛瑞汉看来，庄子"从来不让笔下任何一个角色当面对夫子不敬。孔子在庄子理智图景的诸多地标中是大道德家的代表"（第 17 页）。

的关系常常存在着模糊性。在第一部分，我们考察了在史诗末尾，奥德修斯是如何在某种程度上无故地试探了他的父亲。在第二部分，我们集中关注了修昔底德对文学前辈的模糊态度，并将之与司马迁对生父和文学父辈的崇敬进行对比。眼下，柏拉图《智术师》中的雅典异邦人想要确保他自己的所作所为不被当成弑父（*patraloian*）。确实如此，但他还是继续使用了"拷问"（*basanizein* 这个词也可以表示反复盘问）和"强迫"这种极富攻击性的词语。由此可知，柏拉图觉得他必须把他自己的观点同他受益颇多的巴门尼德的观点区分开来。"我们现在必须够胆子对父亲的言辞（*patrikôi logôi*）下手，"雅典异邦人说，"或者将之通通抛诸脑后，如果我们懒得动手。"（242a）

对话中雅典异邦人的目标是打倒那位像曾经的巴门尼德一样主张"非存在者"（*to mê eon*, 258b）不存在的智术师。智术师可以躲藏起来，拿"谬误并不真正存在"这个观点当作掩护，因为如果谎言不存在，它就无法被反驳。在柏拉图那部和巴门尼德同名的对话中，我们还记得，巴门尼德的论证导致了人类的经验和形相本身的现实性之间的二元论。按照这个论证，诸形相和人类的经验是不同的。但按照《智术师》中雅典异邦人的推理，"差异"本身确有某种实存。"差异"能够存在，仅当"差异"不同于它本身以外的某种东西。那东西就是"同一"。如果我们不承认同一和差异一样存在，讨论就不可能进行（259c）。那么我们就没法像巴门尼德和这位智术师那样论证"差异"不存在。按照雅典异邦人的观点，我们必须承认存在**不同程度的差异**这个现实。因此，异邦人继续评论道：

> 差异，通过分有存在，借助那种参与（*methexin*）而存在，但另一方面又不是它所分有的存在，而是不同的，而且由于它和存在不同，显然它只能是一个不存在的东西。（259b）[114]

因此，人的交谈不可能**不是**参与性的。对柏拉图来说，人类依其本性要运用他们的理性存在（他们的 *nous*，或"理智"）来分有诸理念。表示这种理智分有的术语是 *methexis* 或 *metalepsis*。

第俄提玛在《会饮》中充满激情的讲辞和亚里士多德

---

[114] 这个晦涩的段落我们选的是康福德（F. M. Cornford）在《柏拉图对话集》（*The Collected Dialogues of Plato*，ed. Edith Hamilton and Huntington Cairns〔Princeton, NJ：Princeton University Press，1961〕）第 1006 页晓畅的译文。柏拉图全集中永远不支持将柏拉图与理念论的绝对主义关联起来的一段话是那段对唯物论的巨人和理念论的诸神——后者主张，"真正的现实完全由某些可以理智通达的和不具体的（intelligible and bodiless）形相组成"（246c）——之间争斗的描述。雅典异邦人进一步论证，真实的存在存在于生成和绝对存在的"互动"（intercourse，248b）之中。关于柏拉图这段话对文学理论史的重要意义，特林皮（Wesley Trimpi）在 *Muses of One Mind: The Literary Analysis of Experience and Its Continuity*（Princeton, NJ：Princeton University Press，1983）第 106–16 页中有充分的讨论。另参 John McDowell, "Falsehood and Not-Being in Plato's Sophist"，载 *Language and Logos: Studies in Ancient Greek Philosophy Presented to G. E. L. Owen*（Cambridge：Cambridge University Press，1982），pp. 115–34。

在《尼各马可伦理学》中对沉思生活的描绘所表达的这种理智参与体验，可以视为哲人对那种神秘地参与到宇宙整体之中的酒神体验的恢复。[115] 这必定是柏拉图让苏格拉底说出我们已经提到过的下面这段话（《斐多》69d）的意图：

> 真正献身于狄俄尼索斯的人无非是那些正确地进行哲学思考的人——我一生都在尽我所能使自己配成为这群人的一员，我无论在哪方面都是个狂热的参与者。

在《会饮》尾声献给苏格拉底的颂词中，阿尔喀比亚德自称是"那些共享哲学的癫狂和酒神狂热的人（*tês philosophou manias te kai Bakheias*, 218b）"之一。哲人的智识（*noesis*）之中那种回归的体验（这里回归的是一种整一）甚至就隐含在理智（*nous*）这个词之中。前面已经提到，福莱姆曾认为，柏拉图和亚里士多德用来表示"理智"的词 *nous* 衍生自印欧语词根 *-nes*，它是动词 *neomai* 的词根，意为"回归"。[116] 我们在此想要补充一点：哲人的理智参与体验并不会否定对自然宇宙的参与体验。事实上，柏拉图在《蒂迈欧》（*Timaeus*）中已经清楚表明，哲人完全理解，理智参与必然生发于一个被体验为神圣的自然宇宙之中。

---

[115]"参与"一词的历史，参 M. Annice, "Historical Sketch of the Theory of Participation," *The New Scholasticism*, 26（1952）: 47–79。

[116] *The Myth of the Return*.

## 总结与结论

希腊哲人和中国圣人大致在同一时间在各自的文化内崭露头角。在柏拉图的著作中，哲学（"爱智慧"）是对伯罗奔尼撒战争爆发后雅典社会之堕落（见本书第二部分的讨论）的切实回应。与之类似，孔子、老子和庄子三位宗师（"子"）也在回应周代秩序在春秋战国时期的崩溃。

柏拉图的哲人和儒道二家的圣人均孕育自更早的诗歌传统。柏拉图乍看之下是"诗与哲学间的古老争执"中嘲弄父辈和传统的又一个例子，这种嘲弄在《奥德赛》尾声处奥德修斯对拉埃尔特斯的试探中已见端倪，在修昔底德史书的开头更是表露无遗。但经过深入考察，我们发现，柏拉图批评诗歌和他的一个信念有关：在第二部分讨论过的那种理性主义思想氛围中，诗歌已经退化为一种模仿性的、客观主义的写实主义。换句话说，诗歌符号已经丧失了探索、传达那种参与更高整全的体验的澄明能力。如果柏拉图，这位写出了《理想国》和《会饮》等作品的对话体文学巨匠，分明不像他常常被指控的那样是艺术的敌人，那么孔子也绝不是一位针对中国传统的狭隘的道德主义文学批评家。虽然中国圣人的诗论与柏拉图和亚里士多德的著作相比极为简短支离，但我们仍能在儒家典籍中发现一种感发性的诗歌观念，这和亚里士多德的文学理论有颇多共通点。在孔子看来，诗歌的主要价值就在于能激发（"兴"）情感。

哲人和圣人都试图恢复意识的参与性维度，前者面对的是伯罗奔尼撒战争在希腊世界的爆发，后者面对的是中国春秋战国时期的到来。孔子追思周代的礼教秩序，着重强调社会参与的意义。他坚信，实现这点的最佳途径是每个个体自觉且意向明确地争取成为一个以家庭为原型设想的社会秩序的合格成员。

这种自觉的、意向性的争取在老子看来恰恰是导致感到一种失落的整全的罪魁祸首之一。对老子来说，儒家所强调的意向性知识（老子用"知"这个词来指代）必须屈居次席甚至被忽略，以便增进一种（被老子称为"明"的）关于这些意向性建构如何生发自一个更大的、神秘的整体的意识，这个整体被老子称为"道"。

类似地，庄子也认为老子用"知"来指代的那种意向性争取将会模糊我们与一种可理解的整全的关系。对庄子来说，个体往往将由自身的主观立场建构起来的客观现实当作绝对真理，却忘了这种建构总是发生在一个更高的整全之中。持意向主义观点的正是庄子的好友，身为逻辑学家和智者的惠子。为了回应惠子，庄子坚决主张必须意识到意向性活动如何生发自一个可理解的整全。惠子和庄子彼此依存，二者共同表明了意向和参与其实并不能被截然区分成两种不同的活动。诚如老子《道德经》首章所言："此两者同出而异名。"

214　　　　在柏拉图看来，理智参与体验就是哲人所恢复的那种神秘地参与到自然宇宙之整全中的酒神体验。正因为如此，柏拉图在《会饮》中一直暗示苏格拉底和狄俄尼索斯之间的类比。"爱欲"是父亲"能干"和母亲"贫乏"的儿子，因而他永远丰盈又永远需求。因此在苏格拉底这位爱欲的化身身上，柏拉图式的哲学就同时包含了意向性的寻求和参与的体验——亦即成为永远无法作为知识的意向对象而被把握的神秘整体的一部分。按老子和庄子的说法，柏拉图哲学寻求关于现实的知识（"知"），同时又完全承认这种知识活动生发自一个无所不包的整体。庄子和老子常用"明"来表达的这种参与性觉知，正对应柏拉图所谓的 *methexis* 和 *metalepsis*（参《巴门尼德》131a）。哲人和圣人都借助精确的分析，明确而有说服力地说明了前人只隐约揭示过的知识和智慧间关系的本质。

纵观全书，我们一直谈及希腊思想中放任现实的参与性维度被意向性侵蚀的倾向。在第一部分，我们在史诗末尾奥德修斯对父亲拉埃尔特斯的试探中发现了这一进程的前兆。在第二部分，我们指出了修昔底德同样试图冷峻地抽身于自己所分析的情境之外。意向性从对神秘整一的参与体验中的分离，在欧里庇德斯的悲剧《酒神的伴侣》中终告完成，该剧在公元前 406 年诗人去世之后才在雅典上演。柏拉图不得不在人类意向性和对神圣整一的神秘参与体验之间重新取得平衡的原因，只能是这种平衡早已严重失落。柏拉图恢复参与体验的方式是重新定义——作为"分有"（*methexis* 和 *metalepsis*）的——参与的本质。我们已经表明，这种重新定义在儒家和道家思想中均有对应。例如，参与理念之持存的体验，就大致对应于老子所谓的"知常"（《道德经》16.55）的澄明体验。

# 后　记

　　本书的整体构想是从古中国和古希腊选取出自约公元前8至前2世纪的著作进行有针对性的比较。正如导言所述，我们不会因为所比较的两个传统在全世界文明中的地位均如此关键乃至于无法根本进行比较而有所愧悔。我们相信只要人类保有对过去的意识，尤其是在当前东西方合作竞争的全球局势下，希腊和中国的比较就将一直是一项不可抗拒的重要学术事业。但这并不意味着我们不会受到这项研究可能引起的怀疑甚至蔑视的困扰，尤其是在专家学者圈子中。像我们所进行的这种比较研究有着诸多的诱惑，我们必须尽可能直率坦诚地克服这种种的难题。

　　我们要抵御的第一个也是最明显的一个诱惑是过度概括。古中国和古希腊都是高度复杂的文明，包含诸多不同的有时甚至互相矛盾的思潮。近几十年的考古发掘表明，早期中国的资料文献内容范围远比起初认为的要多样。的确，任何人在概括中国时偶尔都会担心，第二天的新闻报道的新发现彻底颠覆了自己原先草率接受的预设。此外，一切伟大的传统依其本性都会抹去或者同化那些会冲击现有正统的反对声音。例如在中国，发展出了古代中国最精练的一套逻辑语言的名家和墨家，尤其是新墨家（Neo-Mohists），随着时间的推移逐渐被贬黜为末流哲学，其对今日被视为中国传统之主流的诸子学说本应造成的巨大威胁被减至最轻。我们承认，本书给予了某些特定的人物和文本特权；如果我们选择考察希罗多德而不是修昔底德、《楚辞》而不是《诗经》，我们对中国和希腊的概括可能会很不一样。我们意识到其他进行希腊和中国比较研究的学者会选择不同的比较文本，也承认这些比较当然有可能得出和我们截然不同的概括结论。

一本这样的书难免会存在概括甚或过度概括的倾向。对比较研究学者而言，范围集中、目的细致明确、结论条分缕析地严格根据一切现有经验证据的专门研究确实至关重要。我们尝试借助这些研究，本书的许多部分本身也属于对个别作者和文本的研究。我们真心认同杰出的文艺复兴艺术史家沃伯格（Aby Warburg）的一个观察，他说："上帝在细节之中。"（God is in detail.）借用伟大的比较研究学者库尔提乌斯（Ernst Robert Curtius）的譬喻，本书试图做的是从基于语文学的文本细读出发，逐渐上升到一个能够对各传统——这些传统在很大程度上由我们分析过的那些著作构成——的相对地貌轮廓进行"航拍"的高度。[1] 我们意识到，正如库尔提乌斯所说："博而不专如同失心疯。"但我们也认同库尔

---

〔1〕 *European Literature and the Latin Middle Ages*（New York: Bollingen Foundation, 1953），p.ix.参第 35 页，库尔修斯认为，说"上帝在细节之中"这句话的是沃伯格。

提乌斯的另一则对应的观察:"专而不博有如盲人摸象。"[2]
我们决定从文本细读出发上升到一个能进行"航拍"的高
度,因为我们相信,像本书这样的更广泛的研究将会激励更
多的比较研究学者,同时我们也希望普通读者能够接触到这
本书。令人高兴的是,我们中的许多人当下所处的全球化的
世界,恰好为此创造了一个无法回避的有利环境。

采取我们这种巨细无遗的进路存在一个和过度概括不无
关系的危险:宽泛的概括可能导致对中国或希腊文明的(用
现在经常有人提起的一个词来说)"本质化"(essentializing)。
因此我们强调了具体作者的**体验**,而非将这些体验化约成
"文化"之类抽象的东西。在两个传统间的比较研究中,"本
质化"一种"文化"的做法还隐含了一种可能性,即其中一
个被比较的传统事实上垄断了比较的术语。我们指的是权力
或文化"霸权"的难题,这个术语及关怀在后殖民主义批评
中屡见不鲜。[3]一旦提到那个叫"文化"的模糊又棘手的东
西,某种本质化很可能是不可避免的。正如一些最富同情心
的批评家所指出的那样,就连无比义正词严地批评那些本质

227

[2] *European Literature and the Latin Middle Ages*(New York: Bollingen Foundation, 1953), p.ix.

[3] "霸权"这个文化研究中常用的术语出自葛兰西(Antonio Gramsci)的著作。然而葛兰西所谓"霸权"和今天这个词的含义很不一样。葛兰西《狱中书简》(*Prison Notebooks*, 2 vols. New York: Columbia University Press, 1996)的编者布蒂吉格(Joseph Buttigieg)1997年6月在俄勒冈大学做的一场讲座中令人信服地论证,在葛兰西那里,霸权是一种文化通货的积极经验。

化"东方"的学者的萨义德（Edward Said），也偶尔会失足落入自己划定的本质化误区中。[4] 我们相信本书的比较并未预设哪一个"文化"优越于另一个。事实上，启发我们的比较研究的主要范式并不来自希腊，而是来自《道德经》第一章中"有欲"（"有意向"）和"无欲"（"无意向"）的区分，继而来自这一区分两端分别生出的两种互不相同但彼此相关的意识形式。虽然我们用了西方哲学中的两个术语——"参与性"和"意向性"——来表述这个区分。这样做的部分理由是，我们是在西方用英语写作，而我们需要用英语来方便地表达老子清楚阐明了的这个区分。即便眼下我们发现希腊更倾向于表达意向性意识的体验，而中国更倾向于表达参与性，我们所说的也不过是一种倾向而非死板的规则。显然，我们从未主张"意向性"的视角要优于"参与性"。事实上我们曾经小心翼翼地指出，柏拉图哲学的诞生或多或少是为了批评公元前 5 世纪雅典思想中那种标志性的理性主义的意向主义。"意向的"甚或"理性的"这类术语，并不必然暗示一种无可避免地以黑格尔式进步主义叙述的毫无根据的意识的发展。当然，我们当中的许多人在经历过近现代许多次毁灭性的大规模意识形态运动之后，早已经严重怀疑进步的毋庸置

---

[4] 我们指的是萨义德影响力极大的《东方学》（*Orientalism*［1978；rpt.,
London：Penguin，1991］）一书。关于萨义德的两种东方观念——作为一个被建构的空间和作为一个被他自己本质化出来的真实空间——间的冲突，参 Bart Moore-Gilbert, *Postcolonial Theory: Contexts, Practices, Politics*（London：Verso, 1997），pp. 41–2。

疑的好处。非要说本书有一个贯穿始终的主题的话，这个主题用回老子的术语说就是"无欲"和"有欲"，这两者均要求一种人之为人所必不可少的洞见维度。在沉思"道"的过程中，我们既欲"观其妙"，又欲"观其徼"。

比较研究著作怎样才能在方法论上尽善尽美，这个问题在当下这个专业化文学理论当道的年代的确非常重要，但方法本身却不能成为目的。文学研究中的方法，不如说是一种理应从对文学作品的热切反馈中生发出来的充满爱意的探究模式。我们的研究和写作的出发点不是对方法论的抽象兴趣，而是我们对中国和希腊经典的兴奋和热忱，以及我们在课堂上面向学生将两者并举时激起的思想火花。我们的研究和写作始于惊奇（wonders）的体验，也就是苏格拉底称为哲学开端的那种体验（《泰阿泰德》155d）。惊奇，在我们这个压抑刻板的去神秘化时代，在当下学术写作圈一个个自以为是的冰冷旮旯里，正在逐渐变成一种廉价甚至可笑的情感。然而，惊奇的体验却是一切学术研究的内在驱动，尤其是在文学研究领域，我们讨论的这些古中国和古希腊文本实在是值得惊叹的文字奇迹，它们不应该被化约、被歪曲，或是被各种各样自命为人类存在之唯一终极真理的流行意识形态加工。能够用这种充满意识形态确定性的僵死语言表达的"**道**"也确实不复是"**常道**"。

我们两人的合作始于现实中的教学，始于先和其他学者一起阅读古希腊和中国的文本，然后将之分享给学生，并惊讶于他们在对文本和作者进行充满启发性的对举时所感受到的那种惊奇。我们希望在写作本书时关注的问题并没有过分背离当初共同阅读、互相教育的初衷：我们互相教育对方，又一起和别人分享我们的洞见。换句话说，这本书就是一种真正的参与体验的产物。所有的学术其实都不外乎是这样一项共同参与的事业，但我们觉得这个道理对这本书而言格外真切，因为这是一本由两个相当不一样的意向性意识合作写成的书。1991 年夏，我们二人参与了一次由国家人文学科基金（National Endowment for the Humanities）资助的教员研讨会，这次研讨会的目标是将更多的亚洲材料整合进俄勒冈大学的人文和社会科学核心课程中。我们中的一个（杜润德）是研讨会的授课教师，另一个（尚冠文）是学生。但师生角色常常会在课堂讨论中发生倒转，特别是在我们讨论完一上午的亚洲文本然后一起午饭时。

讨论孔子、司马迁和早期中国诗歌给尚冠文带来了很多新东西，而荷马、柏拉图和修昔底德对杜润德来说也熟悉不到哪里去。杜润德从未想过自己会从事这类比较研究。他在华盛顿大学接受的研究生训练几乎只和早期中国文学有关，主要采取的是语文学进路；他的指导教授对整个比较文学研究的反应至今还在他耳边叮当作响："比较文学？有啥可比较的？"——这是一个早在开始从事这项让他成为世界顶尖的古汉语语法专家的专业研究**之前**，就已经系统学习过古希腊语和拉丁语的人无意间说出的话。

尚冠文接受的训练既包括比较研究也包括语文学。他在斯坦福大学获得比较文学博士学位，虽然在他攻读研究生

*229*

期间，中国文学和他的欧洲中心视野最八竿子打不着。他的博士项目并不反对选取亚洲作为学术兴趣（他的同班同学余宝琳后来成了中国诗歌领域的著名权威），但也并未得到特别的鼓励。直到从美国东岸回到西岸任教，他在地理上直接面对着的欧洲变成了亚洲，为了人文导论课程的教学，尚冠文才迫切觉得需要认真研究一下中国文学。他回忆，当时的那种不适感，让他想起柏拉图洞穴中不甚情愿的囚徒，让他感觉脖颈因为此前长期站在美国东岸这个近水楼台远眺大西洋对岸的欧洲而患上了慢性痉挛。回到西岸，纵目壮阔的太平洋和另一边的亚洲大陆方才让他感觉无比自在。一旦他对直视那个方向感觉自如，作为一位训练有素的比较学者，他会本能地再次回过头来，将他奇妙的新见识融入自己以往主要由对希腊文学和西方古典传统的激情所主宰的经验中。融合来自太平洋彼岸的新见识产生的部分效果，是让他瞬间对以往自以为了解的希腊感觉不再熟悉。他从未真正了如指掌的那位老相识（希腊）一下子又变得陌生起来。例如，在初识司马迁后，回看修昔底德，他完全被修昔底德这部伟大史著开篇自以为是的口吻惊呆了，仿佛他这辈子从未读过修昔底德，虽然实际上他已经向大学生教授这部著作多年。和生在一个全然不同的传统中的伟大中国史家一对比，他自以为相熟的修昔底德的相貌轮廓才逐渐变得清晰深刻。尚冠文的想象力马上被调动了起来，他想起了萨缪尔·约翰逊（Samuel Johnson）对蒲柏（Pope）诗歌的赞语中蕴含的智慧：蒲柏有能力让熟悉的变得陌生，陌生的变得熟悉。

杜润德最初对比较研究的抗拒感部分地承袭自他的老师，却随着他参与这项合作研究已经逐渐淡化——虽然也许从未完全消失。抗拒的淡化部分是因为他从我们两人的合作中体验到的兴奋，更多的是因为我们学生的热情，似乎连最保守的比较尝试也总是会激发他们的好奇和热情。但他们的热情又非来自用他们知道的（希腊）和他们不知道的（中国）来相比较。如今的大一学生高中就读过《道德经》和读过柏拉图对话的可能性差不多，虽然更可能他们一本都没读过。当然他们会觉得柏拉图和孔子一样陌生。某天，一个团队教学的本科研讨班即将结课，我们请班上的学生按给人的"外来"或"陌生"印象多少给下面三个人排序：孔子、老子、柏拉图。排出来就是这个顺序——孔子最不陌生，柏拉图最陌生。而且这些学生都是西方人。我们说这些不是要贬低学生的教育背景甚至智商，只是想说明世界在变。在一个西方世界的课堂上——或者甚至在一本像本书一样面向西方读者的著作中——比较希腊和中国，已经不再绝对是在比较所谓的已知（希腊）和未知（中国）。

希腊文学对杜润德来说，正如对我们的学生来说，在很大程度上是个新发现，所以他坦承希腊文学比起他看到的任何中国古代文学都更有异国情调。尚冠文在本科和研究生阶段钟情于一切希腊事物，他熟记希腊诗歌，还懂得诵唱，仿佛每个洪亮的音节都是神圣的咒语。对他来说，新的发现反而是接触中国，包括人到中年才开始学习普通话和古代汉语——它们的语序排列和语法结构原则完全不同于自己接触过的任何语言——这种令他耳目一新的体验。"发现"是这里的关键词。老师本身就沉浸在新洞见带来的新鲜感中，学生们的反响自然也会活跃。有人会希望洞见能够揭示研究对象的现实，但一位老师愿意同情地跳出寻常预设、套路和回应的封闭圈子，这种开明热切的姿态本身就能在教学上起到启发的效果。抛弃自以为是的愿望是会传染的。

尚冠文在纽约市郊的一所初高中学习了六年拉丁文，这在 20 世纪 60 年代早中期是稀罕至极的机缘。这段经历带他进入了古典世界，激发了年纪轻轻的他对古典语言的热爱，但他不记得在从幼儿园到研究生院的整个求学生涯中自己为中国或者亚洲投入过任何一点时间。杜润德在犹他州（Utah）完成了平庸的中学学业，在那里"古希腊"只不过是世界史教材中的一个章节（学生们甚至整个跳过了讲中国那章）和预科英文课上过的一部剧（《安提戈涅》），随后马不停蹄地跑了一趟台湾，紧接着攻读本科和研究生，期间几乎完全专注于亚洲。杜润德在读过一两部柏拉图对话的英译本之前，早就读完了孔子的古文原文。后来在遇到人生挫折时，为了开解自己，杜润德转而去读庄子和司马迁；他没有去读古希腊，也没有专门去了解犹太—基督教传统，即便这个传统帮他的父母熬过了人生低谷。在我们这个时代，观念的影响已经不再只遵循民族和国家谱系的规律。

最后这点很重要。虽然我们肯定无法断言种族主义和民族中心主义已经灭绝，但在我们看来，如今出行和交流如此轻松便捷，加上现代世界处处在加剧文化的多元性，似乎已经让我们都不那么肯定自己的文明根基是什么了。在如此可观的多元性包围和形塑下，我们如今也许更能尊重文化差异。比起征服或者改变，也许"我们"如今更能用一种惊奇的眼光来看待"他者"，因为连"我们"自己也经常充当"他者"。我们不是在为当今大学校园里随处可见的那种"文化多元主义"（multiculturalism）张本。某些文化多元主义者似乎主张，教育的首要目标是给予适当剂量的对一些人的罪感和对另一些人的自怜，并且逐渐让一切的文化获得同等的课时份额。诚然，深入研究许多文化传统是一项有价值的学术事业，但是考虑到像古中国和古希腊这样的文明（还可以加上其他的一些文明，例如印度、以色列和伊斯兰文明）对世界产生了如此广泛深厚的影响，我们认为，任何学术机构为了培养文化多元意识而盲目追求平等、轻慢这些文明，这样的做法非常不负责任。在我们看来，伟大的传统依旧伟大，依旧值得我们继续研究和欣赏。如果我们能在探索这些文明的过程中发现形塑了东西方历史的种种偏见和扭曲的根源，那么我们就找到了纠正这些做法的灵丹妙药。

我们对本书从事的比较研究的热情受到另一种信念的支持：在伟大的古代文明间进行比较，必然要求同时突出各传统间的相似和差异。欣赏故旧的文明遗迹，无论是东方的还是西方的，都要求对差异和同一保持警觉。同一性乃是让我们这些远离古代文化形态和物质世界的读者能够跨越时空障碍，在阅读古代文献之时有底气说出一句"对，我懂你在说什么"的基础。

232

在多文化的文学研究中，非西方文化的例子时常被用来说明差异，用来"尊重多样性"。比起那些建立在所谓的绝对文化差异之上的自相矛盾的"小共同体"，更少人强调一种以构建大同为旨归的文化多元主义。如《智术师》中的雅典异邦人所论证，同一和差异这两种形相始终相互交织在其他一切构成现实的形相之中。孔子在《论语》2.14中表达了类似的洞见，他说："君子周而不比，小人比而不周。"柏拉图则认为，"试图把每个事物同其他一切事物分离，不仅会导致发出不协调的音调，还会使人鲁莽地违背爱智慧的缪斯"，还有，"把事物同事物一一隔离，意味着彻底抛弃一切争论"（《智术师》259e–260a）。在孔子看来，自顾着固执于差异的是那些小人。也许承认不同传统不谋而合的洞见中包含的智慧，有助于成就某种程度的大同，而承认的过程往往伴随着惊奇的体验。正是这种在深刻差异中对相似之处前途未卜却充满愉悦的追寻，在写作本书的过程中既考验又激励了我们。唯愿这白纸黑字能捕捉到些许我们在写作时体验到的激动。

# 参考书目

Adkins, Arthur W. H. (1960). *Merit and Responsibility: A Study in Greek Values.* Oxford: Clarendon Press.

Ames, Roger T. (1983). *The Art of Rulership: A Study in Ancient Chinese Political Thought.* Honolulu: University of Hawaii Press.

Ames, Roger T. and Henry Rosemont (1998). *The Analects of Confucius: A Philosophical Translation.* New York: Ballantine Books.

Annice, M. (1952). "Historical Sketch of the Theory of Participation". *The New Scholasticism*, 26: 47–79.

Aristotle (1951). *Aristotle's Theory of Poetry and Fine Art.* New York: Dover Publications.

Auerbach, Eric (1953). *Mimesis: The Representation of Reality in Western Literature,* Willard Trask (trans.). Princeton, NJ: Princeton University Press.

Auerbach, Eric (1965). "Sermo Humilis". In *Literary Language and Its Public in Late Latin Antiquity and in the Middle Ages.* Princeton, NJ: Princeton University Press.

Bacon, Helen H. (1959). "Socrates Crowned". *Virginia Quarterly Review*, 35: 415–30.

Basset, Samuel H. (1918). "The Second Necyia". *Classical Journal*, 13: 521–6.

Baxter, William H. III (1991). "Zhou and Han Phonology in the *Shijing*". In *Studies in the Historical Phonology of Asian Languages,* William G. Bolz and Michael Shapiro (eds). Amsterdam: John Benjamin.

Bérard, Victor (1931). *Did Homer Live?* B. Rhys (trans.). London: J. M. Dent.

Bielenstein, Hans (1980). *The Bureaucracy of Han Times.* Cambridge: Cambridge University Press.

Birell, Anne (1993). *Chinese Mythology: An Introduction*. Baltimore: Johns Hopkins University Press.

Bloom, Harold (1973). *The Anxiety of Influence: A Theory of Poetry*. Oxford: Oxford University Press.

Boardman, J. (1989). *Athenian Red Figure Vases: The Classical Period*. New York: Thames and Hudson.

Bodde, Derk (1981). "Dominant Ideas in the Formation of Chinese Culture". In *Essays on Chinese Civilization*, Charles Le Blanc and Dorothy Borei (eds). Princeton, NJ: Princeton University Press.

Boltz, William G. (1993). "Chou Li". In *Early Chinese Texts: A Bibliographical Guide*, Michael Loewe (ed.). Society for the Study of Early China and the Institute of East Asian Studies. Berkeley: University of California Press.

Boltz, William G. (1999) "Language and Writing". In *The Cambridge History of Ancient China: From the Origins of Civilization to 221 BC*, Michael Loewe and Edward L. Shaughnessy (eds). Cambridge: Cambridge University Press.

Bona, Giacomo (1966). *Studi sull' Odissea*. Turin: Giappichelli.

Boodberg, Peter A. (1979). "The Semasiology of Some Primary Confucian Concepts". In *The Selected Works of Peter A. Boodberg*. Los Angeles: University of California Press.

Brann, Eva T. H. (1966). "The Music of the *Republic*". *St. John's Review*, 39: 1–63.

Bremer, J. M. (1969). *Hamartia: Tragic Error in the Poetics of Aristotle and in Greek Tragedy*. Amsterdam: M. Hakkert.

Brooks, E. Bruce and A. Taeko Brooks (1998). *The Original Analects: Sayings of Confucius and His Successors*. New York: Columbia University Press.

Buitron, Diana *et al.* (1992). *The Odyssey and Ancient Art*. Annandale-on-Hudson: Edith C. Blum Art Institute.

Butler, Samuel (1967). *The Authoress of the Odyssey*. Chicago: University of Chicago Press.

Cai Xiqin, Lai Bo, and Xia Yuhe (trans.) (1994). *Analects of Confucius*. Beijing: Foreign Languages Printing House.

Campbell, David A. (ed.) (1982). *The Greek Lyric*. Cambridge, MA: Harvard University Press.

Chan Wing-tsit (1963). *The Way of Lao Tzu*. New York: Macmillan.

Chang Chung-yuan (1977). *Tao: A New Way of Thinking*. New York: Perennial Library.

Chen, Ellen (1989). *The Tao Te Ching: A New Translation with Commentary*. New York: Paragon House.

Ch'en Ku-ying (1977). *Lao Tzu: Texts, Notes, and Comments*, Rhett Y.

W. Young and Roger Ames (trans.). San Francisco: Chinese Materials Center.

Ch'en Shih-hsiang (1974). "The *Shih-ching*: Its Generic Significance". In *Studies in Chinese Literary Genres*, Cyril Birch (ed.). Berkeley: University of California Press.

Cheng Tsai-fa *et al.* (trans.) (1994). *The Grand Scribes' Records*, Vol. 1: *The Basic Annals of Pre Han China*, William H. Nienhauser Jr. (ed.). Bloomington: Indiana University Press.

Ching, Julia (1997). *Mysticism and Kingship in China: The Heart of Chinese Wisdom*. Cambridge: Cambridge University Press.

Chuang Tzu (1968). *The Complete Works of Chuang Tzu*, Burton Watson (trans.). New York: Columbia University Press.

Clay, Diskin (1975). "The Tragic and Comic Poet of the *Symposium*". *Arion*, 2: 238–61.

Clay, Jenny Strauss (1983). *The Wrath of Athena: Gods and Men in the Odyssey*. Princeton, NJ: Princeton University Press.

*A Commentary on Homer's Odyssey* (1988–92). 3 vols. Oxford: Clarendon Press, Vol. 1, Alfred Heubeck, Stephanie West, and J. B. Hainsworth (eds), 1988; Vol. 2, Alfred Heubeck and Arie Hockstra (eds), 1989; Vol. 3, Joseph Russon, Manuel Fernandez-Galiano, and Alfred Heubeck (eds), 1992.

Connor, W. Robert (1984). *Thucydides*. Princeton, NJ: Princeton University Press.

Cook, Constance A. (1995). "Scribes, Cooks, and Artisans: Breaking Zhou Tradition". *Early China*, 20: 241–78.

Cook, Erwin (1995). *The Odyssey in Athens*. Ithaca, NY: Cornell University Press.

Coulmas, Florian (1989). *The Writing Systems of the World*. Oxford: Blackwell.

Couvreur, F. S., SJ (1966). *Dictionnaire classique de la langue chinoise*. Rpt., Taipei: Book World Company.

Curtius, Ernst Robert (1953). *European Literature and the Latin Middle Ages*, Willard R. Trask (trans.). New York: Bollingen Foundation.

D'Arms, E. F. and K. K. Hulley (1946). "The Oresteia Story of the Odyssey". *Transactions of the American Philological Association*, 77: 207–13.

de Romilly, Jacqueline (1990). *La Construction de la vérité chez Thucydide*. Paris: Juillard.

de Romilly, Jacqueline (1947). *Thucydide et impérialisme*. Paris: Société d'Édition Les Belles Lettres.

Detienne, Marcel and Jean-Pierre Vernant (1991). *Cunning Intelligence in Greek Culture and Society*, Janet Lloyd (trans.). Chicago: University of Chicago Press.

Diels, Herman (ed.) (1922). *Die Fragmente der Vorsokratiker*. 3 vols (Berllin: Weidmann).

Doherty, Lillian (1995). *Siren Songs: Gender, Audiences and Narrators in the Odyssey*. Ithaca, NY: Cornell University Press.

Dover, K. J. (1973). *Thucydides, Greece and Rome: New Surveys in the Classics*, No. 7. Oxford: Clarendon Press.

Dover, Kenneth (1980). "Introduction". In *Symposium*, Kenneth Dover (ed.). Cambridge: Cambridge University Press.

Dubs, Homer H. (1944). "The Victory of Han Confucianism". In *History of the Former Han Dynasty*, Vol. 2. Baltimore: Waverly Press.

Durrant, Stephen (1994). "Ssu-ma Ch'ien's Portrayal of the First Ch'in Emperor". In *Imperial Rulership and Cultural Change in Traditional China*, Frederick P. Brandauer and Huang Chun-chieh (eds). Seattle: University of Washington Press.

Durrant, Stephen (1995). *The Cloudy Mirror: Tension and Conflict in the Writings of Sima Qian*. Albany: State University of New York Press.

Eberhard, Wolfram (1967). *Guilt and Sin in Traditional China*. Berkeley: University of California Press.

Edwards, Mark W. (1986). "Homer and Oral Tradition: The Formula, Part I". *Oral Tradition*, 1: 171–230.

Edwards, Mark W. (1988). "Homer and Oral Tradition: The Formula, Part II". *Oral Tradition*, 3: 11–60.

Edwards, Mark W. (1992). "Homer and Oral Tradition: The Type-Scene". *Oral Tradition*, 7: 284–330.

Eisenberger, Herbert (1973). *Studien zur Odysee*. Wiesbaden: F. Steiner.

Ellis, Walter M. (1989). *Alcibiades*. London: Routledge.

Eno, Robert (1990). *The Confucian Creation of Heaven: Philosophy and the Defense of Ritual Mastery*. Albany: State University of New York Press.

Eno, Robert (1990). "Was There a High God *Ti* in Shang Religion?". *Early China*, 15: 1–256.

Erkes, Edward (1950). *Ho Shang Kung's Commentary on Lao-Tse*. Ascona, Switzerland: Artibus Asiae.

Euben, J. Peter (1990). *The Tragedy of Political Theory: The Road Not Taken*. Princeton, NJ: Princeton University Press.

Euripides (1960). *Bacchae*, E. R. Dodds (ed.). Oxford: Oxford University Press.

Fang Zidan (1978). *Zhongguo lidai shi xue tonglun* [A General Discussion of Chinese Historiography across the Ages]. Taipei: Dahai.

Fei Xiaotong (1992). *From the Soil: The Foundation of Chinese Society*, Gary G. Hamilton and Wang Zhen (trans.). Berkeley: University of California Press.

Fenik, Bernard (1974). *Studies in the Odyssey*. Hermes Einzelschriften 30. Wiesbaden.

Fingarette, Herbert (1972). *Confucius: The Secular as Sacred*. New York: Harper and Row.

Focke, Friedrich (1971). *Die Odysee*. Stuttgart: W. Kohlhammer.

Frame, Douglas (1978). *The Myth of the Return in Early Greek Epic*. New Haven: Yale University Press.

Girardot, N. J. (1983). *Myth and Meaning in Early Taoism*. Berkeley: University of California Press.

Gomme, A. W. (1945–81). *A Historical Commentary on Thucydides*, 5 vols. Oxford: Clarendon Press.

Graham, A. C. (1981). *Chuang-tzu: The Seven Inner Chapters and Other Writings from the Book of Chuang-tzu*. London: George Allen & Unwin.

Graham, A. C. (1986). *Yin–Yang and the Nature of Correlative Thinking*. Singapore: Institute of East Asian Philosophies.

Graham, A. C. (1989). *Disputers of the Tao: Philosophical Argument in Ancient China*. La Salle, IL: Open Court.

Graham, A. C. (1992). "Rationalism and Anti-rationalism in Pre-Buddhist China". In *Unreason Within Reason: Essays on the Outskirts of Rationality*. La Salle, IL: Open Court.

Gramsci, Antonio (1996). *Prison Notebooks*, 2 vols, Joseph Buttigieg (ed.). New York: Columbia University Press.

Grene, David and Richmond Lattimore (eds) (1958). *The Complete Greek Tragedies*, Vol. IV: *Euripides*. Chicago: University of Chicago Press.

Grene, David and Richmond Lattimore (1965). *Greek Political Theory: The Image of Man in Plato and Thucydides*. Chicago: University of Chicago Press.

Gu Jiegang (1983). "Qi xing". In *Shi jing yanjiu lunji* [A Collection of Essays on the Study of the *Classic of Poetry*], Lin Qingzhang (ed.). Taipei: Xuesheng.

Hall, David L. and Roger T. Ames (1987). *Thinking Through Confucius*. Albany: State University of New York.

Hall, David L. and Roger T. Ames (1995). *Anticipating China: Thinking Through the Narratives of Chinese and Western Culture*. Albany: State University of New York.

Hall, David L. and Roger T. Ames (1998). *Thinking from the Han: Self, Truth, and Transcendence in Chinese and Western Culture*. Albany: State University of New York.

Halperin, David (1994). "Plato and the Erotics of Narrativity". In *Plato and Postmodernism*, Steven Shankman (ed.). Glenside, PA: Aldine Press.

*Han Shu* [Historical Record of the Han]. Beijing: Zhonghua, 1962.

Hansen, Chad (1991). "Should the Ancient Masters Value Reason?". In *Chinese Texts and Philosophical Contexts: Essays Dedicated to Angus C. Graham*, Henry Rosemont Jr. (ed.). La Salle, IL: Open Court.

Hansen, Chad (1992). *A Daoist Theory of Chinese Thought: A Philosophical Interpretation*. New York: Oxford University Press.

Hawkes, David (trans.) (1985). *Songs of the South, An Ancient Chinese Anthology of Poems*. Harmondsworth: Penguin.

Hegel, Georg Wilhelm Friedrich (1967). *The Phenomenology of Mind*, J. B. Baillie (trans.). New York: Harper Torchbooks.

Henderson, John B. (1984). *The Development and Decline of Chinese Cosmology*. New York: Columbia University Press.

Henricks, Robert G. (1989). *Lao-Tzu: Tao-Te Ching: A New Translation Based on the Recently Discovered Ma-wang-tui Texts*. New York: Ballantine.

Henry, Eric (1987). "The Motif of Recognition". *Harvard Journal of Asiatic Studies*, 47 (1): 5–30.

Heraclitus (1964). In *The Presocratic Philosophers*, G. S. Kirk and J. E. Raven (eds). Cambridge: Cambridge University Press.

Herington, John (1986). *Aeschylus*. New Haven: Yale University Press.

Herodotus (1983). *The Histories*, Aubrey de Sélincourt (trans.), rev. A. R. Burns. Harmondsworth, Penguin: rpt.

Herodotus (1996). *The Histories*. Loeb Library Edition, 3 vols, A. D. Godely (trans.). Cambridge, MA: Harvard University Press.

Heubeck, Alfred (1965). "KE-RA-SO. Untersuchungen zu einem Mykenischen Personennamen". *Kadmos*, 4: 138–45.

Heubeck, Alfred and Arie Hoekstra (1988–92). *A Commentary on Homer's Odyssey*, 3 vols. Oxford: Clarendon Press.

Hightower, James Robert (trans.) (1954). "The Fu of T'ao Chi'en". *Harvard Journal of Asiatic Studies*, 17: 169–230.

Hightower, James Robert (trans.) (1994). "Owl Rhapsody". In *The Columbia Anthology of Traditional Chinese Literature*, Victor Mair (ed.). New York: Columbia University Press.

Horkheimer, Max and Theodor W. Adorno (1996). *Dialectic of Enlightenment*, John Cumming (trans.). New York: Continuum Books.

Hornblower, Simon (1991, 1996). *A Commentary on Thucydides*, 2 vols. Oxford: Clarendon Press.

Hsiao Kung-chuan (1947). *The Logic of the Sciences and the Humanities*. New York: Meridian.

Hsiao Kung-chuan (1979). *History of Chinese Political Thought*, Vol. 1: *From Beginnings to the Sixth Century A.D.*, F. W. Mote (trans.). Princeton, NJ: Princeton University Press.

Hsu, Cho-yun (1965). *Ancient China in Transition: An Analysis of Social Mobility, 722–222 B.C.* Stanford, CA: Stanford University Press.

Hu Shih (1922), *The Development of the Logical Method in Ancient China.* New York: Paragon, 1963 rpt.

Hu Shi, Shen Gangbo, and Dai Junren (1980). In *Zhongguo shixue shi lunwen xuanji* [A Selection of Essays on Chinese Historiography], Vol. 1, Du Weiyun and Huang Jinxing (eds). Taipei: Huashi.

Hurwit, Jeffrey (1991). "The Representation of Nature in Early Greek Art". In *New Perspectives in Early Greek Art*, Diana Buitron-Olivier (ed.). Washington, DC: National Gallery of Art.

Janaway, Christopher (1995). *Images of Excellence: Plato's Critique of the Arts.* Oxford: Clarendon Press.

Jaspers, Karl (1953). *The Origin and Goal of History.* New Haven: Yale University Press.

Jensen, Mina Skafte (1980). *The Homeric Question and the Oral Formulaic Theory.* Opuscula Gracolatina 20. Copenhagen.

Jin Dejian (1963). *Sima Qian suojian shu kao* [An Investigation of the Books Seen by Sima Qian]. Shanghai: Renmin.

Jones, P. V. (1988). *Homer's Odyssey: A Companion to the Translation of Richmond Lattimore.* Carbondale: Southern Illinois University Press.

Jullien, François (1995). *Le Détour et l'accès: stratégies du sens en Chine, en Grèce.* Paris: Bernard Grasset.

Jullien, François (1992). *The Propensity of Things: Toward a History of Efficacy in China*, Janet Lloyd (trans.). New York: Zone Books.

Kakridis, Johannes T. (1971). *Homer Revisited.* Lund: C. W. K. Gleerup.

Karlgren Bernhard (1932). "The Poetical Parts in Lao-Tsï". *Göteborgs Högskolas Årsskrift*, 38 (3): 1–45.

Karlgren Bernhard (1964). "Kuo Feng and Siao Ya." *Bulletin of the Museum of Far Eastern Antiquities*, 16: 204.

Kato Joken (1974). *Kanji no kigen* [The Etymology of Chinese Characters]. Tokyo: Katokawa.

Keightley, David (1978). *Sources of Shang History: The Oracle-Bone Inscriptions of Bronze Age China.* Berkeley: University of California Press.

Keightley, David (n.d.) "Death and the Birth of Civilizations: Ancestors, Art, and Culture in Early China and Early Greece". Unpublished paper.

Kennedy, George A. (1964). "Interpretation of the Ch'un-ch'iu". In *The Selected Works of George Kennedy*, Tien-yi Li (ed.). New Haven: Far Eastern Publications, Yale University.

Kennedy, George A. (1964). "The Monosyllabic Myth". In *The Selected Works of George Kennedy*, Tien-yi Li (ed.). New Haven: Far Eastern Publications, Yale University.

Keuls, Eva (1985). *The Reign of the Phallus*. New York: Harper & Row.

Kirk, G. S. (1962). *The Songs of Homer*. Cambridge: Cambridge University Press.

Kirk, G. S., J. E. Raven, and M. Schofield (eds) (1995). *The Presocratic Philosophers*. Cambridge: Cambridge University Press.

Knox, Bernard (1996). "Introduction". In *Odyssey*, Robert Fagles (trans.). New York: Viking/Penguin.

Knox, Bernard (1957). *Oedipus of Thebes*. New Haven: Yale University Press.

Kramers, Robert P. (1986). "The Development of the Confucian Schools". In *The Cambridge History of China*, Vol. 1. Cambridge: Cambridge University Press.

*Laozi zhu* (A Commentary on Laozi), Zhuzi Jicheng (ed.), Vol. 2.

Lau, D. C. (1963). *Lao Tzu, Tao Te Ching*. Harmondsworth: Penguin.

Lau, D. C. (1970). *Mencius*. Harmondsworth: Penguin.

Lau, D. C. (1979). *Confucius: The Analects*. Harmondsworth: Penguin.

Legge, James (trans.) (1994). *The Chinese Classics*, 5 vols. Rpt. Taipei: SMC Publishing.

Lesky, Albin (1967). "Die Schuld der Klytaimnestra". *Wiener Studien*, 80: 5–21.

Lévi, Jean (1995). *La Chine romanesque: fictions d'Orient et d'Occident*. Paris: Éditions de Seuil.

Levinas, Emmanuel (1995). *The Theory of Intuition in Husserl's Phenomenology*, 2nd edn, André Orianne (trans.). Evanston, IL: Northwestern University Press.

Lewis, Mark Edward (1999). *Writing and Authority in Early China*. Albany: State University of New York Press.

Liu Dalin (1993). *Zhongguo gudai xing wenhua* [The Sexual Culture of Ancient China]. Yinchuan: Liaoning chubanshe.

Liu Zhiji (1980). *Shi tong tongshi* [A Comprehensive Explanation of a Study of History]. Rpt., Taipei: Liren.

Lloyd, G. E. R. (1990). *Demystifying Mentalities*. Cambridge: Cambridge University Press.

Lloyd, G. E. R. (1996). *Adversaries and Authorities*. Cambridge: Cambridge University Press.

Loewe, Michael (1986). "The Former Han Dynasty". In *The Cambridge History of China*, Vol. 1: *The Ch'in and Han Empires, 221 B.C.–A.D. 220*. Cambridge: Cambridge University Press.

Loewe, Michael (1986). "The Religious and Intellectual Background". In *The Cambridge History of China*, Vol. 1: *The Ch'in and Han Empires, 221 B.C.–A.D. 220*. Cambridge: Cambridge University Press.

Loewe, Michael (1994). "Man and Beast: The Hybrid in Early Chinese Art and Literature". *Divination, Mythology and Monarchy in Han China*. University of Cambridge Oriental Publications 48. Cambridge: Cambridge University Press.

Longinus (1964). *"Longinus" on the Sublime*, edited with an introduction by D. A. Russell. Oxford: Clarendon Press.

Longinus (1965). *"Longinus" on the Sublime*, trans. W. Hamilton Fyfe. London: Harvard University Press and Heinemann.

*Lun yu jijie* [Collected Explanations of Analects]. SBBY edition.

McDowell, John (1982). "Falsehood and Not-Being in Plato's *Sophist*". In *Language and Logos: Studies in Ancient Greek Philosophy Presented to G. E. L. Owen*. Cambridge: Cambridge University Press.

Macleod, Colin (1983). "Thucydides and Tragedy". In *Collected Essays*. Oxford: Oxford University Press.

Mair, Victor H. (trans.) (1994). *Wandering on the Way: Early Taoist Tales and Parables of Chuang Tzu*. New York: Bantam.

Mair, Victor H. (1995). "Mummies of the Tarim Basin". *Archaeology*, April/May: 28–35.

*Mao shi yinde* [A Concordance to the Mao Odes] (1934). Harvard–Yenching Sinological Index Series, Supplement no. 9. Beijing: Harvard–Yenching Institute.

Martin, Richard P. (1989). *The Language of Homer: Speech and Performance in the Iliad*. Ithaca, NY: Cornell University Press.

*Mengzi Zhao zhu* [Mencius with the Zhao Commentary]. SBBY edition.

More-Gilbert, Bart (1997). *Postcolonial Theory: Contexts, Practices, and Politics*. London: Verso.

Mote, Frederick (1971). *Intellectual Foundations of China*. New York: Alfred A. Knopf.

Moulton, Carrol (1977). *Similes in the Homeric Poems*. Göttingen: Vandenhoeck & Ruprecht.

Murnaghan, Sheila (1987). *Disguise and Recognition in the Odyssey*. Princeton, NJ: Princeton University Press.

Nagy, Gregory (1990). *Pindar's Homer: The Lyric Possession of an Epic Poet*. Baltimore: Johns Hopkins University Press.

Nagy, Gregory (1992). *Greek Mythology and Poetics*. Ithaca, NY: Cornell University Press.

Needham, Joseph (1956). *Science and Civilisation in China*, Vol. 2: *History of Scientific Thought*. Cambridge: Cambridge University Press.

Needham, Joseph (1969). "Human Laws and the Laws of Nature". In *The Grand Titration: Science and Society in East and West*. London: George Allen & Unwin.

Nietzsche, Friedrich (1956). *The Birth of Tragedy*, Francis Golffing (trans.). Garden City, NY: Doubleday.

Nightingale, Andrea Wilson (1995). *Genres in Dialogue: Plato and the Construct of Philosophy*. Cambridge: Cambridge University Press.

Nilsson, M. P. (1967). *Geschichte der griechischen Religion*. Munich: C. H. Beck.

Nivison, David (1996). *The Ways of Confucianism: Investigations in Chinese Philosophy*. Chicago: Open Court.

Nussbaum, Martha C. (1986). *The Fragility of Goodness: Luck and Ethics in Greek Tragedy and Philosophy*. Cambridge: Cambridge University Press.

Orsini, Louis (1994). "An Act of Imaginative Oblivion: Eric Voegelin and the *Parmenides* of Plato". In *Plato and Postmodernism*, Steven Shankman (ed.). Glenside, PA: Aldine Press.

Owen, G. E. L. (1986). "The Platonism of Aristotle". In *Logic, Science, and Dialectic: Collected Papers in Greek Philosophy*, Martha Nussbaum (ed.). Ithaca, NY: Cornell University Press.

Owen, Stephen (1986). *Remembrances: The Experience of the Past in Classical Chinese Poetry*. Cambridge, MA: Harvard University Press.

Owen, Stephen (1992). *Readings in Chinese Literary Thought*. Cambridge, MA: Harvard University Press.

Owen, Stephen (1996). *An Anthology of Chinese Literature: Beginnings to 1911*, Stephen Owen (ed. and trans.). New York: W. W. Norton.

*The Oxford Classical Dictionary* (1996). Simon Hornblower and Antony Spawforth (eds). Oxford: Oxford University Press.

Plato (1961). *The Collected Dialogues of Plato*, Edith Hamilton and Huntington Cairns (eds). Princeton, NJ: Princeton University Press.

Plato (1989). *Plato: Republic 10*, Stephen Halliwell (trans.). Warminster: Aris & Phillips.

Plato (1993). *Plato: Republic 5*, Stephen Halliwell (trans.). Warminster: Aris & Phillips.

Price, A. W. (1989). *Love and Friendship in Plato and Aristotle*. Oxford: Clarendon Press.

Prusek, Jaroslav (1970). *Chinese History and Literature: Collection of Studies*. Dordrecht: D. Reidel.

Pucci, Pietro (1987). *Odysseus Polytropos: Intertextual Readings in the Odyssey and the Iliad*. Ithaca, NY: Cornell University Press.

Puett, Michael (1997). "Nature and Artifice: Debates in Late Warring States China Concerning the Creation of Culture". *Harvard Journal of Asiatic Studies*, 57 (2): 471–518.

Qian Mu (1983). *Liang Han jingxue jin-guwen pingyi* [A Critical Discussion of New and Old Script Schools in Han Dynasty Classical Studies]. Taipei: Dongda.

Qian Mu (1985). *Qin Han shi* [A History of the Qin and Han]. Taipei: Dongda.

Qian Zhongshu (1979). *Guan zhui bian*, Vol. 1. Hong Kong: Zhonghua.

Queen, Sarah A. (1996). *From Chronicle to Canon: The Hermeneutic of the Spring and Autumn According to Tung Chung-shu.* Cambridge: Cambridge University Press.

Race, William H. (1989). "Plato's Symposium and the Decline of Drama". Unpublished paper.

Raglan, Lord (1979). *The Hero.* New York: New American Library.

Raphals, Lisa (1992). *Knowing Words: Wisdom and Cunning in the Classical Traditions of China and Greece.* Ithaca, NY: Cornell University Press.

Raphals, Lisa (1998). *Sharing the Light: Representations of Women and Virtue in Early China.* Albany: State University of New York Press.

Reynolds, Sir Joshua (1969). *Discourses on Art,* Robert W. Wark (ed.). London: Collier Books.

Richardson, N. J. (1983). "Recognition Scenes in the *Odyssey*". In *Papers of the Liverpool Seminar,* Vol. 4. Liverpool: F. Cairns.

Robinet, Isabella (1991). *Histoire du Taoisme: des origines au XIVe siècle.* Paris: Les Éditions du Cerf.

Rocco, Christopher (1997). *Tragedy and Enlightenment: Athenian Political Thought and the Dilemmas of Modernity.* Berkeley: University of California Press.

Rose, Peter (1992). *Sons of the Gods, Children of the Earth: Ideology and Literary Form in Ancient Greece.* Ithaca, NY: Cornell University Press.

Ross, W. D. (1941). *The Basic Works of Aristotle,* Richard McKeon (ed.). New York: Random House.

Rozman, G. (1991). *The East Asian Region: Confucian Heritage and Its Modern Adaptation.* Princeton, NJ: Princeton University Press.

Rozman, G. (1992). "The Confucian Faces of Capitalism." In *Pacific Century,* M. Borthwick (ed.). Boulder, CO: Westview.

Ruan Zhisheng (1980). "Shi lun Sima Qian suoshuo de 'tong gujin zhi bian'" [A Preliminary Essay on Sima Qian's Statement "To Penetrate the Transformations of Ancient and Modern Times"]. In *Zhongguo shixueshi lunwen xuanji* [A Selected Collection of Essays on the History of Chinese Historiography], Du Weiyun and Huang Jinxing (eds). Taipei: Huashi.

Rutherford, R. B. (1995). *The Art of Plato.* Cambridge, MA: Harvard University Press.

Rutherford, R. B. (1996). *Greece and Rome: New Surveys in the Classics.* No. 26. Oxford: Oxford University Press.

Said, Edward (1991). *Orientalism.* London: Penguin.

Sallis, John (1996). *Being and Logos: Reading the Platonic Dialogues.* Bloomington: Indiana University Press.

Saussy, Haun (1993). *The Problem of a Chinese Aesthetic.* Stanford, CA: Stanford University Press.

Saussy, Haun (1996). "Writing in the Odyssey: Eurykleia, Parry, Jousse, and the Opening of a Letter from Homer". *Arethusa,* 29: 299–338.

Savage, William E. (1992). "Archetypes, Model Emulation, and the Confucian Gentleman". *Early China,* 17: 3.

Schwartz, Benjamin (1985). *The World of Thought in Ancient China.* Cambridge, MA: The Belknap Press of Harvard University Press.

Schwartz, Benjamin (1996). Review of Lisa Raphals's *Knowing Words: Wisdom and Cunning in the Classical Traditions of China and Greece.* In *Harvard Journal of Asiatic Studies,* 56 (2): 229–30.

Segal, Charles (1997). *Dionysiac Poetics and Euripides' "Bacchae".* Princeton, NJ: Princeton University Press.

Seon-Hee Suh Kwon (1991). "Eric Voegelin and Lao Tzu: The Search for Order". Ph.D. dissertation, Texas Tech University.

*Shang shu* (1973). Shisan jing zhushu ed. Taipei: Yiwen.

Shankman, Steven (1994). *In Search of the Classic: The Greco-Roman Tradition, Homer to Valéry and Beyond.* University Park: Pennsylvania State University Press.

Shankman, Steven (ed.) (1994). *Plato and Postmodernism.* Glenside, PA: Aldine Press.

Shankman, Steven (n.d.) "*Katharsis, Xing,* and *Hua*: Aristotle and Confucius on Poetry's Affective Power". Unpublished paper.

Shaughnessy, Edward (1991). *Sources of Western Zhou History.* Berkeley: University of California Press.

Shaughnessy, Edward (1998). *Before Confucius: Studies in the Creation of the Confucian Classics.* Albany: State University of New York Press.

Shi Ding (1982). "Sima Qian xie 'Jin shang (Han Wudi)'" [Sima Qian's Writing of "The Present Emperor" (Emperor Wu of the Han)]. In *Sima Qian yanjui xinlun* [New Essays in Sima Qian Studies]. Zhengzhou: Henan renmin.

*Shi ji* [Records of the Historian] (1959). Beijing: Zhonghua.

Shigenori Nagatomo (1983). "An Epistemic Turn in the *Tao Te Ching*: A Phenomenological Reflection". *International Philosophical Quarterly,* 22 (2), issue no. 60, June.

Shima Gunio (1973). *Laozi jiaozheng* [Corrected Readings of Laozi]. Tokyo: Morimoto.

Sider, D. (1980). "Plato's *Symposion* as Dionysian Festival". *Quaderni Urbinati di Cultura Classica,* 33: 41–56.

Sivin, Nathan (1995). "Text and Experience in Classical Chinese Medicine". In *Knowledge and the Scholarly Medical Traditions,* D. Bates (ed.). Cambridge: Cambridge University Press.

Sse-schu, Schu-king, Schi-king (1864). In *Manduschuischer Uebersset-zung*. Leipzig; reprinted, Neudeln Liechtenstein: Kraus Reprints Ltd, (1966).

Stanford, W. B. (1965). *The Odyssey of Homer, with General and Grammatical Introduction, Commentary, and Indexes*. 2 vols. London: Macmillan.

Steven, R. G. (1933). "Plato and the Art of His Time". *Classical Quarterly*, 27: 149–55.

Stewart, Andrew (1990). *Greek Sculpture: An Exploration*, 2 vols. New Haven: Yale University Press.

Strassler, Robert D. (1996). *The Landmark Thucydides*. New York: Free Press.

Thornton, A. (1970). *People and Themes in Homer's Odyssey*. Dunedin: University of Otago Press.

Thucydides (1928–30). *History of the Peloponnesian War*, Charles Foster Smith (trans.). Loeb Library Edition, 4 vols. Cambridge, MA: Harvard University Press.

Thucydides (1982). *History of the Peloponnesian War*, Richard Crawley (trans.). New York: Modern Library.

Thucydides (1999). *The Landmark Thucydides: A Comprehensive Guide to the Peloponnesian War*. A newly revised edition of the Richard Crawley translation. New York: Simon & Schuster.

Tracy, Stephen V. (1990). *The Story of the Odyssey*. Princeton, NJ: Princeton University Press.

Trimpi, Wesley (1983). *Muses of One Mind: The Literary Analysis of Experience and Its Continuity*. Princeton, NJ: Princeton University Press.

Tu Wei-ming (1985). *Confucian Thought: Selfhood as Creative Transformation*. Albany: State University of New York Press.

Tu Wei-ming (ed.) (1996). *Confucian Traditions in East Asian Modernity: Moral Education and Economic Culture in Japan and the Four Mini-dragons*. Cambridge, MA: Harvard University Press.

Tuan Yi-Fu (1974). *Topophilia: A Study of Environmental Perception, Attitudes, and Values*. Englewood Cliffs, NJ: Prentice-Hall.

Van Zoeren, Steven (1991). *Poetry and Personality: Reading Exegesis, and Hermeneutics in Traditional China*. Stanford, CA: Stanford University Press.

Vandermeersch, Leon (1980). *Wangdao ou la voie royale: recherches sur l'esprit des institutions de la Chine archaïque*, tome 2: *Structures politiques, les rites*. Paris: École Française d'Extrême-Orient.

Verene, Donald Phillip (ed.) (1987). *Vico and Joyce*. Albany: State University of New York Press.

Verrall, A. W. (1913). *Euripides, the Rationalist: A Study in the History of Arts and Religion*. Cambridge: Cambridge University Press.

Voegelin, Eric (1957). *Order and History*, Vol. 2: *The World of the Polis*. Baton Rouge: Louisiana State University Press.

Voegelin, Eric (1957). *Order and History*, Vol. 3: *Plato and Aristotle*. Baton Rouge: Louisiana State University Press.

Voegelin, Eric (1987). *Order and History*, Vol. 5: *In Search of Order*. Baton Rouge: Louisiana State University Press.

von der Mühll, P. (1940). "Odysee". *Paulys Realencyclopädie der classischen Altertumswissenschaft*, G. Wissowa, W. Kroll and K. Mittelhaus (eds). Supplementband vii. Stuttgart.

von Falkenhausen, Lothar (1995). "Reflections on the Political Role of Spirit Mediums in Early China: The *Wu* Officials in the *Zhou Li*". *Early China*, 20: 279–80.

von Scheliha, Renata (1943). *Patroklos: Gedanken über Homers Dichtung und Gestalten*. Basle: B. Schwabe.

Waley, Arthur (trans.) (1960). *The Book of Songs: The Ancient Chinese Classic of Poetry*. New York: Grove Press.

Waley, Arthur (1996). *The Book of Songs: The Ancient Chinese Classic of Poetry*, Joseph Allen (ed.). New York: Grove Press.

Wang, C. H. (1974). *The Bell and the Drum: Shih Ching as Formulaic Poetry in an Oral Tradition*. Berkeley: University of California Press.

Wang, C. H. (1988). *From Ritual to Allegory: Seven Essays on Early Chinese Poetry*. Hong Kong: Chinese University Press.

Watson, Burton (1958). *Ssu-ma Ch'ien: Grand Historian of China*. New York: Columbia University Press.

Watson, Burton (trans.) (1989). *The Tso Chuan: Selections from China's Oldest Narrative History*. New York: Columbia University Press.

Watson, Burton (trans.) (1993). *The Records of the Grand Historian: Qin Dynasty*. Hong Kong: Research Centre for Translation, Chinese University of Hong Kong, and Columbia University Press.

Webb, Eugene (1981). *Eric Voegelin: Philosopher of History*. Seattle: University of Washington Press.

Whitehead, Alfred North (1929). *Process and Reality: An Essay in Cosmology*. New York: Macmillan.

Wiegemann, Hermann (1990). "Plato's Critiques of the Poets and the Misunderstanding of His Epistemological Argumentation", Henry W. Johnstone Jr. (trans.). *Philosophy and Rhetoric*, 23 (2): 109–24.

Wilamowitz-Moellendorff, U. (1927). *Die Heimkehr des Odysseus*. Berlin: Weidemann.

Wu Hung (1989). *The Wu Liang Shrine: The Ideology of Early Chinese Pictorial Art*. Stanford, CA: Stanford University Press.

Xiao Tong. *Wen Xuan* [Anthology of Literature]. Taipei: Commercial Press.

Xie Jinqing (1933). *Shi jing zhi nuxing de yanjiu* [A Study of Women in the Classic of Poetry]. Shanghai: Shangwu.

Xu Fuguan (1980). "Yuan shi – you zongjiao tongxiang renwen de shixue chengli" [The Original Scribe – From a Religious to the Establishment of a Humanistic Historiography]. In *Zhongguo shixue shi lunwen xuanji* [A Collection of Essays on the History of Chinese Historiography], Vol. 3, Tu Weiyun and Chen Jinzhong (eds). Taipei: Huashi.

Xu Shen (1962). *Shuo wen jie zi zhu* [A Commentary on Explaining Simple Graphs and Analyzing Compound Characters]. Taipei: Shiji.

*Xunzi*. SBBY edition.

Yang Bojun (1988). *Lun yu yi zhu* [A Translation and Commentary of Analects]. Rpt., Taipei: Huazheng.

Yang Bojun (ed.) (1990). *Chun qiu Zuo zhuan zhu.* 4 vols, revised edition. Beijing: Zhonghua shuju.

Yang Kuan (1986). *Zhanguo shi* [A History of the Warring States]. Zonghe: Gufeng.

Yip Wai-lim (1993). *Diffusion of Differences: Dialogue between Chinese and Western Poetics.* Berkeley: University of California Press.

Yu, Pauline (1987). *The Reading of Imagery in the Chinese Poetic Tradition.* Princeton, NJ: Princeton University Press.

Yukawa, Hideki (1983). "Chuangtse and the Happy Fish". In *Experimental Essays on Chuang-Tzu*, Victor H. Mair (ed.). Honolulu: University of Hawaii Press.

Zhang Dake (1985). *Shi ji yanjiu* [A Study of the Records of the Historian]. Lanzhou: Gansu Renmin Press.

Zhao Yi (1973). *Ershier shi zhaji* [A Notebook on the Twenty-two Dynastic Histories]. Taipei: Letian.

Zheng Haosheng (1956). *Sima Qian nianpu* [A Year-by-Year Chronology of Sima Qian], rev. edition. Shanghai: Commercial Press.

Zhu Xi (n.d.) *Shi jing jizhu* [Collected Commentaries on the Classic of Poetry]. Hong Kong: Guanzi.

Zheng Xuan. *Mao shi zheng jian.* SBBY edition.

*Zhuangzi*. SBBY edition.

Zürcher, Erich (1959). *The Buddhist Conquest of China*, 2 vols. Leiden: E. Brill.

# 索 引

（此部分标注的均为原书页码，即本书边码）

# 译校后记

　　《海妖与圣人：古希腊和古典中国的知识与智慧》一书的翻译，缘起于中山大学博雅学院在 2014 年开设的一门有关中西比较古典学研究的研讨课。《海妖与圣人》作为这门课程的必读书目，由参与这门课程的学生做了翻译和互校，并且在课堂上对原著及译稿做了比较深入的讨论。课后，由吴鸿兆和刘嘉等同学编订成稿。因而，眼下这份译稿的底本，无疑是一份集体作业的成果。我在 2017 年底开始对这个集体译稿进行最后统一的校对。校对的工作主要包含了以下几个方面：1. 统一全书专有名词及重要概念的译法；2. 补上翻译底稿漏译的部分；3. 据原文改订底稿中的翻译错误；4. 修正并润色底稿的语言；5. 核查文中的引用部分。然而，即便经过了校对，在本书的不少段落当中，仍能看出译笔上的些许分别，而这正是集体作业所难以避免的结果。

　　关于本书使用引文的部分，有必要多做一点交代。这本著作中大量引用古代中国和古希腊的经典著作，引文在原书中均为英译，尤其是中国部分的经典，据作者言，不少是由他们自行翻译成英文的，而这部分的翻译也为本书引来了颇多的争议。现在的中译本凡书中引用中国古代典籍的部分，基本上都对照出处给出了原文，只有在引用偏僻或原书因译法独特而使得英译不便删改的地方，才酌情附上英译的现代汉语译文，以供读者参考。

本书的原作 *The Siren and the Sage: Knowledge and Wisdom in Ancient Greece and China* 在 2000 年前后出版。此书问世之后，如同许多当代专注中希比较的研究那样，在学术界并未能激起太多的讨论。除了同样关注中希比较研究的学者，例如在本书中提到的瑞丽（Lisa Raphals），同样撰写过中希比较研究著作的周轶群（Yiqun Zhou）和历来致力于沟通中西文化的学者张隆溪，他们曾为这本书撰写了书评。[1]

比较研究不可避免地要从两个跨度极大的专业领域大量地汲取比较的"资源"[2]，这就很可能在两方面都被人诟病。例如在中国和西方的古典学专家眼中，本书对材料的

---

[1] 参见 Lisa Raphals, "Reviewed Work（s）: The Siren and the Sage: Knowledge and Wisdom in Ancient Greece and China by Steven Shankman and Stephen Durrant", in *International Journal of the Classical Tradition*, Vol. 9, No. 1（Summer, 2002）, pp. 129–31. Yiqun Zhou, "Reviewed Work（s）: The Siren and the Sage: Knowledge and Wisdom in Ancient Greece and China by Steven Shankman and Stephen Durrant", in *Chinese Literature: Essays, Articles*, Reviews（CLEAR）, Vol. 22（Dec., 2000）, pp. 175–7. And Zhang Longxi, "Reviewed Work（s）: Early China/Ancient Greece; Thinking through Comparisons by Steven Shankman and Stephen W. Durrant", in *Comparative Literature*, Vol. 57, No. 2（Spring, 2005）, pp. 185–92。

[2] 这一点在张隆溪对本书的书评中亦有提及，且值得注意的是本书原作中参引的学术成果主要来自西方学界。参见 Zhang Longxi, "Reviewed Work（s）: Early China/Ancient Greece; Thinking through Comparisons by（转下页）

理解和术语的使用都可以提出不少问题。关于这一点，有必要特别提到一篇书评，其中批评了这部著作在理论术语的使用上不够谨慎[3]，这篇书评的作者是加利福尼亚大学河滨分校的大卫·格利登（David Glidden）。书评批评的重点落在了本书中反复出现的一组概念："意向性"（intentionality）和"参与性"（participation）。且不论将这组概念用在这项研究中是否妥帖，至少正如评论者尖锐指出的那样，书中将"意向性"的概念同《老子》原文中的"欲"联系起来，甚至模糊性地用"意向性"这个概念来翻译《老子》的"欲"，似乎同时误解了"意向性"和"欲"这两个语词在各自文化中的意涵[4]。针对这样尖锐的批评，原书作者尚冠文和杜润德不满地表示，一位自称"完全不懂中文"的批评者从翻译角度对著作指手画脚，未免有点太过狂妄[5]，可即便如此，两位作者的回应却也没能很好地澄清书评中提出的质疑。另一位评论者周轶群则将这部著作视为某种典型，在她看来这部

（接上页）Steven Shankman and Stephen W. Durrant", in *Comparative Literature*, Vol. 57, No. 2（Spring, 2005）, p. 186。有趣的是，张隆溪在书评中搜罗、整理了大量 20 世纪 90 年代以来的中希比较研究，并在书评的结尾处表达了他的期望，即通过中希比较能够拓展和丰富读者对这两股文明之认识的视野。

[3] David Glidden, "*The Siren and the Sage: Knowledge and Wisdom in Ancient Greece and China*, by Steven Shankman and Stephen Durrant," in *Philosophy East and West*, Vol. 52, No. 2（Apr., 2002）, pp. 260–5.

[4] Ibid.

[5] Steven Shankman and Stephen Durrant, Response to David Glidden's Review of "The Siren and the Sage," in *Philosophy East and West*, Vol. 53, No. 3（Jul., 2003）, p. 399.

著作的初衷相当"私人",她能理解作者的研究动机,可与此同时,她也深深认识到这类比较研究的局限所在。她认为,本书试图用比较的方法让读者重新审视柏拉图思想,但这种尝试却很可能在一定程度上造成对中国经典的简单化认识乃至曲解[6]。周轶群的书评和前一位评论者分别从古代中国研究和西方古典学专业角度对本书提出的批评,尽管不至于全盘否定本书,却道出了比较研究在专业方面的困难和局限:专攻中国或古希腊的学者任何时候都可以毫不费力地从一部现有的中希比较著作中搜寻出一些"错误"乃至"硬伤"。

这些专注于中国和古希腊比较的研究,或多或少地拓展了人们思考古老文明的视野,但是它们在多大程度上回应了中国或古希腊研究中的重要问题,进而通过比较的方法加深人们对这些问题的认识,可能是这个领域在未来需要面对的关键问题。不只是眼下讨论的这本《海妖与圣人》,不难注意到,许多现有的中希比较研究著作均试图通过建构一套用以沟通中国和古希腊资源的理论框架从而使"比较"这个任务变得可行。可这些理论架构能在多大程度上建立中西文化比较的可相通性,笔者的观感却没有张隆溪教授这般乐

---

〔6〕 Yiqun Zhou, "*The Siren and the Sage: Knowledge and Wisdom in Ancient Greece and China*, by Steven Shankman and Stephen Durrant," in *Chinese Literature: Essays, Articles, Reviews* (CLEAR), Vol. 22 (Dec., 2000), p. 177.

观[7]。当然，中希比较研究仍旧是一个有待深耕和发掘的领域。我们也希望，通过引介西方学界对中希比较问题的探索，进而激发我国学者对这一领域的兴趣及思考。

最后必须说明，虽经过多次校对，然而囿于译者和校对人在学力上的限制，这部译作难免有疏漏和不足之处。我们非常乐意聆听来自读者的各种意见与建议。

金方廷

2018 年 9 月于深圳

---

[7] 见 Zhang Longxi, "Reviewed Work（s）: Early China/Ancient Greece; Thinking through Comparisons by Steven Shankman and Stephen W. Durrant," in *Comparative Literature*, Vol. 57, No. 2（Spring, 2005）, p.192。